CORAÇÕES DE PAPEL

Título original:
Corações de Papel

Revisão:
Sílvia Galvão Dias

Capa:
Joana Carvalho

ISBN: 978-989-912-497-4

Depósito Legal n.º ??????

Paginação:
João Jegundo

Impressão e acabamento:
??????
para
Minotauro
junho de 2023

MINOTAURO, uma chancela de Edições Almedina, S.A.
Avenida Emídio Navarro, 81, 3D - 3000-151 Coimbra – Portugal

CORAÇÕES DE PAPEL

FÁBIO VENTURA

MINOTAURO

NOTA DO AUTOR

Esta é uma obra de ficção. Nomes, personagens, lugares e situações são produtos da imaginação do autor. Qualquer semelhança com pessoas reais, negócios, empresas, iniciativas, instituições ou lugares é mera coincidência. Declarações, atividades, descrições, informações e materiais contidos no livro são incluídos apenas para fins de entretenimento e não devem ser replicados.

Caro escritor,

Se precisa de fugir à loucura do mundo para passar algum tempo em total harmonia com a escrita e a natureza, ou se está a viver um bloqueio criativo, temos a solução para si!

O programa residencial Ash Falls oferece-lhe a possibilidade de participar numa experiência única, num retiro inspirador e totalmente isolado — sem distrações ou comunicações.

Saiba mais em ashfalls.com e inscreva-se agora! Ash Falls espera por si e pelo seu próximo bestseller.

#ProgramaAshFalls
#ResidenciaAshFalls
#Bestseller
#Livros #Literatura

1

Nunca gostei de *últimas coisas*. Não tenho por hábito ver o último episódio de uma série que adoro. Nunca me despeço das pessoas com quem estou, quando me vou embora, nem termino a bebida que está no copo. Nem sequer como a última bolacha do pacote, que fica ali num eterno limbo até ser deitada no lixo. Ao trancar a porta, a noção de que aquela poderia ser a última vez que veria a minha casa desabou sobre mim como uma repentina tempestade.

No corredor, a minha vizinha da frente saiu ao mesmo tempo, mas, logo que notou a minha presença, ficou claramente na dúvida se deveria voltar a entrar só para não me encarar e ser forçada a falar comigo. Os olhos dela baixaram para as minhas malas, e foi evidente o alívio que passou pelo rosto daquela mulher. Quase podia ouvir a sua mente a trabalhar nos possíveis motivos para a minha partida, histórias floreadas que iria contar a outros vizinhos que também me desprezavam. Afastei o ridículo pensamento, agarrei nas malas, cumprimentei-a entredentes e parti. A viagem ia ser muito longa, não havia tempo para preocupações mundanas. A decisão tinha sido minha, apesar de tudo.

Uma longa viagem de autocarro depois, cheguei à estação que me levaria à próxima etapa daquela jornada. O local estava lotado, um sem-fim de pessoas e vidas passava por ali incessantemente. Muitas, tal como eu, ainda mantinham a máscara, legado da pandemia que terminara oficialmente meses antes. Outras olhavam desconfiadamente para todos, uma paranoia deixada pela recente guerra na Europa.

Procurei por um banco onde pudesse sacar do meu telemóvel, enquanto esperava pelo comboio. Passei pela montra de uma livraria onde estavam expostos os livros da moda. Anos antes, também o meu ali tinha estado, fugaz momento de glória de uma vida passada. Sabia que era masoquista fazê-lo, mas imaginei-me novamente naquela posição privilegiada. Odeio os holofotes, mas aprendi da pior forma que a necessidade de reconhecimento e de aceitação pode ser tão tóxica como a própria fama.

Consegui sentar-me num banco ao lado de um canteiro de cabisbaixas plantas artificiais. Agarrei-me sofregamente ao meu telemóvel, consciente de que estava em contagem decrescente para ficar sem ele durante muito tempo. Percorri todas as minhas redes sociais, sugando todas as publicações, fotografias e vídeos de pessoas de que não gosto, que invejo, ou que simplesmente mantenho com receio do que possam pensar de mim, caso deixe de as seguir. Compreendi que não iria ter saudades daquelas pessoas, mas sim das longas horas que passava a entrar naquelas vidas que não eram a minha.

Estava a certificar-me, pela segunda vez, de que tinha a mensagem automática ativada nos meus *e-mails,* quando anunciaram a linha do meu comboio. Um funcionário analisou de forma mecânica o meu bilhete e a minha identificação. Assim que entrei, veio novamente aquela tenebrosa sensação de *últimas coisas*. Percorri o corredor em busca da minha cabina, expulsando dali o pensamento ansioso para a vasta amplitude da estação.

A cabina 27 estava vazia quando lá cheguei. O aspeto estéril do espaço desiludiu a minha mente em eterno estado de fantasia, imaginando que seria uma cabina toda forrada com madeira lustrosa e bancos de vermelho exuberante, como no Expresso do Oriente. O que encontrei foi plástico cinzento, bancos desconfortáveis e um calor terrível, que me obrigou a despir o casaco e a guardá-lo junto às malas, no compartimento superior.

Esperei vários minutos até que surgisse companhia. Poderia ter sido qualquer pessoa do mundo a entrar e a sentar-se à minha frente. No entanto, quis o Destino que fosse Cecília Celes. Mesmo de máscara às flores e de óculos de sol, que lhe cobriam o resto da cara, reconheci-a de imediato, graças aos inúmeros vídeos que já tinha visto da «rainha da literatura de autoajuda e espiritualidade», que também era presença assídua na televisão. As suas insistentes publicações e *lives* em várias redes sociais corriam todo o mundo, atraindo e fidelizando milhares de fãs.

Com o seu vestido preto de estilo *punk*, dezenas de acessórios, e cabelo entrançado, da cor do algodão-doce, pareceu ignorar por completo a minha presença, enquanto arrumava a sua mala e se sentava, com um longo suspiro. Parecia trazer consigo todo o peso enublado da sua morosa viagem.

Recusava-me a ser eu a iniciar conversa. Em vez disso, saquei das folhas que tinha no bolso das calças para que ela pudesse reparar no símbolo no topo de cada uma delas: a imagem de uma árvore a brotar de um livro aberto. Sabia praticamente todo o seu conteúdo de cor, mas aquela encenação não era para mim. Não demorou muito até que Cecília reparasse nas folhas.

— Esses documentos são de Ash Falls — afirmou ela, retirando os óculos e baixando a máscara sem medos.

— Sim. Ah, Cecília Celes, certo? — fingi eu, baixando igualmente a máscara.

— Sim! Também vais entrar? Estou muito entusiasmada com esta experiência! Vai ser ótima para as nossas carreiras.

Não me reconheceu. Aliás, pareceu até bastante confusa ao analisar o meu rosto. Era compreensível, já que tinha um ar bastante mais desleixado e mais maduro do que há dez anos, cabelo castanho, desgrenhado, barba por fazer, roupa demasiado casual e alguma barriga que teimava em não desaparecer.

— Gaspar Jonas — relembrei eu.

O seu rosto iluminou-se de imediato, embora rapidamente voltasse a dar lugar à confusão.

— Fui adição de última hora — expliquei eu. — Um dos escritores selecionados foi forçado a desistir por motivos de saúde, segundo me disseram.

— Peço desculpa. É impossível não ficar curiosa, especialmente quando vou viver com cinco estranhos durante três meses. Não que me orgulho disso, mas... sabes como é. Não tinha conhecimento desta mudança.

— Digamos que só tive dois dias para me preparar. Quando me ligaram, pensei que estavam a gozar comigo.

— Eu pensaria o mesmo. Mas fico feliz por teres conseguido e por estares aqui. O Destino tem destas coisas — disse ela, com um sorriso genuíno, agarrando-se a uma pedra violeta que trazia ao pescoço.

Decidi naquele momento que Cecília seria das minhas melhores amigas naquela casa. Ao longo da vida, já sentira aquele tipo de ligação instantânea com algumas pessoas e o sentimento não me era estranho. Havia em Cecília uma luz e uma sagacidade que representavam claramente aquilo que escrevia. No entanto, também sabia muito bem que as luzes mais brilhantes lançavam as sombras mais escuras. Mas isso não interessava quando percebia claramente que aquela amizade me seria muito útil.

— Qual foi o escritor que saiu? — perguntou ela.

— Não mo disseram... apenas que alguém teve de desistir — menti eu.

Se Cecília acreditou em mim ou não, não o pude ler no seu rosto. Tirou o telemóvel e começou a deslizar o dedo, consultando as suas redes.

— A nossa ida para Ash Falls já é das principais *trends* da comunidade literária. Toda a gente está a falar dos escritores que vão para uma residência-mistério — anunciou, de olhos a brilhar. — Temos de fazer um vídeo os dois. O público não sabe que tu vais entrar também, certo?

Antes que pudesse recusar e dizer que não me sentia à vontade para tal, já Cecília estava ao meu lado, de telemóvel levantado e a gravar, a orelha coberta de argolas e *piercings* colada à minha.

— Olá, olá, meus queridos! Estou já a caminho da secreta e emblemática residência para escritores Ash Falls. Adivinham quem encontrei na minha viagem? Gaspar Jonas, o autor de *O Meu Segredo é o Teu Mundo*. Viram a série na Netflix? Pois é, numa reviravolta de última hora, o Gaspar vai entrar comigo e mais quatro autores naquela que será das grandes aventuras das nossas carreiras. Estarei ausente durante algumas semanas, mas será por bom motivo. Estou a preparar um livro bombástico! Adoro-vos a todos. Beijinhos.

Durante toda a gravação, apenas me limitei a acenar e sorrir e acenar, quando Cecília falou no meu nome, tentando disfarçar ter reduzido o meu livro a uma adaptação já perdida no catálogo da Netflix. Os seus dedos eram um borrão no telemóvel a escrever *hashtags* e a adicionar efeitos, filtros e *gifs* ao que tinha gravado. Instantes depois, já aquele vídeo estava a ser visualizado por todos os seus seguidores. A notícia de que eu ia entrar naquela residência já estava lá fora.

Cecília ainda se manteve alguns minutos completamente obcecada pelas reações que estava a ter nas redes, ignorando-me, enquanto eu desviava a minha atenção para a paisagem cada vez mais verde, mas também mais claustrofóbica. Tentei disfarçar estar a hiperventilar com a noção de que tudo aquilo poderia ser um erro. O meu lugar não era ali, o Destino já tinha feito questão de mo esfregar na cara. No meu interior, sabia que estava a agir contra o meu próprio ciclo, a insistir em algo que já estava mais do que acabado. Mas então porque é que, mesmo assim, sentia também uma adrenalina tão sedutora?

— As reações à tua ida para Ash Falls estão a ser muito positivas, Gaspar — anunciou ela, despertando-me do buraco negro em que estava a entrar. — A maior parte está curiosa com o teu regresso ao mundo dos livros. Já agora, se me permites a pergunta, porque nunca mais publicaste nada?

Não, não me importo nada de responder à mesma pergunta que me fizeram durante dez anos — de cada vez, um prego ferrugento a espetar-se no meu coração. A resposta já estava treinada, assim como o sorriso automático.

— Sabes como é, divergências de opinião com editoras, outros projetos que vão surgindo, assuntos familiares... enfim, a vida em geral. Quando dás por ti, passou-se muito tempo. Mas nunca é tarde, e estou confiante de que este programa me vai ajudar a regressar, como estão a dizer nas redes.

Cecília fixou-me com incisivos olhos castanhos. Por causa daqueles breves momentos juntos e da imagem que passava para o público, julguei que fosse uma mulher um tanto superficial. Porém, esquecera-me de que, mesmo jovem, a sua experiência na área da autoajuda era vasta e, como tal, provavelmente também a sua inteligência emocional. Sabia que estava a tentar ler-me — todos os meus gestos, sorrisos, desvios de olhar, toques. No entanto, também eu tinha boa inteligência emocional. Mais do que isso, era bom a esconder coisas.

— Estes três meses vão ser ótimos, Gaspar. Acredito verdadeiramente que sim — disse ela, com um toque na minha mão, que me fez estremecer. Naqueles anos de pandemia, desabituara-me de toques espontâneos. — Agora, se me permites, vou ver se durmo um pouco. Estou acordada há quase vinte e quatro horas.

Cecília adormeceu com a cabeça encostada à janela. Deveria fazer o mesmo e descansar, mas nunca fui capaz de dormir em transportes, por mais exausto que estivesse. Ao invés disso, pus os *headphones* e olhei uma vez mais para o exterior. Esperei até ter a certeza de que Cecília estava a dormir para sacar do meu telemóvel e pesquisar o vídeo que publicara há minutos. A quantidade de comentários e interações era avassaladora. Já me tinha esquecido daquela sensação, que me deixava quente e arrepiado ao mesmo tempo, de saber que centenas ou talvez milhares de pessoas gostavam de mim e do meu trabalho, que me queriam ver de volta ao mundo dos livros e, quem sabe, aos *tops* de vendas.

O céu lá fora passou de azul a arroxeado e depois a negro e ainda eu estava a deslizar obsessivamente o dedo no ecrã a ler todos os comentários, *likes* e partilhas que falavam de mim e da minha ida para Ash Falls, juntamente com os autores mais populares do momento.

Sem o saber, Cecília dera-me o maior presente de todos: a certeza de que todas as coisas que fizera para chegar ali, mesmo as más, foram as melhores decisões.

PROGRAMA RESIDENCIAL ASH FALLS — CONFIDENCIAL —

Relatório de candidatura de Gaspar Jonas

Gaspar publicou um bestseller *há alguns anos, mas acabou por ser esquecido pelo público, levando-me a acreditar que é o típico* one--hit wonder.

Parece ser um homem afável, sempre sorridente, educado e, por vezes, engraçado. No entanto, também pareceu um pouco evasivo a algumas das respostas, o que me deixou com dúvidas sobre a veracidade dos seus traços de personalidade. Enquanto o entrevistava, pareceu-me ser alguém que gostaria de ter como amigo, mas também alguém com qualquer segredo obscuro por trás da sua simpatia. Além disso, apesar de estar na casa dos trinta, Gaspar parece muito mais jovem na sua forma de estar. Há qualquer coisa na maneira como age que parece quase juvenil, o que lhe dá algum charme. Ou então talvez seja apenas algo que faz como processo criativo para o tipo de história que escreve.

Pelo que sei, tem estado entre empregos e projetos, nada de muito relevante, o que pode justificar o seu desespero por fazer parte do programa residencial Ash Falls, o qual pode ajudar grandemente na revitalização da sua carreira. É óbvia a sua frustração, especialmente após a publicação do seu primeiro livro e a falta de interesse dos editores nos seus trabalhos posteriores. Não é claro o que aconteceu, mas é inegável o grande êxito que alcançou com um livro de estreia, que se manteve nos tops *durante vários meses e até deu origem a uma série televisiva com alguma popularidade.*

Não creio que Gaspar seja o candidato ideal para ingressar em Ash Falls, especialmente porque ainda não é certo o tipo de livro que está a planear. Apesar desta indefinição, mesmo não entrando no nosso programa residencial, por algum motivo acredito que este livro poderá ser a próxima grande «bomba» da literatura ou o último prego no caixão de Gaspar no ramo editorial.

WALT WALTERS
Diretor do Departamento de Candidaturas

2

Era já madrugada quando chegámos ao nosso destino. Cecília e eu agarrámos nas nossas pesadas malas e saímos com meia dúzia de pessoas para uma pequena estação no que parecia ser uma pacata aldeia. Lá fora, um homem de meia-idade, de óculos, esperava por nós, encostado a um carro preto com vidros fumados — Walt Walters, diretor do Departamento de Candidaturas de Ash Falls, a mesma pessoa que nos entrevistara para aquele programa residencial. Assim que nos viu, fez-nos sinal. Pareceu bastante desconfortável ao receber-nos, talvez até nervoso, sempre a desviar o olhar do nosso. Tinha ficado com a impressão de que esse era o seu estado normal quando me entrevistou. Apertou a minha mão e a de Cecília, fracamente, e convidou-nos a entrar.

Walt fez-nos algumas perguntas de circunstância, embora parecessem todas dirigidas a Cecília. Completamente desperta do seu sono de beleza no comboio, respondia entusiasticamente a todas elas. Aproveitei para dar uma última olhadela na documentação enviada por eles. Sabia que teríamos uma espécie de *briefing*, antes de sermos deslocados para a residência, razão pela qual Walt falava de tudo menos do programa. Desde pequeno, sempre fui aquela pessoa que tem prazer em mostrar que sabe tudo e que estuda bem as matérias, mesmo antes de serem ensinadas. Admito, sou uma Lisa Simpson no corpo de um homem de trinta anos.

Ash Falls tinha entrado de rompante nas nossas vidas seis meses antes. O mercado do livro, até então a sofrer com a crise e a estagnação crónica em vários campos, tinha sido abanado com a excentricidade do programa residencial para criativos, que, dados os seus extremos, mais fazia lembrar um misto de *Survivor* com um filme de terror. O ambicioso projeto garantia que o seu principal objetivo era intensificar o processo criativo de artistas de todo o mundo, estreando-se com escritores e evoluindo, mais tarde, para pintores, músicos, realizadores, fotógrafos e até *influencers*.

Residências para artistas não eram novidade. No entanto, os métodos chamaram a atenção de todos. O que começara como um suposto projeto sem pernas para andar, tomara proporções mediáticas consideráveis. Durante meses, Ash Falls conseguiu infiltrar-se na imprensa e no mundo digital, com milhares de pessoas a formar teorias sobre este programa criativo *hardcore* e sobre os seis escritores que iriam integrar a primeira edição. O projeto estar envolto em mistério ainda intensificava mais o interesse do público, como se o próprio processo fosse um livro de suspense cujo segredo implorava por ser desvendado. De repente, o mundo dos livros voltava a estar na moda, até mesmo para os não leitores. Como não ficar enfeitiçado com tudo isso, sendo eu um escritor fracassado em busca de uma segunda oportunidade?

Entrámos num aeródromo que parecia encerrado. Walt guiou-nos até ao único hangar, onde um jovem funcionário com ar ensonado levou as nossas malas para o interior da aeronave, uma monstruosidade branca, demasiado antiquada para as minhas paranoias com a segurança.

Dirigimo-nos para a sala onde algumas pessoas nos esperavam. O espaço estava organizado como uma sala de aula, com seis cadeiras viradas para uma secretária e um quadro branco. De frente para nós, dois homens, aos quais Walt se juntou, seguiam-nos com o olhar, um de fato azul e cabelo puxado para trás, com ar de empresário mafioso e de que parecia comandar o *briefing*, e outro, careca, vestido com um fato-macaco verde. Das seis cadeiras, apenas duas estavam ocupadas com pessoas que reconheci de imediato, assim que se viraram para nós com ávida curiosidade: Lucas Blackburn, o *bad boy* do terror, e Baltazar Levi, o *ghostwriter*. Notei que os seus olhares interessados estavam quase exclusivamente em mim.

— Bem-vindos, Cecília e Gaspar — cumprimentou o homem de fato. — O meu nome é Eli Martin, sou diretor do Departamento de Operações do programa Ash Falls. Ao meu lado, tenho Walt Walters, que já conhecem das entrevistas, e aqui tenho Oscar Alonso, responsável pelo Departamento de Segurança. Estávamos à sua espera para começar o *briefing*, antes de partirem para esta verdadeira aventura.

— Somos só quatro. Não vamos esperar pelos outros dois escritores? — perguntou Cecília, sentando-se numa das cadeiras.

— Infelizmente, o Benjamin Lee e a Ophelia Amin tiveram alguns contratempos, pelo que não se juntarão a nós nesta primeira viagem. Tivemos de alterar ligeiramente os planos, mas, para cumprir todos os *timings* deste projeto, decidimos avançar com os quatro. Os restantes autores juntar-se-ão a todos brevemente.

Não gostei de Eli. Tinha todo o ar de vendedor mentiroso. Todas as suas frases pareciam treinadas. Podia jurar que aquele papel branco amarrotado a espreitar do bolso do casaco era para isso mesmo. A sua falsa simpatia incomodava-me, deixando-me com mais dúvidas sobre o que estava a fazer.

Sentei-me ao lado de Cecília, enquanto Eli pigarreava, esfregava as mãos e se preparava para nos relembrar de todas as regras daquela residência.

— Antes de começar, deixem-me dizer que estou muito contente com este grupo que selecionámos entre centenas de candidaturas. Além de talentosos e criativos autores, serem um grupo tão heterogéneo enriquece ainda mais esta experiência nova para todos. Depois, tenho de justificar a presença do nosso estimado Gaspar Jonas.

Infelizmente, por motivos de saúde, Theo Blane teve de desistir do programa. Como Gaspar estava disponível, convidámo-lo a integrar esta primeira edição. Muito obrigado.

Seguiu-se um silêncio incómodo, em que todos olharam para mim expectantes, forçando-me a dizer alguma coisa.

— Eu é que agradeço a oportunidade. Já era tempo de regressar ao mundo dos livros. Nada melhor do que o fazer fechado numa casa isolada com mais cinco colegas. Que vença o melhor ego! — brinquei eu.

Cecília e Lucas soltaram uma espontânea gargalhada, e Baltazar sorriu timidamente. Aquele comentário pareceu desarmar Eli.

— Não se pretende que este programa seja uma competição ou que crie rivalidades. Penso que todos procuramos o mesmo: que consigam usufruir desta experiência e que explorem campos da sua criatividade que nem sabiam existir. O isolamento será algo positivo e que irá contribuir para isso.

— Sim, porque, depois da pandemia e da guerra, a experiência do isolamento será uma lufada de ar fresco — troçou Lucas, o que nos fez rir a todos como se fôssemos alunos rebeldes em frente a um professor sem paciência.

Eli regressou ao *briefing*. Não tinha ar de quem estava tão cansado como nós os quatro. Teria dormido confortavelmente num quarto de hotel, onde se preparara para aquele momento, enquanto nós saltávamos de transporte em transporte.

Enquanto Eli se ocupava a rever todos os pormenores do nosso contrato, com especial ênfase na confidencialidade das partes, percebi que já sabia tudo de trás para a frente e que nem havia espaço para mostrar ao grupo que provavelmente saberia mais sobre as minúcias da nossa participação do que eles. Aproveitei para analisar disfarçadamente os meus outros dois colegas de casa.

Lucas tinha todo o ar de sacana que esperava que tivesse. O cabelo negro e ondulado, os olhos completamente pretos e penetrantes e a barba cerrada contrastavam com a pele clara. Os braços estavam cobertos por tatuagens alusivas a personagens de livros e filmes de terror. Até a postura ao sentar-se revelava uma rebeldia quase juvenil, mas que o seu público idolatrava.

Baltazar era o oposto. Era o tipo de homem alto, com membros tão longos, que quase parecia desengonçado. Não ajudava usar roupa juvenil, meias coloridas e ténis de *skater*. Tinha o cabelo rapado, o que destacava ainda mais os seus olhos grandes, de um invulgar azul que me lembrava o mar em dias de tempestade. Havia em Baltazar qualquer coisa de perdido e de introspetivo que me atraía.

Cecília percebeu que estava a analisar os nossos colegas. O seu olhar não era reprovador, antes cúmplice, como corroborava o seu sorriso. Reparei que tinha desfeito a sua trança, deixando o seu cabelo rosa cair pelos ombros, em cascatas. O novo pigarreio de Eli voltou a puxar a nossa atenção.

— Não quero que olhem para as medidas adotadas pelo programa Ash Falls como regras rígidas, mas antes como uma metodologia que, a longo prazo, será benéfica para o processo criativo. Poderão parecer normas extremas, mas lembro que foram vocês que se candidataram ao programa e que aceitaram todas as cláusulas do contrato. Vou então passar a palavra ao nosso responsável de segurança, Oscar, que falará um pouco sobre a logística da residência — anunciou Eli.

Oscar era mais sério do que os outros dois, o tipo de homem direto, que impunha respeito apenas com o tom de voz, o que me fez desconfiar se alguma vez tivera um cargo militar ou em forças da autoridade.

— Meus senhores, ao longo destes três meses, a ideia é que vivam à sua responsabilidade. Todas a condições de alimentação, saúde, entretenimento, conforto, energia e segurança estarão garantidas na casa. Na sua área envolvente, apelamos para bom senso, para não se exporem a situações de perigo. Em caso de emergência, ou por motivos de saúde, saibam que existe um telefone por satélite, no interior da casa, que estará ligado diariamente, mas que permite apenas contactar o elemento do programa Ash Falls que estará de piquete. Em caso de urgência extrema, um helicóptero estará à distância de algumas horas. Todos os outros meios de comunicação — Internet, redes de telemóvel, rádio e televisão — serão inexistentes.

Cecília suspirou, enquanto Lucas soltou um «foda-se», que fez Walt arregalar os olhos e Eli voltar a intervir.

— As comunicações, em especial no mundo digital, são benéficas no seu trabalho de promoção. Mas consideramos que também podem ser uma tóxica distração quando se querem concentrar nas suas criações. Pensem nisto como um *detox* — disse ele, com o único riso que se ouviu na sala. — Sei que esta parte vai ser difícil, mas iremos agora recolher telemóveis e *tablets*. Serão guardados em local seguro até que regressem. Walt?

O anafado homem pegou numa mala preta e recolheu todos os nossos aparelhos. Confesso que me senti nu e desamparado sem o meu telemóvel, como se estivesse literalmente a ser arrancado da sociedade e do mundo. Olhei para Cecília e parecia muito pior do que eu, como se estivesse a separar-se de um filho. Foi naquele momento que senti verdadeiramente a realidade daquela loucura a desabar sobre nós.

— E penso que é tudo — terminou Eli, com um bater de palmas. — Sei que estão exaustos, mas peço mais alguma paciência. Ainda têm uma viagem de avião e, posteriormente, de helicóptero até à casa. Como disse, o Benjamin e a Ophelia juntar-se-ão a todos em breve.

O meu corpo e a minha mente gemeram de dor quando ouvi aquilo. Em que raio de fim de mundo ficava ao certo aquela casa? Os quatro arrastámo-nos para a aeronave. Ao subir a escada e antes de entrar, hesitei. Aquela sensação de *últimas coisas* voltava a apoderar-se de mim. Era medroso e cobarde em muitos aspetos da minha vida, apesar de todas as coisas que fizera para chegar àquele momento. Ainda assim, sentia que estava a fazer algo muito errado.

— É para hoje, meu? Quero ver se durmo — balbuciou Lucas, empurrando-me lá para dentro.

Cada um de nós escolheu um conjunto de bancos isolado para que pudéssemos descansar durante a viagem. Obviamente, não fomos informados para onde iríamos e nem sequer sabíamos o tempo de viagem. O simples interior da aeronave não dava pista nenhuma. Oscar iria acompanhar-nos na viagem e apresentar-nos a casa, mas viajaria com o piloto no *cockpit*.

Depois de levantarmos voo e de a aeronave estabilizar sobre as nuvens noturnas, já Lucas e Baltazar dormiam, atrás de mim — o primeiro completamente à vontade, com uma perna no chão e outra em cima dos bancos.

Olhei para Cecília, nos bancos ao lado dos meus. Fitava-me com um sorriso travesso, que cintilava na fraca luz do interior. Vi a sua mão deslizar até ao meio das suas pernas, por entre o vestido, e sair de lá com um telemóvel. O meu olhar subiu até reencontrar o rosto dela. Colou o dedo indicador nos lábios e simulou o som «chhh». Voltou a guardar o telemóvel e adormeceu.

Depois daquele momento, tive a certeza de que a decisão de investir na amizade com ela tinha sido a melhor. Havia ali uma outra Cecília secreta, além da autora e *influencer* que o mundo conhecia.

PROGRAMA RESIDENCIAL ASH FALLS — CONFIDENCIAL —

Relatório de candidatura de Cecília Celes

Cecília Celes ou, devo dizer, a rainha da autoajuda e espiritualidade é um caso peculiar. A grande maioria das candidaturas que recebemos para Ash Falls foi de escritores de ficção. Mas Cecília e a sua equipa foram muito insistentes quanto à possibilidade da sua participação neste programa. Julguei que Cecília fosse tão carismática em pessoa como o era na sua forte presença na Internet e na televisão. O seu aspeto alternativo até ajuda a reforçar essa ideia. No entanto, durante a entrevista, encontrei uma pessoa superficial e até imatura, a ponto de chegar a ser desconfortável. Ainda assim, por diversas vezes, mostrou um lado completamente diferente, respondendo a algumas perguntas com uma astúcia quase felina. Refiro-me àquelas questões mais específicas, o que me fez sentir que, afinal, o analisado era eu.

As áreas da autoajuda e espiritualidade são-me muito estranhas, e confesso que, por vezes, até me deixo dominar pelo estereótipo de que, mesmo sendo áreas muito vendidas, são géneros inferiores, pelo que esta foi uma candidatura difícil de tratar. Apesar das minhas dúvidas em relação à sua personalidade e carreira, acredito que Cecília possa ser um bom trunfo para Ash Falls, pois parece ser o tipo de pessoa que sabe encontrar as melhores soluções para mediar e resolver conflitos.

Cecília está a trabalhar num novo livro, que é ao mesmo tempo um guia místico para millenials *e uma visão alternativa e futurista de tudo o que é esoterismo nos dias de hoje — parece interessante o suficiente para considerar a sua candidatura a este programa. Será um tipo de autor inesperado, mas que pode ser muito útil para o* marketing*, especialmente com a quantidade de seguidores de que dispõe.*

WALT WALTERS
Diretor do Departamento de Candidaturas

3

Tal era o meu grau de exaustão, que a viagem de avião parecia um borrão na minha mente, alternando entre o sono e a lucidez enevoada. Aterrámos noutro aeródromo, onde um grande helicóptero nos esperava. Ainda era de noite, e eu sabia que possivelmente aquela era uma manobra para que não fosse possível reconhecer o local para onde íamos. Estava a funcionar, pois nem sabia sequer em que país estávamos naquele momento.

Entrámos atabalhoadamente com as nossas malas e rapidamente penetrámos no negrume daquela noite sem estrelas. O barulho do helicóptero permitiu que os quatro despertássemos e nos mantivéssemos alerta, em busca de pistas sobre o caminho até à residência.

Cerca de duas ou três horas depois, o Sol deu os primeiros sinais no horizonte, iluminando timidamente o cenário com um frio índigo. Estávamos a sobrevoar uma densa floresta polvilhada de algumas montanhas. Ao nosso redor, era tudo o que víamos. Cecília e Baltazar estavam colados a um lado da janela, enquanto eu estava a outro, com Lucas ousadamente quase em cima de mim, a observar o cenário aparentemente idílico.

O helicóptero pousou numa região montanhosa, num planalto desprovido de vegetação. O piloto ficou para trás, enquanto Oscar nos guiava por um trilho descendente. Cada um de nós levava atabalhoadamente as malas sobre pedras e ervas, como *zombies* que não pertenciam ali. À medida que descíamos, a vegetação ia ficando cada vez mais densa e as árvores cada vez mais altas.

Foi então que, quase vinte minutos depois, Ash Falls surgiu, imponente e majestosa, iluminada levemente pelos primeiros raios de Sol do dia, que penetravam pela floresta. Os quatro estacámos o passo, enquanto absorvíamos aquela que seria a nossa residência nos próximos meses. Não estava preparado para o tipo de casa que observava. Havia imaginado uma modesta e antiga casa de madeira, semelhante a uma cabana na floresta. Porém, Ash Falls era muito mais do que isso. Composta por três pisos, tinha sido construída com madeira escura e pedra, certamente materiais oriundos daquele local. O seu estilo era um misto de construção orgânica com linhas de modernidade. Provavelmente adaptada de uma versão anterior da casa, Ash Falls era uma casa intemporal, completamente integrada naquele cenário, mas sem perder a sua identidade, quase como uma sedutora espiã.

— Bem-vindos a Ash Falls — disse Oscar, despertando-nos daquele feitiço. — Vou apresentar-vos a casa e algumas das suas comodidades, antes de partir e de vos deixar à vontade.

Atravessámos o alpendre e entrámos, largando as malas na entrada. O piso térreo estava construído em plano aberto, com vigas de madeira a suportar os pisos superiores. A decoração rústica, adequada a uma casa na floresta, contrastava com a cozinha moderna, recheada de eletrodomésticos de topo, uma enorme televisão e a parede do fundo forrada com vidros até ao teto, que permitiam ver um acolhedor deque com mobiliário de exterior. No entanto, o meu olhar foi automaticamente para a parede com uma enorme e alta estante, repleta de livros, gramáticas, dicionários, prontuários, álbuns fotográficos — materiais úteis a todos nós. Havia ainda uma zona de refeições, o que parecia ser uma área de entretenimento e uma ampla casa de banho, a única da casa e que se assemelhava a um balneário.

— Esta casa foi adquirida e recuperada pelo programa Ash Falls — anunciou Oscar. — Servia como casa de férias a uma família, mas, por razões pessoais, deixou de ser usada durante alguns anos. Dada a sua localização privilegiada, decidimos adaptá-la ao programa, garantindo que tem todas as condições e comodidades necessárias para o desenrolar do processo criativo dos escritores.

Mais uma vez, os discursos treinados e pouco espontâneos, que já havia reparado em Eli e que presenciava agora em Oscar. A equipa parecia recear dizer mais do que devia.

Sem se alongar demasiado, Oscar levou-nos ao primeiro andar, onde se localizavam quatro dos quartos. Cada um tinha um nome na porta: Cecília, Baltazar, Lucas e Benjamin. Num andar mais acima, a única divisão, uma espécie de sótão, era outro quarto, o de Ophelia.

Na cave, local onde estávamos agora, encontrava-se o meu quarto. Fiquei com a impressão de que aquele seria o quarto que ninguém queria. Tendo sido a última adição àquele programa, pelo visto não teria muita escolha.

— Aqui na cave têm também a zona da lavandaria, uma arca frigorífica e a despensa. Apesar de ficarem cá três meses, têm mantimentos para cinco.

— Quer dizer que além de loucos com o isolamento também podemos ficar gordos? — brincou Lucas. Apenas Cecília riu.

— Esta divisão é o quê? — perguntei eu, indicando uma porta fechada que Oscar havia ignorado.

— É a sala das máquinas. Esta é uma casa autossuficiente e sustentável, que envolveu grande investimento da nossa parte. Para segurança dos escritores, mas também da casa, essa divisão deverá manter-se fechada — respondeu ele, com um tom autoritário e que me fez sentir uma criança repreendida.

De volta ao piso térreo, Oscar mostrava-nos agora um dos instrumentos mais importantes da casa, pendurado na parede ao lado da biblioteca: um telefone por satélite.

— Esta é a única forma de comunicação desta residência. Relembro que as chamadas são apenas de e para Ash Falls, preferencialmente só em caso de emergência.

— Se tudo correr bem, ninguém vai tocar nesse telefone. Não é, pessoal? — disse Cecília, de forma que parecia estar a despachar Oscar.

Já lá fora, ficámos os quatro alinhados como se fôssemos uma família disfuncional a despedir-se de uma visita.

— Só mais uma chamada de atenção — reforçou Oscar. — A floresta em redor da casa é segura, mas não aconselho a que se afastem demasiado. Há trilhos sinalizados que podem percorrer. Se seguirem aquele caminho, vão dar a um lago, de que podem usufruir nos momentos de lazer. Prudência é tudo o que pedimos. Lembrem-se de que só nos responsabilizamos pela segurança no interior da casa, tal como estipulado no contrato deste programa.

— Vamos ser muito cuidadosos, Oscar. Não se preocupe. Estamos aqui para escrever, não para aventuras.

Mais uma vez, Cecília parecia querer que ele desaparecesse dali rapidamente. Depois de ver que tinha infringido as regras ao trazer um telemóvel escondido, aos meus olhos parecia uma adolescente indisciplinada, mas astuta.

— Muito bem. Desejo a todos uma agradável estada. Que os projetos corram bem. É tudo quanto Ash Falls deseja. — Oscar acenou rigidamente, deu meia-volta como um militar e desapareceu por entre o trilho, em direção ao helicóptero.

— Não sei em relação a vocês, mas eu estou morto — disse Lucas, bocejando com alarido. — Não quero saber de nada, vou deitar-me e apagar.

— Também vou. Sinto que vou colapsar a qualquer momento.

Baltazar juntou-se a Lucas, desaparecendo no interior da casa e deixando-me sozinho com Cecília, que entrelaçou o braço ao meu e apoiou o queixo no meu ombro. Sentia a respiração dela no ouvido.

— E nós? Estamos numa de explorar ou preferes dormir como eles?

Obviamente, a minha veia curiosa queria perscrutar todos os cantos daquele local. Mais do que por curiosidade, queria analisar estrategicamente o local — uma forma de autopreservação. Mas mal tinha conseguido manter os olhos abertos ao longo da *tour* com Oscar. Precisava urgentemente de descansar, depois de uma viagem tão esgotante.

— Por muito que esse convite seja tentador, acho que também vou dormir — respondi eu.

— Estava a meter-me contigo. Também não tinha forças para mais nada — disse ela, ainda de braço entrelaçado ao meu, enquanto entrávamos. Separámo-nos na escada. — Bons sonhos, Gaspar.

— Dorme bem, Cecília — respondi eu, vendo o seu sorriso travesso e ondas de cabelo a desaparecer no andar de cima.

Pousei as malas à entrada do meu quarto e analisei o simples espaço. Era amplo, mas desprovido de personalidade — cama, mesa de cabeceira, roupeiro, poltrona, secretária com um computador portátil fechado, uma mesa redonda, uma estante com mais alguns livros e um quadro de cortiça. Dado que estava na cave, a única e fraca luz natural provinha da comprida janela junto ao teto.

Atirei-me para a cama, de barriga para baixo. Ainda de olhos abertos, imaginei-me perfeitamente a viver ali durante três meses. Porém, havia naquele ambiente algo mais, como se não estivesse sozinho. Antes de adormecer, o pensamento surgiu-me: haveria ali mais qualquer coisa impercetível, ou teria sido eu a trazer os demónios comigo?

*

Acordei sobressaltado e suado, ainda com os sonhos caóticos a dissolverem-se no chão de madeira. Por breves instantes, não soube onde estava. Até a realidade regressar calmamente. Permanecia ainda com a roupa da viagem vestida e o cobertor enrolado nas minhas pernas. Enquanto o coração acelerado acalmava o ritmo, permiti-me respirar de alívio e vangloriar-me. Estava ali. Em Ash Falls. Tinha conseguido. O caminho havia sido negro e sinuoso, mas estava ali, a jornada para a redenção.

Olhei para o relógio. Dormira apenas cinco horas. Seria necessário descansar mais, mas precisava de água. Tinha a garganta tão seca, que até engolir saliva parecia gravilha.

Descalço, subi até à cozinha, tentando ser o mais furtivo possível. Procurei por um copo nos vários armários brancos da cozinha e enchi-o de água na torneira do lava-loiça. Foram precisos três copos para saciar a sede. Ainda agarrado ao copo vazio, encostei-me à bancada e, das grandes janelas, apreciei a floresta. O cenário parecia parado no tempo, com e sem vida ao mesmo tempo. Apesar de ser dia, o fundo por entre as árvores era escuro e ameaçador. Era um homem de cidade. Aquela vida em plena integração com a natureza não iria ser fácil. Mas tinha a certeza de que seria o melhor para a criação do meu novo livro.

Alguém a descer a escada me despertou da introspeção. Lucas surgiu descalço, de *T-shirt* e *boxers* pretos, ainda a esfregar os olhos.

— Ei, meu. Estou cheio de sede. Onde estão os copos? — perguntou ele.

Apontei para o armário correspondente. Depois de encher o copo, sentou-se na ilha da cozinha, de frente para mim. Lucas não era muito alto, mas o tipo de homem entre o encorpado e o musculado. Enquanto bebia, podia vê-lo a sorrir, fixando-me com os intensos olhos pretos, o cabelo ondulado sobre um deles. Quando terminou, passou a mão tatuada pela barba molhada, continuando com aquele esgar de malandro.

Conhecia bem a reputação de Lucas, a saltitar de namorada em namorado, um sem-fim de relacionamentos, muitos com celebridades, que quase sempre apareciam em *sites* de fofocas. Não era o tipo de homem que me atraísse. No entanto, Lucas estava perto de mim o suficiente para sentir o seu cheiro particular e intoxicante. Se aquilo era um jogo ou se o fazia naturalmente, a verdade é que estava a funcionar comigo. Odiei-me por isso.

— Que achaste da casa? Belo cenário para uma história de terror — disse, finalmente, ele.

— Essa é mais a tua onda, pelo que sei. Já tens o teu trabalho adiantado, com uma casa destas como inspiração.

— Já tenho a minha história mais ou menos pensada. Talvez num futuro livro. Além disso, não são as casas que me inspiram, são as pessoas que lá vivem.

— Penso que isso acontece a todos.

— Gosto de ir mais longe. Vou àqueles recantos escondidos e negros aí dentro, aos que não gostas, nem admites que aí estão — disse ele, com um gesto elaborado na minha direção.

Sabia que estava a falar da generalidade das pessoas, mas não pude deixar de me sentir despido e acusado. Havia algo naquele olhar negro que desarmava qualquer um.

— Vou voltar para a cama — espreguiçou-se. — Não vou conseguir funcionar, se não dormir mais umas horas. Até logo — despediu-se, desaparecendo na escada.

Devorei secretamente todos os livros de Lucas Blackburn assim que foram lançados, e, de facto, por trás daquela personalidade exuberante estava alguém com um talento assustador para retratar o lado mais sujo e cruel da natureza humana. Isso aterrava-me e fascinava-me ao mesmo tempo.

PROGRAMA RESIDENCIAL ASH FALLS
— CONFIDENCIAL —

Relatório de candidatura de Lucas Blackburn

Lucas Blackburn é atualmente o hit boy *da literatura ou, mais precisamente, o* bad boy *dos livros. Apesar de ainda ser um homem jovem, reuniu uma vasta legião de fãs dedicados em todo o mundo, atraídos, não só pelo seu trabalho, mas também pela sua personalidade extravagante. No início da sua carreira, duvidei que tal pessoa pudesse ter um lugar na literatura, mas, na verdade, os livros de Lucas são muito bons. Penso que os escritores também podem ser* rock stars *e aparecer em todas as capas de revista, blogues e redes sociais e ainda escrever verdadeiros* page-turners. *O intenso* marketing *que o cerca também poderia dar a Ash Falls o ímpeto mediático que sempre desejámos.*

Na breve entrevista que tive com Lucas, pareceu-me um indivíduo extremamente criativo e excêntrico, mas também um tanto egocêntrico. Houve momentos em que Lucas pareceu ser altamente sedutor, como se para alcançar alguma coisa daquela entrevista. Esse tipo de personalidade pode ser um problema para os outros escritores integrantes no programa.

Os thrillers *de Lucas têm um estilo muito particular. Gosta de se concentrar em temas sombrios, como psicopatia, obsessão e vício, e não se inibe de usar descrições bastante perturbadoras e gráficas, que inevitavelmente rodeiam os seus livros de polémica. Os seus protagonistas são com frequência descritos como odiosos, mas suscitam inevitavelmente identificação por parte do leitor, o que acaba por se relacionar com os seus traços demasiado humanos.*

Na candidatura que recebemos, Lucas diz que o novo livro em que está a trabalhar será um dos melhores livros da sua carreira. Como fã que sou, estaria a mentir se dissesse que não estou terrivelmente ansioso por o ler.

Walt Walters
Diretor do Departamento de Candidaturas

4

Acordei ao som de música e de gargalhadas abafadas e com o aroma a comida a inundar o meu quarto. Por breves instantes, senti que era criança de novo e regressava à minha casa de família. O quarto estava completamente escuro e debati-me para encontrar o candeeiro no espaço ainda desconhecido. Ainda me sentia um pouco atordoado, mas ter dormido aquelas horas fez milagres.

Quando subi a escada, deparei com um cenário quase familiar: Baltazar de avental a cozinhar algo delicioso, que fez o meu estômago roncar, e Lucas e Cecília agarrados a dois copos de vinho, enquanto riam com qualquer coisa que o primeiro estava a dizer. Música dos *The Cure*, vinda de uma aparelhagem perto da televisão, tomava todo o espaço. Aquele ambiente de anúncio publicitário fez-me revirar os olhos, mas apenas porque sentia que era um intruso, que não tinha sido convidado.

— Boa noite, dorminhoco — cumprimentou Cecília. O cabelo estava apanhado no topo da cabeça, num emaranhado, e vestia uma camisola demasiado larga. — Só faltavas tu para a festa. Estava aqui a debater com o Lucas sobre as mudanças de paradigma do papel da mulher na sociedade atual.

— Tretas! — berrou Lucas, rindo. Estava todo vestido de preto, com uma enorme caveira a figurar na sua *T-shirt*. — Só brinquei contigo ao dizer que como és atualmente a única mulher da casa, deverias ser tu a fazer as honras de cozinhar o primeiro jantar.

— Amigo, se queres que o teu primeiro jantar em Ash Falls seja esparguete com atum, estás à vontade.

— Onde estão as mulheres decentes deste mundo? — perguntou ele, abanando a cabeça.

— Estão ocupadas a destruir o patriarcado.

— Não se preocupem, eu adoro cozinhar — interpôs-se Baltazar, enquanto mexia um refogado com ótimo aspeto. — Podemos arranjar um plano para a divisão de tarefas entre todos.

— Bem, posso tratar das limpezas, mas só se o Lucas me ajudar!

— Estão todos com azar. Só sou bom a comer e a sujar.

Desataram os dois a rir que nem um perdido. Olhei para a garrafa de vinho vazia, em cima da mesa, e percebi que não estava com muita vontade de me juntar à galhofa. Álcool não era a minha cena, mesmo socialmente. Era um perigo quando se queriam guardar segredos. Em vez disso, optei por oferecer ajuda a Baltazar.

— Podes cortar aqueles tomates, se puderes. Obrigado, Gaspar — agradeceu Baltazar, com um sorriso sincero.

Ali ao lado dele, concentrado em cortar os tomates em pedaços perfeitos, senti-me mais confortável do que estava à espera. Ainda era um estranho para mim, mas emitia um calor que me deixava à vontade, como se já o conhecesse há muito tempo. Era mais alto do que eu, e observei com piada as meias coloridas que usava, assim como a *T-shirt* larga, alusiva à série *Little Britain* — algo que me fez pensar que talvez apreciássemos o mesmo tipo de humor.

— Então, qual de nós vai ser o *condutor designado* para aqueles dois? — perguntei eu.

— Acho que estão habituados. Sinceramente, penso que aquilo não é só o álcool. Estão apenas contentes por estar aqui. Tal como eu.

Concordei com ele. As palavras vinham carregadas de um alívio que não esperava. Estava curioso por saber a história de Baltazar, o irónico *ghostwriter* do momento. Pelas minhas pesquisas nas suas redes e nas notícias sobre ele, percebi apenas que era muito recatado. Ossos do ofício, talvez.

— Ei! — gritou Lucas, surgindo de repente entre nós, o que me assustou. — Percebi agora uma coisa. Se estão aqui o Gaspar e o Baltazar, onde está o Melchior? Trouxeram presentes para nós?

Era uma piada à qual já estava habituado, mal ouviam o meu nome. Ainda assim, não senti maldade da sua parte, apenas uma tentativa de parecer engraçado para se enturmar. Era algo que poderia explorar mais tarde, se aquela grande personalidade não servia para esconder inseguranças. No meio de nós, Lucas pousou os braços em cima dos dois e aproximou o rosto do cozinhado, inspirando.

— Oh, que maravilha! Vais ser o meu novo melhor amigo, se continuares a cozinhar assim, Balty.

— Acho que esses tomates não vão ser suficientes. Importas-te de ir buscar mais à despensa? — pediu Baltazar, entretanto.

Oscar não estava a brincar quando referiu a quantidade de mantimentos. Havia ali um sem-fim de estantes cheias de caixas, latas, pacotes e alimentos variados. Fome não seria certamente um dos nossos problemas. Espreitei a arca frigorífica e havia igualmente estantes e gavetas recheadas. Quando me preparava para regressar, deparei com a porta que dava para a sala das máquinas trancada. Tentei abri-la, desafiando a ordem de Oscar, mas estava mesmo trancada. Colei o ouvido à porta. Nada. Na minha cabeça, a imaginação já estava em ação, mas rapidamente se dissipou assim que Cecília chamou por mim.

Baltazar era realmente um cozinheiro exímio. Há muito que não comia um jantar tão delicioso, que não fosse de um restaurante. Cecília e Lucas pareciam achar o mesmo, pois raramente falaram durante a refeição. Quando terminámos, Cecília foi buscar outra garrafa de vinho e encheu os copos dos quatro.

— Ash Falls tem excelente gosto para vinhos! Um brinde a nós, a Ash Falls e aos nossos futuros *bestsellers* — declarou ela. — Que sejam meses inesquecíveis para todos.

Ainda que impercetível, senti que aquele brinde tinha mudado qualquer coisa em mim. Simbolizava o culminar de um longo e tortuoso caminho e que, dali em diante, algo novo iria começar. A imprevisibilidade de novo caminho aterrava-me. Cruzando o olhar com o dos meus colegas — pessoas que ainda mal conhecia, mas que partilhavam o mesmo amor ao mundo dos livros —, sabia que não ia estar desamparado.

— Vamos fazer algo para quebrar o gelo e para nos conhecermos melhor — disse Cecília. — Digam-me por que motivo se candidataram a Ash Falls. Não me venham com tretas, quero saber a verdade. Estamos todos no mesmo barco. E vai começar o Sr. Gaspar, sempre tão observador.

Os olhos dos três prenderam-se em mim. Cecília era um perigo a ler e a desarmar os outros. Numa situação normal, primeiro ouviria as respostas dos outros e depois adaptaria a minha. Não havia vantagens em ser o primeiro em nenhuma situação. Na realidade, não precisava de mentir. Bastava apenas omitir alguns pormenores que não seriam bons para ninguém.

— Bem, como sabem, só publiquei um livro. Provavelmente conhecem melhor a série que foi adaptada daí. Não me posso queixar, correu muitíssimo bem e lançou-me no mercado editorial um pouco por todo o mundo. Com o sucesso que tive, atrevi-me a ser mais ousado e a preparar algo mais pessoal, mais meu, e com maior liberdade criativa. Infelizmente, os meus agentes e editores não acharam piada. Nem todos os outros a quem tentei vender o novo livro. Escusado será dizer que entrei numa espiral depressiva, da qual foi difícil sair. Afastei-me do mercado editorial e perdi a fé no meu talento para a escrita. Até que ouvi as notícias de Ash Falls e se acendeu uma luz cá dentro, uma centelha que pensei estar extinta. Quando recebi o telefonema, há poucos dias, nem quis acreditar — terminei eu.

— Obrigada pela tua sinceridade, Gaspar — agradeceu Cecília, esticando a mão, do outro lado da mesa, só para me tocar. — Até me faz sentir mal com os meus motivos, pois entrei nisto pela publicidade. Quando vi que Ash Falls se tornara viral no nosso meio, eu e a minha agente achámos que eu tinha de fazer parte disto. O meu êxito depende muito das redes sociais e é um trabalho constante e diário. Toda a ajuda é bem-vinda. Mas, depois do que disseste, pareço uma *bitch* superficial.

— Não digas isso — pedi eu. — É um motivo como outro qualquer, e tens todo o direito e mérito de estar aqui. Não esperava que algo como Ash Falls se tornasse popular junto do público. É uma oportunidade de ouro para qualquer escritor.

— Não estou cá pela publicidade — disse Lucas, com ar sério. — Estou-me nas tintas para mais *marketing* e, honestamente, não preciso. Estou aqui, porque precisava de parar e de voltar a encontrar-me. Os meus livros roubam um pedaço de mim de cada vez que os escrevo, e todo o circo que vem com sua promoção me deixa num lugar bem escuro. Ash Falls é um regresso às minhas origens, sem distrações e sem pressão. Pelo menos assim o espero.

Seguiu-se um silêncio, em que só se ouvia o leve agitar das árvores. Não esperava uma resposta tão sincera do folião Lucas. Aquela breve vulnerabilidade fez-me vê-lo numa nova perspetiva e gostar mais dele.

— Bem, se querem quebrar mesmo o gelo... estou aqui, porque o meu contratante insistiu e fez questão de que participasse nesta experiência — disse Baltazar, com um sorriso nervoso. — E eu pensei: *Porque não?* Agora que os conheci, penso que foi boa ideia. Posso concentrar-me na escrita, que é do que verdadeiramente gosto.

Rimos os quatro e fizemos novo brinde, o ambiente a aligeirar entre nós.

— Ai, espero bem que o Benjamin e a Ophelia não sejam umas bestas — pediu Cecília, num gesto de reza. — Estou a gostar muito deste grupinho. E já que estamos todos de mente aberta, tenho uma ideia.

Cecília saiu disparada escada acima e regressou com um baralho de *tarot* e um pano azul, que estendeu na mesa. Passado algum tempo a baralhar as cartas com as suas mãos esguias e ágeis, dispô-las em forma de leque.

— Vais já estragar tudo com isso — acusou Lucas, inquieto.

— Vou apenas perguntar aos espíritos como será a nossa jornada em Ash Falls. Mesmo que não acredites, será apenas uma orientação para nós.

É por acreditar que acho péssima ideia — respondeu ele.

Era demasiado cético para acreditar naquele tipo de prática, mas, ao mesmo tempo, extremamente curioso. Era o tipo de pessoa cínica que não conseguia acreditar em nada, mas que invejava os que o faziam.

— Vamos então começar. Cada um de nós vai tirar uma carta, a qual vai representar a jornada de cada um nesta casa. Como o Benjamin e a Ophelia não estão aqui, vou tirar uma carta por eles.

— Mais vale despachar já isto — disse Lucas, tirando a primeira carta e atirando-a para cima da mesa como se o queimasse. Era a Morte. — Perfeito! — bufou ele.

— Calma. Na realidade, a Morte pode ser uma carta positiva. Depende de como a interpretas — explicou Cecília. — Significa transformação. Numa experiência como esta, é natural. E, segundo percebi, é o que procuras nesta casa.

Lucas não pareceu convencido, afastando-se e deitando-se no sofá como um adolescente amuado. Baltazar tirou uma carta, o Eremita. Segundo Cecília, era uma carta que revelava aprendizagem e tranquilidade. Cecília tirou a Roda da Fortuna, ficando Benjamin com o Enforcado e Ophelia com a Lua.

— É a tua vez, Gaspar — anunciou ela.

Não estava propriamente ansioso por aquele momento, ainda mais sendo o último. Escolhi uma qualquer carta e entreguei-a a Cecília. Era o Diabo. O rosto dela endureceu.

— É assim tão mau? — perguntei.

— Não é nada de alarmante. Como disse, as cartas de *tarot* não são más, são apenas uma orientação do Destino à espera de ser interpretada. O Diabo mostra que deves ter cuidado com os pensamentos tóxicos e o sentimento de prisão, que te deves soltar mais — explicou ela.

— Uma bela de uma treta para ti, quer ela dizer — gritou Lucas, da sala.

— Nada disso. Este foi um lançamento muito superficial. Ainda estou cansada. Sei muito bem que não se devem lançar as cartas assim, mas achei que seria interessante para todos. Se quiserem, podemos fazer algo mais sério noutro momento — prometeu ela, recolhendo as cartas.

Um pesado silêncio pousou sobre nós. Olhei para Baltazar, que encolheu os ombros, tentando perceber se ela realmente falava a verdade ou se tinha visto algo ominoso naquelas cartas, algo que ia acabar por contaminar a nossa estada ali.

De repente, vi um movimento na floresta pelo canto do olho, o que me fez dar um salto. Das altas janelas, olhei fixamente lá para fora. Os outros fizeram o mesmo, quietos e calados que nem estátuas. Do nada, um vulto preto passou por entre as árvores, na escuridão da noite. Sobressaltada, Cecília guinchou e deixou cair o copo no chão. Num impulso, Lucas correu para a janela para tentar perceber o que era.

— Que foi aquilo? — perguntei eu, seriamente.

— Provavelmente um animal. É de esperar, numa floresta remota como esta — respondeu ele, ainda de mão colada ao vidro a perscrutar o exterior.

Mesmo cético, sabia que cartas de *tarot* agoirentas, copos partidos e vultos negros na noite só podiam significar uma coisa: maus presságios.

PROGRAMA RESIDENCIAL ASH FALLS

— CONFIDENCIAL —

Relatório de candidatura de Baltazar Levi

Baltazar Levi é outro caso peculiar no programa Ash Falls. Não é um escritor em si, mas um ghostwriter. *No entanto, é o* ghostwriter *mais talentoso e solicitado atualmente. Há uma enorme fila de espera pelo seu trabalho, que vai de celebridades a autores preguiçosos ou com bloqueios criativos. Obviamente, a sua fama é um caso particular, pois ninguém sabe ao certo que livros escreveu. Mas a indústria do livro fez questão de tornar este relutante escritor numa espécie de celebridade cujo segredo é o mistério e o secretismo que envolve o seu trabalho.*

Assim que comecei a falar com Baltazar, percebi logo que odeia mediatismo e ficou claro o motivo para nunca ter assinado nada escrito por si: é muito tímido e com uma intensa paixão pelo mundo da literatura. Analisando algumas das suas respostas, poderia dizer que considera a publicidade do escritor uma distração da própria escrita. Eu tenho uma teoria diferente: Baltazar é um escritor maravilhoso na tecnicidade e emoção das palavras, mas não é muito criativo. Brilha, quando outra pessoa lhe diz o que escrever, mas tem problemas com a própria criação. Isso pode explicar a noção com que fiquei no final da entrevista: Baltazar é um pouco aborrecido.

A principal razão pela qual aceitámos a sua candidatura a Ash Falls foi o seu atual empregador, uma celebridade de topo, que pagou um balúrdio para que escrevesse o melhor livro possível, o bestseller *perfeito. Acho que nem mesmo Baltazar percebe o que está a acontecer ao seu redor e deixa-se levar pela maré. A única coisa em que parece pensar é na escrita, o seu refúgio.*

WALT WALTERS
Diretor do Departamento de Candidaturas

5

O cursor piscava incessantemente na página vazia do meu computador, um deserto branco que me queimava a confiança a cada minuto que passava. A história que queria escrever pairava na minha mente havia meses, numa tempestade de ideias difíceis de domar. Por onde começar? Afinal, o meu problema não era apenas com *últimas coisas*, mas com inícios também.

Depois daquele jantar agitado, cada um de nós se recolheu nos respetivos quartos. Ainda a sofrer da exaustão da viagem, tentei adormecer, mas sem sucesso. Acabei por desistir e começar aquilo que me tinha levado até àquela residência: escrever. Havia algo no silêncio da noite que me impelia a ser mais criativo e produtivo. Era nessa altura que as minhas personagens me visitavam e me segredavam as suas histórias ao ouvido. Porém, o quarto ainda me era estranho, assim como a quietude ensurdecedora da casa e da floresta que nos rodeava. Era algo que me bloqueava.

Escrevi e reescrevi a primeira frase vezes sem conta. Aquela era provavelmente a frase mais importante de um livro, que atrai e agarra o leitor pelo pescoço, que o obriga a entrar na história, que leva a que continue a ler mais e a que não passe imediatamente para o outro livro na estante. Tinha de ser a frase perfeita.

Espreguicei-me na cadeira, odiando o cursor da página em branco, que gozava comigo e me dizia como era incompetente e pouco criativo.

Fechei o computador, recusando-me a ceder às dúvidas existenciais que invadiam aquele quarto. Certamente ainda estaria cansado, não estando em condições de começar fosse o que fosse.

Sem o ruído do computador, o silêncio da casa era ainda mais aterrador, especialmente na cave. Algures na casa, pude ouvir o ténue som de alguém a escrever furiosamente no seu computador. Talvez fosse Baltazar. Tinha todo o ar diligente de quem toma a escrita como prioridade. Ou então Lucas, a noite como a melhor companheira para escrever as suas histórias repletas de horror e desespero.

Acabei por decidir finalmente arrumar a minha roupa no armário. A roupa nas malas estava completamente remexida, certamente por alguém de Ash Falls em busca de itens proibidos no contrato. Por mais que me tentasse convencer de que realmente era uma boa estratégia da sua parte para nos libertar de distrações que afetassem o nosso trabalho, não podia deixar de o sentir como uma invasão de privacidade.

Eu não era exemplo para ninguém no que tocava à privacidade. Depois de esvaziar as minhas malas, desprendi o forro de uma delas, afastando-a só o suficiente para conseguir de lá tirar um pequeno caderno preto, cheio de apontamentos. Sentei-me na cama e abri-o.

São incríveis as informações que atualmente conseguimos recolher sobre certa pessoa, apenas com uma busca mais exaustiva nas suas redes sociais. Ash Falls tinha-se precipitado em divulgar antecipadamente os escritores que iriam fazer parte do programa. Os meus colegas de casa eram considerados celebridades, pelo que encontrar informações relevantes sobre cada um deles no meio de tanto lixo acabou por ser um desafio.

O segredo estava na sua vida pré-mediatismo, naquelas fotografias, nos vídeos e publicações tão cá para baixo nos *feeds* das suas páginas, que nem jornalistas ou *bloggers* perdiam tempo a procurá-las. Foi assim que soube que Lucas teve um irmão, que nunca referiu em entrevistas, que Cecília se afastou de toda a sua família e que Baltazar desistiu de um curso de engenharia para se dedicar ao arriscado negócio da escrita. Informações como estas eram preciosas numa situação como aquela.

Não me sentia de todo um *stalker*, apesar de admitir que investigar exaustivamente sobre pessoas me dava algum prazer. Quem sabe até inspiração. Porém, será que todos os outros não teriam feito o mesmo, sabendo que iam viver com estranhos durante três meses? Cecília já o admitira ter feito. Todas as pessoas têm segredos. Aquela era apenas uma forma de me antecipar e proteger.

De repente, senti que estava a ser observado, como se não estivesse sozinho ali. Olhei para todos os cantos do quarto, apenas iluminado pelo candeeiro da mesa de cabeceira. Depois olhei para a janela acima de mim, a memória do vulto na floresta a ressurgir. De súbito, movimento. Todo o meu corpo estremeceu. Não tinha sido o movimento brusco de um animal, nem houvera ruído. Podia ser só vegetação, mas não podia excluir a hipótese de ser um dos outros. Um dos outros que podia ter acabado de presenciar a avidez com que folheara as informações recolhidas sobre eles.

Voltei a esconder o caderno no forro da mala e corri escada acima até ao exterior da casa, elaborando na minha cabeça uma qualquer explicação plausível, caso tivesse sido apanhado. Teriam conseguido ver o conteúdo do caderno daquele ângulo?

Quando abri a porta da rua, deparei com Baltazar, descontraidamente encostado a uma das vigas do alpendre a fumar um cigarro. Estava tão calmo, que era impossível ter vindo a correr do outro lado da enorme casa.

— Gaspar, estás bem? Estás pálido — disse ele, com ar preocupado.

Subir a escada daquela forma, misturado com o nervosismo de que tinha acabado de ser apanhado por algo duvidoso, deixara-me a suar e já com o cabelo a começar a colar-se à testa. Suspirei, forçando-me a acalmar.

— Achei ter visto qualquer coisa do lado de fora da minha janela.

— E correste até cá fora? Podia ser um animal perigoso.

— Foi impulso. Além disso, provavelmente deve ter mais medo de nós do que ao contrário.

— Fala por ti. Conheço bem de mais a vida selvagem para saber que as noites num sítio como este são perigosas para pessoas como nós — admitiu ele, depois de apagar a beata num cinzeiro que tinha trazido consigo.

— Não sabia que fumavas.

Afirmação parva. Conhecia-o nem há dois dias, mas, na realidade, com toda a pesquisa feita, sentia que o conhecia há mais.

— Apenas quando escrevo. Ajuda-me a acalmar o ritmo. Por vezes, a minha cabeça é mais rápida do que os dedos.

— Conheço perfeitamente a sensação. Mas este *jet lag* deu cabo de mim. Hoje não consegui fazer nada.

— Não sejas tão duro contigo próprio. Acabámos de chegar, descansa e deixa que a escrita venha até ti.

Baltazar pôs a mão no meu ombro, apertando-o de forma reconfortante. Algo naquele toque e naquelas palavras fez toda a minha ansiedade esvanecer-se como por magia.

Depois de me despedir, regressei ao meu quarto e voltei a abrir o computador. O problema não era meu. Era da história. A tempestade que me acompanhava há meses não era para ser domada. Em vez dela, surgira agora algo novo e excitante: um oceano, uma infinitude de possibilidades pronta a ser descoberta.

O oceano inundou o meu quarto.

Escrevi a primeira frase.

E depois outra.

E depois outras.

*

Acordei com alguém a bater à porta do quarto. A luz da manhã batia-me diretamente nos olhos, desafiando as sombras das próprias árvores. Não me lembrava de ter ido para a cama na madrugada anterior. Escrevi como um louco, como se tivesse sido dominado pelo caos da minha imaginação.

— Gaspar? Está tudo bem? — era a voz de Cecília do outro lado da porta fechada. — Eu e os rapazes vamos explorar o lago. Queres vir connosco?

— Sim, claro. Vou já subir.

— O. K., boa! Esperamos por ti então. Demora o tempo que quiseres — disse ela, com um sorriso na voz. Era alívio que estava a pressentir nas suas palavras?

Quando subi, ouvi as vozes dos três a conversar no alpendre. Mais uma vez, senti-me excluído do grupo. Será que estar num quarto isolado na cave tinha alguma influência? Será que faziam coisas juntos no primeiro andar sem que eu soubesse? Conversas secretas nos quartos uns dos outros?

Ao ver o pequeno-almoço à minha espera na cozinha, senti-me culpado por estar a pensar daquela forma. Como bons companheiros, tinham deixado tudo pronto. Até café, algo por que ansiava perdidamente. Depois de um banho rápido, tomei imediatamente o pequeno-almoço para que não tivessem de esperar muito mais por mim. Quando cheguei ao alpendre, os três sorriram para mim, e Lucas abraçou-me o pescoço com um braço. Ali estava novamente o cheiro intoxicante que mexia comigo.

— Este gajo! Estávamos preocupados contigo. Fomos três vezes bater-te à porta! Achei que estavas morto, Gaspy — disse, a rir.

Reparei que alcunhas eram algo particular de Lucas. Achei enternecedor, especialmente porque revelava confiança e que gostava de mim.

— Sei que todos temos trabalho a fazer, mas decidi organizar esta pequena excursão para conhecermos melhor o nosso lar temporário. — Cecília parecia, aos poucos, tomar o papel de líder daquele pequeno grupo. Da minha parte, não via inconveniente. Antes pelo contrário. As atenções desviavam-se de mim. — Não sei como costumam trabalhar, mas adoro escrever ao ar livre. Espero que o lago seja realmente bonito.

Percorremos o trilho sinalizado, durante alguns minutos. A floresta era claramente menos ameaçadora durante o dia, com muita vida à nossa volta, sons e movimentos da natureza que nos acolhia.

A primeira impressão do lago foi avassaladora. As altas árvores deram lugar a um dos mais belos anfiteatros naturais que alguma vez havia visto — um lago turquesa, tranquilo, rodeado pela floresta e, mais acima, montanhas de tom azulado, as guardiãs do paraíso. Sobre todo aquele cenário, o sol derramava um brilho laranja glorioso. Um autêntico quadro natural.

— Uau! Não se vê disto todos os dias — disse Cecília, boquiaberta, largando os chinelos e correndo pelas pequenas pedras na margem para molhar os pés.

— Acho que nunca vi este lago. Nem sequer sabemos o seu nome. Onde acham que estamos afinal? — perguntou Baltazar.

— Que interessa isso? Acabámos de ganhar umas férias de sonho num local só nosso — Lucas estava já a despir a *T-shirt*, exibindo as tatuagens em todo o seu esplendor.

— Não sei se será prudente irem para a água. Sabe-se lá o que podem encontrar aí.

Baltazar tinha razão. Locais como aquele não podiam ser tão perfeitos. Aliás, podiam até ser um chamariz para perigos escondidos. As palavras de Oscar sobre a segurança da floresta vieram à tona. Lucas agarrou nos ombros de Baltazar e sorriu condescendentemente.

— Barty, vive um pouco! Se te faz sentir melhor... — num movimento repentino, Lucas despiu os calções, sacudindo-os com um pé e ficando completamente nu à nossa frente — vou entrar na água sem calções, não vão eles ficar presos nalgum ramo debaixo de água.

Lucas correu pelas pedras às gargalhadas, mergulhando corajosamente como o louco que era. Desapareceu durante alguns segundos, até a sua cabeça surgir vários metros adiante com um grito extasiado. Cecília alternava entre o riso e o guincho típico de uma adolescente, e Baltazar corava, petrificado. Já eu estava a adorar toda aquela cena. Doido e *sexy* Lucas...

— Acho que vou para casa e avançar o meu trabalho. Não trouxe protetor solar e a minha pele não está habituada a este sol — desculpou-se Baltazar, antes de desaparecer por entre as árvores com grandes passadas.

Cecília estendeu uma toalha na pequena praia de pedrinhas e seixos, e convidou-me a sentar ao lado dela, enquanto Lucas se divertia a nadar e a cantar uma qualquer música *rock*.

— Aquele Lucas é máximo. Tão louco, como se se estivesse a lixar para o mundo — disse Cecília.

— Sim, não é toda a gente que tem a lata de se despir assim à frente de pessoas que mal conhece. É preciso ter muita confiança.

— Ou então está simplesmente contente, porque aqui se sente livre.

Nisso ela tinha razão. Aos poucos, também eu me sentia mais leve, o peso do passado a evaporar-se como se não fosse realmente meu.

— Onde estás, Gaspar? — perguntou ela, de repente.

— Onde estou? Num lago, em Ash Falls.

— Já reparei que tens momentos em que a tua mente vai para longe. Algo nesses teus olhos verdes desaparece para algum sítio que não sei se é bom para ti — Cecília agarrou-me na mão, como já ia sendo hábito seu. Será que o fazia sempre com todos os que queria *reparar*? Com a outra mão, pôs uma madeixa rosa por trás da orelha e levantou a cabeça, fechando os olhos. A sua pele brilhava de forma encantadora. — Escrevo o que escrevo, porque acredito verdadeiramente que cada um de nós tem o poder para se curar. Os meus livros servem apenas para dar um empurrão. Quando olho para ti, vejo alguém que não sabe como curar as suas feridas — virou o rosto para mim, fixando os meus olhos com intensidade.

— Não sejas tão duro contigo. Permite-te fazer um *reset* e aceitar as novas oportunidades que o Universo te dá.

Ainda que as palavras me parecessem um despejar de tretas de autoajuda, admitia que tinham potencial para me ajudar. Porém, se aquele tipo de lugar-comum funcionasse, os anos não teriam sido tão merdosos para mim. Não que tais palavras não pudessem funcionar com donas de casa aborrecidas, ou com jovens adultas que «se estão a encontrar». Já eu era demasiado complexo para que aquelas *aprendizagens* me fizessem algo bom. Ainda assim, estava genuinamente agradecido a Cecília pela sincera tentativa.

— Acho que me vou juntar ao Lucas. A água está gelada, mas tem um ar tão apetecível. Vem também!

Aceitei. A água estava realmente gelada, mas foi agradável mergulhar e sentir toda a beleza selvagem na própria pele.

*

Mais uma vez, Baltazar tinha cozinhado um almoço divinal para todos nós. Ia ficar muito mal-habituado com aquele homem a cozinhar. Desta vez, foi Lucas a ajudar na cozinha, ficando a mesa a cargo de Cecília e a loiça por minha conta. Era engraçada a forma como acabávamos por dividir as tarefas tão naturalmente entre nós. Por agora, era fácil viver com aquelas pessoas. Só esperava que Benjamin e Ophelia não viessem estragar a dinâmica. E por falar nos novos colegas, onde estavam eles?

Depois do almoço, os meus companheiros regressaram aos seus quartos para trabalhar, e eu fiquei sozinho a lavar a loiça. O dia estava tão bonito, que pensei em ir escrever lá para fora. Lembrei-me de que Cecília havia dito que gostava de escrever no exterior, pelo que subi a escada para lhe lançar o desafio.

O primeiro piso era um local estranho para mim. Parecia que estava a entrar num sítio em que não me era permitido estar. Estava a aprender a gostar da privacidade do meu quarto na cave. Ainda assim, não podia deixar de pensar que não fazia parte daquele *clube*. Do quarto de Lucas ouvia-se um leve ressonar, enquanto do lado de Baltazar só se ouvia um furioso teclar no computador.

Bati levemente à porta do quarto de Cecília, ouvindo música do outro lado. *K-pop*, percebi eu. O pessoal de Ash Falls tinha pedido que cada um de nós lhes fornecesse uma lista de bandas e músicas, sabendo que seria um bom reforço para o nosso processo criativo. Ainda não usara a minha *playlist*, mas começava a sentir-lhe a falta.

Assim que abriu a porta e me viu, Cecília puxou-me para dentro do quarto, continuando a dançar ao som da música.

— Critica-me à vontade, mas adoro *K-pop*. Ajuda-me a libertar a cabeça antes de começar a trabalhar — explicou ela.

Ao contrário do meu quarto, que mais parecia uma triste prisão, o dela estava já todo decorado como se tivesse explodido ali toda a sua personalidade. Havia incensos, pedras, livros abertos, espalhados na cama e no chão, *posters* surrealistas, vários baralhos de cartas empilhados e roupa colorida atirada pelo quarto. Um caos alegre e harmonioso, tal como Cecília.

— Venho fazer-te um convite. Queres ir escrever para o lago? — sugeri eu.

— Que ótima ideia! Claro que sim. Vai buscar as tuas coisas e encontramo-nos no alpendre.

No trilho, Cecília perguntou-me sobre o que estava a escrever. Nenhum de nós tinha falado sobre isso, pelo que até achei que fosse assunto tabu. No caso de Baltazar, até acredito que o seria mesmo.

— Para ser totalmente sincero, cheguei cá com um livro planeado, mas ontem à noite tive uma epifania e comecei algo novo e diferente. Foi por isso que tiveram dificuldade em me acordar, estive a escrever como um maníaco. Há muito que não o fazia. Ainda não sei bem que caminho vai seguir, mas em breve conto-te melhor, prometo! — a resposta pareceu satisfazê-la.

— Nesse caso, também eu to direi nessa altura. É justo, Gaspar.

Quando chegámos ao lago, as palavras de Baltazar começaram a atormentar-me relativamente ao protetor solar. Também eu tinha uma pele sensível ao Sol — e estávamos em pleno verão —, mas, perante um cenário daqueles, negligenciara-a. Por prevenção, escolhi a sombra de uma rocha na margem do lago, enquanto Cecília subia para o seu topo.

Estava esperançoso de que o cenário me inspirasse, mas não aconteceu. A inspiração tinha daquelas coisas, muito temperamental e inconstante. Éramos nós, escritores, que estávamos à mercê dela. Aproveitei para rever e editar tudo o que havia escrito na noite anterior.

Ao fim de algum tempo, Cecília desceu da rocha e disse que tinha de regressar, pois ficara sem bateria no portátil. O pôr do sol naquele local deveria ser incrível, pelo que quis ficar. Com o sol mais fraco, subi até à rocha onde estivera Cecília e sentei-me de queixo apoiado nos joelhos. Observei serenamente o Sol a ficar cada vez mais vermelho, à medida que se aproximava do horizonte, por trás das imponentes montanhas. Eu era secretamente um amante do pôr do sol. Por mais que me dissessem que era algo clichê e que era sempre igual, para mim era sempre um espetáculo sem-par e a minha hora favorita do dia. Apesar de não gostar de *últimas coisas*, aquela era a exceção, o final de algo, com toda a certeza de um recomeço.

*

Acordei com a cara colada à pedra fria e o corpo completamente gelado. Devia ter adormecido sem dar conta. Não era algo que costumasse acontecer-me, essa perda de controlo. Talvez tivesse sido do cansaço do dia no lago.

Estava completamente escuro. Nem sequer se via a Lua, o céu todo coberto por nuvens. Desci da rocha e apertei o portátil contra mim, tentando não entrar em pânico, ao olhar para a floresta completamente negra, onde nem sequer conseguia ver os sinais do trilho. Sem pensar, chamei por cada um dos meus companheiros o mais alto que pude, mas, no meio do barulho das árvores a serem agitadas pelo vento, era inútil. Tentei ver por entre a floresta algum sinal das luzes da casa, mas nada.

Não podia ficar ali, tinha de arriscar. Avancei por aquele que me pareceu ser o caminho para a casa. Os primeiros minutos corriam bem, com o terreno algo familiar sob os meus pés. No entanto, ao fim de algum tempo, estava já a tropeçar em raízes de árvores e a arranhar-me em arbustos. A apertar ainda mais o computador contra mim, tentei não ceder ao pânico, imaginando a possibilidade de me perder. Pior do que isso era pensar quando é que os outros iriam dar pela minha falta e usar o telefone de emergência para chamar a equipa de Ash Falls. Não era só uma questão de segurança. Era também de humilhação.

Avançando sem rumo pela escuridão, recomecei a chamar pelos outros. E, novamente, a sensação de estar a ser observado fez-me estacar o passo. Olhei ao meu redor, em busca de qualquer sinal de que estivesse ali algo ou alguém, mas nada. Apenas aquela sensação sinistra de que não estava sozinho. Baixei-me lentamente, encostado a uma árvore, perscrutando tudo e desejando que a terrível sensação fosse fruto da minha imaginação e do medo. Até que vi um vulto escuro atrás de uma árvore a poucos metros de mim. Foi muito rápido, mas foi o ímpeto de que precisava para desatar a correr pela floresta, com o terror a querer dominar-me por completo. Corri o mais rapidamente que pude, desviando-me de obstáculos que nem sabia o que eram. Os ruídos da floresta eram cada vez mais aterradores à minha volta. Ofegante, acabei por tropeçar no próprio pé e cair atabalhoadamente sobre uma cama de folhas mortas.

Antes que pudesse levantar-me e avaliar se estava ferido, ouvi passos a correr na minha direção. Gritei e fechei os olhos com força, desistindo.

— Estás bem? — perguntou uma voz serena que me era estranha.

Abri os olhos, e um homem asiático, de óculos redondos, estava agachado sobre mim. Atrás dele, uma mulher carregada de malas apontava-nos uma lanterna e olhava para mim, desconfiada.

Benjamin e Ophelia tinham chegado.

PROGRAMA RESIDENCIAL ASH FALLS
— CONFIDENCIAL —

Relatório de candidatura de Benjamin Lee

Benjamin Lee é o mais «literário» de todos os nossos candidatos. Lee iniciou a sua carreira com um bestseller *nos Estados Unidos, no Japão e na Coreia do Sul — onde nasceu —, mas os seus livros já estão praticamente em qualquer livraria de todo o mundo. Os seus trabalhos ganharam vários prémios literários, e a cada livro que publica há sempre um burburinho de ainda mais prémios prestigiados. A qualidade dos seus livros é impressionante, e a crítica praticamente bajula tudo o que escreve. Porém, por vezes, o grande público acha alguns dos seus livros enfadonhos e deprimentes.*

A entrevista foi realizada por Zoom, *devido aos seus compromissos na Ásia. Isso e a língua materna dificultaram, em certa parte, a comunicação para análise da sua personalidade. Embora muito educado e gracioso, havia algo em Benjamin que não conseguia deixar de achar... errado. Era como se estivesse a entrevistar uma personagem e não o verdadeiro Benjamin. Isso era muito evidente no seu olhar intenso, sempre a dizer qualquer coisa verdadeiramente sombria, apesar das respostas positivas e, à partida, inocentes. Talvez seja por razão cultural.*

Os seus livros têm um estilo muito simples e minimalista, mas costumam tocar em assuntos pesados, como a solidão, a alienação e o abandono. É o tipo de história que retrata algo muito pessoal e profundo em todos nós, mas que ninguém reconhece ou admite. Eu incluído.

Não conseguimos obter, a tempo, os pormenores do livro em que estará a trabalhar em Ash Falls. Acredito que foi intencional, pois parece ser muito protetor em relação ao seu trabalho. Mas tenho a certeza de que será uma história assustadoramente real.

WALT WALTERS
Diretor do Departamento de Candidaturas

6

— Nós pensávamos que estavas no quarto — afirmou Cecília, de voz suplicante. — Achei que tinhas regressado pouco depois de mim.

— Está tudo bem. Estou bem — respondi, agarrando num copo de água com uma mão trémula, mais envergonhado do que assustado. — Adormeci e perdi-me como um idiota.

— Não és idiota. Estamos aqui há dois dias. É perfeitamente normal isso acontecer, ainda mais à noite.

Ao lado dela, Baltazar olhava para mim com um ar igualmente preocupado. Lucas tinha subido com Ophelia e Benjamin para os ajudar com as malas.

— Felizmente o Benjamin e a Ophelia encontraram-me. Já passou. Vou ter mais cuidado daqui para a frente — disse, como um miúdo a fazer promessas.

— Bem, se está tudo bem, vou continuar o jantar. Teremos mais duas pessoas à mesa, pelo visto — sorriu Baltazar. Parecia verdadeiramente feliz por ter mais duas pessoas a quem agradar.

Enquanto Cecília o ajudava, decidi tomar banho para limpar toda a terra e os arranhões, depois de andar, literalmente, a rebolar pela floresta. Felizmente, o computador com o meu trabalho não havia sofrido danos, quando caí, pelo que o devolvi à secretária como se fosse feito de vidro.

Está tudo bem.

Não, não estava tudo bem. Ainda que soubesse que aquele pedido de desculpas e a preocupação eram sinceros, a verdade é que nenhum deles se tinha dado conta de que eu andava perdido numa floresta ainda desconhecida. Não conseguia largar a terrível sensação de que não estava sozinho na floresta, aquela arrepiante noção de que estava a ser observado.

Deixando a água quente do chuveiro cair sobre o meu corpo, tentei libertar-me de tais pensamentos. Havia mais dois hóspedes naquela casa, as duas últimas figuras que faltavam para compor o primeiro grupo de *aventureiros* de Ash Falls.

Era impossível não ser cativado por Benjamin. Como um autêntico cavaleiro, tinha-me encontrado aos gritos no meio de folhas, bichos e terra — uma anedota de homem. Ainda assim, foi de uma atenção sem igual, ajudando-me a levantar e sempre vigilante do meu estado físico e emocional. Não era só ele que me observava de perto. Também eu já estava com todos os meus sensores a cem por cento para o analisar — a ele e a Ophelia. Eram o oposto um do outro. Ele, graciosidade, roupa impecável e rosto de mármore. Já ela lembrava-me um gato esquivo. Grandes olhos verdes, pele de um rico caramelo e cabelo tão negro como a noite, mas escondida dentro de várias camadas de roupa larga. Não pude deixar de sentir que ela se afastara de mim, como se o *doido* pusesse em causa a sua segurança.

Subi para jantar ao mesmo tempo que Lucas descia, com Benjamin e Ophelia atrás de dele. A refeição decorreu calmamente, com Cecília a dominar quase todas as conversas, o que começava a tornar-se hábito. Ophelia mal falava, sempre observadora e alerta, e Benjamin elogiava educadamente os dotes culinários de Baltazar. No final, veio a pergunta da praxe aos novatos da casa: que os levara a Ash Falls? Benjamin juntou as mãos, onde apoiou um queixo pensativo, antes de responder. O seu leve sotaque coreano era encantador.

— Sempre fui uma criança curiosa e aventureira. O meu pai fez permanentemente questão de incentivar esses meus traços de personalidade e foi isso que me levou a entrar no mundo da escrita. Quando o meu agente me falou desta oportunidade, achei que seria uma excelente forma de enriquecer o meu percurso.

Depois de terminar, todos os rostos se viraram para Ophelia, o que a deixou claramente desconfortável. Conseguia ver a sua beleza, mas era difícil acreditar que aquela mulher retraída e até desleixada fosse uma das maiores autoras de erotismo literário. Tinha lido um livro dela uma vez e confesso que houve capítulos que me deixaram excitado com as imagens vívidas e sensuais transmitidas pelas suas palavras.

— Na verdade, precisava de me afastar da pressão constante dos fãs e dos leitores. Estou a escrever o último livro de uma trilogia e toda esta tensão me estava a deixar muito ansiosa. Tenho um prazo para cumprir, pelo que esta foi uma boa oportunidade para me ajudar nisso.

Por algum motivo, nenhuma das palavras me pareceu sincera. Algo nos seus gestos e movimentos traíam o que dizia. Do outro lado da mesa, Cecília estava já com o seu típico olhar de raios X, e eu sabia que também não estava a acreditar. Que escondes, Ophelia?

Estando exaustos da viagem, deixámos que os novos colegas recolhessem aos quartos, seguindo o seu exemplo poucos minutos depois. Ainda sem sono, sentei-me a escrever algumas páginas antes de me deitar. A escrita já não fluiu tão bem como na noite anterior. Havia ali qualquer coisa que faltava e que estava a tornar a história mecânica e pouco interessante, as personagens a pairar sobre a minha cabeça, mas sem nada para me dizer. Não naquela noite, pelo menos. Havia outras personagens na minha cabeça e não eram aquelas. Cecília, Lucas, Baltazar, Benjamin e Ophelia tinham-na ocupado e tomado como sua. Conhecia bem aquela sensação excitante, a de conhecer pessoas novas e intrigantes, todo o infinito de possibilidades de interação e descoberta. Era algo que há muito não sentia. Sobressaltava-me a eventualidade de fazer alguma coisa errada, que os levasse a não gostar de mim. Não ia conseguir suportar isso novamente.

Já na cama, com a cabeça encostada na almofada, observei as formas escuras das mobílias do meu quarto. Mas havia algo mais — demónios do passado a formarem-se à minha frente e que me fixavam com as expressões incisivas da indiferença. Afinal, tinham-me seguido até ali. A minha mente partiu dali para outro lado, um lado negro que não conseguia abandonar e que me consumia lentamente.

*

Acordei com uma tremenda dor de cabeça, como se estivesse de ressaca. Tinha dores nos membros, devido aos ferimentos da queda. Podia jurar que na noite anterior não existiam alguns daqueles arranhões.

Subi a escada em desespero por um café. Benjamin sentava-se todo esguio numa das poltronas da sala, de pernas trocadas, óculos e camisa branca engomada. Lia um livro com uma mão, enquanto a outra agarrava numa chávena. Todo ele parecia uma foto encenada para o Instagram, o que me fez sentir um sem-abrigo.

— Bom dia, Gaspar. Espero que tenhas tido uma noite agradável — cumprimentou ele, de expressão neutra.

— Bom dia. Foi uma noite estranha. E acordei com uma terrível dor de cabeça.

— Pode ser influência da adrenalina de ontem. Há uma ótima seleção de chás num dos armários na cozinha. Recomendo chá de gengibre — sugeriu ele.

Não era má ideia, mas todo o meu corpo continuava a berrar por café. Enquanto preparava uma chávena, Lucas entrou repentinamente em casa como um furacão. Vinha completamente suado, de cabelo molhado e a roupa colada ao corpo.

— Uau! Estava mesmo a precisar disto. Corrida e música! — gritou ele, como um estudante universitário a rebentar de hormonas, retirando os *headphones*. — Estou esfomeado! Mas antes vou para o duche — anunciou, despindo a *T-shirt* e enfiando-se na casa de banho. Ao pé do estoico Benjamin, parecia um autêntico homem das cavernas. Só quando o som do chuveiro se fez ouvir, Benjamin voltou a falar.

— Grupo interessante o nosso. Todos na mesma profissão e, no entanto, com *backgrounds* tão diferentes.

Ele tinha razão. Cada um dos seis escritores daquela casa provinha de um género ou nicho muito diferente. Mas não era só isso. Também as personalidades, assim como a imensidão das suas vidas pessoais, pareciam ser bastante díspares. Isso seria uma receita para o desastre ou para uma enriquecedora e complementar experiência.

— Quais os teus planos para hoje, Gaspar? — perguntou ele.

— Escrever, obviamente. Ainda estou a tentar encontrar aquele ponto em que escrevo como um obcecado. Tenho saudades disso.

— Cuidado com a obsessão. A linha que divide a criação e o caos é muito ténue.

Eu tinha uma perspetiva diferente. Gostava daquele lado negro da escrita em que era totalmente dominado pela vontade das minhas personagens. Havia um ponto da escrita em que se tornavam tão poderosas, tão vivas, que não tinha opção a não ser submeter-me à sua vontade. Havia algo verdadeiramente intoxicante nisso, mas também esgotante.

— Gosto das minhas rotinas, mas, no que toca à escrita, deixo que venha até mim consoante a sua vontade. Depois desse momento, é minha — disse ele, num tom que roçava quase o presunçoso.

Benjamin fechou o livro. Pude reparar que tinha aliança de casado, a qual não vira antes. Nas pesquisas que fizera sobre ele, não havia referência a esposa ou família, pelo que me surpreendeu. Devia ser muito bom a proteger a sua privacidade.

Sem mais conversa, dirigiu-se para o deque, nas traseiras da casa, agarrou-se ao corrimão de madeira e ali ficou, pensativo e distante.

Sem querer interferir nas rotinas de cada um, deixei preparadas algumas coisas, caso alguém quisesse descer para tomar o pequeno-almoço. Lucas, entretanto, tinha subido, e mais ninguém descera. Até Benjamin desaparecera do deque. Decidi recolher-me no meu quarto para escrever. Ou pelo menos tentar.

*

Nem me dera conta da passagem das horas quando alguém bateu à porta. Havia estado a escrever, completamente absorto na história, mas quase nem me lembrava do que acabara de entrar naquelas dez páginas.

Lucas entrou no meu quarto, impetuoso como sempre, e deitou-se na minha cama desfeita a olhar para mim.

— Estás a trabalhar muito para o meu gosto — disse ele, com um meio sorriso. — Vou começar a ficar invejoso de toda essa produtividade.

— Não é esse o objetivo desta experiência?

— Temos três meses. Dá perfeitamente para cada um de nós escrever as suas cenas. Eu até conseguia escrever em dois, se quisesse. Mas a nossa vida não tem de ser só os livros. Aprendi isso da pior forma, Gaspy.

— Lembra-te de que a minha fasquia não é a mesma. Tenho muito mais a provar.

Levantou-se e aproximou-se de mim, massajando os meus ombros. Como um vício, Lucas irritava-me e atraía-me ao mesmo tempo. Talvez porque olhar para ele era olhar para aquilo que desejava ser — forte e confiante.

— Tens razão. Mas quem te diz a ti que não vais escrever o melhor livro de sempre e eu o maior fiasco? Não depende de nós, nem do nosso rigor de trabalho. O mundo dos livros e dos leitores é demasiado volátil. Vá, vem daí. Consegui desafiar a Cecília a fazer o almoço. Se correr mal, descobri pizas congeladas na arca — brincou Lucas, saindo do quarto.

Mudei de roupa para algo mais apresentável e subi. O cenário familiar da casa estava agora mais enriquecido com Cecília ao fogão, Baltazar aflito a tentar resolver todo o caos que ela causava, e Benjamin e Lucas a prepararem a mesa. A música que se ouvia agora era dos Bastille.

— Gaspar, podes, por favor, chamar a Ophelia? — pediu Cecília, quase a cantar. — Ainda não saiu do quarto hoje.

Por momentos, havia-me esquecido dela, tão cinzenta que me tinha parecido.

Ao subir, notei que também Ophelia era uma espécie de forasteira como eu. O seu quarto ficava no segundo andar, naquilo que parecia ser um sótão, isolado e longe do andar onde estavam os outros quatro quartos. Bati levemente à porta, com receio de perturbar o seu descanso. Sabia bem o que custava uma viagem daquelas. Do outro lado, apenas silêncio. Quando me preparava para desistir, passos suaves fizeram-se ouvir do outro lado, até que Ophelia surgiu, com a porta entreaberta. Os seus grandes olhos evitavam os meus. Não me pareceu nada ensonada ou cansada.

— Começámos um pequeno ritual de tomarmos as refeições juntos, com distribuição de tarefas entre todos. Se estiveres mais descansada, podes descer para almoçar connosco.

— Claro. Desço dentro de momentos — respondeu ela, de forma quase mecânica e fechando-se novamente no quarto.

Antes que fechasse a porta, não pude deixar de reparar no crucifixo pendurado na parede, por cima da cama. Irónico para quem escreve livros tão *pecadores* e, ainda mais, quando julgava que a sua religião se relacionava com as suas raízes na Índia.

O almoço decorreu calmamente, quase sempre preenchido por conversa de circunstância, pontuada por um qualquer comentário inusitado de Lucas ou de Cecília. Ophelia e Benjamin quase nem se faziam notar.

De tarde, todos decidiram ficar nos respetivos quartos a escrever, a casa em silêncio com a ocasional e ténue sinfonia de teclas de computador. Felizmente, de noite, o ambiente tornou-se mais descontraído. Havia a necessidade generalizada de descomprimir, depois de uma tarde de trabalho, pelo que, conforme sugestão de Cecília, íamos ter sessão de cinema.

A seleção de filmes não era muito grande, e muitos envolviam escritores ou adaptações de livros. Acabou por se optar por um clássico — *Misery* —, encarado por quase todos como uma escolha irónica, dada a nossa popularidade. Espalhados pelos sofás e poltronas da sala, às escuras, o final do filme gerou naturalmente uma conversa sobre fãs obcecados como Annie Wilkes.

— Recebo ocasionais mensagens de engate nas redes sociais — começou Cecília. — Nada muito preocupante. Desde que se mantenham escondidos atrás dos seus ecrãs, não penso muito nisso.

— Eu tive uma leitora mais complicada há uns anos — continuou Lucas. — Enviava-me *e-mails* e mensagens diariamente. Estava convencida de que a personagem de um dos meus livros tinha sido inspirada nela. Tudo devido a um breve encontro numa sessão de autógrafos meses antes. Desapareceu quando tudo o que obteve de mim foi silêncio.

Ophelia remexeu-se na poltrona onde estava, esfregando os braços de forma defensiva.

— Eu tive um *stalker* a importunar-me — disse, com uma voz tão baixa e fria, que mal a conseguia ouvir do outro lado da sala. — A natureza dos meus livros é perigosa quando os leitores acham que sou sedutora como as minhas personagens. Conseguiu descobrir a minha morada e todos os locais que frequentava. No início, achei que era apenas coincidência encontrar várias vezes aquele homem. Mas a maneira como olhava fixamente para mim, como sorria sofregamente à espera de resposta, de um sinal meu... Falei com a minha agente e, mais tarde, com a polícia. Durante alguns dias, pensei ter acabado. Até ao dia em que cheguei a casa e ele estava lá.

— Atacou-te? — perguntou Cecília, num impulso assustado.

— Não. Isso foi ainda mais assustador, pois teria sido mais um motivo para apresentar queixa. Estava paralisada pelo medo. Ele apenas sorria, daqueles sorrisos forçados que repuxam os músculos da cara. Olhava fixamente para mim e rodeava-me como um predador. Mas nunca me tocou. Acho que lhe dava prazer apenas ter-me ali, indefesa e à sua mercê.

Ophelia olhou para o chão, claramente abatida pelas memórias daqueles terríveis momentos. Aguardámos até que estivesse preparada para continuar.

— Lá consegui ganhar forças para gritar. Gritei tão alto, que acho que o assustei. Ele fugiu e chamei a polícia. Não podia continuar naquela casa depois do que tinha acontecido. Fiquei num hotel e, no dia seguinte, comecei a tratar de tudo para me mudar. Conseguimos descobrir a sua identidade e houve uma ordem de restrição e, desde então, nunca mais vi aquele homem. Mas há muitas noites em que o rosto dele ainda surge na minha mente, como se ainda continuasse a observar-me das sombras.

— Bem, sou péssima a escolher temas de conversa — desculpou-se Cecília. — Terminamos sempre com a história dramática de algum de nós. Ophelia, obrigada por essa partilha. Se precisares de falar, estaremos aqui para ti. Estás segura — terminou ela, com o seu famoso e confortante toque nas mãos da outra.

— Obrigada a todos por me ouvirem. Não costumo ser tão direta e transparente, especialmente porque ainda mal nos conhecemos. Mas parecem todos boas pessoas. Sou o tipo de pessoa tímida, que se tende a abrir aos poucos.

Tenho uma certa tendência para desconfiar de quem diz «sou o tipo de pessoa», encarando isso como comportamento manipulatório, para que pensemos algo de si que não corresponde à realidade. Algo não batia certo em Ophelia. Continuava a sentir que estava a desempenhar um papel, neste caso, de vítima, para que todos sentissem alguma coisa por si. Mas, sendo assim tão tímida, não entendia por que motivo tinha contado história tão pessoal sem saber se éramos de confiança. De qualquer modo, estava aliviado por aquela conversa ter terminado em Ophelia. Não era tema sobre o qual estivesse à vontade para falar, pois correria o risco de que alguém visse as brechas das minhas histórias.

Fui o último a regressar ao quarto, ficando para trás a preparar chá para levar para o quarto. Planeava escrever mais um pouco naquela noite. Enquanto a chaleira aquecia a água, aproximei-me das janelas e observei o exterior. Conseguia ver a luz prateada da Lua e das estrelas por entre as árvores, a sua folhagem a ondular hipnoticamente. A mente vagueava-me entre a minha história e as camadas que os meus colegas de casa iam despindo lentamente.

Um rosto. De repente estava a olhar para um rosto branco a sorrir ameaçadoramente para mim por entre as árvores, os olhos, dois pontos negros e arrepiantes. Pisquei os olhos várias vezes, mas o rosto continuava a fixar-me, intimidante. Estaria a minha cabeça a pregar-me partidas? Ou será que não estávamos sozinhos, onde quer que estivéssemos?

— Está tudo bem, Gaspar?

Soltei um berro, o que também assustou a outra pessoa. Era Ophelia. Olhei novamente para a floresta. O rosto havia desaparecido.

— Está. Está, sim. Desculpa, estava completamente distraído e assustei-me — disse eu, rindo nervosamente e abanando a cabeça.

— Tudo bem. Também tenho momentos desses. Importas-te que prepare um chá também?

— Claro que não. Aqueci água suficiente. Estás à vontade.

Lado a lado na bancada da cozinha, enchi as duas chávenas. Quando lhe entreguei a dela, a sua mão acariciou-me o braço de forma quase sensual. Surpreendido, os meus olhos encontraram os dela. Não eram os olhos esquivos que conhecera, antes um olhar cheio de segundas intenções, acompanhado de um sorriso pernicioso. A sua mão macia deixou-se ficar no meu braço por alguns momentos, até decidir abandonar-me ali, confuso e ainda mais desconfiado. Até os movimentos a subir a escada eram os de outra pessoa totalmente diferente.

Quem seria afinal a verdadeira Ophelia?

PROGRAMA RESIDENCIAL ASH FALLS
— CONFIDENCIAL —

Relatório de candidatura de Ophelia Amin

Ophelia é provavelmente uma das escritoras mais lucrativas do grupo, mas também a mais protegida em privacidade. O seu êxito nasceu durante a moda dos romances eróticos há alguns anos, e rapidamente se tornou numa autora com múltiplos bestsellers *e das escritoras mais produtivas do mercado. Reuniu milhões de fãs em todo o mundo, conseguindo marcar a diferença e subsistir, numa altura em que a popularidade desse género esmoreceu.*

Os seus romances são muito sensuais, muitos deles com descrições bastante gráficas. No entanto, isso não se traduz na pessoa que compareceu à entrevista. Ophelia é provavelmente das escritoras menos sedutoras que entrevistei. Esperava ao tipo de femme fatale *que costuma protagonizar os livros, mas encontrei uma mulher demasiado fechada e até fria. É claramente uma mulher bonita, mas isso poderia ser melhorado, se cuidasse da sua aparência e forma de estar. Penso que os seus livros são o mesmo tipo de escape que os leitores procuram nas suas histórias. Isso poderá explicar a produtividade, mas também o ser tão reservada aos olhos do público. Apesar disso, achei-a muito humilde, o tipo de amiga que convidamos para beber um copo de vinho, enquanto conversamos sobre livros.*

Ophelia foi muito clara sobre o livro que escreverá em Ash Falls: o terceiro e último volume de uma trilogia. Os primeiros livros permanecem em todas as listas dos mais vendidos em todo o mundo.

WALT WALTERS
Diretor do Departamento de Candidaturas

7

Na manhã seguinte, acordei com uma surpresa colada na minha porta: uma carta do *tarot* de Cecília, o Diabo, a mesma carta que me tinha saído na primeira noite naquela casa. Peguei na carta e observei a escura ilustração de um demónio com um casal acorrentado. Quando subi para esclarecer o que significava aquilo, dei com a discussão que já ocorria na sala.

— Já te disse que não fui eu a fazer isto — gritou Lucas, irritado.

— Isto tem todo o ar de ter sido obra tua. As cartas são uma coisa séria para mim. Não é para serem usadas nas tuas brincadeiras de mau gosto — berrou Cecília de volta.

Baltazar estava no meio dos dois a tentar mediar aquela discussão, enquanto Benjamin observava parado junto das estantes da biblioteca. Todos eles tinham uma carta de *tarot* na mão: Lucas, a Morte; Cecília, a Roda da Fortuna; Baltazar, o Eremita; e Benjamin, o Enforcado. Alarmada pela discussão, Ophelia descia a escada munida de outra carta — a Lua. Reparando que todos segurávamos uma das suas cartas, Cecília arrancou-as das nossas mãos, irritada.

— Se tivesse sido eu a fazer isto, por que motivo ia colar uma carta na minha própria porta? — perguntou Lucas.

— Para que ninguém desconfiasse de ti, é óbvio. Não voltas a invadir a privacidade do meu quarto! — ordenou Cecília, com um dedo acusador no rosto do outro.

— És ridícula. Não me conheces e estás a acusar-me de algo que claramente não fiz. Já te tinha dito que tenho muito respeito pelo *tarot*.

— Não tenho mais nada a dizer sobre este assunto.

Cecília subiu para o quarto com as cartas recuperadas, batendo com os pés com tanta força, que a escada estremecia mesmo com a sua magra figura. Por sua vez, Lucas suspirou e bateu com a porta da rua. Senti um impulso para seguir um dos dois. Mas qual poderia escolher sem trair o outro?

Benjamin e Ophelia agiram como se nada daquilo tivesse a ver consigo, mas a verdade é que era um assunto sério. Além de ser a primeira discussão da casa, parecia que todos estavam a ignorar o óbvio: quem é que colara aquelas cartas nas nossas portas e porquê?

— Vou ver como está a Cecília — anunciou Baltazar, resolvendo o meu dilema. — Segue o Lucas e vê se não faz nenhuma estupidez.

— Combinado. Por favor, diz à Cecília que lamento e que vamos tirar isto a limpo.

Baltazar concordou, com um sorriso tranquilizador, desaparecendo no primeiro andar. Antes de me dirigir para a rua, ainda ouvi a voz alta de Cecília. Brincadeira ou não, não esperava que ficasse tão transtornada com a situação.

Não foi difícil encontrar o barulhento Lucas. Enquanto atirava pedras para o lago, perturbando a sua serenidade, grunhia como que a expulsar as frustrações.

— Acho que a pedra tem de saltar pelo menos três vezes ou não conta — expliquei eu em tom de gozo, de mãos enfiadas nos bolsos das calças, encostando-me a uma das rochas. O rosto dele suavizou-se quando me viu.

— Não é esse tipo de atividade que estou a fazer. É mais esgotar a minha energia antes de agir de cabeça quente.

— Aprendeste isso na reabilitação?

Ups. Descuidara-me, e era visível a surpresa no seu rosto. Ele não havia falado sobre isso diretamente connosco. Era algo que encontrara nas minhas pequenas investigações. Porém, não era propriamente segredo, já que vários meios de comunicação o tinham noticiado repetidamente. Quando Lucas voltou a atirar pedras ao lago, fiquei mais aliviado.

— Há muita gente que pensa que tenho problemas de raiva. Como escrevo terror, me visto assim, ou gosto de me divertir, então é porque devo ser um desses tipos temperamentais que esmurram qualquer um. Quero lá saber o que os outros pensam de mim!

— Não te preocupas com o que penso de ti?

— Bem, na realidade, preocupo-me um pouco. Não só com o que tu pensas, mas com o que pensam os outros da casa também. Apenas porque sinto que há qualquer coisa a ligar-nos, que ainda não consigo explicar. Sei que é uma estupidez, já que nos conhecemos há meia dúzia de horas.

— Eu sinto o mesmo, Lucas. Por isso mesmo é que estou aqui. Estamos todos no mesmo barco durante estes meses. Mais vale que nos dêmos todos bem.

Lucas sorriu, visivelmente menos tenso.

— Que pensas tu de mim, então, Gaspy? Achas que fui eu que fiz aquilo?

— Sinceramente? Não. Podes agir como um idiota às vezes, mas vi a forma como olhaste para as cartas na noite em que a Cecília as lançou para nós. Não me parece que brincasses assim.

— Então, qual a tua teoria?

Numa perspetiva mais racional, a minha desconfiança estava em Ophelia. Ainda que estivesse há tão pouco tempo connosco, aquela interação na noite anterior tinha-me deixado de pé atrás em relação a ela. No entanto, havia outra teoria no fundo da minha mente. Não sabia se era boa ideia partilhá-la com Lucas, mas...

— Acho que não estamos sozinhos aqui. Desde o primeiro dia que sinto que estou a ser observado. Ontem à noite até tive a impressão de ter visto alguém pela janela.

Lucas riu, achando que eu estava a inventar, mas, quando viu a minha expressão séria, o seu rosto transfigurou-se.

— Achas mesmo que não estamos sozinhos?

— Pensa comigo. Não fazemos a mínima ideia de onde estamos e não explorámos a área o suficiente para sabermos se aqui vivem mais pessoas.

— Nesse caso, achas que há aqui malucos que se estão a meter connosco? Isso significa que entraram na nossa casa, no quarto de Cecília.

Até Lucas dizer isto, não havia pensado nessa terrível hipótese. Estremeci perante a possibilidade de ter um estranho a entrar no meu quarto, a observar-me enquanto dormia, a mexer nas minhas coisas, consciente de que me podia fazer o que quisesse, se assim o desejasse.

— Na minha corrida de ontem tive a mesma sensação, de que estava a ser observado, mas não liguei. Agora que dizes isso...

— Achas que devemos telefonar ao Oscar? — perguntei.

— Não. Vão achar que somos uma cambada de medrosos. Acho que devemos pegar no Baltazar e fazer uma excursão pela área, perceber se estamos realmente sozinhos ou não — sugeriu Lucas.

— Não nos vamos perder? E porquê o Baltazar?

— Podemos usar as montanhas e o lago como ponto de referência. O Baltazar disse-me que foi escoteiro durante alguns anos. O seu conhecimento pode ser útil. Mas temos de ser cautelosos nisto. Não quero assustar a Cecília e preferia não envolver o Benjamin e a Ophelia para já.

Aceitei o plano de Lucas, ainda que estivesse receoso de me aventurar naquela floresta, após o meu vergonhoso episódio da outra noite. Quando regressámos, a sala estava vazia. Lucas ficou de falar com Baltazar, enquanto eu recolhia algumas coisas para uma mochila: lanternas, pilhas, água, comida e até uma corda de alpinista que encontrei num dos armários perto da escada. Eu era o cliché de homem urbano que não percebia nada de sobrevivência na natureza. O meu conhecimento era baseado no que via nos filmes, mas Baltazar pareceu agradado ao verificar o que eu tinha recolhido.

Não avisámos os outros, até porque não tencionávamos ir muito longe, nem demorar muito tempo. A ideia era regressar antes do pôr do sol. Avançámos até ao lago e depois enveredamos pela margem. Para aliviar a tensão, íamos partilhando histórias sobre as nossas profissões, muitas com desfechos engraçados. Nada de muito pessoal, por enquanto.

Completamente suado e com dores nas pernas, percebi quanto eu estava fora de forma. Passadas algumas horas a explorar a floresta, sempre com as montanhas do nosso lado direito, as árvores pareciam infinitas e todas iguais, o cenário ao nosso redor, uma mancha de vários verdes e castanhos. Fizemos uma pausa para comer qualquer coisa. Lucas desapareceu para urinar e fiquei sozinho com Baltazar por momentos.

— Que achas dos novos colegas de casa? — perguntou ele, de repente.

— Parecem-me boas pessoas, mas algo fechados.

— O que é normal, estão connosco há muito pouco tempo.

A sua observação fez-me sentir mal relativamente à minha desconfiança de Ophelia. Já tinha sofrido no passado com mal-entendidos e maus julgamentos, e agora estava naquela casa a fazer o mesmo.

— Vamos estar juntos durante três meses, que vão acabar por nos parecer seis ou sete — disse ele. — Tenho a certeza de que no final desta experiência nos vamos conhecer melhor do que a amigos que conhecemos há anos. Mas, muito honestamente, isso pode levar a muitos caminhos — amizade, ódio ou até indiferença. Vamos vivendo um dia de cada vez e contribuir para que corra o melhor possível a todos.

Baltazar possuía uma habilidade especial para me acalmar. Era o mais jovem do grupo, porém havia sempre nas suas palavras e esperanças, ainda que ingénuas, uma força capaz de dominar a minha ansiedade. Era tão fácil estar com ele, até mesmo quando nenhum dos dois falava.

— És muito querido, Baltazar. Obrigado pelas palavras.

Baltazar começou a corar e a sorrir envergonhadamente ao dizer aquilo, o que achei enternecedor. Numa outra altura da minha vida, teria sido o suficiente para avançar e...

— Malta, acho que encontrei qualquer coisa — anunciou Lucas, interrompendo aquele momento.

Lucas levou-nos até uma clareira onde se situava uma casa decrépita. Escondidos atrás de um grande tronco caído, analisámos a estrutura e esperámos por um qualquer sinal de vida. Parecia-me abandonada há décadas.

— Acham que vive alguém ali? Parece a casa do *Blair Witch* ou o caraças — disse Lucas, seriamente.

— Não perdemos nada em explorar. Podemos ir os dois, enquanto o Baltazar fica de vigia — sugeri eu, crucificando-me internamente por me armar em valente, se normalmente aquele tipo de situação me deixava aterrorizado.

Lucas não pareceu tão assustado como eu, ao bater à porta. Aliás, até parecia irritado e pronto a bater em quem a abrisse. Esperámos por sinais do outro lado, mas nada. Com alguns empurrões, Lucas conseguiu que a porta de madeira já apodrecida cedesse e nos permitisse a entrada.

O interior estava quase vazio, tirando algumas mobílias velhas e o chão todo enlameado. Claramente, ninguém vivia ali há anos. Perscrutámos todo o piso térreo e depois aventurámo-nos pela escada degradada até ao primeiro andar, receosos de que cedesse com o nosso peso. O espaço estava igualmente vazio, tirando uma cama, uma cadeira e uma mesa de madeira. Brechas no telhado deixavam entrar luz, e foi assim que reparámos na folha de papel branco colada numa das paredes. Peguei nela e todo o sangue do meu rosto se esvaiu ao ler o que lá estava.

Não estão sozinhos, a tinta ainda fresca.

*

Lucas, Baltazar e eu fizemos um pacto: não contaríamos nada aos outros para já. Enquanto regressávamos a casa, tentámos fazer algum sentido daquelas palavras, deixadas numa casa aparentemente abandonada. Podia ser só coincidência ou fruto das nossas aceleradas imaginações. Ainda assim, tinha a certeza de que as palavras haviam sido escritas há pouco tempo, talvez horas ou minutos antes de lá entrarmos. Isso queria dizer que estávamos a ser observados.

Baltazar insistiu para que telefonássemos a Oscar, mas concordou que seria melhor fazê-lo quando nenhum dos outros estivesse em casa. Se realmente tudo aquilo era um mal-entendido, não fazia sentido estragar uma estada que mal começara.

Assim que chegámos a casa, com o céu a ficar avermelhado, cada um foi para o seu quarto. Senti-me despido e indefeso ao lá entrar. Agarrei em duas mantas e, subindo para a cadeira, tapei a janela, ficando sozinho com a fraca luz do candeeiro. Deitei-me na cama, mais aliviado, e só aí me dei conta do exausto que estava daquela caminhada. Fitei uma pequena mancha na viga de madeira do teto, feliz por ao menos ter tido tal experiência com Lucas e Baltazar. Ainda que algo temerosa, ao menos servira para nos aproximarmos.

Deixei-me ficar ali, na cama, até ser hora de jantar. Quando subi, Baltazar estava a transportar pratos e talheres para o deque. Percebi imediatamente que a refeição ia ser no exterior para que um de nós pudesse telefonar a Oscar. Benjamin estava a preparar o jantar, enquanto Cecília e Lucas falavam, num dos sofás.

— Quero pedir-te desculpa por te ter acusado injustamente — ouvi-a dizer. — Não sou perfeita e nem sempre sigo o que escrevo. Espero poder compensar-te de alguma forma, Lucas.

— Esquece isso, Cecy — respondeu ele. — Eu teria agido muito pior do que tu, acredita. Já passou.

— Mas... quem achas que fez isto então?

— Provavelmente foi uma brincadeira e agora o autor está envergonhado de mais para se chegar à frente. Deve ter servido de lição. Vamos seguir em frente e comer um jantar espetacular, boa?

Lucas estava a conseguir disfarçar bem. Percebi, naquele momento, o seu papel naquela casa — o protetor. Ainda assim, do pouco que já conhecia de Cecília, sabia que não ia deixar passar aquela situação tão cedo. Era algo a resolver e ela odiava coisas por resolver.

Benjamin era quase tão dotado na cozinha como Baltazar. Não sei até que ponto seria boa ideia jantarmos no exterior, com um possível *stalker* no nosso encalço. Ao menos estávamos juntos e num ambiente o mais acolhedor possível, com mesa farta e várias luzes de Natal a iluminar a estrutura de madeira que compunha o deque. Lucas e Baltazar fizeram um esforço para tornar a conversa o mais banal possível e, por momentos, até eu me esqueci do que se tinha passado naquele dia. Antes de terminarmos a refeição, Baltazar fez-me sinal, e eu desculpei-me para ir à casa de banho.

Fechei a porta envidraçada. Praticamente não conseguia ouvi-los lá fora, o que era ótimo. Agarrei no telefone por satélite e escondi-me atrás de uma das estantes da biblioteca. O telefone deu sinal seis vezes até alguém atender.

— Sim? — respondeu um homem, bruscamente, como se eu tivesse interrompido alguma coisa. Percebi que era Oscar.

— Boa noite, Oscar. Fala Gaspar Jonas. Peço desculpa por incomodar, mas temos um assunto sério a comunicar.

— Sim, que aconteceu? — perguntou, com uma voz quase desdenhosa.

— Acreditamos que não estamos sozinhos em Ash Falls e temos motivos para achar isso.

— Ah sim? Elucide-me então, Gaspar.

— Temos sentido que estamos a ser observados. E hoje encontrámos uma casa abandonada onde estava uma folha escrita há pouco tempo por alguém. Dizia: «Não estão sozinhos.»

— Gaspar, nós garantimos que a área onde vocês estão não tem mais ninguém. Certificámo-nos disso. Compreendo que a situação de isolamento ainda é muito recente e que podem estar mais sensíveis. Mas podem ficar descansados de que estão seguros — disse Oscar, num tom condescendente.

— Quer dizer que não vão fazer nada?

— Os escritores de Ash Falls não estão em perigo, é tudo o que posso garantir.

— Eu vi alguém na floresta ontem à noite! — disse eu, numa voz baixa, mas exaltada.

Oscar fez uma longa pausa antes de responder. Do outro lado, pareceu-me que estava a mexer em papéis.

— O Gaspar foi o único a ver essa suposta pessoa e a sentir-se observado?

— ... Sim.

— Gaspar, repito: os autores de Ash Falls aceitaram a integração neste programa e estão conscientes das condições extremas a que foram expostos. Aconselho-os a usufruírem da estada, com a certeza de que estão sozinhos e seguros. E mais uma coisa... este telefone é para situações de emergência, tal como estipulado nos documentos que assinaram. Boa noite, Gaspar.

Oscar desligou, deixando-me enraivecido e com vontade de partir o telefone. Não só insinuou que aquela situação era fruto da minha imaginação, como também deixou claro que estávamos mesmo por nossa conta. Ao regressar à mesa, abanei ligeiramente a cabeça, quando Lucas e Baltazar se viraram para mim, expectantes. O primeiro pareceu irritado como eu, e o segundo, desapontado.

Ao longo do resto do jantar, deixei-me ficar calado a remoer naquela conversa. E se Oscar tivesse razão e tudo aquilo fosse da minha cabeça? A mudança era minha inimiga e eu era inimigo dela. Mas aquela mensagem da casa abandonada...

Perto da meia-noite, depois do animado jantar, cada um se fechou no seu quarto. O meu corpo estava exausto, mas a minha mente teimava em não querer apagar. Mesmo com as mantas a tapar as janelas, a luz prateada da Lua teimava em entrar, iluminando vultos negros e os demónios do meu passado, novamente a fazerem a sua visita noturna perante os meus olhos entorpecidos.

8

Senti o rosto húmido e gelado, a mente atordoada e os olhos embaciados. Inspirei o cheiro de terra molhada, com o pânico gradualmente a invadir-me o corpo. Era noite, e eu estava, uma vez mais, perdido na floresta. Ao meu redor, só árvores escuras e altas, aprisionando-me. Levantei-me, sacudindo a terra e as folhas mortas das mãos, e preparei-me para correr, mas algo agarrado ao meu pé me fez cair com força no chão. Com o tornozelo a arder de dor, agarrei naquilo que parecia ser uma corrente de ferro. Seguindo-a com o olhar, fui dar a uma enorme bola de ferro, como se eu fosse realmente um prisioneiro. A minha mente era já um turbilhão de perguntas. Como tinha ido ali parar? Onde estava eu? Quem me acorrentara e porquê?

A bola era mais pesada do que pensava e, com tantos obstáculos, seria difícil rebolá-la por ali. Gritei por ajuda, mas como resposta só o silêncio, acompanhado pelos ocasionais ruídos da vegetação ao vento. Até que o vi, um papel dobrado e colado numa das árvores, que dizia: «Lê-me.» Abri a folha. No topo, a ilustração da carta de *tarot* do Diabo, seguida de um enigmático texto. Aproximei-me do foco de luz proveniente da Lua para o conseguir ler.

Jogo do Destino

A Estrela marca o destino que devem seguir.

O último a chegar verá revelado um dos seus segredos mais obscuros.

Que raio queria aquilo dizer? Quem quer que fosse o autor da brincadeira sabia que aquela tinha sido a carta tirada no lançamento de Cecília, talvez a mesma pessoa que colara as cartas nas portas dos nossos quartos. Seria um dos residentes da casa? Preferia essa hipótese a alguém desconhecido, provavelmente o mesmo estranho que escrevera as palavras na casa abandonada.

Perdido em hipóteses, sobressaltei-me ao ouvir um tiro algures na floresta. Por entre a folhagem, vi a luz de um foguete sinalizador ascender ao céu. *A Estrela.* Soube imediatamente que seria o meu destino, mesmo que fosse perigoso segui-la.

Pegar na bola de ferro estava fora de questão, dado o seu peso. Comecei a arrastá-la, com a ajuda da corrente, mas pedras e raízes tornavam o processo muito mais lento. Percebi que aquela era uma referência à minha carta, uma forma perversa de tornar tudo aquilo num jogo.

A luz avermelhada ainda se mantinha por cima das árvores como um chamariz fantasmagórico. Após alguns minutos a arrastar--me, sem querer, a bola de ferro começou a rebolar por um declive, arrastando-me com ela. Arranhado pelos detritos do solo, vi um foco de luz a aproximar-se por entre as árvores. Tentei arrastar a bola para me esconder, mas foi tarde de mais. Rezei para que não fosse o suposto *stalker,* pronto a matar-me. Suspirei de alívio ao ver que era Baltazar a segurar num velho candeeiro muito semelhante à imagem da sua carta, o Eremita, o que me fez pensar que os outros também estariam envolvidos naquele jogo sobre as cartas de *tarot*.

— Gaspar! — chamou ele, aliviado. — Estava a correr em direção ao foguete, mas ouvi um barulho e arrisquei ver o que era. Ainda bem que o fiz.

Baltazar explicou-me que acordara tonto no meio da floresta, com o candeeiro e um papel com as mesmas frases que o meu. Quando lhe mostrei a minha corrente e a bola de ferro, vi a vantagem que ele tinha recebido no jogo, enquanto eu estava claramente a ser lixado por alguém.

— Há sinal de mais alguém? — perguntei.

— Nada. Antes do foguete, ainda procurei por vocês, mas foste o único que encontrei. Creio que estamos perto do lago, mas, com esta escuridão, não tenho a certeza.

Baltazar fez uma pausa. Graças à luz do candeeiro, pude ver medo no seu rosto. Se aquele rapaz alto e saudável estava apavorado, que faria um cobarde paranoico como eu.

— Gaspar. Que achas que significa tudo isto? Quem nos fez isto?

— Os teus palpites são tão bons como os meus. Neste momento, acho que a nossa melhor opção é seguir caminho até ao foguete.

— Não vamos procurar os outros? Podem precisar de nós.

— Sinceramente, não me agradou a mensagem do papel. Não será boa ideia perdermos este jogo, ou o que quer que isto seja.

Notei que ficou desapontado com a minha resposta, mas, ao mesmo tempo, percebi que sabia que era a melhor opção. Na verdade, ao ler as palavras «segredos obscuros», fiquei aterrorizado com a possibilidade de os autores daquele jogo saberem realmente particularidades sórdidas das nossas vidas.

Baltazar pendurou o candeeiro no cinto e ajudou-me a carregar a bola de ferro em direção ao foguete, o que foi muito mais fácil e rápido para mim. Passados alguns minutos, um gemido suplicante irrompeu pela floresta. O meu primeiro impulso foi para ignorar e continuar, mas Baltazar estava já a arrastar-me com ele na direção do som. Gostava de dizer que eu era gentil e corajoso como ele, mas não era verdade. Ainda assim, estava contente por tê-lo como boa influência naquela situação.

Com o candeeiro apontado na direção dos gemidos, vimos Benjamin pendurado por uma perna numa árvore. A posição de cabeça para baixo era uma clara reprodução da sua carta, o Enforcado. Parecia em muito pior estado do que nós, desorientado e em sofrimento. O seu papel ainda estava por abrir, caído no solo.

— Não tenho os meus óculos e não consigo desamarrar a perna — disse Benjamin, já numa voz fraca.

— Aponta o candeeiro na nossa direção, Gaspar. Vou ajudá-lo a descer.

Não sabia quanto tempo Baltazar tinha estado nos escoteiros, mas a verdade é que, mesmo perante uma situação intensa como aquela, conseguia ter sangue-frio e tomar decisões rápidas.

Finalmente, conseguiu desamarrar a corda que prendia Benjamin e, de forma atrapalhada, agarrou nele para que não caísse. Já no chão, percebemos que tinha o tornozelo ferido, o que iria dificultar a jornada em direção ao nosso destino.

— Que se está a passar? Como cheguei até aqui? — perguntou Benjamin, ofegante. No estado em que estava, o seu sotaque notava-se ainda mais.

— Não sabemos ao certo — disse eu. — Acordámos em pontos diferentes da floresta. Só sabemos que estamos envolvidos numa espécie de jogo relacionado cartas de *tarot* e que devemos seguir a direção do foguete.

— É sensato fazer isso?

— Os papéis que nos deixaram apenas dizem que o perdedor vai ter de revelar o seu «segredo obscuro» — expliquei.

As minhas palavras foram o motor para que os três despertássemos daquele torpor e avançássemos, Baltazar a ajudar-me com a bola de ferro, e Benjamin a coxear poucos passos atrás de nós.

A luz do foguete já estava com um vermelho menos vivo, mas estávamos cada vez mais perto. Foram minutos a percorrer a floresta que pareceram horas, o fumo escarlate a manchar o céu, parecendo que estava a fugir de nós como uma ilusão de ótica maléfica. Até que ouvi água. Baltazar tinha razão, estávamos a ir em direção ao lago. Acelerámos o passo.

Ao chegarmos ao local, que já me era familiar, deparámos com Cecília e Lucas, a primeira ajoelhada no chão. Estava completamente suada, pálida e parecia ter vomitado ali mesmo. Lucas estava vestido com o que parecia ser uma armadura medieval pesadíssima.

Apoiado às rochas, estava com um ar exausto. Quando os dois nos viram, o alívio nos seus rostos era evidente e sincero. Ainda havia tanto para explicar naquela irrisória situação, que encarei aquele alívio como sendo «afinal não foram eles».

Ophelia ainda não tinha chegado. O que quer que fosse o jogo, ela perdera-o. O que levantava outras questões. Teria sido ela a autora daquela *diversão* doentia? Ou, não estando ali e sendo uma vítima como nós, estaria em perigo?

Iluminados pela ténue luz vermelha deixada pelo foguete, esperámos em silêncio que algo acontecesse. Benjamin deixou-se cair no chão, perto de Lucas, esfregando o tornozelo. Baltazar ajudou-me a pousar a bola de ferro, e eu, num gesto espontâneo de agradecimento, abracei-o com força, sussurrando-lhe «obrigado» várias vezes ao ouvido. Quando me descolei dele, o seu rosto encantadoramente envergonhado fez-me ter vontade de continuar aquele abraço por mais tempo.

Repentinamente, ouvimos a irritante música que provinha de trás de um arbusto. Baltazar foi até lá e regressou com duas chaves e uma televisão portátil que exibia o símbolo de Ash Falls com a irritante música *retro*. Pousou o aparelho numa das rochas e ficámos os cinco de olhos fixos no ecrã, à espera. A televisão parecia antiga, com uma longa antena e qualidade de imagem péssima.

Ao fim de alguns segundos, o símbolo de Ash Falls passou para um fundo preto com texto branco.

Parabéns ao Eremita, Enforcado, Roda da Fortuna, Morte e Diabo.
Venceram o Jogo do Destino.

A Lua foi a última a chegar ao destino indicado pela Estrela.
Um dos seus segredos será revelado.

— Mas a Ophelia nem está aqui. Estará bem? — perguntou Cecília, com voz rouca.

Repentinamente, a imagem mudou para o que, à primeira vista, se assemelhava a um filme. Assistimos, aturdidos, àquilo que parecia ser uma recriação de acontecimentos da vida de Ophelia, protagonizados por atores. O vídeo durou cerca de cinco minutos até a televisão se apagar num silêncio que nos atacou a todos. Eu estava em choque com o que havia visto, não só pela gravidade do que revelara, mas também por ter noção de que quem criara aquele jogo conhecia os nossos segredos. O meu coração acelerou perante a possibilidade de ver revelados trechos da minha vida que tinha fechados num cofre mental, coisas que jamais podiam ser reveladas. Olhei para cada um dos rostos dos outros e soube que estavam com os mesmos receios.

Demos um salto quando notámos que Ophelia estava atrás de nós. Estava completamente encharcada e a tremer. E não era só de frio. Agarrou numa pedra grande e atirou-se para cima da televisão para a partir, como uma selvagem. Os seus gritos eram um misto de raiva e choro, as lágrimas confundiam-se com a água que escorria pelos tentáculos de cabelos negros, colados ao rosto e pescoço. Com a televisão já em mil pedaços, começou a chorar baixinho. Benjamin antecipou-se e foi ampará-la, enquanto nos entreolhávamos:

Onde raio nos metemos?

O segredo de Ophelia Amin

Por vezes, bastava um simples toque e um sorriso fácil e a paixão era imediata e inexplicável. Foi isso que aconteceu numa banal manhã de primavera, na fila do café. Pediu um café duplo, sem açúcar. Um encontrão ao de leve e as suas vidas ficaram entrelaçadas. No dia seguinte, à mesma hora, o mesmo pedido e o mesmo sorriso. Nos outros dias, o encontro repetia-se, quase como se fosse combinado. E o sorriso era cada vez mais aberto. Não. Não era só um sorriso. Era um convite.

Um livro debaixo do braço e algum tempo livre e numa semana já conhecia as suas rotinas. O sítio onde gostava de trabalhar no seu computador, escolhendo quase sempre a mesma mesa de jardim na margem do rio. Os dois restaurantes que frequentava e onde pedia quase sempre o mesmo. O ginásio onde descarregava toda a energia acumulada ao longo do dia. A montra da livraria onde ficava exatamente dois minutos a ver as últimas novidades. A mercearia onde comprava os produtos mais frescos e exóticos para criar receitas para o jantar, numa perspetiva totalmente contraditória com a sua segura e confortável rotina.

Não era difícil apaixonar-se por aquela pessoa. Aliás, analisando ao pormenor cada publicação nas redes sociais, cada comentário, cada *like*, cada *playlist*, cada fotografia, com amigos ou na introspeção dos seus momentos a sós, quase se podia dizer que eram almas gémeas. A certeza de que se tinham conhecido noutras vidas era avassaladora.

Os dias passaram a semanas, observando sempre das sombras. Uma fantasia criada em torno de uma vida em uníssono pairava na sua mente. A paixão passara para amor platónico e, agora, para a certeza de que estavam destinados a ficar juntos. A esse sentimento que pulsava no seu coração juntava-se o desejo, ardente como um vulcão enfurecido, observando os seus gestos indolentes a despir-se perto da janela, sentando-se a escrever num caderno, ignorando que o amor da sua vida estava a escassos metros de si, bebendo toda aquela beleza e subtileza como se dependesse disso para viver.

Semanas depois, já estava dentro de sua casa, graças à chave que escondia debaixo do segundo vaso à direita da porta. Entrar em tal santuário era algo transcendente e sensual — sentir o seu cheiro, o seu calor deixado para trás, o toque dos seus lábios naquele copo de água que bebera assim que acordara. Abraçar-se à sua roupa, acabada de lavar ou usada, era de levar ao êxtase. Aquela não era uma casa, era um inestimável tesouro.

Ao fim de mais semanas a explorar, já conhecia praticamente todos os livros da estante, todas as séries da lista de reprodução, todos os filmes que vira dezenas de vezes, o tipo de amigos que tinha, o tipo de pornografia de que gostava.

Não foi difícil a conquista pelas redes sociais. Um perfil falso, a fotografia com corpo perfeito, o conhecimento de, literalmente, todos os aspetos da sua vida, e já estava na sua mão. A ingenuidade era enternecedora e mais um elemento para amar. As mensagens passaram a chamadas, intermináveis, amorosas e picantes.

A insistência num encontro não tardou a chegar, mas era algo que podia deixar a fantasia em ruínas. E, tão depressa quanto a conquista, veio o desinteresse. Com o desinteresse, veio o surgimento de outra pessoa na sua vida, alguém que perturbara o sensível equilíbrio das rotinas que tanto fascinavam.

A obsessão e a raiva não tardaram. Observar das sombras era como permanecer nas trevas. Entrar na casa era como enveredar por um campo de batalha. O cheiro era outro, o toque era outro, os gostos eram outros, conspurcados por outra pessoa, que se intrometera no seu destino.

As insistentes e repetidas mensagens, chamadas e ameaças eram ignoradas, como se tivesse esquecido todas as promessas e juras de amor, todos os segredos em torno do desejo físico, ardente e pervertido.

Mudar de casa e de cidade não fez nada perante a força do amor. Alterar números e *e-mails* e fechar perfis de redes sociais era ridículo perante algo tão primordial como o Destino. Foi fácil descobrir onde estava, novo tesouro para explorar e purificar das garras putrefactas da outra pessoa.

Até ao dia em que, num momento de cegueira pelo ciúme, o confronto veio em sua casa, olhar de choque e terror na direção de uma faca na mão.

*

— Tem plena consciência da gravidade da acusação? — perguntou a juíza, de olhar austero.

— Sim.

— Pôs em risco a vida de duas pessoas. E esse foi apenas o culminar de uma intensa perseguição, que estava prestes a destruir a vida de inocentes. Tem de perceber, estas pessoas tiveram de mudar de casa e de vida por sua causa.

— Não eram tão inocentes assim. Houve conversas e trocas de...

— Aconselho a que não continue — interrompeu a juíza. — Já temos o seu depoimento, e o advogado já apresentou a sua defesa. Tendo em conta que este é um primeiro delito e que a vítima aceitou o acordo proposto, sobra a ordem de restrição. Se esta ordem for violada, já não serei tão leniente consigo.

— Peço desculpa...

— Não é a mim que deve pedir desculpa, mas a estas pessoas que nem conheciam a verdadeira identidade de quem as estava a atormentar.

— Nós amávamo-nos.

— Permita-me falar mais informalmente agora — pediu a juíza, num longo suspiro. — O amor pode levar-nos a cometer atos que nem reconhecemos em nós. Mais de metade dos crimes que me aparecem diariamente são passionais e, na maior parte das vezes, o conselho que dou é sempre o mesmo: amem-se antes de amar os outros, resolvam o que está aí dentro antes de se atirarem de cabeça na vida de outra pessoa.

— Tem razão. Vou respeitar a ordem de restrição e tentar mudar a minha vida.

— Muito bem. Ophelia Amin, espero não a voltar ver no meu tribunal.

Ophelia saiu atrás do seu advogado. A sua agente esperava-a no exterior, histérica e stressada, a imaginar as mil e uma formas de abafar toda a situação para que os *media* não a descobrissem.

Assim que chegou a casa, a primeira coisa que fez foi sentar-se ao computador e continuar o livro que iniciara havia poucas semanas. Se ao menos aquele homem soubesse que todos os heróis sedutores do livro eram versões diferentes dele próprio. Milhares de leitores em todo o mundo suspiravam pela mesma pessoa — a sua paixão, o seu homem de sonho.

Quando terminou o capítulo, sacou do telemóvel. A foto das férias com a namorada foi a primeira coisa que lhe apareceu. Torceu o nariz. Iria respeitar a ordem de restrição. Mas continuaria a observá-lo da obscuridade possível, pacientemente à espera de que ele percebesse que, afinal, o seu destino era ficar com ela.

9

Quando regressámos a casa, o Sol estava já a nascer. Caminhámos em silêncio, exaustos e devastados pelo que acabara de acontecer, especialmente Ophelia, que vira um dos seus segredos revelado a cinco pessoas que ainda lhe eram estranhas. As duas chaves encontradas junto à televisão, agora destruída, afinal eram para as minhas correntes e para a armadura de Lucas. A sensação de liberdade fez--me perceber como esta era valiosa e negligenciada.

Cecília subia amparada por Baltazar, e Benjamin por mim, ainda a coxear ligeiramente. Lucas e Ophelia iam sozinhos, a ficar para trás e com ar de quem poderia colapsar a qualquer momento.

— Que aconteceu quando acordaram? — perguntei a Lucas.

— Acordei dentro daquela armadura dos infernos — respondeu, numa voz rouca. — Cada passo que dava era um martírio. Acabei por encontrar a Cecy, completamente tonta e desorientada, e seguimos na direção do foguete. Não foi fácil. Não foi nada fácil...

Também Cecília e Lucas tinham tido um obstáculo relacionado com as cartas de *tarot*: a armadura da Morte e o círculo da Roda da Fortuna. Ainda não sabia qual a desvantagem de Ophelia, apenas que envolvera água. Desde o seu ataque de fúria que não falava, como se algo se tivesse quebrado dentro de si. Não a censurava. Se me tivesse acontecido o mesmo, reagiria muito pior.

Todos nós tínhamos tido uma desvantagem naquele jogo. Bem, todos menos Baltazar, que acabou por funcionar como um verdadeiro guia, graças à sua lanterna de Eremita. Havia tantas perguntas na minha cabeça — todas acompanhadas por teorias da conspiração, que alastravam como uma infeção.

Ao chegarmos a casa, parecia haver um receio generalizado entre nós. Depois daquela madrugada, vítimas de um jogo cujas circunstâncias ainda desconhecíamos, o local claramente não era seguro. Até o abrir da porta parecia perigoso.

Aparentemente o interior estava normal e tal como me lembrava. Cecília atirou-se para o sofá e ficou deitada de olhos fechados. Naquela luz clara da manhã, parecia ainda mais pálida. Lucas afundou-se numa das poltronas, enquanto Baltazar se dirigiu imediatamente para o telefone por satélite. Ophelia quis subir para o quarto, mas foi barrada por Benjamin.

— Talvez seja sensato falarmos. Todos — disse ele, com firmeza, fazendo-a afastar para uma das cadeiras da mesa de refeições como um rato.

— O telefone não dá sinal — anunciou Baltazar, com um olhar preocupado.

Como eu previa. A equipa por trás de Ash Falls estava envolvida. Quando falara com Oscar ao telefone, sentira algo estranho no seu tom de voz.

— Então, alguém quer explicar, ou tentar explicar, o que se está a passar aqui? — perguntou Lucas, após um longo período de silêncio entre todos.

— Acho que estamos a ser vítimas de uma experiência qualquer de Ash Falls — disse eu. — Vocês também viram o logótipo na televisão.

— Um crime, queres tu dizer — corrigiu Benjamin. Mesmo com os óculos que acabara de pôr, o seu olhar ganhara uma austeridade que me intimidava.

— Sim, como lhe quiseres chamar.

— Mas porquê? — interpôs-se Cecília. — Isto é uma residência para escritores. Nós não somos uns escritores quaisquer. Somos conhecidos em todo o mundo. Porque iriam eles arriscar-se e obrigar-nos a fazer aquilo?

— Pior do que isso — era Baltazar quem falava agora. — Preocupa-me saber como é que conseguiram levar-nos para a floresta e orquestrar tudo.

— Não estamos sozinhos aqui... — sussurrou Lucas. — Eu, o Baltazar e o Gaspar não fomos totalmente sinceros convosco. Ontem percorremos a floresta e encontrámos uma casa abandonada e um papel, recentemente escrito por alguém, que dizia que não estávamos sozinhos. O Gaspar também afirma que se tem sentido observado.

Todos os olhares se desviaram para mim. Num primeiro impulso, lancei um olhar reprovador a Lucas, mas rapidamente percebi que a sinceridade era a melhor opção naquela altura.

— Ash Falls tem de ter pessoas aqui, ou não tinham conseguido fazer-nos isto.

— Ou então há um traidor entre nós — interrompeu-me Benjamin, levantando-se. Naquele momento, pareceu-me um gigante. — Já percebi que há pessoas nesta casa que não são dignas de confiança. Além disso, durante o jogo, nem todos tiveram desvantagens — avançou até Baltazar, com um dedo ameaçador na sua direção. — Foste tu que nos fizeste isto?

Lucas levantou-se e pôs-se entre os dois. Do meu lado, tentei acalmar os ânimos com palavras.

— O Baltazar ajudou-te. Se não fosse ele, ainda estarias pendurado na árvore e com um segredo revelado na televisão.

Todos se calaram, exceto Ophelia, que recomeçara a fungar. Benjamin afastou-se de Baltazar, num misto de frustração e arrependimento. Quando regressou ao seu lugar, lançou um olhar ríspido a Cecília, e percebi que estava agora a deslocar as culpas para ela, achando que tudo começara com as cartas de *tarot*.

— Cecília, o jogo tem alguma coisa que ver com o livro que estás a escrever? — lembrei-me eu. A hesitação e o seu rosto fechado fizeram-me perceber que sim.

— Ainda não escrevi muito. Mas, sim, um dos capítulos é sobre o *tarot*. Uma nova e mais moderna perspetiva de interpretação. Mais literal.

— Como não ficar desconfiado, depois de uma resposta dessas? — disse Benjamin, num tom gélido.

— Não adianta discutirmos, nem entrarmos numa espiral de desconfianças. Algo me diz que é isso que eles querem — disse Cecília, sentando-se. Parecia melhor das tonturas. — Estamos juntos nisto. Temos de canalizar as nossas energias para encontrar uma explicação.

Assim que terminou de falar, a televisão da sala ligou-se sozinha. O símbolo de Ash Falls surgiu novamente, acompanhado pela mesma melodia *retro* da televisão portátil.

Jogo do Destino
Classificações

Lucas Blackburn: 5 pontos

Cecília Celes: 4 pontos

Baltazar Levi: 3 pontos

Gaspar Jonas: 2 pontos

Benjamin Lee: 1 ponto

Ophelia Amin: 0 pontos

— *Pontos*? Como assim? — berrou Cecília.

— Calma. Está a aparecer mais qualquer coisa.

As seis regras de Ash Falls

Todos os residentes têm de jogar.
Os residentes que se recusarem a jogar serão automaticamente desclassificados e terão um segredo revelado.
O último classificado de cada jogo terá um segredo revelado.
Todos os participantes são obrigados a assistir ao segredo do outro, sob o risco de serem desclassificados.
A qualidade do que escrevem por dia será avaliada por um júri e dará uma vantagem ao participante, no próximo jogo.
O residente com mais pontos em todos os jogos será o grande vencedor.

Boa sorte!

Quando a televisão se desligou sozinha, senti o meu sangue a gelar perante as palavras crípticas. As implicações do que acabara de ler eram gravíssimas. Assim que entrámos naquele helicóptero e naquela casa, deixámos automaticamente de ter controlo sobre as nossas vidas. Aparentemente, tudo o que fazíamos estava a ser vigiado, até o que estávamos a escrever. Éramos prisioneiros de Ash Falls e tínhamos entrado na prisão de livre e espontânea vontade.

— Não vou entrar nestes jogos doentios — anunciou Cecília. — Nenhum de nós deveria jogar. Não nos podem obrigar. Sem jogadores, eles não podem fazer nada.

— Não sabes qual é o objetivo deles, Cecy — respondeu Lucas. — Não sabes que tipo de segredo sabem sobre nós.

— Não quero saber! Não vou pôr em causa a minha segurança e integridade, nem ceder à chantagem destes criminosos. Assim que sair daqui, vou enterrá-los em processos judiciais!

— Queres realmente dar-te ao luxo de ver os teus segredos expostos? — a voz de Ophelia era lenta e distante. — Não sei se mais alguém teve acesso ao vídeo que me representa como uma mentirosa desequilibrada. Todos nós, como qualquer outra pessoa, certamente temos segredos que pretendemos manter enterrados.

— A Ophelia tem razão — concordou Baltazar. — Estamos a lidar com pessoas perigosas, que sabem mais sobre nós do que deveriam, a ponto de se darem ao trabalho de produzir vídeos sobre isso. Não sabemos o que podem fazer com essa informação.

— Arriscar a vida ao entrar nos jogos ou arriscar a honra ao descobrirem os nossos segredos — disse eu, mais para mim do que para o grupo. — Não me parece que tenhamos muita escolha e não me parece que sejamos ajudados nestes meses de isolamento.

— Estamos sozinhos nisto — declarou Baltazar, causando um pesado silêncio em toda a sala.

*

Apesar de exausto, não consegui pregar olho. Sentia dores no corpo, mas estava demasiado ansioso para adormecer, remexendo-me insistentemente na cama como se tivesse culpa das minhas frustrações. Não acreditava que os outros conseguissem dormir, depois de tudo pelo que tínhamos passado. Fechados nos respetivos quartos, quase conseguia sentir os seus receios através das paredes.

Ainda não acreditava no que se estava a passar connosco. Comigo. Tanto cuidado a planear meticulosamente as coisas para poder estar ali e, de repente, tinha posto tudo em risco ao entrar no covil do lobo. Preocupava-me o que os outros pensavam de mim. Só o simples conceito de ver os meus segredos revelados, informações que poderiam transformar-me num monstro, causava-me repulsa.

Reféns dos próprios segredos, era o que aquilo era. Que saberia Ash Falls sobre mim? Havia coisas que só eu sabia. Mas era impossível não deixarmos rasto por mais cuidadosos que fôssemos. Existiria sempre um histórico de Internet, uma câmara de vigilância ou uma testemunha escondida.

Por outro lado, saber que as outras cinco pessoas daquela casa também sentiam os mesmos medos fazia-me sentir melhor e não tão sozinho. Havia um elo entre nós e, sinceramente, mesmo sem os conhecer a fundo, sentia uma inexplicável sensação de união com todos eles. Até com Ophelia. Curiosamente, ver o seu segredo revelado fez-me sentir mais próximo dela. Afinal, éramos todos humanos, com tudo o que de mais real e monstruoso isso pudesse significar.

Porém, dizer que no jogo existiria um vencedor sem especificar o prémio era perverter tudo aquilo. Naquele momento, a única motivação para aceitar as regras era o medo de ver os segredos revelados. E não havia nada mais irracional do que o medo. Estava fora de questão ser o último classificado naqueles jogos, e, certamente, os outros estariam a pensar no mesmo. Continuaríamos com o mesmo espírito de união, se cada um tivesse de se defender nos jogos?

Não sabia ao certo quem estava por detrás de Ash Falls e daqueles jogos, nem quais as suas verdadeiras intenções. Mas de uma coisa tinha certeza: seríamos forçados a ser marionetas.

Ao anoitecer, ainda todos se mantinham fechados nos quartos. Continuava sem fome, mas precisava de me obrigar a comer alguma coisa para aguentar aquela pressão. Ao sair do quarto, descobri que estava alguém na despensa. Lucas estava a empilhar pacotes de cereais e de leite. Quando me viu, o seu rosto iluminou-se.

— Parece que tivemos a mesma ideia — disse eu. — Também vim procurar qualquer coisa rápida para comer.

— Estava esfomeado! Ainda tive esperança de jantarmos juntos, mas acredito que o pessoal ainda esteja abalado depois de... tudo.

— Sim, muita coisa por assimilar e, sinceramente, ainda muita coisa por explicar. Aceitas jantar no meu quarto? Fazia-me bem a companhia.

— Claro que sim! Vou preparar-te a minha especialidade: cereais com gomas e *M&M's*.

— Parece-me nojento e delicioso ao mesmo tempo — aceitei eu, a rir.

O convite saiu-me de forma espontânea. Havia qualquer coisa em Lucas que me fazia sentir protegido. Seria ótimo para afastar os demónios do meu quarto, nem que fosse por uma noite.

Quando entrámos, escondi algumas peças de roupa e livros espalhados para disfarçar o caos que se ia formando.

— Meu, não precisas de fazer isso. Já viste o meu quarto? Parece uma pocilga — brincou ele.

Lucas sentou-se na minha cama, enquanto eu me sentei à secretária. Aquela bomba calórica preparada por ele até não era nada má. E ver como devorava tudo com gosto fez-me recuperar a fome.

— Pareces estar calmo com tudo isto.

— Não diria que estou calmo, antes alerta — respondeu ele, limpando leite da barba com as costas da mão. — Ainda só tivemos de entrar num dos jogos. Nem sabemos se será assim tão mau. Quem sabe até se não é divertido? Sabes, nas pesquisas para os meus livros já vi e li coisas horríveis, especialmente na *dark web*. Ninguém tem noção da crueldade de algumas pessoas. Acho que isso me deu alguma resistência a este tipo de coisa.

— Não te sentes inseguro?

— Durante o jogo não, sinceramente. Claro que foi uma tremenda confusão. Nunca me imaginei a ter de correr dentro de uma armadura com aquele peso. Mas não senti que a minha vida estivesse em risco.

— Mas os nossos segredos e a nossa integridade estão em risco. Não tens medo disso?

Lucas pousou a tigela vazia na minha mesa de cabeceira e ficou uns momentos calado a pensar. Enquanto isso, os meus olhos brincavam com a figura daquele homem seminu na minha cama, e a minha mente desviava-se para outros meandros.

— Obviamente, isso assusta-me. Ninguém quer ver o armário escancarado, com os esqueletos à vista de todos. Assusta-me mais que estejamos tão indefesos no meio de tudo isto. Não sabes quando os jogos vão surgir, nem como serão, ou como vais lá parar. Somos fantoches. Como as personagens que criamos nos nossos livros.

— Não compreendo como é que conseguiram enganar-nos assim. Não havia nada nas entrevistas ou nos papéis que assinámos que mostrasse algum sinal do que está aqui a acontecer. Será que não têm receio do que possamos fazer quando sairmos daqui?

— Não estamos a lidar com pessoas banais. Aposto que o Walt, o Eli e o Oscar estão metidos nisto e disfarçaram-no com aquele ar de otários. Se bem que o Oscar me deixou desconfiado desde o início, com o seu ar de militar completamente desenquadrado de um programa como este. Há alguém mais poderoso por detrás disto tudo. Já pensaste no dinheiro que pode estar envolvido aqui? Se ao menos conseguíssemos avisar alguém lá fora, eu digo-te o que lhes faria. Não seria com processos ou queixas na polícia... — disse Lucas, com um olhar nefasto.

Avisar alguém lá fora. O telefone por satélite parecia já não ser uma opção, mas lembrei-me de algo muito mais importante.

— A Cecília trouxe um telemóvel escondido! — contei eu, levantando-me num salto. — Vi na viagem de avião. Podemos não ter rede aqui, mas se subirmos a um local alto, quem sabe a uma das montanhas...

— Vamos ter com ela imediatamente — disse Lucas, já a sair do quarto.

O primeiro andar estava silencioso, tirando o som das teclas no interior do quarto de Baltazar. Lucas entrou descaradamente no quarto de Cecília sem bater. O quarto estava num caos completo: malas abertas, roupa espalhada por todo o lado, móveis desarrumados e uma Cecília ajoelhada aos pés da cama com mãos desesperadas no rosto. Lucas baixou-se e pôs uma mão tranquilizadora na sua face.

— Desapareceu, Gaspar — disse ela, com olhos de choro e cabelo despenteado. As lágrimas eram mais de raiva do que tristeza. — Procurei por todo o lado. Eles descobriram e levaram-no.

Tinha de haver mais pessoas ligadas a Ash Falls a viver naquela floresta, escondidas. De que outra forma nos teriam levado inconscientes para a floresta e roubado o telemóvel secreto de Cecília? Olhei instintivamente para os cantos do teto.

— Achas que há câmaras na casa? — perguntou ela, levantando-se e juntando-se à minha busca.

— É uma possibilidade. Como é que sabiam que tinhas o telemóvel contigo?

— Isto é horrível! Que mentes perversas nos observam na nossa intimidade e mexem assim nas nossas coisas?

Uma furiosa Cecília pôs-se em cima da cadeira e começou a passar as mãos pelas vigas de madeira do teto, perscrutando todos os mínimos cantos e recantos. Eu e Lucas fizemos o mesmo. Passados minutos a pesquisar, percebemos que não havia ali nada.

— Talvez a casa seja um ponto neutro... — sugeri eu.

— Achas mesmo que estes tarados iam deixar de nos observar? Nós somos ratos de laboratório para eles. Aposto que lhes dá prazer espiar escritores famosos, de ver o que comem, como cagam e se se masturbam como pessoas normais. Eu não tenho vergonha de nada, ouviram?!

Cecília estava descontrolada, a gritar no meio do quarto como se estivesse a falar com quem quer que fosse que estava a vigiar Ash Falls. Lucas e eu tivemos de a agarrar pelos braços e de a sentar na cama para se acalmar. Se eu não fosse tão rígido na forma como queria ser percecionado pelos outros, provavelmente estaria a agir como um idiota igual ela. Tinham sido anos a treinar o autocontrolo.

— Cecy, acredita que tenho tanta vontade de esmurrar aquele pessoal como tu. Mas agora, mais do que nunca, temos de nos unir e persistir. Vamos aguardar para ver o que vem aí.

Cecília acenou. Enrolou o cabelo num carrapito e anunciou que ia tomar banho para se acalmar. Também Lucas regressou ao seu quarto, deixando-me sozinho no corredor do primeiro andar. Olhei para a escada que dava para o quarto de Ophelia. Senti-me impelido a visitá-la, não só porque estava preocupado, mas também porque tinha a necessidade patológica de agradar os outros.

Bati levemente à porta. Dada a ausência de resposta, tomei o exemplo descarado de Lucas e rodei a maçaneta, espreitando para o interior. Ophelia puxara a cadeira da secretária para perto da janela. Olhava fixamente para o exterior. O quarto estava escuro, apenas com a luz azulada da Lua a iluminar a sua figura encurvada e acanhada.

— Ophelia? Vim ver como estavas.

Virou lentamente a cabeça para mim, como se tivesse acordado de um sonho. Os seus olhos enigmáticos eram difíceis de ler.

— Não estou apática, nem com vontade de me matar, se é isso que esperas — disse, com brusquidão. — Mas foi querido da tua parte visitares uma mentirosa.

— Não digas isso. Nenhum de nós tem o direito de te julgar.

— E agora vamos lutar uns contra os outros para não os ver revelados, não é?

Ophelia era mais complexa do que esperava. Quando a investiguei, antes da vinda para a casa, e mesmo quando a conheci pessoalmente, parecia ser o cliché da mulher mal-arranjada e tímida, que se esconde na sensualidade das suas histórias. Mas, no pouco tempo que tínhamos convivido, já tinha conhecido três ou quatro Ophelias diferentes e era difícil encontrar a verdadeira no emaranhado da sua presença.

— Quero que saibam que vou jogar e não vou voltar a perder. Recuso-me a voltar a ver a minha privacidade invadida daquela forma.

— Mas isso já aconteceu. Ash Falls teve acesso a informações sensíveis sobre nós — expliquei.

— Sim, mas não sabes que tipo de informação. Sabia que não devia ter vindo para cá. A minha intuição dizia-me para não vir. Mas a minha agente insistiu. Acharam que seria bom para a minha estabilidade emocional, e olha no que deu. Agora, tenho de assumir a responsabilidade.

— Tal como todos nós. Juntos vamos superar isto.

Ophelia sorriu condescendentemente para mim, um sorriso que revelava exatamente o oposto daquilo que eu sugeria. Quando saí do seu quarto e regressei ao meu, um pensamento não me saía da cabeça. Será que se visse um dos meus segredos revelados, como aconteceu com ela, ainda manteria a conversa ingénua de espírito de união entre os escritores de Ash Falls? Era óbvio que não.

10

Passou-se uma semana desde o jogo. Nada aconteceu. As horas passavam sempre em antecipação sobre o próximo *capítulo*. Estava sempre à espera de ver homens encapuzados a entrar em casa de repente para nos raptarem. Todos nós evitávamos ir para o exterior da casa, com receio do que poderíamos encontrar, ou simplesmente de que nos estivessem a espiar. Num dos dias, Lucas decidiu ir correr, e pude ver pela janela da cozinha, enquanto bebia café, os gestos obscenos que fazia em direção às árvores quando regressava.

Nessa semana, raras tinham sido as vezes que nos juntáramos — cada um fechado no seu quarto, amedrontados ou a escrever um livro que deixara de ser um livro para ser a única arma possível naquele jogo. Por vezes, encontrávamo-nos pela casa, quase sempre na cozinha, durante uma refeição rápida, ou à saída da casa de banho. Confesso que a solidão começava a afetar-me, sozinho na cave, refém do medo e dos demónios que espreitavam dos cantos mais escuros do quarto, mas não quis mostrar ser a pessoa carente e fraca que não aguenta a pressão.

E falando em pressão, a produção do meu livro não podia estar a correr pior. Sabendo que Ash Falls estava a monitorizar o que escrevia para ser usado nos jogos, toda a espontaneidade que me apaixonava naquela profissão se dissipara para dar lugar a uma terrível obrigação rotineira. Escrevi, reescrevi, escrevi, apaguei, berrei em frustração absoluta. Saber que alguém estava a julgar a minha criatividade, sem que tivesse hipótese de produzir algo limpo e aperfeiçoado, era de uma tremenda violência mental e emocional.

Aqueles momentos, fechado no quarto, estavam a trazer ao de cima memórias da quarentena derivada da pandemia: os dias, as semanas, os meses enclausurado em casa, de pijama, com raros banhos, a comer todas as porcarias possíveis. Sozinho. Se ao menos conseguisse encontrar a faísca que tornava possível transformar todos os pensamentos negativos em escrita...

Alguém bateu à porta do meu quarto. Baltazar espreitou timidamente. Apesar de me ter cruzado muito brevemente com ele pela casa, agora que estava ali à minha frente podia ver que não era só a minha aparência que se degradava. O seu cabelo tinha crescido um pouco, assim como a barba. Os olhos vermelhos e as olheiras revelavam aquilo que eu temia: Baltazar andava a escrever como um maníaco, quem sabe até sacrificando o sono.

— Olá, Gaspar. Vim convidar-te para apanharmos um pouco de ar. Uma pausa. Por favor.

Aquele convite foi mais uma súplica do que outra coisa. Tive pena do rapaz e vontade de o confortar. Já percebera que havia traços de personalidade que partilhávamos, mas Baltazar parecia-me menos resiliente. Se toda aquela situação me estava a afetar, nem queria imaginar o estado dele. Aceitei o convite.

Não tinha regressado ao lago desde o Jogo do Destino. Naquele dia, apesar do calor abafado, estava nublado e com ar de que poderia começar a chover a qualquer momento. Ainda assim, o local parecia mais inofensivo do que nas memórias dessa noite. Baltazar descalçou-se e sentou-se nas pedras com os pés dentro de água. Fiz o mesmo, sentando-me perto dele o suficiente para que a ansiedade dos dois fizesse uma pausa. Ficámos em silêncio durante vários minutos a inspirar aquele sossego.

— Há qualquer coisa de fascinante no céu que não consigo explicar — disse ele, levantando a cabeça para o Sol, que surgia por entre nuvens de prata. — É sempre o mesmo, mas tem uma beleza e uma grandiosidade à qual é impossível ficar indiferente. Acaba por nos unir a todos.

— Somos pequeninos e iguais debaixo deste grande e belo clichê — brinquei eu, arrancando-lhe um sorriso.

— Quando achas que vai surgir o próximo jogo? — perguntou ele, tisnando o momento.

— Não sei. Nem sequer sabemos ao certo quantos jogos seremos obrigados a jogar.

— Gaspar, há outra coisa que me está a afligir... eu sou *ghostwriter*. Os meus contratos são regidos por um estrito princípio de confidencialidade. No entanto, estou a escrever algo que me foi encomendado e que agora estou a expor de alguma forma.

— A culpa não é tua. Não és tu que intencionalmente estás a expor a história.

— Sim, talvez tenhas razão — concordou, com um ar mais aliviado. — Ainda assim, não posso deixar de sentir que estou a infringir alguma regra. Toda a minha vida fui sempre muito cumpridor, a ponto de ser gozado pelos outros.

— Compreendo-te perfeitamente, Baltazar. Se há algo que tenho aprendido na vida é que às vezes temos de encontrar maneiras de contornar as regras. Pela nossa vida.

— Só quero que isto acabe. Esta pressão não é boa para ninguém.

— Vamos fazer o seguinte. Cada vez que te sentires assim, vais ter comigo. Fazes uma pausa, que eu sei muito bem que tens trabalhado como um doido. Vai fazer-nos bem — sugeri eu, sabendo que aquele ato de bondade, de amizade até, servia também para eu próprio me afastar da beira do precipício.

Baltazar e eu regressámos antes do final de tarde, ambos disfarçadamente a olhar para todos os recantos do labirinto de árvores, com receio do que, ou de quem, nos poderia estar a observar das sombras. Quando entrámos, a casa parecia estranhamente silenciosa, mais do que o normal. O meu instinto automaticamente entrou em alerta.

— Gaspar, ali!

Baltazar correu para a cozinha. Cecília estava desmaiada no chão, de barriga para baixo. Enquanto ele tentava acordá-la, corri para o primeiro andar, sabendo no meu âmago que estava para chegar outro jogo. Lucas estava desmaiado na cama, enquanto Benjamin estava caído em cima do computador. Ignorei o quarto de Ophelia e corri até Baltazar, que já estava caído ao lado do corpo inanimado de Cecília. Foi então que veio uma violenta tontura. Antes de cair inconsciente no chão, a negra impotência era tudo o que conseguia sentir.

*

— Gaspar? — disse uma voz abafada, ao longe. — Gaspar! — gritava, agora mais perto.

Uma forte chapada no rosto despertou-me de imediato. Estava deitado no chão, com Lucas e Cecília ajoelhados ao meu lado. Baltazar estava logo por cima deles, e Ophelia e Benjamin estavam de pé a observar-me atentamente. Pelo visto, era o último a acordar, mas, em minha defesa, tinha sido o último a perder a consciência. Ao menos, dera para perceber que os jogos viriam depois da nossa inconsciência inesperada, possivelmente originada por algum gás soporífero libertado na casa. Ainda conseguia sentir o seu ténue sabor acre na garganta.

Olhei ao meu redor. Tínhamos sido levados para uma sala pequena, mal iluminada e só com uma porta, onde estava colada uma folha que dizia simplesmente «Jogo do Culpado».

— A porta está trancada — explicou Lucas. — Talvez estivessem à espera de que acordasses. E há isto também — disse ele, apontando para um autocolante no seu peito que dizia «O Namorado».

Todos nós tínhamos um autocolante com um papel atribuído, tal como no Jogo do Destino: Cecília era «A Amiga»; Ophelia, «A Mãe»; Baltazar, «O Irmão»; e Benjamin, «O Professor». Olhei para o meu autocolante e estremeci quando li *O Assassino*. Que quereriam aqueles papéis dizer e por que raio o meu era tão drástico em relação aos outros?

Ouviu-se o trinco da porta. Como estava mais perto, fui o primeiro a abrir e sondar o que estava para lá daquela minúscula sala. Entrámos naquilo que parecia ser o quarto de uma adolescente. Pela decoração e *posters* de atores e de *boys bands* na parede, podia jurar que estávamos nos anos 90. Havia uma janela, que dava para um falso exterior com iluminação artificial e que fazia parecer que era de noite, e outra porta, que estava trancada. Calculei que estivéssemos no subsolo, numa sala simulada.

— Oh, meu Deus — gritou Cecília, levando as mãos à boca.

Olhei na direção do seu olhar. Mal tinha reparado, dada a fraca luz do quarto, mas em cima da cama de colcha florida estava um caixão fechado. Em cima dele, repousava um papel dobrado que dizia: «Lê-me.» Lucas arrancou o papel de cima daquele cenário macabro e leu o conteúdo em voz alta.

Nunca imaginei que me pudesses fazer isto.
Porquê?
Alexis

Convençam os outros de que foram o(a) autor(a) deste assassinato.

— Mas que treta é esta? — berrou Cecília. Para uma autora de livros de autoajuda, admirava-me a facilidade com que demonstrava a dificuldade que tinha em gerir o *stress*.

— É como uma *escape room*, mas com um *twist* — explicou Lucas. — Já fiz muitas, mas nunca uma em que tivesse de convencer os outros de que sou assassino.

Reparei em Baltazar, muito sério e mais nervoso do que o normal. Toquei-lhe no braço, o que o despertou.

— Essas palavras e esta decoração... são praticamente as mesmas do livro que estou a escrever.

— Já desconfiava que os jogos se inspiravam no nosso trabalho, depois do Jogo do Destino — disse eu. — Quer dizer que este foi buscar ideias ao teu livro. Isso pode ser uma vantagem para nós, certo?

— Nem por isso — respondeu com ar desanimado. — Tirando a rapariga assassinada, as personagens não são as mesmas e ainda estou longe de chegar à parte da revelação do assassino. Bem, e já que estamos literalmente dentro do meu primeiro capítulo, já não faz sentido esconder isto. O meu contratante é fanático pela Agatha Christie e encomendou-me um livro no mesmo estilo, mas com um *twist* mais contemporâneo.

— Mas porque estão eles a distorcer os nossos trabalhos com estes jogos? Qual o objetivo por trás disto? — perguntei eu, sabendo que nenhum deles tinha resposta para me dar.

— Penso que o melhor será iniciarmos o maldito jogo e deixar as teorias para depois — a voz glacial e pausada de Benjamin viajava da mesa de cabeceira, onde um relógio despertador começou a contagem decrescente de sessenta minutos, tal como numa das *escape rooms* referidas por Lucas.

— Há necessidade de complicar este jogo? — perguntou Ophelia, de braços cruzados, encostada a uma cómoda branca. — O Gaspar tem um autocolante a dizer «Assassino». Já temos o nosso culpado.

— Se fosse assim tão fácil, não tinham criado o jogo nestes moldes — disse Lucas. Dada a sua experiência naquele género de jogo, parecia ter assumido o papel de líder. A sua confiança era de facto reconfortante. — Não sabemos com quem estamos a lidar, e obviamente haverá reviravoltas. O melhor será vasculharmos todo o quarto em busca de pistas, antes de tentarmos convencer-nos uns aos outros de que fomos nós a matá-la.

De forma natural, cada um de nós se dirigiu para um canto do quarto, numa investigação minuciosa. Fiquei com o roupeiro, um móvel do mesmo branco do resto da mobília do quarto, a abarrotar de roupa. Esperava encontrar roupa extremamente feminina, mas até era bastante neutra para uma típica adolescente dos anos 90, como Alexis parecia ser. Revistei peça a peça o interior de bolsos de calças e casacos, em busca de resquícios da vida encenada daquela rapariga. Enquanto verificava possíveis pontos ocos no móvel, lembrei-me de algo que me escapara. Quem havia sido distinguido com uma vantagem naquele jogo? Até agora, ninguém se tinha identificado, mas algo me dizia que a pessoa com a vantagem estava estrategicamente a escondê-la por enquanto. Cecília distraiu-me desses pensamentos, segredando-me, ajoelhada perto de uma alta prateleira com livros e dossiês.

— Achas que o caixão tem alguém lá dentro?

— Não me parece. Isto é um jogo, não passa de encenação.

Disse-o sem grande convicção. Não conhecer o verdadeiro carácter das pessoas que estavam por detrás de Ash Falls era meio caminho andado para elaborar teorias da conspiração.

Cecília bufou de frustração perante a minha resposta e a ausência de pistas nos livros que ia folheando. Talvez não tivesse tão boa inteligência emocional como pensava. Isso fez-me pensar que andava a negligenciar a nossa amizade crescente. Depois daquele jogo, tinha de trabalhar nisso.

Tudo o que acabei por descobrir no roupeiro foi um diário, escondido por trás da última gaveta, que aparentemente acabou por ser o objeto mais valioso. Reunimos todas as nossas descobertas na carpete no centro do quarto. Além do meu diário, havia também um telemóvel antigo, uma agenda, uma fotografia de três adolescentes, um recorte de jornal e um caderno escolar. Cada um de nós ficou responsável pela análise de um dos objetos.

— O telemóvel tem apenas uma mensagem escrita: *Nunca pensei que fosses capaz de fazer isto connosco. Não conseguirei lidar com a humilhação, a dor e a destruição que trouxeste para o seio desta família. És a nossa vergonha.*

— Julgo que a fotografia é da miúda morta, no meio do namorado e da amiga. A amiga parece ter um ar chateado. Na parte de trás, diz *Josh, Alexis e Emma.*

— A agenda tem uma única anotação no dia 31 de outubro, às 20h00: *Jantar de reconciliação com o Josh.*

— O caderno está cheio de apontamentos das aulas, mas a página final está cheia de corações com *I love Mr. Smith.*

— O recorte de jornal diz: *Foi detido o presumível suspeito do assassinato em Maple Street, que chocou o país. O homem tem antecedentes criminais de perseguição e violência sexual e tinha-se mudado para a rua da vítima há poucos meses. A polícia prossegue com as investigações...*

— O diário é uma descrição aborrecida dos seus dias. Há uma interrupção de um ano, e a última entrada diz o seguinte: *Sei que não escrevo aqui há séculos! Mas o meu dia foi horrível e precisava de um amigo que não me julgasse. Sei que o que fiz foi errado aos olhos da maior parte das pessoas aborrecidas e enfadonhas desta cidade. Mas contigo é tudo tão fácil e tão bom. Não quero saber do que os outros pensam. É contigo que quero ficar. Nada mais me interessa. Amo-te! Quero-te!*

A minha cabeça era já um novelo de possibilidades e de histórias para aquela rapariga, com base nos breves resquícios da sua vida a que tivéramos acesso. Era muito fácil elaborar várias ramificações para aquele enredo. Mas isso também era um problema para cada um de nós, já que o objetivo era tentar convencer os outros de que éramos o assassino.

— Bem, já se percebeu que a miúda não era santa nenhuma — disse Lucas, tentando aligeirar a tensão que se acumulava. — Com base nisto, acho que cada um tem de defender o seu ponto de vista para conseguir mais votos.

— Isto é tudo muito injusto! — exclamou Cecília, cruzando os braços. — Estão a pedir que cada um crie uma defesa com base numa narrativa. Eu sou a única deste grupo que escreve não ficção. Estou em clara desvantagem.

— Eu diria que és o elemento do grupo com mais vantagem — respondeu Benjamin, de modo cortante. — A base do teu trabalho é a inteligência emocional, certo? Nesse caso, sabes melhor que ninguém como trabalhar a emoção para manipular.

Nenhum de nós comentou, nem mesmo Cecília, sabendo que ele tinha razão. A astúcia era o segredo naquele jogo, mais do que a imaginação para narrativas.

— Há algo mais que me preocupa — disse Baltazar. — Este jogo é baseado num género literário conhecido pelas suas reviravoltas. Como podemos ter a certeza de que o jogo em si não tem um *twist*? As regras dizem: *Convençam os outros de que foram o autor deste assassinato*. Quer isso dizer que o objetivo é descobrir o verdadeiro assassino, ou vence quem tiver mais votos por ter sido o melhor a argumentar a sua autoria?

Baltazar tinha razão. As palavras usadas nas regras eram vagas o suficiente para deixar várias interpretações. Como jogar um jogo cujas regras não se compreendem? Talvez o verdadeiro objetivo fosse realmente esse: a confusão como desafio. Ou então era mesmo para nos ver falhar redondamente. Com o papel tão óbvio de «Assassino» que me havia sido atribuído, não ia ser fácil convencer os outros. Se bem que o *twist* poderia ser mesmo esse...

— O mais sensato é cada um de nós apresentar a sua defesa à vez — propôs Lucas, lançando um olhar ao relógio. — Ainda temos tempo, mas não se alonguem, pessoal. Alguém quer começar?

— Desde o nascimento da Alexis que nunca consegui criar ligação com ela. — Ophelia aconchegou-se no casaco de malha que vestia e começou a esfregar os braços, inquieta. Até o seu rosto se transfigurava, como se tivesse acabado de ser possuída pela «Mãe». —

Quando chorava, em bebé, era um martírio para mim. Um inconveniente. Havia algo naquela criança que parecia ter saído de um local negro. Durante a infância, fora sempre difícil lidar com ela, criança complicada. Sentia-me um monstro por todos os momentos em que não a sentia como minha filha. Mas na sua adolescência percebi que o seu compasso moral era inexistente, e o monstro afinal era ela. Tinha carregado no ventre um demónio. Não podia permitir que destruísse a nossa família. No dia em que a matei, não senti nenhum tipo de remorso. Senti libertação.

Senti um arrepio perante a história de Ophelia, não pelo enredo em si, mas pela forma como o contava. Parecia acreditar verdadeiramente em cada palavra como se fosse real, enfiando-a nas nossas cabeças como facas afiadas. Era impressionante como encarnara aquela fria personagem de Mãe em tão poucos instantes.

— Tudo porque nos apanhaste na cama aos dois — interrompeu Baltazar, o Irmão. — Perante a tua constante frieza ao longo do nosso crescimento, Alexis e eu não tivemos alternativa a não ser a de nos agarrarmos um ao outro, defendendo-nos sempre da tua mão pesada e insulto fácil. Essa proximidade acabou por evoluir para algo mais, algo tão imoral, mas tão puro, que nada mais nos interessava. Até ao dia em que a nossa relação foi descoberta... Alexis sempre fora muito mais resiliente do que eu, mas também destemida. Assim que me prometeu que ia enfrentar tudo e todos só para manter a relação, perdi o controlo, cobardemente. Ainda sinto a sua vida a esvair-me pelos dedos molhados de lágrimas, enquanto a estrangulava.

Bem, eu precisava MESMO de me esmerar na história. Não só Ophelia e Baltazar tinham improvisado duas narrativas coerentes e sólidas, como também as haviam entrelaçado. E com representação à mistura. Houve ali momentos que até senti que eram realmente a Mãe e o Irmão. Olhei para os outros três e percebi que estavam igualmente impressionados.

— Eu idolatrava tanto a Alexis como a odiava — era a vez de Cecília. — Cada roupa, cada penteado, cada gesto, cada risada era motivo para a querer copiar. Não, não era só copiar. Queria ser ela! Essa inveja acabou por evoluir para ressentimento — Cecília pausou e baixou os olhos para o chão. Parecia estar prestes a chorar. — Ela sabia que eu amava o Josh desde a escola primária e, mesmo assim, o seduziu e acabou por começar a namorá-lo. Tenho a certeza de que só o fez para provar que era superior a mim, uma triste coitada que só era alguma coisa naquela escola graças à sua popularidade. Sempre que estávamos os três, fazia questão de se agarrar a ele e de o beijar, tal como eu sempre lhe disse que ansiava fazer. A raiva no meu coração era demasiado tóxica. Dominante. Confrontei-a numa noite em que estávamos sós na cozinha da minha casa. Admitiu que não amava Josh, que estava com ele só pela diversão e para não ficar tão triste, pois ele nunca olharia para alguém como eu. A minha visão ficou turva e, no momento em que a minha consciência voltou em pleno, estava sobre o corpo esventrado dela, com uma faca ensanguentada na mão.

— Fui eu. Eu é que a matei! — exclamou Lucas, com ar raivoso. — Sabia que estavam em tua casa nessa noite e quis fazer uma surpresa. Entrei à socapa e ouvi-os a discutir na cozinha. Tu estavas a tremer e a soluçar, enquanto ela dizia coisas horríveis. Escondido atrás da porta, ouvi a Alexis dizer que era só um brinquedo para ela. Eu amava a Alexis! A minha vida era uma merda: abandonado pela minha mãe, com um pai alcoólico e desempregado, e uma enorme dificuldade de aprendizagem. Traduzia as minhas frustrações em acessos de raiva e violência. Alexis era o meu porto de abrigo, a tábua de salvação nos tumultos da vida de um rapaz jovem de mais para sofrer isso. Ao ouvir aquelas palavras, a sua mentira, algo em mim se quebrou. Agarrei numa faca da bancada e matei-a ali mesmo. Vendo o estado de choque em que estavas, fiz parecer que tinhas sido tu e fugi.

Cecília não pareceu muito feliz pela forma como Lucas subvertera a sua história. Mas, tal como as de Ophelia e Baltazar, as suas histórias entrelaçavam-se perfeitamente. Olhei de relance para Benjamin e pude perceber pela sua expressão que estava a ficar tão preocupado como eu. Antes que pudesse atirar com a minha defesa, o Professor antecipou-se.

— Alexis sempre me pareceu uma jovem desestruturada. Apesar de aparentemente ser a típica menina popular e bonita, havia ali algo errado, alguma coisa que pedia para ser consertada. Sempre tive o defeito de querer ajudar a resolver os problemas dos outros. Aliás, foi isso que me levou a escolher esta profissão. Numa das nossas aulas, dei conta do distante que estava, uma expressão demasiado madura e pesada para alguém tão novo. Sabia que precisava de ajuda, mas não a podia assustar. Dado o decair das suas notas, ofereci-me para lhe dar algumas explicações no final das aulas. Essa tutoria evoluiu para conversas mais informais, depois para confissões que me levaram a crer que era apenas uma jovem mulher, desesperadamente à procura do afeto que não tinha em casa ou junto dos amigos. Acabei por perceber que também eu precisava desse afeto. E foi assim que nasceu a nossa proibida e perigosa relação. Durante uns tempos, ainda vivi perdido naquela ilusão apaixonada. Mas depressa percebi que Alexis não evoluía. A sua personalidade impulsiva e errática estavam a tornar-se um problema, e rapidamente vieram as chantagens e as ameaças, se não cumprisse com o que exigia. Numa das inúmeras discussões nos nossos encontros secretos, Alexis saiu disparada do meu carro, a gritar que iria contar a toda a gente sobre nós. Nem sequer me dignei de correr atrás dela. Não podia deixar que aquela miúda mimada destruísse tudo o que construíra na minha vida. Simplesmente acelerei e atropelei-a. Pelo retrovisor, pude perceber que ainda estava viva. Antes de fugir, passei mais duas vezes por cima do corpo mutilado para ter a certeza de que estava morta.

Terminados os seus argumentos, olharam os cinco para mim, expectantes. Faltava a minha história. Como arranjar um enredo para a minha personagem, depois da forma perturbadora como cada um deles encarnara a sua personagem? A minha cabeça era um cursor a piscar numa folha branca no computador.

— Gaspar? Faltas tu — insistiu Cecília, olhando de soslaio para o relógio.

Compõe-te, Gaspar! Estavam em jogo os meus segredos e a minha privacidade. Era impensável desistir e deixar que os outros me ultrapassassem. Talvez se...

— O dia em que me mudei para Maple Street foi o dia em decidi começar uma nova história — comecei eu, timidamente. — Sempre gostara daquele tipo de bairro, suburbano, tão tranquilo, tão perfeito, quase sonolento. Era ali que se escondiam os segredos mais escabrosos. Não tardou até encontrar a narrativa que procurava e me dava a tão viciante adrenalina que me fazia sentir vivo. Uma vizinha. Uma típica adolescente mimada que se julga o centro do mundo. Na realidade, um tornado, destruindo tudo à sua passagem: famílias, emoções, vidas. Durante semanas, vivi a sua história, escondido nas sombras: a relação tóxica com a mãe, o incesto proibido com o irmão, o *bullying* com a amiga, a negligência com o problemático namorado e as aventuras sexuais com o professor. Habituado a ser um espectro invisível neste mundo, absorvi a vida de Alexis como se fosse a minha, uma obsessão que ela nem sonhava que a rodeava diariamente, a cada passo, a cada respiração, a cada gesto. Mas a obsessão caminha por uma linha muito frágil, e depressa cedi a um impulso que crescia dentro de mim. Não queria apenas observar Alexis. Eu queria ser Alexis! Numa das muitas noites em que a observava silenciosamente a dormir na escuridão do quarto, deixei-me levar pela sedutora obsessão. Deslizei a faca pelo seu corpo inerte, contornando todas as suas linhas ainda tenras. Quando cheguei ao coração, espetei a faca com toda a força que tinha, praticamente chegando com a ponta ao colchão. Ainda me recordo do prazer que senti ao ouvir o seu último suave gemido. Banhei-me no seu sangue ainda quente, cortei-lhe a pele do rosto, tornei-me finalmente Alexis. Porém, bêbado de prazer com a nova pele, não notei a presença do irmão à porta do quarto, numa das suas visitas secretas. Ainda vestindo o rosto de Alexis, fugi pela janela, sabendo, no fundo, que aquela havia sido a última das minhas obsessões...

Um profundo silêncio voltou a abater-se sobre os seis, perfeitamente posicionados num círculo no meio do quarto. Não percebi se estavam a assimilar a minha história ou se estavam já a decidir quem iam escolher como culpado. Até eu estava pasmado com a forma como aquele enredo surgira do nada, como se o verdadeiro assassino de Alexis estivesse a contar a sua história usando a minha voz. Naquele momento, até eu senti que fora eu a matá-la, um sentimento quase sobrenatural, oriundo daquela situação tumultuosa. Será que os outros tinham sentido o mesmo?

— Não existindo regras concretas ou claras, isto é como dar um tiro no escuro — disse Lucas. — Já pensaram em quem vão votar?

— E se subvertêssemos as regras? — sugeriu Cecília. — Se cada um votar numa pessoa diferente, ninguém ganha, nem ninguém perde, e o jogo é anulado.

— Não tens a certeza disso — suspirou Benjamin, limpando os óculos na camisa. — Podes correr o risco de todos perdermos e de todos vermos a nossa privacidade invadida.

— Não foi já invadida? — perguntou ela. — Aposto que eles fizeram um exaustivo trabalho de investigação das nossas vidas para poderem fazer vídeos sobre os nossos segredos. Que mais temos a perder?

— Podes realmente dar-te ao luxo de correr esse risco? Certamente terás segredos que preferirás manter guardados. Tal como cada um de nós. Viste bem o que foi feito a Ophelia.

Naquele momento, Benjamin parecia realmente um professor a repreender uma aluna imatura. Até a sua postura era a de alguém altivo e confiante no seu bom senso. Por muito que a minha antipatia por Benjamin começasse a ser uma realidade, estava do lado dele na discussão.

— Malta, o tempo está a passar — interrompeu Lucas. — Não sabemos o que se segue, mas convém tomarmos uma decisão. Acreditem que a ideia subversiva da Cecy me atrai muito, mas sei que é perigoso. Tenho a certeza que ainda há surpresas guardadas, pelo que é melhor seguirmos o que é pedido.

— O mais justo é cada um tomar a sua decisão — disse Baltazar, com um ar abalado. O estarmos, literalmente, dentro do livro dele estava a afetá-lo demasiado. — Já que somos obrigados a fazer isto, ao menos que não afete as nossas relações.

Não foi preciso olhar para os rostos de todos para perceber que, como eu, tinham achado a frase tão ingénua como trágica. Apesar de estarmos juntos naquilo, uma situação extrema como aquela só servia para nos relembrar de que, apesar de tudo, ainda éramos estranhos. Queria continuar a acreditar que a ligação com aquelas cinco pessoas seria algo para cultivar. Porém, quando somos reféns de segredos que queremos guardar com a própria vida, estamos mais sozinhos do que nunca.

— Se é por uma questão de justiça, nesse caso, não vou revelar em quem vou votar — disse Benjamin. — E penso que todos vocês deviam fazer o mesmo.

— Sim — concordou Lucas, com uma expressão séria. Era o mais duro do grupo, mas percebi, por alguns gestos mais subtis, que estava apavorado. — Parece-me bem, se todos concordarem.

— É-me indiferente. Só quero que isto acabe — respondeu Ophelia, afastando-se para um canto mais escuro do quarto.

Cecília, Baltazar e eu também concordámos. Seria um resultado-surpresa. Uma perturbadora surpresa. Enquanto o relógio contava os seus últimos minutos, cada um se afastou para cantos diferentes do quarto, perdido em pensamentos.

Não fazia ideia em quem ia votar. Escolher alguém pela solidez da sua defesa enquanto assassino ou usar a estratégia? Na realidade, todas as histórias me haviam parecido verosímeis, sendo que qualquer um tinha argumentos válidos, intencionais ou não, para assassinar Alexis. De todas as histórias, apenas a minha me parecia a mais fraca. Além de ser um papel óbvio de mais naquela história, recorrera a elementos de terror mais difíceis de aceitar como reais. Na realidade, não tinha intenção de votar em Benjamin e Ophelia, aqueles em quem ainda menos confiava. Sobravam Cecília, Lucas e Baltazar. Cecília e Baltazar não me pareciam ser pessoas que tivessem segredos assim tão sórdidos, que não pudessem ser revelados sem grande gravidade. Pela sua personalidade, Lucas parecia ser alguém com segredos mais pesados e, por isso, com necessidade de proteger. Mas podia estar enganado. Tinha consciência de que até eu podia parecer boa pessoa, sempre a tentar agradar os outros e, no entanto, já fizera coisas dignas de uma Alexis...

De um ponto de vista estratégico, também podia votar em alguém que me pudesse proteger em futuros jogos. Uma espécie de aliança. Nesse campo, também Lucas me parecia a melhor opção.

De repente, o despertador disparou, estridente e irritante, com quatro zeros a piscar. Ouviu-se o trinco da porta do quarto e percebemos que era altura de avançar.

Esperava-nos um corredor com três portas dos dois lados, cada uma com o nosso nome. Ao fundo, uma outra porta com o símbolo de Ash Falls aguardava a nossa decisão, como um júri maquiavélico. Os seis abrimos as respetivas portas.

Assim que entrei, a porta trancou-se automaticamente, e fiquei na mais completa escuridão. Poucos segundos depois, o ecrã de um televisor iluminou a pequena sala onde estava, toda revestida de preto. A arrepiante melodia *retro* antecedeu os elementos que iam surgindo.

Jogo do Culpado

Escolhe o culpado.

Por baixo das frases, surgiu um relógio com dois minutos em contagem decrescente, assim como quadrados com os papéis de cada um de nós: Mãe, Irmão, Amiga, Namorado, Professor e Assassino. Mas havia algo errado naquela disposição — um sétimo quadrado com o nome «Alexis». A reviravolta apanhou-me de surpresa. Se a regra era votar naquele que acreditávamos ter sido o culpado do assassinato de Alexis, tendo em conta os argumentos criados por cada um, porquê um quadrado com o nome dela? Fixando os números do relógio a mudar rapidamente, tentei recapitular todos os momentos passados naquele jogo desde o momento em que acordei: os papéis de cada um, o quarto com o caixão, as pistas, os nossos argumentos, a sétima pessoa que até agora não fazia parte da equação...

As peças encaixavam-se na minha cabeça, numa nova história que podia explicar a verdadeira morte. Quem estava no caixão poderia não ser Alexis. Aliás, aquele até podia nem ser o quarto dela. Em momento algum fora referido que era ela a vítima, e todas as pistas podiam ser interpretadas como sendo referência a outra pessoa — o Irmão. Recordei-me das pistas que tínhamos encontrado, e tudo fez mais sentido para mim.

Mas... que seria correto naquele jogo? Escolher um dos participantes ou escolher a opção certa? Quem criara o jogo tinha claramente a intenção de nos desorientar. Mais uma vez, confundir para ver falhar.

Não era pessoa de agir por impulsos, embora sentisse que a casa e os jogos estavam a mudar isso. Por norma, analisava obsessivamente os problemas para chegar a uma decisão ponderada e perfeita. Agora o meu instinto estava a falar mais alto, a gritar, praticamente. Não escolher um dos outros escritores era estar a prejudicá-los. Mas tinha de pensar em mim e, naquele momento, escolher Alexis era a opção mais lógica para me levar a ganhar.

Com o relógio quase a chegar a zero, carreguei no quadrado de Alexis com uma mão trémula.

O ecrã apagou-se, e saí da sala ao mesmo tempo que os outros, cada um em silêncio e com uma cara comprometida. A porta ao fundo do corredor estava aberta. Entrámos numa sala igualmente revestida de preto, ampla e com um ecrã numa mesa isolada no centro. O logótipo de Ash Falls esperava por nós.

Olhei de soslaio para os outros, sentindo-me cada vez mais culpado pelo que fizera. Antes de apresentar os resultados, o ecrã começou a passar um vídeo semelhante ao do segredo de Ophelia, uma reconstituição de algo. Por momentos, receei que fosse já a revelação do segredo de um perdedor, mas, quando uma das raparigas da foto encontrada no quarto surgiu no ecrã, suspirei de alívio.

O vídeo correspondia a uma reportagem televisiva. Eram mostradas insistentemente imagens de uma casa rodeada por fitas da polícia, fotografias de Alexis e do Irmão, que era mesmo o Josh da fotografia, e de vizinhos em choque com o crime numa rua suburbana. Uma jornalista surgiu a falar para a câmara:

> *Foi detida Alexis Green, a irmã do jovem assassinado esta semana em Maple Street, por alegadamente ser a autora deste trágico homicídio. No início da semana, chegou a ser detido um vizinho da mesma rua, mas, numa inesperada reviravolta, a polícia voltou a atenção para Alexis, depois de a jovem ter confessado o crime a uma amiga. Segundo esta testemunha, Alexis terá contado que descobriu a relação do irmão com o vizinho acusado e, por «vergonha e raiva», acabou por matar o irmão com dezassete facadas, levando depois a faca para casa desse homem, com intenções de o incriminar.*

O vídeo fechou com a imagem de Alexis a ser levada de casa pela polícia, um olhar neutro e nada arrependido no rosto perfeito fez-me duvidar se o que estávamos a ver era mesmo um vídeo de ficção ou uma história e reportagem reais.

Afinal eu tinha razão. Permiti-me regozijar interiormente pela minha capacidade de dedução, imaginando se os outros teriam descoberto o mesmo.

O vídeo foi substituído por um fundo preto, onde os resultados iam surgindo aos poucos:

Jogo do Culpado
Votações
A Mãe — Alexis
O Irmão — A Amiga
A Amiga — O Namorado
O Namorado — A Amiga
O Professor — O Namorado
O Assassino — Alexis

Classificações
Gaspar Jonas: 5 pontos
Ophelia Amin: 5 pontos
Lucas Blackburn: 3 pontos
Cecília Celes: 3 pontos
Benjamin Lee: 1 ponto
Baltazar Levi: 0 pontos

— O quê? Nada disto faz sentido! — disse imediatamente Cecília.

Alexis é a verdadeira culpada da morte do seu Irmão Josh.
No entanto, aos olhos do público, também o Namorado e a Amiga foram considerados igualmente culpados.

— O quê? — continuou Cecília. — Mas as regras não eram para conseguir mais votos com base na nossa defesa? Por que raio entrou a Alexis nos votos?

— Não acho que estes jogos sirvam para fazer sentido, apenas para brincar com as nossas mentes — disse Ophelia, com ar condescendente. — Uma tremenda lição sobre perceção. Os sinais estiveram sempre à nossa frente, só que a maior parte de nós recusou-se a vê-los — terminando a explicação, Ophelia olhou para mim com orgulho, um olhar quase íntimo.

— Esperem! — exclamou Lucas, olhando desconfiado para Benjamin. — Também deverias ter perdido. Não votaste na Alexis, nem tiveste nenhum voto.

— Permitam-me que explique — respondeu Benjamin, retirando do bolso das calças uma carta que dizia «O Advogado». — Acordei com isto no bolso e presumi que estivesse relacionado com a vantagem que cada escritor pode ter nos jogos. Só ao entrar na sala para votar é que me foi explicado, no ecrã, que esta carta permitia evitar perder, caso fosse o último classificado. Tive de decidir se a ia utilizar mesmo antes de votar. Ainda bem que o fiz — declarou, olhando para cada um de nós com ressentimento.

Tão atentos à discussão que estávamos, nem reparámos em Baltazar, calado atrás de nós. Estava pálido e olhava para o ecrã com um ar derrotado. Antes que me pudesse aproximar, o ecrã voltou a ganhar vida com um novo vídeo — o segredo de Baltazar. Tal como acontecera com Ophelia, correu até ele, mas em vez de o destruir, atirou-o ao chão e ajoelhou-se em cima dele, enquanto repetia vezes sem conta: «Por favor, não!», abafando o som que de lá saía. De repente, toda a sala se iluminou, e percebemos que não eram paredes à nossa volta, mas, sim, ecrãs gigantes, imagens íntimas e pessoais de Baltazar, que fomos forçados a ver e a ouvir, sem saída.

Quando terminou, Baltazar ainda estava ajoelhado sobre o televisor, todo ele braços e pernas a soluçar baixinho. Destruído. Olhámos impotentes para a cena, sem saber como reagir para acalmar o seu desespero, secretamente aliviados por aquele desespero não ser o nosso.

O segredo de Baltazar Levi

Baltazar contemplou a lata em cima da bancada da cozinha, enquanto ouvia os gritos do outro lado da parede, algo que se tornara rotina naquela casa. Deslizou até ao chão com as costas sempre coladas à parede, o seu corpo ainda adolescente, com membros demasiado longos para os conseguir controlar em condições. Colando o queixo aos joelhos, continuou a fixar aquela lata, quase como se o objeto conseguisse falar-lhe palavras tentadoras.

— Se me voltas a fazer mal, eu fujo desta casa! — gritou a sua mãe, com uma voz trémula.

— E vais fazer o quê? Trabalhar como puta? Vai, sim. Desafio-te a fazer isso. Leva o puto se quiseres. Parece um paneleiro mesmo — respondeu o pai, na sua voz rude.

Baltazar abraçou os joelhos com mais força, ao ouvir aquelas palavras. Se ao menos o seu pai soubesse quanto o magoavam. Dia e noite a ouvir insultos, a assistir à mãe a levar pancada, a suportar uma vida com base em regras rígidas sem fundamento. Mesmo em tão tenra idade, sabia que a família era um clichê de violência doméstica, física e emocional. Mas nem por isso deixava de ser brutal.

Os seus pais entraram na cozinha, arrancando a sua fixação daquela lata, o pai, possante e dominador no seu corpo de gigante, a mãe, encolhida como um rato atrás dele. O lado direito do seu rosto estava de um vermelho-sangue que arrepiava. Baltazar pôs-se logo de pé, em sentido, com receio de que fosse novamente repreendido só por estar ali, ou por ser quem era. O pai sentou-se à mesa, começando imediatamente a dar ordens à mulher, enquanto gozava com o filho, chamando-lhe «maricas» ou «inútil».

Logo que terminaram o doloroso jantar, num silêncio ameaçador apenas povoado pelos grunhidos e arrotos do pai, Baltazar fechou-se no quarto, esperando que os pais terminassem mais uma discussão e fossem dormir. Cada vez gostava mais da noite e da sua tranquilidade. Era a única altura em que podia suspirar de alívio, depois de um dia inteiro a suster a respiração — numa escola onde o *bullying* era constante, e numa casa que, em vez de ser um santuário, era um local de tortura.

Sobrava-lhe a escrita e a liberdade inerente. Aquela capacidade de voar e de viajar era algo só seu, o escape perfeito de uma vida da qual se sentia cada vez mais alienado. Sacou dos cadernos, escondidos na última gaveta da cómoda, e retomou a história de fantasia que começara havia duas semanas.

Madrugada adentro, foi visitado por ratos no quarto, um dos sinais de negligência e pobreza daquela casa. Suspirando, foi até à cozinha e agarrou na lata que contemplara durante toda a tarde. Depois de espalhar o veneno pelos vários locais por onde os ratos passavam, voltou a olhar para o objeto na sua mão, pensamentos demasiado nefastos na sua mente tão jovem. Tirou um saco de plástico que mantinha na mochila e encheu-o com aquele pó, apenas o suficiente para ninguém desconfiar. Depois devolveu a lata ao local exato da bancada.

No dia seguinte, ao regressar da escola, foi confrontado com a sua mãe em terrível estado — boca a sangrar e um braço magro coberto de nódoas negras. Ainda assim, aquele asqueroso homem, deitado no sofá, estava a obrigá-la a lavar o chão. Mal viu Baltazar chegar, lançou-lhe um olhar indiferente, uma total ausência de amor ou afeto.

Nessa noite, só começou a escrever quando os gemidos de dor da mãe terminaram, sons que lhe apertavam o coração com a força de um gigante. Sentando-se à secretária, escreveu, escreveu, escreveu...

Acordou em sobressalto. A dor que sentia por ter sido atirado ao chão e por ter levado uma chapada no rosto não era nada ao pé da visão do seu pai a ler trechos dos seus cadernos, a menosprezar e a gozar com as suas histórias para, depois, rasgar tudo à sua frente. Baltazar não chorou, nem mesmo quando o pai o voltou a empurrar contra o armário, ao sair do quarto, o bafo a álcool a perdurar por onde passava.

Nessa noite, Baltazar não dormiu. Especado na escuridão, à porta do quarto dos pais, observou aquele monstro a ressonar de boca aberta, um verdadeiro destruidor de mundos.

Na cozinha, tirou o saco com veneno de ratos do bolso do pijama e despejou todo o conteúdo para uma garrafa de cerveja no frigorífico, sabendo que seria a primeira coisa que o pai iria beber logo de manhã. Voltou a fechar cuidadosamente a garrafa com a carica e regressou ao quarto, ficando deitado na cama, a olhar para o teto durante horas, até que o pai acordasse. Agora que estava sem os seus cadernos, era a sua mente que viajava para um mundo onde o seu pai não existia e era feliz com a sua mãe, aproveitando a sua juventude como merecia. Sem medo. Sem humilhação.

Na manhã seguinte, sentado num dos cantos da mesa, observou, com um secreto êxtase, o pai a enfiar o gargalo da cerveja na boca — a chave para a sua liberdade a escorrer pelas goelas do progenitor. Demorou apenas um minuto até começar a ficar pálido e atordoado. O intimidante homem olhou da garrafa vazia, com vestígios de pó no fundo, para a lata na bancada e, depois, para Baltazar. Como um Adamastor, saltou para cima do filho, com as mãos a apertar o seu pescoço como se fosse um galho seco. Enquanto desesperava por ar, Baltazar viu o olhar de puro ódio naquele homem, uma total ausência de bondade ou sentimentos.

As mãos afrouxaram a asfixia, começando a espumar da boca e a cambalear, até cair no chão. Baltazar tossiu com violência, sugando todo o ar que tinha sido roubado dos seus pulmões. A mãe entrou na cozinha como um rato assustado e ficou petrificada ao deparar com a cena de terror. Magoado e ferido, Baltazar antecipou que a mãe corresse até ele para o acudir e lhe agradecer por ter tido coragem suficiente para enfrentar o monstro que os aprisionava.

Porém, não foi isso que aconteceu. Num completo desespero, a mulher ignorou Baltazar caído no chão e agarrou-se ao marido num pranto, berrando acusações terríveis ao próprio filho por ter matado o amor da sua vida. Tão sedento de afeto por parte do pai, nunca percebera que, no processo, a sua mãe já se tinha perdido na obscuridade da dependência.

Tão jovem e já com tanto sofrimento para contar, incluindo uma tentativa de homicídio do próprio pai.

O homem sobreviveu. A mulher assumiu a culpa pela tentativa de envenenamento e acabou por ser perdoada pelo marido, continuando a viver juntos, numa união baseada em violência muda.

Naquela terrível manhã, foram os seus pais que morreram para Baltazar, um acordo silencioso em como deixariam de fazer parte das vidas um dos outros. Havia pais que não estavam destinados a ter filhos, ou que nem sequer os mereciam, e Baltazar era um desses casos. Sobravam-lhe as histórias e os mundos que criava na sua cabeça, aquilo que o mantinha vivo e fazia sentir amado.

11

Passaram-se dois dias desde que regressámos do Jogo do Culpado. Como um típico clichê literário, depois da revelação do segredo de Baltazar, ficámos inconscientes e fomos levados para os respetivos quartos por servos invisíveis de Ash Falls. Tinha acordado na manhã seguinte completamente atordoado e ainda levei alguns segundos até assimilar que a noite passada fora real.

Ao voltarmos, regressou também a rotina de solidão, com cada um isolado no seu quarto, saindo muito raramente para usar a casa de banho ou para comer. Alguns estariam certamente a escrever, invejando a poderosa vantagem que Benjamin tinha recebido naquele jogo.

Quando não estava a remoer nos acontecimentos do jogo, estava a olhar para a folha vazia do computador, incapaz de produzir fosse o que fosse, sem que o peso da pressão me esmagasse. Por vezes, também pensava em Baltazar e na forma como o vira destruído, depois de ver o seu segredo revelado. Podia ter sido eu, se não tivesse confiado no meu instinto. O seu segredo era mais triste do que sórdido. Queria abraçá-lo e confortá-lo, dizer-lhe que compreendia o que sentia. Mas desde o regresso que Baltazar não saía do quarto, e tinha receio de invadir o seu espaço. Encostando o ouvido à sua porta, o habitual som de teclas fora substituído por um silêncio aterrador. Estava a ficar seriamente preocupado com a sua saúde — física e mental.

Decidi regressar ao seu quarto e insistir para que saísse. Ainda via nele uma inocência que me atraía inexplicavelmente e, a par de Cecília e de Lucas, era das pessoas das quais me sentia mais próximo na casa.

Ao subir a escada da cave, senti movimento no deque. Aproximei-me sorrateiramente e vi Cecília a conversar com Benjamin. Não conseguia ouvir o que diziam, mas, pelos gestos, parecia uma discussão, com Cecília a insistir sobre algo, perante um inamovível Benjamin de braços cruzados.

O autor coreano ainda era um mistério para mim naquela casa, tal como Ophelia, embora a minha opinião sobre ela pendesse mais para a bipolaridade. Tinha cada vez mais dificuldade em me aproximar dele, sempre com uma barreira de gelo à sua volta, ou uma palavra cortante que me fazia afastar como um cão assustado. Não conseguia entender se era uma questão cultural ou de personalidade. Ficara com a impressão de que os outros o culparam pelo que acontecera com Baltazar. No entanto, tinha certeza de que qualquer um de nós faria o mesmo para salvar a pele. Talvez fosse apenas mal compreendido, e aí os maus da fita éramos nós. Podia pegar nisso para me aproximar dele...

Benjamin entrou em casa disparado. Disfarcei, agarrando num livro da estante, mas, pelo seu suspiro, quando passou por mim, percebi que tinha sido apanhado a bisbilhotar. Cecília entrou a seguir, carrancuda. Porém, ao ver-me, o seu rosto iluminou-se.

— *Hey there, stranger!* — cumprimentou ela.

— Bom dia. Tudo bem? Vi-te lá fora com o Benjamin...

— Oh, nada de mais. Estava a tentar convencê-lo a ser mais assertivo connosco. Cada vez que falo com ele, parece que estou a falar com um icebergue.

— Talvez precise de tempo para se adaptar...

— Ou talvez seja simplesmente um idiota. Mas tens razão. Às vezes preciso de parar e perceber que não estou a praticar os ensinamentos que escrevo. Acho que é desta casa... — respondeu, com um olhar distante, na direção das paredes. Depois voltou-se para mim. — Sinto que não falamos há muito tempo — disse, atirando-se para o sofá e amarrando o cabelo rosa, desalinhado, num dos seus mais marcantes gestos.

— Pois é. Anda tudo muito confuso nesta casa. Com os jogos e tudo o mais...

— Por favor, não me fales nesses jogos! Acho que já esgotei toda a energia dos meus cristais e todas as técnicas de meditação para me livrar de toda a negatividade.

Cecília fechou os olhos e começou a inspirar pelo nariz e a expirar pela boca ruidosamente. Não querendo interromper, virei costas, mas a sua voz puxou-me de volta.

— Como tens estado, Gaspar?

— Não me posso queixar muito, sinceramente. Claro que tenho toda a pressão da escrita e dos jogos. Mas, tendo em conta os últimos acontecimentos, acho que até estou bem — menti eu, sabendo que mesmo antes de entrar na casa já não estava bem.

Cecília olhou para mim, ou melhor, através de mim, despindo as minhas palavras para ver o seu verdadeiro significado. Por vezes perguntava-me se ela, a mestre da espiritualidade, conseguia ver a escuridão que eu escondia cá dentro.

— Sei que anda tudo muito caótico, mas reforço a minha oferta, Gaspar: se precisares de um ombro amigo ou de uma maluquinha para te animar, estou aqui.

— Sei disso e agradeço, Cecília — disse eu, com um sorriso que rapidamente se esvaneceu. — Mas há alguém que me preocupa verdadeiramente. O teu quarto é ao lado do de Baltazar. Ele já saiu?

— Não. Por várias vezes bati à porta, mas está trancada e ele não responde.

— Não nos quer encarar. Está envergonhado.

— Não há motivos para tal. Todos temos segredos ocultos. A diferença é que os segredos dele e da Ophelia foram revelados mais cedo. Os próximos podemos ser nós, quem sabe?

— Isso preocupa-te?

— Claro que sim! Ninguém quer ver a sua vida enxovalhada. Eu também tenho segredos, Gaspar. Saber que Ash Falls sabe deles e que os está a usar contra nós deixa-me enojada. Mas também sei reconhecer que não temos forma de combater isto. Pelo menos por enquanto.

Havia ali uma centelha de rebeldia no olhar de Cecília, que tinha vindo a conhecer. Era uma pessoa de emoções fáceis, com um domínio dos seus impulsos que não podia ser subvalorizado. Percebi naquele momento que Cecília já estava a magicar qualquer coisa contra Ash Falls.

— O Baltazar é sensível, mas também é resiliente. Soube assim que o vi pela primeira vez. Já sei! — gritou ela, saltando do sofá. — Vamos organizar um jantar de grupo! Precisamos de contrariar toda esta negatividade e restabelecer as ligações entre nós. E o Baltazar vai sair daquele quarto, nem que tenha de pedir ao Lucas que arrombe a porta. Tenho só um pedido a fazer...

— Queres que seja o cozinheiro de serviço.

— Por favor, Gaspar! Não quero envenenar o grupo com o meu péssimo jeito para a cozinha — pediu ela, agarrando nas minhas mãos e atirando-me com um olhar suplicante.

— Tudo bem. Tratas tu dos *convites* então.

Cecília subiu a escada a correr, cantarolando o nome de Lucas. Confesso que a sua energia quase juvenil era refrescante e bem necessária naquela casa. Desci a escada até à despensa, imaginando o que poderia preparar. Não estava habituado a cozinhar para muita gente, tantas e tão repetidas foram as noites em que cozinhei apenas para mim, em frente a uma televisão que nada me dizia. Comida de conforto seria perfeito. Comecei a agarrar em ingredientes numa pirâmide, imaginando que algo como esparguete e almôndegas seria simples para aquecer as almas geladas.

Antes de regressar à cozinha, pareceu-me ouvir vozes sussurrantes algures na cave. Caminhei lenta e silenciosamente pelo corredor, tentando perceber de onde vinham. Pareciam vir da sala das máquinas. Colei o ouvido à porta, mas do outro lado só silêncio. Podia ter sido imaginação minha, ou então aquela sala trancada era mais do que aparentava. Relembrei-me do tom autoritário de Oscar quando nos apresentou a casa. Todos os jogos e as pessoas que o geriam tinham de estar algures. Porque não ali, por trás daquela porta? Estaria a equipa de Ash Falls fechada num *bunker* mesmo por baixo de nós, a observar-nos e a preparar o próximo jogo?

Risos no piso acima trouxeram-me de volta. Aquela porta seria um assunto ao qual eu teria de voltar muito em breve.

Quando cheguei à cozinha, fui confrontado com um cenário que me fez imediatamente sorrir. Cecília, a discutir com Lucas sobre a escolha da banda sonora do jantar, tinha sido bem-sucedida. Ophelia bebericava de um copo de vinho, sentada numa das cadeiras da sala de jantar. Benjamin, elegante como sempre na sua poltrona, comentava qualquer coisa com Baltazar, sentado no sofá. Vestido com roupa larga e com um rosto claramente abatido, parecia ter acabado de recuperar de uma doença. Pousei os ingredientes no balcão e apertei-lhe o ombro. Respondeu-me com um sorriso fraco. Felizmente, o seu olhar de mar ainda mantinha algum do seu brilho. Baltazar não estava completamente perdido, e isso retirou-me um peso de cima.

A noite de verão estava ótima, daquelas em que o ar praticamente está parado e nos toca na pele como fogo lento. Cecília insistiu, de modo irritante até, para que a refeição decorresse no deque, uma forma de, nas palavras dela, «mandar Ash Falls à merda». Ensinamentos preciosos da mestre da autoajuda.

Ao som de Foals, o jantar decorreu calmamente, com alguma conversa de circunstância, elogios à minha comida (Lucas devorava o terceiro prato) e piadas secas (maioritariamente de Cecília e minhas). O ambiente intimista da decoração da mesa e as luzes de Natal entrelaçadas nas vigas do deque eram encantadores o suficiente para sentirmos que era uma pausa merecida, nos jogos e na escrita. Tinha de admitir que estávamos a fazer um bom trabalho, não só a animar Baltazar, cujo rosto se ia abrindo lentamente, mas também a integrar os *proscritos* Benjamin e Ophelia. Quase parecia que tínhamos regressado aos primeiros dias ali, antes de sabermos que estávamos presos numa casa de horrores.

No final de uma história rocambolesca de Lucas, que envolvia macacos de circo e *strippers*, Benjamin pigarreou.

— Se me permitem a interrupção, queria agradecer ao Gaspar por este jantar tão agradável e à Cecília pela ideia e convite — disse, levantando o copo de vinho na nossa direção. — Há algo que me tem consumido nos últimos dias e que sinto que é necessário. Devo um pedido de desculpas ao Baltazar, pela forma cobarde com que agi no Jogo do Culpado.

Quase podia sentir o parar da respiração de algumas pessoas da mesa. Eu incluído. Olhámos para Baltazar, que estava já a corar por voltar a ser o centro das atenções. Fixava um ponto na toalha de mesa, de rosto praticamente inexpressivo. Esperámos até que falasse.

— Não há motivos para desculpas, Benjamin. Qualquer um de nós faria o mesmo. Eu faria o mesmo. Não há nada mais humano do que a autopreservação, e a tua vantagem no jogo foi merecida, tenho a certeza.

— Vou aproveitar as palavras do Benjamin — interrompeu Ophelia. — Sei que não tenho sido a melhor companheira de casa. Não sou propriamente a melhor *amante* de pessoas do mundo. Por isso, desculpem-me por qualquer coisa...

— Obrigada aos dois pelas sinceras palavras — disse Cecília, quase retomando o seu papel de líder natural. — Acho que falo por todos quando digo que é um prazer os ter cá. Juntos temos mais força para superar o que quer que seja em que estamos metidos.

— Há algo mais de que gostaria de falar com todos vocês — as palavras de Benjamin pareceram mudar subitamente a energia da mesa. — Ainda há algo que me incomoda entre todos: a falta de ação.

— Que queres dizer com isso, meu? — perguntou Lucas, alerta e desconfiado.

— Fomos obrigados a entrar em dois jogos e continuamos com mais perguntas do que respostas.

— O Benjamin tem razão — disse subitamente Baltazar, de sobrolho franzido. — Tenho pensado muito nisso. Estamos presos aqui, mas isso não quer dizer que não possamos encontrar uma explicação para tudo o que nos está a acontecer.

— Talvez não seja boa ideia falarmos sobre isso tão abertamente aqui — sussurrei eu, olhando para os recantos escuros da floresta. — Não sabemos se estão a ouvir.

— Que oiçam! — gritou Baltazar, levantando-se de súbito e dando um murro na mesa, o que nos fez dar um salto. — Que fique bem claro nesta casa que os seus escritores não se vão submeter a estes criminosos. Se os jogos nos fizerem cair, Ash Falls cairá connosco!

Aquele repentino discurso de heroísmo e vingança, especialmente vindo do doce e sensível Baltazar, fez despertar qualquer coisa adormecida dentro de mim, uma vontade... não, uma exigência de ação e respostas. Uma guerra! Olhei para os rostos de cada uma das pessoas à mesa — coragem, medo, incerteza e raiva, tudo misturado. Naquele momento, aquela conexão especial e inexplicável entre os seis voltou a acordar.

*

O jantar dissipou um peso de cima de mim e, com ele, o bloqueio criativo que perdurava. Nessa noite, escrevi até de madrugada. Havia muito tempo que não me concentrava tanto na escrita, completamente dentro da história, sem noção da realidade à minha volta. Por momentos, até esqueci aquela ânsia de ser o melhor escritor a ganhar a vantagem no próximo jogo, de tão satisfeito que estava com o que havia produzido.

No entanto, típico meu, ao encostar a cabeça na almofada, ciente de que os demónios tinham tirado folga nessa noite, a minha serenidade rapidamente se esvaneceu. Sabia que um período de felicidade era sempre breve e seguido de momentos conturbados. Conseguia sentir no ar, disfarçado por entre as sombras, aquele presságio de que algo estava para vir.

E foi então que, quase a adormecer, fui assustado por um grito algures na casa. Era um grito feminino. Corri escada acima, seguindo o som que ainda se mantinha no ar. A porta aberta do quarto de Ophelia iluminava a escada e, quando cheguei, já os outros quatro lá estavam. Ophelia estava de robe, ajoelhada no chão, com um ar apavorado.

— Esteve alguém no meu quarto! Estava prestes a adormecer, mas vi um vulto a olhar para mim no escuro. Quando gritei, fugiu.

— Tens a certeza de que era alguém? — perguntou Lucas. — Não ouvi nada...

— Sim, tenho a certeza — respondeu uma irada Ophelia, ajeitando o robe. — Sei muito bem o que vi.

— Achas que era alguém de Ash Falls? — perguntei eu.

— Como achas que somos levados para os jogos, Gaspar? Tu próprio foste o primeiro a dizer que te sentias observado — acusou Benjamin.

— Não acham cedo de mais para novo jogo? Não tivemos tempo de produzir muito texto. Talvez tenham ouvido a nossa conversa e se sintam ameaçados.

— Pois, então que se sintam! — exclamou Lucas. — Até acho que podemos ir mais longe e ir atrás deste gajo. Não pode ter ido longe. Eu e o Gaspar vamos fazer uma ronda de um lado do exterior, o Benjamin e a Cecília podem ir pelo outro lado, e a Ophelia e o Baltazar vasculham a casa. Parece-vos bem?

Aquela ideia de Lucas quase parecia planeada, mas todos aceitaram sem questionar. Agarrámos em casacos e lanternas, e saímos. Eu e Lucas separámo-nos de Cecília e de Benjamin, começando a perscrutar as traseiras da casa, do lado do deque.

Não era de todo como queria passar o resto da madrugada, especialmente depois de um jantar agradável e escrita produtiva. Mas estar com Lucas, com o sentimento de proteção que emanava, sempre ajudava.

A luz da minha lanterna dançava pelas sombras das árvores, receoso do que poderia encontrar. Gostava de filmes de terror, mas não quando sentia que estava dentro de um.

Após alguns minutos a bater terreno, sempre com as luzes da casa como guia, reparei que Lucas estava a ficar para trás. Brincava com a lanterna, distante como tudo. Até o próprio caminhar parecia... estranho. Franzi um sobrolho inquisitivo na sua direção.

— Tenho uma confissão, Gaspy. Acho que fui eu a entrar no quarto da Ophelia — disse ele.

— *Achas* que foste tu? Como assim?

— Não me lembro de nada antes de estar no quarto dela.

— Como assim?

Aproximei-me dele. Como é que eu não o percebera em casa. Lucas estava bêbado! Vi que tinha bebido ao jantar, mas não o suficiente para estar naquele estado: olhos semicerrados, fala arrastada e postura desleixada. Foi então que vi o gargalo de uma garrafa de álcool a cintilar no interior do casaco dele. Era conhecido o estilo de vida de Lucas, presença assídua em festas, mas também nas notícias, com as tristes figuras que fazia quando bebia de mais. A fama de *bad boy* da literatura não surgira do nada.

— Ela passa o tempo a mandar-me sinais estranhos — continuou ele, sem notar que já o tinha topado. — Um gajo está fechado naquela casa da treta, sem outro tipo de ação que não seja a mão e a imaginação. Nem porno posso ver! Não me podes censurar por achar que ela me estava a seduzir, certo? Estava com a ansiedade nos píncaros e bebi mais do que devia. Às vezes, apago... e acho que fui eu a entrar no quarto dela. Foram os gritos dela que acabaram por me despertar do torpor.

Se Lucas havia realmente invadido o quarto dela e nem sequer se lembrava disso, a situação era grave e mostrava um lado perigoso que não me agradava minimamente. No entanto, não me parecia ser o género de pessoa que fizesse algo sem o consentimento do outro, mesmo sob o efeito de álcool.

— Lucas — disse eu, pondo as mãos nos seus ombros e fixando os seus olhos. — Estamos os seis sozinhos naquela casa. Não é boa ideia esse tipo de comportamento. Pode causar mal-entendidos e mau ambiente, principalmente se ainda não sabemos com o que contar até este pesadelo terminar. Promete-me que te vais moderar no álcool. Se não por ti, pelo menos por nós.

O olhar de Lucas baixou para a minha mão direita e deslizou pelo meu braço até ao meu rosto. Conseguia sentir o odor ácido do álcool da sua boca. Achei que me ia beijar. Não vou mentir, eu estava igualmente doido com a falta de atividade sexual na casa e Lucas atraía-me de uma maneira intoxicante. No entanto, desabou repentinamente em lágrimas, abraçando-se a mim.

— Desculpa. Sou uma merda! — soluçou ele.

— Está tudo bem — disse eu, aturdido, mas apertando-o contra mim. Aquele homem forte, com ar de pirata, estava abraçado a mim e a molhar-me o pescoço com um choro desesperado. Para qualquer outra pessoa, a vulnerabilidade serviria para destruir a imagem de forte protetor que ganhara naquela casa. A mim, porém, fazia-me confiar ainda mais nele.

Lucas atirou com a garrafa que tinha dentro do casaco, embatendo numa árvore, chuva de vidro e álcool. Ajoelhámo-nos no chão, as lanternas apagadas e a luz ténue da casa ao longe. Deixei que Lucas chorasse no meu ombro, soluçando baixinho e despejando todas as mágoas em mim.

Aquele desespero ia mais além do que a pressão de estar preso na casa. Assustava-me a ideia de Lucas ver os seus segredos expostos nos jogos. Naquele momento de intimidade, sabia que os seus demónios mais profundos vinham dos cantos mais recônditos do passado.

Tal como os meus.

12

Escritores...

Nunca havia conhecido nenhum, mas, agora que estava a *trabalhar* com eles, não conseguia parar de revirar os olhos com tanto dramatismo. O. K., é verdade que Ash Falls lhes tinha mentido e que agora eram prisioneiros de jogos baseados em chantagem, mas era preciso tanto drama? Um gajo vai à rua espairecer, fumar um cigarro e, em plena floresta, à noite, leva logo com dois deles, ajoelhados no chão a chorar sabe-se lá porquê. Até agora os jogos e os segredos não tinham sido nada de especial para justificar tudo aquilo. Quem não tem segredos que atire a primeira pedra.

Bem, não tinha muita moral para me queixar. Nunca na minha vida lera um livro até ao fim e a básica noção que possuía de escritores era de que eram todos velhos, empoeirados e secantes. Até fiquei surpreendido, ao ver que os seis selecionados eram relativamente jovens, alguns até com forte presença nas redes sociais. Talvez experimentasse ler um livro deles um dia.

Tinha de me mentalizar que aquilo era só trabalho e que pagavam bem para caraças! Depois de ficar sem trabalho com a pandemia, aquele misterioso anúncio de emprego na Internet surgiu como uma dádiva. Além do dinheiro, confesso que, apesar de ser um trabalho bizarro, até me dava algum gozo. Ademais, três meses passam num instante. Se não arranjasse trabalho a seguir, podia ficar descansado, pois o ordenado iria dar para muito tempo. Não sei onde Ash Falls ia buscar tanto dinheiro e, sinceramente, nem queria saber, desde que me pagassem cada cêntimo.

— Matias? Ah, estás aqui! — disse uma voz feminina, atrás de mim.

— Sim. Vim fazer uma pausa para cigarro.

— Outra?

Atirei o cigarro para o chão, apagando-o com a bota e suspirando. Maya era aquele tipo de rapariga irritante e graxista, que segue as regras como um padre segue a Bíblia. Éramos os mais novos da equipa, acabados de fazer vinte anos. No entanto, ela agia como uma mulher de cinquenta anos.

— Algum problema? — perguntei eu.

— O chefe está à tua procura. Vamos começar a preparar o próximo jogo.

— Já? Ainda há pouco terminámos um dos jogos...

— Houve uma mudança de planos. Vem aí uma tempestade, e o chefe diz que vamos aproveitar e antecipar um dos jogos.

Odiava a forma como Maya dizia «chefe», sempre carregado de perfume e de uma submissão que me irritava. Recusava-me a bajular o gajo, só por ser meu superior. Podia fazer o meu trabalho sem ter de espalhar flores por onde ele passava.

Segui Maya até ao pesado portão que dava para o interior da nossa base, escondido por trás de folhagem, no interior de rochas, a norte da residência dos escritores. Por mais que passasse por ali, não conseguia deixar de pensar que estava num filme de espionagem.

Eli Martin esperava por nós na sala de reuniões. Quando entrámos, olhou para mim com ar reprovador, e eu respondi com um sorriso desafiante. Eu e Maya sentámo-nos com os restantes membros da equipa. Oscar, a nossa chefia direta, sentava-se à frente, como sempre, costas e pescoço retos como se fosse um robô. Eli pigarreou, e eu sabia que ia apanhar a maior seca do mundo, pois ele adorava o som da sua voz naqueles *briefings* regulares. Nessa noite, parecia mais entusiasmado do que o normal.

— Boa noite, meus senhores. Peço desculpa pela hora tardia, mas acabámos de receber a informação de que se aproxima uma tempestade. Por esse motivo, decidimos antecipar o jogo associado ao escritor Lucas Blackburn.

— Já? Não estava previsto ser o último jogo? — interrompi eu, o que claramente irritou o meu chefe, que se virou para trás.

— A ordem dos jogos não tem uma definição rígida. Sempre esteve dependente dos livros que os escritores estão a escrever. E, dada essa imprevisibilidade, considerámos que esta tempestade seria o ambiente perfeito para este jogo. Mas antes de passarmos ao jogo propriamente dito, vou apresentar alguns dados sobre o programa Ash Falls.

Eli carregou no botão do comando que tinha na mão e, atrás de si, surgiu uma apresentação que arrancou alguns suspiros involuntários. Sabia que muita gente daquela equipa fazia as mais variadas apostas sobre os escritores.

Classificações
(Jogo do Destino + Jogo do Culpado)

Lucas Blackburn: (5+3) 8 pontos
Cecília Celes: (4+3) 7 pontos
Gaspar Jonas: (2+5) 7 pontos
Ophelia Amin: (0+5) 5 pontos
Baltazar Levi: (3+0) 3 pontos
Benjamin Lee: (1+1) 2 pontos

— Como podem ver, tivemos algumas mudanças nas classificações atuais. O Lucas mantém-se em primeiro, temos um empate entre a Cecília e o Gaspar, a Ophelia subiu do último para o terceiro lugar, seguida do Baltazar e do Benjamin, em último. Muita coisa ainda pode mudar nos jogos que faltam.

Odiava a forma como Eli falava dos escritores, como se fossem cavalos de corrida sujeitos a apostas. Podiam ser pessoas demasiado emotivas e até presunçosas, mas aquela desumanização enojava-me. Cum caraças, eram apenas pessoas!

— Sei que provavelmente estão curiosos por saber qual o escritor que ganhou a vantagem no próximo jogo. Pois bem, depois de um rigoroso escrutínio por parte do júri, o vencedor foi... Cecília Celes.

Ou a «bruxa *influencer*», como alguns lhe chamavam ali na base. Do que já tinha observado, fiquei contente por ser ela a ter vantagem. Corriam rumores de que o jogo associado a Lucas era duro, pelo que toda ajuda a alguém aparentemente frágil como ela seria ideal.

Os *briefings* sobre os jogos eram ridículos. Não eram só os escritores que estavam às escuras sobre o que se passava ali. Eu e os outros cinco operacionais responsáveis pela logística dos jogos também desconhecíamos por completo o porquê dos jogos e qual o seu objetivo. Além disso, também nós estávamos isolados do mundo naqueles meses, sem nenhum tipo de contacto com o exterior, e afogados em contratos de confidencialidade. Podia mentir e dizer que nada daquilo me interessava, mas todos os jogos eram tão estranhos, ainda por cima com escritores famosos e com tanto dinheiro envolvido, que era inevitável imaginar as mais loucas teorias. Havia ali algo grande a pedir para ser investigado. Porém, não podia arriscar a ficar sem aquele trabalho e sem aquele dinheiro. Nada de me armar em chico-esperto. Era só aguentar uns meses, e tudo ficaria para trás.

— E é tudo da minha parte — terminou Eli, despertando-me dos meus pensamentos. Nem sei quanto tempo tinha ficado distraído, com a voz dele como som de fundo. — O Oscar vai agora ficar com a equipa operacional para acertar os pormenores do jogo. Os restantes estão dispensados para regressar aos seus postos.

Ou melhor, às salas secretas trancadas. Havia corredores inteiros naquela base subterrânea que eu nem sabia que existiam. Nós, os operacionais, éramos como ralé naquele sistema social da base de Ash Falls. Apenas nos eram autorizadas a entrada — nos dormitórios, sala de convívio, balneários e refeitório — e as ocasionais saídas para o exterior, apenas no raio de poucas dezenas de metros da entrada oculta. O mistério era tanto, que até os segredos dos escritores só eram conhecidos em tempo real, no final dos jogos, e não os sabíamos antes de outros. Quem teria sido louco o suficiente para construir algo assim num local tão recôndito?

A sala de reuniões tornou-se num caos de pessoas a levantar-se e a desaparecer, ficando nós os seis com Oscar, um homem que tanto me intimidava como me fascinava. Estava sempre com ar de quem me podia dar um soco a qualquer momento, mas gostava de pessoas que não aturavam merdas como ele. Bastava um olhar mais afiado e punha qualquer pessoa num canto.

Durante uma hora, Oscar expôs cada particularidade daquele novo jogo. Era bem mais *hardcore* do que os outros dois, fazendo jus ao que supostamente Lucas costumava escrever, e acho que foi isso que me impediu de adormecer na cadeira.

Estava entusiasmado com o jogo, mas, ao mesmo tempo, com cada vez mais pena daqueles escritores...

*

— Tens cá uma sorte, Maya! Adorava ser responsável pela tipa da bruxaria — disse Erik, um idiota com ar de rufia, com o qual eu antipatizava bastante.

— Com esse tipo de linguagem, ainda bem que não ficaste com ela — respondeu Maya, num tom acusatório.

Eu e os outros cinco operacionais estávamos a descer a floresta até um ponto suficientemente afastado da casa. Conseguia sentir a eletricidade no ar e o ruído dos trovões muito ao longe, mas a aproximar-se perigosamente. Vestíamos capas negras e máscaras brancas, neutras, as quais eram obrigatórias em todos os jogos. Era toda uma ridícula encenação que fazia parte daquilo.

— Yah, mas calhou-me o Baltazar. O gajo parece um paneleiro — disse Erik, simulando gestos femininos de forma exagerada.

Não era pessoa de me meter com os outros, mas, depois daquele comentário, Erik mereceu que simulasse que me estava a desequilibrar, empurrando-o para uma poça de lama, o que o fez escorregar.

— Ups, desculpa. Tropecei num ramo — menti eu.

Maya percebeu o que fiz, como pude ver pelo seu sorriso aprovador. As narinas dilatadas do musculado Erik mostravam que queria ripostar, mas o meu rosto indiferente fê-lo mudar de ideias. Sabia bem ser respeitado e, na verdade, se ele me tivesse atacado, não teria sido bonito. Para ele.

No início daquele trabalho, foi-nos atribuído cada um dos escritores. Ao longo dos jogos, éramos responsáveis por toda a logística em relação a eles. Éramos também uma espécie de *babysitters*, observando os seus comportamentos e evitando que fizessem asneiras, mas apenas no exterior. O interior da casa era como um santuário, e Eli era bastante rígido nessa regra. Só estávamos autorizados a entrar, depois de o gás soporífero fazer efeito.

Eu era responsável por Gaspar. Ele não me conhecia, nem nunca me vira. Bem, mais ou menos. Descuidara-me algumas vezes, quando se perdera à noite no caminho do lago para casa, ou quando observara a casa pela janela do quarto da cave. Mas, ao menos, tinha sido diligente o suficiente para ter estado sempre de máscara e capa negra.

Sentia que o ia conhecendo de certa forma. Era estranho dizer isto, se a outra pessoa não fazia ideia que tinha uma espécie de anjo-demónio a cuidar de si. Gaspar parecia-me ser bom tipo, sempre com uma ânsia de agradar aos outros e com uma tensão constante, como se tivesse de provar alguma coisa a todo o custo. Notava--lhe também algo profundamente triste quando o via no seu quarto antes de tapar a janela. Foram algumas as vezes em que percebi que observava o vazio em frente à cama, como se estivesse realmente ali alguém com ele. Alguém que lhe trazia dor. Eu ainda era um puto, com muito para crescer e entender da vida. Mas vê-lo assim transmitia-me uma obscuridade e um peso, que não estava habituado a presenciar.

Havia algumas vezes em que fantasiava que, um dia mais tarde, depois de tudo aquilo, o ia convidar para uma cerveja e pedir desculpa por tudo.

Uma pinga caiu-me no rosto. Depois outra. A escuridão da tempestade veio acompanhada por um repentino dilúvio, que se derramou sobre nós com violência. Enfiámos o capuz da capa e ajeitámos as máscaras, nas quais tinham instaladas lentes de visão noturna, uma tecnologia que nunca havia visto ou experimentado até chegar ali.

Debaixo de chuva torrencial, esperámos pelo início do jogo como monstros na noite.

13

Quando parei para vomitar, de mãos nos joelhos e o suor a cair, misturado com o que tinha almoçado nesse dia, percebi o erro que cometera ao decidir correr com Lucas. Sabia que estava fora de forma, mas ao sugerir-lhe uma corrida para ver se o distraía da crise da madrugada passada, pensei que ia ser gentil comigo. Agora estava ali, prestes a desfalecer, enquanto Lucas berrava expressões de motivação, todo ele um touro suado e enérgico. Também não ajudava à minha triste figura Benjamin ter vindo connosco, escultural e gracioso como um veado, sem uma gota de suor na pele e o cabelo de corvo impecável.

Não queria ser o motivo para terminar a corrida, mas, na realidade, o meu orgulho era a única coisa que me mantinha de pé. Lucas e Benjamin recomeçaram a correr e, mais restabelecido, tentei acompanhá-los o melhor que pude.

Lucas quis levar-nos até um local nas montanhas que, segundo ele, formava um miradouro natural com uma espetacular vista sobre o lago e a floresta. Assim que chegámos à base, os dois começaram a subir as rochas como dois alpinistas profissionais, enquanto eu parecia uma total desgraça desajeitada. Quando finalmente lá cheguei, comprovei que o esforço tinha valido a pena. Ainda que aquela experiência estivesse envolta em mistério e *stress*, não parava de me fascinar com o local privilegiado. Conseguia realmente sentir que estávamos no fim do mundo, com tudo o que de grandioso e primordial isso significava. Era fascinante admirar a densa floresta, emoldurada por rochas de prata e por um lago que mais parecia uma joia naquele cenário. Tudo aparentemente belo e intocado, não fosse o pontinho escuro e *humano* no meio da floresta. Ash Falls — o terrível centro de todo o nosso mundo naquele momento.

— Eh lá! Que é aquilo que aí vem? — disse Lucas, apontando para o horizonte.

Nuvens negras e revoltadas aproximavam-se de nós como gigantes prestes a engolir aquele pequeno mundo. Uma tempestade. Agora que a via chegar, percebia que o ar quente, húmido e elétrico que sentia na pele não era só devido ao cansaço da corrida.

— O mais sensato é regressarmos o mais rapidamente possível — sugeriu Benjamin. — Sem ligação com o exterior, estamos por nossa conta, se a tempestade se tornar perigosa.

Ainda era meio da tarde, em pleno verão, mas, ainda assim, estava a ficar muito escuro. No regresso a casa, não falámos, mas sentimos a preocupação crescente entre nós.

Ophelia e Cecília estavam sentadas no deque, a primeira a ler um livro, que não consegui identificar, e a segunda a escrevinhar num caderno, com uma chávena de chá ao lado. Baltazar deveria estar novamente fechado no quarto.

— Para dentro, meninas — pediu Lucas, com um gesto. — Vem aí tempestade e não é bonita.

— Assim tão mau? — perguntou Cecília, alerta. — Isto de não sabermos onde estamos é tramado. Podemos estar num local dado a furacões e tempestades.

— Vai correr bem — tentei eu tranquilizar. — A casa é segura, e não me parece que Ash Falls nos pusesse em risco dessa forma.

Assim que o disse, um valente trovão fez-se ouvir, longo e ameaçador, o que fez Cecília guinchar e saltar involuntariamente para o lado de Lucas. Ophelia riu-se do comportamento dela.

— A sério que um simples temporal te assusta? É só água e vento. Há coisas piores.

— Desculpa, se não sou fã de tempestades — respondeu Cecília, com um olhar duro. — Sou uma criatura do Sol e do calor.

— Não vamos subestimar uma tempestade quando estamos isolados — interpôs-se Benjamin. — Vai passar, mas, até lá, seremos prudentes.

— Neste momento, só espero que, onde quer que esteja, o pessoal de Ash Falls saiba que o céu vai desabar sobre nós.

Logo que terminou de falar, e já com todos dentro de casa, Lucas trancou a porta e analisou se seria resistente o suficiente. Aquele piso tinha janelas a mais para o meu gosto, mas estávamos protegidos por muralhas de árvores. Dividimo-nos pela casa, verificando janelas, portas e possíveis falhas no telhado. Ia tudo correr bem. Esperava eu.

Precisava urgentemente de um banho. Enquanto tirava a *T-shirt*, Lucas entrou de rompante lá dentro, despiu-se e entrou no duche como se nada fosse. Não estava habituado àquele tipo de leviandade, especialmente se a falta de autoconfiança na minha aparência e os problemas de intimidade não me eram estranhos. Mas começava a habituar-me à rebeldia dele. De *boxers*, encostei-me aos lavatórios, enquanto ele cantarolava uma qualquer música no meio do vapor que se ia formando.

— Deixa de ser enconado. Podes entrar também, se quiseres. O duche é grande o suficiente.

— Em qual de nós achas que se baseará o próximo jogo? — perguntei eu, desviando a atenção dele.

— Quem sabe? Calhando a qualquer um, já sei que vão perverter o sentido da história, só para a tornar num jogo que os satisfaça.

— Tens pensado sobre tudo isto, quem o criou e porquê?

— Algum velho rico, demasiado entediado. Um laboratório que está a estudar o funcionamento da criatividade sob pressão. Ou, sei lá, um grupo de tarados que está a bater uma, enquanto nos vê cá dentro — atirou ele, com uma gargalhada que me contagiou. Vindo de outra pessoa, o comentário ter-me-ia irritado. — Somos escritores, Gaspy. É óbvio que qualquer um de nós já criou dezenas de histórias e possibilidades nas nossas cabeças. A verdade é que assinámos todos aqueles papéis, atraídos pela aventura e pela possibilidade de escape, mas pouco ou nada sabíamos sobre Ash Falls.

— Só continuo sem entender o porquê deste risco todo. Quando isto terminar, obviamente vamos expor ao mundo o que nos fizeram.

Lucas desligou a água e enrolou uma toalha na cintura, antes de me fixar seriamente.

— Será que vamos? Não tenho tanta certeza de que o consigamos fazer. Estamos a lidar com pessoas que investigaram exaustivamente todos os nossos podres, ou pelo menos assim parece. Não são amadores. Já percebemos que sabem o que fazem.

— Ou talvez não seja desejável sairmos daqui.

A hipótese saiu inesperadamente da minha boca. Era daquelas situações em que dizíamos algo sem pensar, que escapava do interior mais profundo do nosso inconsciente. Pela expressão de Lucas, essa hipótese também ainda não surgira na sua mente. Abanou a cabeça, sorriu e apertou-me os ombros com uma força que não soube medir.

— Relaxa, Gaspy. Tudo isto vai terminar e não tarda vamos estar todos num bar a rir da experiência.

A chuva lá fora parou por breves instantes para, depois, recomeçar a cair como uma cascata. Talvez por um receio escondido que ninguém queria admitir, reunimo-nos na sala, ficando Baltazar e Ophelia na cozinha. Aquele regresso aos primeiros hábitos na casa era uma forma de conforto, perante a imprevisibilidade que agora se intensificava com uma tempestade.

Tentando fazer-nos esquecer tudo aquilo, Lucas pusera a passar uma comédia romântica na televisão, a qual foi usada para iniciarmos um jogo de dissecação e gozo, que nos fazia rir, até mesmo ao sério Benjamin.

Baltazar preparara um jantar delicioso, que fizera o meu estômago regozijar-se. Sabia que ainda estava abalado com a revelação de um dos seus segredos, e não se falar em tal, a meu ver, era nocivo para a sua recuperação. Mas eu não era pessoa para insistir sobre isso. Seria hipócrita da minha parte.

— Então, há algo que tenho andado a pensar — anunciou Cecília, depois de todos terminarem. — Eu sei que neste momento estamos muito concentrados nos nossos livros para conseguirmos vantagem nos jogos. Porém, acho que seria benéfico para todos se falássemos sobre o que estamos a escrever. Já percebemos que os jogos se baseiam no que escrevemos. Talvez fosse uma forma de nos prepararmos.

— Não me interpretes mal, mas essa sugestão vem de alguém cujo trabalho já foi usado num jogo — disse Benjamin, com algum cinismo. — Mesmo com a vantagem que tive no jogo passado, continuo com uma pontuação baixa em relação a todos.

— Mas não revelaste nenhum segredo até agora — cortou Baltazar de forma inesperada. — Além disso, não sabes se realmente há algum prémio para o vencedor.

— Neste momento, o único *prémio* conhecido é não ver revelado algum segredo nosso — concordou Ophelia.

— Acho que o foco deveria ser fora dos jogos — sugeri eu, numa tentativa de desviar a atenção do que estávamos a escrever. — Temos de cortar o mal pela raiz e encontrar uma forma de acabar com estes jogos, de desmascarar Ash Falls.

— Concordo com o Gaspar — disse Lucas. — Não sabemos com quem estamos a lidar, nem quantos jogos vamos ser obrigados a jogar, nem a quantidade de segredos que estes filhos da mãe sabem sobre nós. Caramba, nem temos a certeza se vamos ficar realmente os três meses aqui.

— Conhecermos os trabalhos de cada um pode ajudar-nos a ganhar tempo — insistiu Cecília.

Seguiu-se um longo silêncio entre todos, cada um a pensar sobre o passo que deveríamos seguir ou no que defender.

Podia falar da porta trancada da sala das máquinas. Sabia que, provavelmente, ninguém se lembrava disso, nem do suspeita que era. Se realmente a sala das máquinas fosse mais do que isso e se fosse eu a desvendar o seu mistério, seria visto como uma espécie de salvador aos olhos dos outros. Mas isso implicava aventurar-me sozinho, e as possibilidades sobre o que estava para lá daquelas portas assustavam-me, como cobarde que habitualmente era.

Antes que tivesse hipótese de decidir o que fazer, Baltazar levantou-se da cadeira, apontando para a janela que dava para o deque.

— Está alguém lá fora.

Como uma assombração, a figura de capa negra estava especada no deque, a chuva torrencial a cair-lhe em cima como se nada fosse. O capuz escondia daquelas máscaras brancas, neutras, que sempre me arrepiaram. Como se nos tivesse ouvido, a enigmática figura revelou uma enorme faca, que reluziu à luz do interior da casa.

— Quem é aquela pessoa? — perguntou Cecília, com algum pânico que não conseguiu disfarçar.

— Os que nos vigiam — disse eu, recordando o bilhete encontrado na casa abandonada.

Repentinamente, as luzes apagaram-se, ficando uma escuridão total na casa. O ruído da chuva forte misturou-se com a nossa respiração ansiosa, enquanto outra situação me passava pela cabeça: seria mesmo Ash Falls a fazer aquilo ou haveria um terceiro grupo naquela floresta? Como que respondendo à minha pergunta, a televisão acendeu-se com o logótipo de Ash Falls e a melodia que começava a atormentar-me a cabeça.

Jogo da Apanhada

Resgatem o segredo e regressem a casa.

A bússola mostra o caminho.

Cuidado com os vizinhos!

Mais uma vez, a mensagem críptica revelava pouco ou nada sobre o jogo. Ash Falls sobrestimava aquelas pessoas, se achava que íamos desvendar tão facilmente o funcionamento dos jogos com palavras tão vagas. A iluminação do televisor permitiu ver que o nosso *visitante* já não estava no deque, mas era evidente que era um dos *vizinhos* referidos nas regras.

— Malta, acho que este jogo é sobre o meu livro — afirmou Lucas.

— Diz-nos de que trata! — ordenou Benjamin de forma autoritária, agarrando no braço de Lucas como se tivesse garras.

— É sobre uma família, presa em casa com assassinos anónimos, que a rodeiam sem nenhum tipo de explicação. Há poucos dias, introduzi a tempestade na história...

— Isso quer dizer que temos assassinos à nossa espera lá fora? — perguntou Cecília, encolhendo-se.

— Isto é só um jogo. Ash Falls não se iria arriscar a fazer isso. Estamos a falar de homicídio — desvalorizou Benjamin.

— Tens assim tanta confiança nas pessoas que estão por trás destes jogos? — perguntei-lhe eu.

— Calem-se todos — gritou Baltazar. — Estou a ouvir qualquer coisa à porta.

Havia realmente um ténue apito intermitente algures lá fora, disfarçado pelo barulho da chuva e da nossa discussão histérica. Baltazar abriu lentamente a porta e revelou seis objetos deixados no tapete, cada um com o nosso nome colado. À primeira vista, tinham o formato de uma bússola, mas rapidamente percebemos que, na realidade, eram recetores GPS. No entanto, estavam desligados.

Enquanto analisávamos os dispositivos, no interior da casa, um deles subitamente ligou-se e revelou um ponto de destino algures no meio da floresta. Foi então que a televisão mostrou nova mensagem.

Vantagem: Cecília Celes.
15 minutos de avanço.

Por baixo da mensagem, surgiu um relógio em contagem decrescente.

— Que faço eu? — perguntou Cecília, olhando suplicante para nós.

Sem responder, Baltazar agarrou no GPS dela e abriu a porta da rua. Lá fora, no meio de chuva, árvores e escuridão, algumas figuras de capa e máscara esperavam por nós, estáticas e ameaçadoras.

— Eu não me vou enfiar na floresta, em plena tempestade, com assassinos à solta! Está fora de questão! — berrou ela, recuando para o interior da casa.

— Cecília, o relógio já está a contar. Estás a perder tempo — disse Ophelia, condescendentemente. — Qualquer um de nós daria tudo por essa vantagem. Se estás mesmo disposta a desistir e a perder o jogo, estás à vontade.

Perante o cinismo de Ophelia, o olhar de Cecília saltava de Lucas para mim em busca de uma resposta. Não pude deixar de sentir alguma satisfação por ver que confiava em mim para a aconselhar. Lucas antecipou-se e agarrou-lhe nos ombros, de olhos fixos nos dela.

— Vai correr bem, Cecy. Vais sair porta fora e correr o máximo que puderes na direção que o GPS te indicar. Na minha história, os assassinos ainda não fizeram nada à família. Não acredito que nos vá acontecer algo.

— Achas mesmo?

— Concentra-te no teu destino — era eu que me chegava agora à frente. — Vai com cuidado e regressa com cuidado. Acredita em ti.

Cecília aproximou-se da porta aberta, trémula e apertando o GPS contra si, enquanto o seu olhar ainda se demorava sobre nós, em busca de algum tipo de ajuda. Baltazar enfiou uma lanterna nas mãos dela. Sorri encorajadoramente, e ela respondeu-me com um aceno decidido enquanto punha o capuz do casaco sobre a cabeça. Analisou o GPS e, num impulso, desatou a correr, mergulhando na floresta escura e molhada. Poucos segundos depois, lá fora, a mais pequena das figuras de negro ganhou vida e desapareceu na direção para que Cecília tinha corrido.

Entreolhámo-nos com preocupação. Era de facto uma vantagem para Cecília ter alguns minutos de avanço em relação a nós. Mas, num jogo como aquele, era como se tivesse sido um isco atirado para o meio de perigo para que pudéssemos saber como se ia desenrolar aquilo.

— Não és bom mentiroso, Lucas — desmascarou Ophelia. — Conheço bem as tuas histórias e tenho a certeza de que, por esta altura, já morreu alguém no teu livro. Ainda assim, fizeste bem em dizer aquilo à Cecília, ou ainda estaria aqui.

Lucas não respondeu, sentando-se na escada a olhar para o seu GPS ainda apagado, com um suspiro chateado. Ophelia e Benjamin dirigiram-se para o primeiro andar para ir buscar um casaco. O relógio do televisor marcava agora dez minutos. Pareciam-me uma eternidade, não só pela preocupação com Cecília, mas porque sabia que eu estava em clara desvantagem. Estar fora de forma, sem bom sentido de orientação, ter *assassinos* atrás de mim, no meio de uma tempestade e numa floresta escura não abonava nada a meu favor. Pressentindo o meu nervosismo, Baltazar apertou-me a mão. Só aí percebi como eu estava gelado.

— Não deixes que a ansiedade te afete. O segredo é ires com calma e cautelosamente. Lembra-te de que a pressa é inimiga da perfeição.

— Vou tentar. Espero que a Cecília esteja bem.

— Também eu. Espero que todos fiquemos bem.

Faltava um minuto para terminar o tempo de vantagem de Cecília. Estávamos os cinco reunidos no alpendre, com lanternas e protegidos por singelos casacos, claramente insuficientes para a chuva que parecia cair com cada vez mais força. As cinco figuras de negro à volta da casa mal se mexiam no meio da chuva, como estátuas prontas a ganhar vida para nos atacarem.

Quando a contagem decrescente chegou ao fim, os nossos cinco GPS acenderam-se, cada qual um ponto a piscar num local diferente da floresta. A casa estava assinalada no mapa com um quadrado. Não fazia a mínima ideia em que ponto cardeal ficava o meu destino. Tinha simplesmente de seguir na sua direção e pronto.

Benjamin e Baltazar foram os primeiros a correr em direções opostas, seguidos, segundos depois, por duas das figuras de negro. Eu e Lucas fomos a seguir. Olhei para trás, e Ophelia também estava a correr, mas para as traseiras da casa. Ao deixar de ver Lucas, senti-me terrivelmente sozinho.

Não era nada fácil correr na floresta de noite, como eu já tinha experienciado quando me perdera na primeira semana na casa. E com chuva torrencial e trovoadas ainda pior. Olhei para o GPS, limpando as gotas que lhe caíam em cima, tentando perceber se estava no caminho certo. Galhos partidos. Olhei por cima do ombro e ali estava ele, o meu perseguidor, alto e sinistro, motivando-me a continuar a correr o mais que podia.

Com calma e cautelosamente... As palavras de Baltazar eram o meu novo mantra, uma forma de não perder a cabeça naquele jogo.

Estava completamente encharcado, e os pés pesavam-me com a quantidade de lama agarrada às sapatilhas. O ponto do GPS parecia estar ainda muito longe, e a figura de negro cada vez mais perto de mim, aparecendo e desaparecendo por entre as árvores quando apontava a lanterna na sua direção. Tinha de fazer alguma coisa em relação a ele, ou não conseguiria chegar ao meu destino em condições. Mas o quê?

Olhei de novo para o GPS. Havia uma grande mancha azul do meu lado direito que só podia ser o lago. Era arriscado fazer isso e poderia perder tempo, mas talvez pudesse ser uma forma de desorientar o meu perseguidor.

Desliguei a lanterna e segui caminho para o lago, imaginando o que aquela figura estaria a pensar de mim. Passados alguns minutos, as árvores deram lugar a um vasto espaço aberto onde pude ver as nuvens azul-escuras cobertas por raios fluorescentes.

Já estava tão molhado e trémulo, que nem senti diferença quando entrei no lago e comecei a nadar. A minha ideia era ver o comportamento do meu perseguidor e, depois, tomar nova decisão. Já bem dentro do lago, olhei para a margem e lá estava ele. Porém, já não era a mesma estátua ameaçadora, mas sim uma pessoa a andar de um lado para o outro sem saber o que fazer. Continuei a nadar em linha reta. Não demorou muito até que ele voltasse para a floresta, desaparecendo. Em vez de continuar a nadar naquela direção, retornei imediatamente, nadando com mais rapidez. Chegando à margem, fiquei alguns segundos de cócoras à espreita de algum sinal dele. Nada. Olhei para o GPS uma vez mais e, sempre alerta, continuei para o meu destino.

Estava a caminhar há quase meia hora, sempre olhando por cima do ombro, evitando ligar a lanterna e escondendo-me atrás de árvores sempre que podia. Tinha perdido tempo naquela manobra de diversão, mas ao menos estava aparentemente sozinho. Fazia toda a diferença, se queria chegar mais rapidamente ao meu segredo.

Estava quase a chegar ao destino indicado no GPS. Até a tempestade parecia ajudar, caindo a chuva com menos violência, e os trovões cada vez mais longe. Cheguei a uma clareira com uma árvore no centro. Era ali que estava o meu segredo. Corri na sua direção, percebendo que afinal não era uma clareira, mas sim um desfiladeiro. Devia ter uns vinte metros de profundidade, com rochas escarpadas e árvores secas lá em baixo. Para meu desprazer, reparei que o meu segredo estava pendurado num dos ramos da árvore, bem por cima do desfiladeiro. Tinha de a trepar para o resgatar.

A casca da árvore estava escorregadia, o que me dificultava a escalada. Tive de prender as unhas para conseguir subir, magoando-me no processo. Estiquei-me todo para conseguir chegar à caixa, pendurada na ponta do ramo, evitando olhar para baixo. Agarrado ao ramo como um macaco, fui calmamente até uma posição que me permitisse agarrar na caixa em segurança. A última coisa que queria era deixá-la cair lá para baixo ou, pior, que eu caísse. Após várias tentativas a contorcer-me e a insultar tudo e todos, suado, molhado e ferido, lá consegui agarrar a caixa, arrancando o fio que a prendia. Enfiei-a prontamente na camisola e tentei regressar ao solo.

Quando procurava descer, escorreguei na casca da árvore e caí na lama. Tentei imediatamente perceber se estava ferido, mas parecia estar bem. Resgatei a caixa para perceber o que era. Lá dentro estava um DVD com «Benjamin» escrito. Por um breve instante de pânico, pensei que viera dar ao local errado. Verifiquei o GPS, que tinha realmente o meu nome escrito na parte de trás, e não havia dúvidas de que aquele era o meu destino.

Talvez aquela fosse mais uma das reviravoltas de Ash Falls, cada um de nós em busca do segredo do outro para o proteger. Isso poderia mudar as regras do verdadeiro perdedor daquele jogo. Quem estaria agora a encontrar o meu?

Um embate violento atirou-me para o chão, caindo com o rosto numa poça de lama. Alguém me agarrou no casaco com violência e virou-me para cima. Com a visão embaciada, vi uma máscara branca sobre mim. O meu perseguidor levantou-me pelo colarinho, com grande força, e atirou-me para o chão novamente. Tentei levantar-me e fugir, mas ele já estava de novo sobre mim a empurrar-me e a puxar-me, passos pesados e ferozes, pronto para me atormentar ou pior.

Não podia ser uma vítima daquele jogo. Não ali. Não daquela forma. Apalpando o solo à minha volta, a mão direita encontrou um pau, que imediatamente foi ao encontro da cara do meu perseguidor. Atordoado, levantou-se de cima de mim e recuou com a mão na cabeça. Levantei-me do chão e, sem pensar racionalmente, bati-lhe na cabeça outra vez, toda a minha raiva e frustração concentradas naquele golpe. O meu atacante recuou, tonto e desorientado. E de repente, desapareceu.

Recuperando a minha consciência, depois daquele momento de sangue-frio, a minha cabeça tentou fazer sentido daquilo tudo. Foi então que uma voz masculina a pedir ajuda me chamou.

O meu atacante estava agarrado às rochas, prestes a cair para as escarpas lá em baixo. O seu capuz caíra para trás, assim como a sua máscara. Era um rapaz jovem. Não devia ter mais de vinte anos. Tinha um fio de sangue a escorrer sobre os olhos assustados.

Podia deixá-lo ali à mercê dos seus atos, a minha vingança por tudo o que Ash Falls estava a fazer connosco. Nada me garantia que se fizesse alguma coisa ele não voltaria a atacar-me. Não o conhecia. Até podia ser realmente um assassino. No entanto, no momento em que cruzei o meu olhar com aqueles olhos jovens e suplicantes, tive a certeza de uma coisa: ambos éramos vítimas de Ash Falls.

Não foi só por consciência e moralidade que estendi a mão para o ajudar a subir. Aquele rapaz era também a representação de uma lembrança, de um demónio que me visitava. Era uma forma de salvar a minha alma também.

Ofegantes, deitados sobre as ervas molhadas, enquanto a chuva se derramava sobre nós, deixámo-nos ficar em silêncio, uma mistura de lama, sangue e suor. Mal conseguia sentir o corpo, depois do esforço a tentar puxá-lo para segurança. Mas havia-o conseguido.

Sem máscara, o rapaz sentou-se e fixou-me com olhar sério. Por alguns instantes, ficámos quietos a estudar a reação do outro, como dois predadores. Qualquer gesto brusco e podíamos estragar tudo.

— Vai — disse de repente o rapaz, apontando com a cabeça na direção da orla da floresta.

Levantei-me, agarrei no DVD de Benjamin, que estava caído no chão, e comecei a correr, analisando o GPS em relação à localização da casa. Quando cheguei às árvores, parei e virei-me para o rapaz. Ainda estava sentado, encostado à árvore na berma do desfiladeiro. Mesmo por entre as gotas da chuva, vi o seu olhar profundo fixar o meu. Acenou levemente, um gesto que veio carregado de palavras e promessas, como a eletricidade que enchia o ar.

Não sabia o seu nome, a sua história ou tampouco o seu envolvimento com Ash Falls. Mas tive a certeza de que tinha acabado de ganhar um aliado lá dentro.

*

No regresso a casa, exausto e cambaleante, a tempestade dera tréguas, o que facilitou o caminho sinuoso por entre as árvores. Não tinha noção da hora, nem do tempo que demorara o meu jogo, depois daquele incidente com o meu perseguidor. Será que ele me iria ajudar, depois de lhe ter salvado a vida? Será que também era realmente uma vítima de Ash Falls e ansiava libertar-se, tal como nós?

Estava tão concentrado nele e naquele acordo silencioso, que nem reparara que o jogo ainda estava a decorrer e tinha de regressar a casa quanto antes, se não o queria perder. Ter comigo o segredo de outra pessoa podia mudar tudo. Só esperava que quem tivesse o meu fosse rápido a regressar.

O quadrado que simbolizava a casa surgiu no ecrã do meu GPS, e não tardou até que as luzes da sala brilhassem no meu horizonte. Assim que a vi, a meta do grotesco jogo, comecei a acelerar o passo, como se isso pudesse fazer a diferença.

A porta estava aberta, e a entrada cheia de água e lama. Perscrutei todo o interior em busca de sinal de vida. Até que o vi, Benjamin, sentado numa das cadeiras da mesa de jantar, quieto a olhar para um ponto no teto, e a roupa encharcada a pingar o chão. Parecia cansado, mas, ainda assim, estava com muito melhor aspeto do que eu. Virou lentamente o rosto na minha direção e olhou de alto abaixo para a minha triste figura saída das trevas.

— Fui o primeiro. Cheguei há instantes. Estás bem?

A pergunta pareceu-me genuína, assim como a preocupação por trás do seu sotaque que, naquele momento, parecia mais forte.

— Não sei. Acho que ainda estou em choque. Preciso de me sentar.

Senti as pernas a ceder e praticamente tive de me atirar para uma das poltronas, ignorando o estar imundo e molhado. Benjamin seguiu-me com o olhar, avaliando-me, mas não se demoveu da posição em que estava. Olhei para o ecrã do televisor e reparei que o meu nome surgira no segundo lugar do *top* 6 do Jogo da Apanhada, logo a seguir a Benjamin.

— Que aconteceu contigo? — perguntei eu.

— Tive de subir as montanhas. O segredo estava lá. Fui perseguido o caminho todo, mas ele nunca fez nada a não ser seguir-me e intimidar-me. O segredo era o de Baltazar, já agora — anunciou ele, apontando para um DVD em cima da mesa.

— Eu fiquei com o teu — disse eu, resgatando o objeto do interior da minha camisola. Benjamin não conseguiu disfarçar o alívio, uma breve vulnerabilidade que era rara nele. — Tive de o desamarrar de um ramo por cima de um desfiladeiro. Literalmente.

Quis esconder o incidente com o meu perseguidor. Ainda não sabia no que aquilo podia dar. Tanto podia ser um trunfo da minha parte como um fiasco total. Até ter a certeza disso, ia guardá-lo para mim.

Do lado de fora, ouvimos alguém a arfar ruidosamente. Levantámo-nos e corremos na sua direção. Cecília estava ajoelhada na base da escada do alpendre, cabelo colado ao rosto, uma mão agarrada ao corrimão e outra a segurar a roupa rasgada que descobria todo o seu ombro esquerdo. Apressámo-nos a ampará-la.

— Estás bem? Eles fizeram-te alguma coisa? — perguntei eu, de forma urgente.

O seu rosto manteve-se neutro e a respiração ofegante, até se sentar na mesma poltrona onde eu tinha estado. Esperámos em silêncio que se acalmasse. Lançou um olhar para o seu nome na televisão e depois virou-se para mim, com o mesmo sorriso endiabrado que já conhecia.

— Não sou uma vítima, Gaspar. Dei-lhe luta e levei a melhor. Ash Falls vai pensar duas vezes antes de fazer algo semelhante connosco.

Olhei para a sua blusa rasgada e reparei em salpicos de sangue que não me pareceram seus. Não pensei que Cecília tivesse em si a capacidade de ser violenta. A necessidade de sobrevivência trazia à tona capacidades que nem sabíamos ter. Isso era um alerta para não subestimar Cecília. Agora que pensava nos acontecimentos recentes, tive discernimento suficiente para entender que tudo o que fizera na perseguição também não era algo reconhecível em mim.

— Resgataste o segredo de quem? — perguntou Benjamin. Cecília tirou um DVD do bolso das calças.

— Do Gaspar — anunciou ela, o que me deu vontade de a abraçar em agradecimento. — Estou preocupada com os outros. Não chegou mesmo mais ninguém?

— Não. Fomos os primeiros. Com tantos obstáculos, tenho receio do que lhes possa ter acontecido.

Assim que terminei de falar, ouvi barulho à entrada da casa. Ophelia entrou, carregando Baltazar. Estava a coxear, encurvado e com a cara coberta de sangue. Eu e Benjamin ajudámos a deitá-lo no sofá. Parecia estar em sofrimento, mas estava lúcido.

— No meu regresso ouvi barulho — contou Ophelia, sentando-se numa das cadeiras. Parecia fatigada, mais por ter carregado Baltazar do que propriamente da sua jornada. — Um dos perseguidores estava a atacar o Baltazar.

— Tentei defender-me, mas ele era forte de mais — disse Baltazar, de olhos fechados, engolindo em seco. — Encurralou-me e começou a atacar-me do nada. Se a Ophelia não o tivesse atacado com uma pedra, não sei se estaria aqui agora.

Olhámos todos para ela, deixando-a claramente desconfortável. Afinal havia bondade por trás daquela frieza e da instabilidade toda.

— Não podia deixar que te maltratassem. Não mereces isso. Nenhum de nós merece — explicou ela.

— Os perseguidores também os atacaram? — perguntou Baltazar.

Ophelia e Benjamin abanaram a cabeça. Eu menti, abanando igualmente a cabeça, se bem que, de facto, o meu atacante apenas me tinha empurrado, o que, agora que pensava melhor, podia ser um descarregar da frustração por tê-lo enganado no lago. Cecília explicou que a sua perseguidora não a atacara, fora mais ao contrário.

— Tive azar com o meu, então — brincou Baltazar, tossindo violentamente logo a seguir.

Não era claro se a violência física fazia parte daquele jogo. Os jogos de Ash Falls até agora eram baseados em encenações dos nossos livros, pelo que a situação com Baltazar parecia um caso isolado. Um colaborador violento e insubordinado talvez? Entretanto, olhando para todos os outros, lembrei-me de algo.

— Falta o Lucas. Será o último a chegar — disse eu, olhando do 6.º lugar com o nome dele para a porta que dava para a escuridão.

— Será que está bem? — perguntou Cecília, apertando a mão contra o peito.

— Quais os segredos que encontraram? — perguntei.

Baltazar tirou do casaco um DVD com o nome de Ophelia. Já ela revelou um com o nome de Cecília. Isso queria dizer que Lucas era o único que tinha o próprio segredo para resgatar e agora era ele que perdia e que ia ver o seu segredo revelado. Seria propositado da parte de Ash Falls ou fruto de algum sorteio?

De repente, o televisor mudou o texto.

Jogo da Apanhada

Classificações

Benjamin Lee: 5 pontos

Gaspar Jonas: 4 pontos

Cecília Celes: 3 pontos

Ophelia Amin: 2 pontos

Baltazar Levi: 2 pontos

Lucas Blackburn: 0 pontos

Parabéns aos vencedores!

Segredo a ser revelado: Lucas Blackburn.

O vídeo do segredo de Lucas iniciou imediatamente. Assistimos angustiados àquele pedaço obscuro da vida de Lucas, não conseguindo desviar o olhar das memórias tão íntimas e tão sofridas. Senti-me enojado por ser forçado a assistir àquilo. Quando terminou, ninguém conseguiu falar. O meu coração estava destroçado com o que vira e mais ainda por ver que Lucas ainda nem tinha chegado.

— Há algo que devemos fazer.

Benjamin recolheu todos os DVD que estavam na mesa e, abrindo um a um, partiu todos os discos em vários pedaços.

— Não sei se realmente os nossos segredos estavam aqui ou se eram meros adereços, mas nenhum de nós merece correr esse risco — explicou ele.

O tempo foi passando. Fizemos turnos no alpendre à espera de Lucas, enquanto os outros tomavam um banho quente e vestiam roupa seca. A tempestade tinha passado completamente e o Sol nasceu em todo o seu esplendor.

E nada de Lucas.

Benjamin tinha levado Baltazar ao quarto para descansar, depois de tratar os seus ferimentos, usando os conhecimentos básicos de enfermagem que acabávamos de descobrir que possuía. Ia ficar com ele por segurança e precaução.

Ophelia anunciou que ia descansar durante algumas horas, prometendo que regressaria para que pudéssemos dormir também. Cecília estava lá dentro a tentar insistentemente ligar para alguém por telefone, mas sem sucesso. Ouvi a voz dela algumas vezes, mas sabia que estava a falar para as supostas câmaras no interior da casa. Que pessoas eram aquelas que nem ouviam as nossas súplicas, perante o desaparecimento do nosso companheiro? Que tinham feito com ele?

Naquela manhã tão bonita, estava sentado no alpendre, com um copo de café vazio nas mãos, mas a minha mente estava repleta de imagens horrendas de Lucas, inúmeras possibilidades, cada uma mais sangrenta e grotesca do que a outra.

Onde estás, Lucas?

O segredo de Lucas Blackburn

— Lucas, sinto que já começa a ser rotina a forma como nos encontramos — disse a terapeuta, cruzando as pernas no sofá branco. — Esta é a quê? Terceira vez num ano?

— Quem a ouve falar pensa que é um frete ter-me aqui — respondeu Lucas, sentando-se em cima da perna direita.

— Nada disso. É sempre um prazer falar consigo. Mas, dadas as circunstâncias, muitos encontros significam falhanço da minha parte e poucos progressos da sua. Quer falar-me um pouco sobre esta nova *tentativa*?

Lucas mudou de posição no sofá. Estava todo vestido de branco. Aliás, toda a sala era branca, dos móveis, às paredes, ao chão, passando pela luz intensa do Sol, que entrava pela alta janela. Habituado às sombras, isso deixava-o desconfortável.

— Que há a dizer? Embebedei-me, esmurrei dois fotógrafos, o meu agente achou que seria melhor «tirar um tempo para mim», e aqui estou eu novamente, na minha clínica de reabilitação favorita.

— Confesso que tinha saudades do seu sarcasmo, Lucas. É das coisas que mais gosto de analisar em si.

— Idem.

— E será que à terceira é de vez? Está preparado para ir mais fundo e falar um pouco mais sobre si, as suas memórias e os seus sentimentos? Talvez encontremos uma explicação para o seu lado autodestrutivo e os comportamentos de dependência.

— Eu sou um caso perdido, doutora. Posso regressar aqui mil vezes, que não vai conseguir descodificar o labirinto da minha cabeça.

— Gosto de desafios. Talvez à milionésima primeira vez consigamos chegar a algum lado — respondeu ela, num sorriso.

Lucas levantou-se e encostou-se à janela, criando alguma sombra no interior da sala. Olhou para a mulher de rosto aberto e convidativo. Costumava odiar psicólogos, psiquiatras e terapeutas, praticamente todos uns charlatões, que nunca conseguiram ajudá-lo ao longo da vida. Mas havia algo diferente nela. Tinha achado o mesmo nas duas primeiras vezes que fora ali internado, e o pensamento perdurava nesta terceira.

— Não me parece que queira ouvir o que tenho para contar.

— Lucas, estou aqui para isso mesmo, para o ouvir e guiar para que consiga melhorar. Sabemos que é extremamente criativo. Mas algo o está a bloquear na vida pessoal e quero descobrir o quê. Comece por me contar sobre o seu irmão mais novo.

Lucas sentiu-se desarmado. Era óbvio que ela o andara a investigar. Ainda que a sua vida excêntrica fosse amplamente explorada pelos *media*, assuntos familiares eram tabus. O seu olhar negro fixou o dela, expectante e hipnotizador. *Que se foda*, pensou ele. E foi então que abriu o coração trancado.

— Quando eu era pequeno, tinha uma estúpida fixação por pedras. Adorava encontrar pedras dos mais peculiares formatos e tamanhos. Chegava sempre a casa carregado de pedras. O meu pai achava graça. Já a minha mãe ficava terrivelmente irritada, se as encontrava escondidas por toda a casa. Houve um dia que saí com ela e com o meu irmão de dois anos para ir às compras. Ao sairmos do supermercado, encontrei uma pedra enorme num canteiro. Era tão redonda e perfeita, que tinha de a levar para casa, desse por onde desse. Enquanto a minha mãe arrumava as compras no carro, entrei rapidamente e escondi a pedra numa das bolsas no teto do carro, por cima do nosso banco. Lembro-me de estar muito excitado com aquela nova aquisição para a minha coleção. Depois de arrumar as compras, a minha mãe prendeu o meu irmão na cadeirinha ao meu lado. Ao sair do estacionamento, fez uma paragem brusca devido a um idiota que fez uma manobra perigosa. Lembro-me daquele solavanco como se fosse hoje, pois imediatamente veio um som que ainda hoje me assombra — o som de algo a quebrar como um ovo. O olhar passou-me da grande pedra caída aos meus pés para o irmão ao meu lado, cabeça banhada em sangue, olho a sair da órbita, uma racha perfeita, mesmo a meio do crânio, que deixava ver o cérebro de uma criança que acabara de morrer da forma mais estúpida possível. Por causa de uma simples pedra escondida.

Lucas olhou para a mulher para ver algum tipo de reação, perante a forma gráfica e grotesca como fazia questão de descrever a morte do irmão. Ou era insensível àquele tipo de história, ou era muito boa a esconder a repulsa. O silêncio era um convite a continuar.

— Por incrível que pareça, os meus pais nunca me culparam pelo que aconteceu. Mesmo no meio do trauma e do desespero, daquele violento buraco que se abriu nos seus corações e nas suas almas, nunca olharam para mim de forma diferente, amando-me incondicionalmente até hoje. Nunca compreendi porquê. A criança que matou o próprio irmão morreu naquele momento. Nunca me perdoei e sei que nunca me vou perdoar. Convidei a escuridão a entrar e ela aqui ficou, una comigo.

— É por isso que se entregou aos comportamentos autodestrutivos? Que dedicou a carreira a escrever histórias de terror?

— Quem sabe? A terapeuta aqui é você. Por isso, descodifique-me — pediu ele, com um gesto elaborado.

— Vou dizer-lhe o que acho, Lucas. E isto não é só a minha opinião enquanto profissional, mas também a opinião pessoal das várias interações que temos tido. Sim, é verdade que a morte do seu irmão lhe causou um intenso trauma, que evoluiu para uma profunda depressão nunca tratada e que, por sua vez, levou a uma espiral de comportamentos nocivos. Não ter sido responsabilizado por isso ainda piorou o seu estado mental. Se fez algo tão horrível, porque não foi castigado? Para uma criança em fase de crescimento é algo deveras confuso. Mas também considero que essa escuridão toda que diz ter aí dentro também é algo que o move e que lhe dá prazer. Uma obsessão de que aprendeu a gostar.

— Está a dizer que gosto de ser um monstro?

— Estou a dizer que criou essa personagem de *bad boy*, escritor de livros de terror para se sentir um mártir. Para se vitimizar. Quer à força toda que o culpem pelo acidente trágico que aconteceu, mas, ao mesmo tempo, gosta desse sentimento de estar sozinho no trauma da culpa.

— Cuidado com as palavras, doutora — disse ele, numa voz baixa e gutural. — Quem a ouve ainda vai pensar que não sofro diariamente com o que fiz ao meu irmão.

— Não disse isso. Acredito que está a sofrer desde aquele dia. Infelizmente, na minha linha de trabalho, também sei que o luto e a culpa, especialmente no seio de uma família, muito dificilmente são resolvidos ao longo de uma vida. Mas sei que essa e*scuridão* que diz ter abraçado é uma opção sua. Não se submeteu a ela. Foi mais ao contrário.

Lucas não respondeu. Ficou a analisar a expressão e linguagem corporal dela. Na sua área de trabalho, aprendera a ser muito bom a descobrir o lado mais negro dos outros. Era algo que investigava e explorava com grande intensidade e interesse. Aquela mulher era diferente, como se fosse uma parede branca igual às que faziam parte daquela sala.

— Bem, parece que o nosso tempo terminou, Lucas. Quero voltar a falar consigo sobre este tema ainda esta semana, se não houver inconveniente. Sinto que fizemos progressos. Fique feliz por isso.

A mulher saiu da sala com um sorriso banal, como se ele não tivesse acabado de confessar o episódio mais trágico da sua vida. Lucas voltou a sentar-se no sofá daquela enjoativa sala branca. Felizmente, estava a anoitecer e o espaço ia ficando cada vez mais escuro, a tal escuridão que bebia sofregamente. A escuridão que o fazia beber, drogar-se, foder com toda a gente e envolver-se em situações obscuras para ter tema para os seus livros.

Viver nesse limite, nessa fronteira da vida, era a única forma de se sentir perto do seu pequeno irmão morto.

14

— Foda-se — era tudo o que conseguia pensar repetidamente, enquanto esfregava o alto na minha testa. Olhando para os meus colegas, até não estava assim tão mal, mas aquilo doía para caraças. Maldito Gaspar!

Estávamos numa enfermaria improvisada na nossa base, o único profissional de saúde ao serviço de Ash Falls a tratar os ferimentos. Achava que fora só eu a sofrer um incidente daqueles, mas não. O tipo que cuidava de Benjamin tinha um olho negro, a Maya estava toda arranhada no rosto e com uma mancha sem cabelo, e o Erik tinha a cabeça rachada, o que, a meu ver, era totalmente merecido, depois de saber o que fizera a Baltazar. Quem diria que a sonsa da Ophelia seria capaz daquilo?

Assim que regressámos à base e vi os rostos chocados de Eli e Oscar, percebi que não tinham antecipado aquele comportamento da parte dos escritores. O. K., eram demasiado emotivos para o meu gosto, mas esperavam o quê? Obrigaram aquelas pessoas a correr numa floresta desconhecida à noite, no meio de uma tempestade e com gajos mascarados atrás deles. Só se podia esperar que retaliassem. Eu reagiria da mesma forma ou até pior.

Não estava de todo chateado com Gaspar. Aliás, estava surpreendido! O escritor bonzinho e passivo-agressivo afinal sabia defender-se. Confesso que me frustrara profundamente ao enganar-me no lago. Aquele comportamento arriscado nem parecia dele. Quando o alcancei, já agarrado ao segredo, deixei que o desejo de vingança levasse a melhor de mim. Não dizem que os homens demoram a sair da adolescência? Pois bem, comecei e empurrá-lo e a puxá-lo como um adolescente embirrento. Quando me bateu com o ramo e me fez escorregar para o penhasco, juro que pensei que ia morrer ali. O adolescente rapidamente se dissipou e, literalmente agarrado à vida, o homem regressou, indefeso e pequeno naquele mundo, consciente de que estava sozinho, sem ninguém para lhe dar a mão.

Mas Gaspar deu-me a mão. Aquele homem, atormentado por um passado que ainda não conhecia e, agora, em sofrimento por uma organização que usa pessoas como fantoches. Aquele homem que foi perseguido por mim, colaborador de Ash Falls, mas que se dispôs a salvar-me a vida, porque era o mais correto. Mesmo que tivesse alguma segunda intenção por trás, a mais pura realidade é que me tinha salvado a vida de uma situação cujo responsável era só eu. Porque lhe fiz aquilo. Porque aceitei vender-me a Ash Falls.

Nada apaga o momento em que um gajo é salvo por outro.

Quando Gaspar partiu, e os nossos olhares se cruzaram uma última vez, foi como se se tivesse estabelecido uma ligação. E ao ouvir os seis escritores uma vez a falar sobre isso, achei uma treta. Mas, agora, que realmente sentia isso, percebia que afinal estava enganado. Talvez fosse o poder daquela floresta sobre nós, ou a pressão do isolamento. Fosse o que fosse, decidi, naquele momento, que ia ajudar Gaspar e os outros escritores.

Precisava do dinheiro, é certo. Mas quem disse que não podia ter as duas coisas? Aceitei o desafio.

Oscar entrou na enfermaria e anunciou que cada um de nós iria conversar com Walt Walters, o tipo gordo que nos recrutara e que funcionava como uma espécie de recursos humanos/psicólogo de Ash Falls. Achava-o um incompetente de primeira e sempre nervoso, pelo que não fiquei contente quando Oscar me disse que ia ser o primeiro.

O gabinete de Walt ficava num dos corredores em que não estávamos autorizados a entrar. Acompanhado por Oscar, infelizmente, não tive oportunidade de vasculhar nada.

Walt Walters esperava-me, atrás de uma grande secretária de metal, numa sala forrada com estantes cheias de dossiês e cadernos. Ao ver-me, sorriu e limpou a testa com um lenço de papel. Das poucas vezes que falara com ele, pareceu sempre ter medo de mim. Oscar esperou que me sentasse, antes de desaparecer.

— Bom dia, Matias. Isto não vai demorar muito. Logo, logo, poderás ir para o teu quarto descansar — explicou ele, começando a escrever qualquer coisa no portátil. — Ora bem, achámos que seria importante conversarmos sobre os incidentes ocorridos neste jogo. Não te vou mentir, eram um risco para os nossos escritores, mas não esperávamos que fossem tão violentos para os colaboradores também.

— Sim, nem nós — disse eu, apontando para a testa ferida e inchada.

— Pelo que disseste ao Oscar, o escritor Gaspar Jonas, que te foi atribuído, atacou-te com um objeto contundente, certo?

— Foi um pau, mesmo.

— E que aconteceu a seguir?

Hesitei, ao responder. Não tinha a certeza de que Ash Falls possuísse câmaras no local da nossa altercação. Aquela pergunta poderia ser por desconhecimento total sobre o ocorrido, mas também podia ser uma forma de apanhar a minha mentira. Podia até ser um teste para simplesmente me mandar embora.

— O choque foi violento. Não sei quanto tempo fiquei inconsciente, mas, quando acordei, já o Gaspar estava a regressar a casa.

Walt não me respondeu, limitando-se a escrever no computador, o que me deixou chateado. Foi então que percebi que conseguia ver o ecrã do portátil dele, refletido nos seus grandes óculos. Dava para ver a fotografia de Gaspar e alguns trechos de textos, como «tendências violentas» e «instável». Então e se...

— Não me estou a sentir nada bem. Chame o enfermeiro... — disse eu, fingindo que ia desmaiar.

Walt hesitou, mas acabou por sair rapidamente como se tivesse acabado de descobrir que eu estava com COVID-19. Entre portas trancadas e o peso de Walt, pelos meus cálculos, tinha cerca de um a dois minutos para vasculhar aquele computador. À segurança, tranquei a porta e praticamente voei até ao outro lado da secretária.

A ficha do Gaspar estava aberta. Afinal, as expressões que vira refletidas nos óculos de Walter estavam acompanhadas de pontos de interrogação e de uma breve descrição das ocorrências no Jogo da Apanhada. Naquela aplicação, havia um separador para cada escritor e, dentro de cada um deles, mais separadores: currículo, entrevistas, relatórios de comportamento, progresso do livro, classificações, investigação e segredos. Cliquei no separador de «investigação» e surgiram dezenas de vídeos com entrevistas a pessoas que me eram estranhas. Alguns deles tinham como título «Esposa», «Ex-colega», «Psiquiatra» ou «Mãe». Não iria ter tempo de ver nenhum deles, mas calculei que estivesse ali o mistério para Ash Falls saber os segredos dos escritores. Carreguei no último separador, «segredos» mas fui confrontado com uma janela de *pop-up* que pedia *password*.

Minimizei a aplicação e verifiquei que mais havia de útil naquele computador, alguma coisa que me desse uma pista rápida sobre o verdadeiro propósito de Ash Falls e de quem estava por detrás daquilo, algo que me pudesse dar vantagem sobre eles, se queria ajudar os escritores e a mim também. O ambiente de trabalho estava praticamente vazio, mas havia o ícone de uma câmara a piscar na barra inferior. Quando carreguei nele, surgiram imagens do interior da casa dos escritores, assim como de vários pontos da floresta, montanha e lago. Eram dezenas delas!

Pude ver Cecília desesperadamente agarrada ao telefone por satélite, Benjamin a tratar das feridas de Baltazar, e Gaspar sentado no alpendre a falar com Ophelia. Pelos seus rostos, percebi que se passava algo errado. Carreguei no botão de volume para ouvir o que falavam. Lucas não regressara do jogo. E eu não confiava minimamente em Ash Falls para ter a certeza de que não lhe tinha acontecido alguma coisa grave.

O tempo estava a passar e não tardava muito até que Walt regressasse com o enfermeiro e talvez até com Oscar. Procurei desenfreadamente pelas várias câmaras espalhadas pela floresta em busca de uma pista, qualquer coisa que os ajudasse.

Tive a impressão de ter ouvido portas a bater no corredor e o som de passos apressados. Vá lá, vá lá! A maçaneta da porta rodou, seguida de murros e gritos do outro lado. Estava completamente lixado! Enquanto procurava por Lucas num último ato de desespero, tentei pensar numa justificação para ter trancado a porta.

Ali! Finalmente!

Dispus todo o ambiente de trabalho do computador exatamente como estava, enquanto enfiava os dedos na boca até à garganta. Antes de chegar à porta, vomitei por todo o chão do escritório de Walt. Despi a camisola, enrolei-a e atirei-a para cima do vómito ainda fresco e borbulhante. Quando destranquei a porta, Walt, Oscar e o enfermeiro olharam horrorizados para a cena.

— Desculpem... vomitei tudo. Quis limpar antes que chegassem, mas acho que fiz pior — justifiquei-me, fazendo a expressão mais sofrida que conseguia.

*

Fixei uma macha de bolor no teto, mesmo por cima do meu beliche, esperando impacientemente pela altura ideal para a segunda parte do meu plano. Nesse período de espera, vangloriei-me pela primeira ação para enganar Ash Falls, uma que esperava ser a primeira de muitas. Por muito que quisessem fazer parecer que aquela base e aquela equipa eram muito sofisticadas, havia uma colossal falha que funcionava a meu favor: todos nos subestimavam. Olhando para os meus colegas, não era difícil de perceber que tínhamos sido selecionados para aquele trabalho por não sermos bem-sucedidos na vida e por recebermos ordens sem reclamar, porque precisávamos mesmo do dinheiro. Nas poucas conversas que tivera com os outros, percebera que esse era problema comum e quase desesperante para todos.

Quando me viram todo vomitado naquele escritório, eu não era mais do que um rapaz tolo e fraco aos olhos deles. Ainda bem. Se tudo se mantivesse, seria muito fácil derrubar aquela gente. E algo assim só podia ter muito dinheiro no fim da linha, certo?

Saltei da cama e caminhei pelo corredor descontraidamente, certificando-me de que tinha a mensagem no bolso. Passei por algumas pessoas a caminho do refeitório. Esperei que entrassem, antes de me esgueirar pela porta que dava para o túnel que ia até casa dos escritores. Continuava sem certeza de que a base tivesse câmaras de vigilância. Se sim, estava tudo acabado para mim. Ainda assim, aquele local não era uma base militar. O foco estava nos escritores problemáticos, não nas ovelhas que ali trabalhavam.

A extensão do túnel era considerável, pelo que tive de correr, os passos a ecoar pelo corredor de escuridão. Quando cheguei ao fim, carreguei no botão que ficava ao lado das botijas de gás soporífero, que enchiam a casa sempre que se iniciava um novo jogo. O teto abriu-se sobre mim e subi a rampa.

A sala das máquinas tinha sido construída para parecer isso mesmo — uma aborrecida sala com máquinas e geradores. Era ali que deveríamos esperar que os escritores ficassem inconscientes para que os levássemos para os jogos. Era difícil acreditar que nenhum deles ainda tivesse suspeitado daquela sala trancada, mas, por mais que tentassem, nunca encontrariam sinal de uma passagem secreta.

Baixei-me junto à porta trancada e tirei um papel do bolso. Não era o plano mais genial, mas ainda estava de mãos atadas em relação ao que podia fazer para ajudar Gaspar e os outros. Ao ver as imagens das câmaras no computador de Walt, reparei que, no corredor da cave, o ângulo que dava para o quarto de Gaspar não apanhava o chão. Era um plano atrapalhado, mas, pela minha experiência, os planos atrapalhados eram os mais eficazes.

Passei o papel por baixo da porta e regressei o mais rapidamente possível. Enquanto corria pelo túnel, a mensagem escrita à pressa replicava-se na minha cabeça.

Lucas na casa abandonada.

15

Acordei com o som estridente de espirros pela casa. Mal tinha dormido, dominado pela preocupação com Lucas. Talvez já tivesse voltado. Levantei-me num salto, vesti qualquer coisa rápida que estava atirada sobre a cadeira da secretária e saí ainda descalço. No corredor, pisei algo que se colou ao pé quando passei pela porta trancada. Peguei naquele pedaço de papel rasgado, mas imediatamente tomei consciência de que estaria a ser filmado, pelo que o escondi no punho e continuei a caminhar como se nada fosse. Porém, em vez de subir, fui à despensa.

Fingi estar a procurar por caixas de cereais numa estante, aproveitando para ler o conteúdo do papel. O meu corpo recebeu um choque elétrico ao ler a informação sobre a localização de Lucas. A minha mente paranoica imediatamente pensou tratar-se de mais uma manipulação de Ash Falls. Mas depois surgiu o rosto do meu jovem perseguidor, aquele acordo mútuo e silencioso com apenas um olhar. Teria sido ele a escrever aquilo?

Escondi o papel no bolso e subi até à sala. Pela janela, vi Ophelia no alpendre a escrever no seu portátil. Baltazar estava a preparar café. Estava magoado e com o olho negro, devido ao ataque do seu perseguidor, mas fiquei aliviado por ver que não tinha sido tão grave, pela forma descontraída com que sorria para mim e me cumprimentava. O televisor da sala exibia as pontuações do último jogo.

Classificações atuais

Gaspar Jonas: 11 pontos
Cecília Celes: 10 pontos
Lucas Blackburn: 8 pontos
Ophelia Amin: 7 pontos
Benjamin Lee: 7 pontos
Baltazar Levi: 5 pontos

Ash Falls prosseguia com aquele jogo ridículo, como se nada tivesse acontecido a Lucas. Eu estava em primeiro lugar, apesar de nenhum de nós saber o que isso queria dizer. Que significavam afinal os pontos? Qual seria o prémio para aquele que terminasse a residência em primeiro lugar? Era deveras estranho estar a ser forçado a entrar num jogo sem conhecer a recompensa. Tudo o que nos motivava era a chantagem de não ver os nossos segredos revelados, apesar de nenhum de nós reconhecer que, para terem feito aqueles vídeos, já um grupo de pessoas os conhecia. Quem mais estaria a ver as revelações e que repercussões teria isso nas nossas vidas assim que saíssemos dali?

Senti o papel amarrotado no bolso das calças. Podia muito bem contar aos outros que agora tínhamos um espião em Ash Falls e que o paradeiro de Lucas estava escrito num papel, deixado por baixo da misteriosa porta trancada que, sabia agora, de alguma forma, dava para uma das bases de operação de Ash Falls. No entanto, ainda não era o momento, isto se me queria proteger a mim e ao meu novo cúmplice.

Do primeiro andar, veio uma sinfonia de espirros, provavelmente de Cecília e Benjamin.

— Uma noite inteira debaixo de chuva só podia resultar nalgumas constipações. Estão a espirrar desde a madrugada — disse Baltazar. — Uma ajuda?

Só então percebi que estava a preparar dois tabuleiros com o pequeno-almoço para os outros dois.

— Os GPS que usámos no Jogo da Apanhada desapareceram — contou ele. — Tinha o meu guardado na gaveta da mesa de cabeceira, mas desapareceu. Aconteceu o mesmo com os outros. Parece que fomos novamente visitados por alguém. Não que tenha importância, já não estavam a funcionar mesmo.

Com toda a azáfama em torno de Lucas, tinha-me esquecido completamente do GPS usado no jogo. Podia ter sido aproveitado para fugir da floresta, mas obviamente, com a cautelosa Ash Falls, não podia ser tão fácil. Nem me dei ao trabalho de verificar se o meu GPS ainda estava na mesa do quarto, pois sabia que não estaria.

Quando terminámos de preparar as coisas, levei um dos tabuleiros a Cecília, que estava enrolada em várias mantas, com nariz vermelho e olhos inchados. A mesa de cabeceira era um mundo de chávenas vazias, lenços usados e comprimidos.

— Vocês são verdadeiros anjos! — disse ela, de voz fanhosa. — Odeio estar doente. Odeio Ash Falls por isto!

— Só por isto? — brinquei eu. — Tenho de ser justo e dizer que foi o Baltazar a fazer tudo. Eu carreguei o tabuleiro com a maior graciosidade possível.

— Estás muito bem-disposto. O Lucas já voltou? — perguntou esperançosamente.

— Não. Mas, quando acordei, lembrei-me de uma coisa. Talvez esteja na casa abandonada.

— Achas mesmo? — Cecília pareceu desconfiada. Não a censurava, aquela hipótese parecia ter saído do nada, o que não estava errado. — Se está lá, é porque foi de livre vontade. E se está ferido em qualquer lado? Se lhe fizeram mal?

— Acredito que a situação do Baltazar tenha sido um caso isolado. No teu caso, foste tu que atacaste a tua perseguidora. Por isso, estou mais inclinado para este desaparecimento ter sido da autoria do próprio Lucas. Por vezes, esquecemo-nos de que só nos conhecemos há semanas. Há todo um passado, e os segredos acabam por ser um abanão em relação a isso.

— Sim, tenho de admitir que tens razão. O. K., vou vestir-me, e podemos partir já.

— Nada disso. Tu e o Benjamin vão ficar em casa. A Ophelia pode cuidar de vocês. Precisamos de ter todo o grupo em condições para quando surgir um novo jogo. Vou chamar o Baltazar para vir comigo. Ele tem mais experiência na natureza.

— A Ophelia não é propriamente o meu ideal de enfermeira — brincou ela, antes de se assoar ruidosamente. — Mas tenho de admitir que tens razão. Prometam-me que vão ter cuidado!

— Esqueces-te de que estás a falar com a maior desgraça desta casa? Porque achas que vou levar o Baltazar comigo? Não te preocupes, teremos cuidado e não tarda estaremos de volta com o idiota do Lucas.

Já na sala, expliquei os meus planos a Ophelia e Baltazar, que aceitou vir comigo. Preparámos as nossas mochilas e saímos porta fora. A meio caminho, na direção do lago, ouvimos Ophelia chamar por nós. Quando nos virámos, estava toda equipada e com mochila às costas também.

— Vou também — anunciou ela.

— Mas tínhamos falado em ficares a cuidar da Cecília e do Benjamin.

— Oh, por favor — respondeu ela, revirando os olhos. — É uma mera constipação, e eles não têm oito anos. Além disso, vocês estão com um ar péssimo. Acho que serei muito mais útil se vos acompanhar.

Quem era a nova Ophelia que nos ultrapassava e avançava decidida à nossa frente? Enquanto enveredávamos pela floresta, fiz uma retrospetiva da sua presença naquela casa e observei que, em pouco tempo, já era notória uma certa evolução. Parecia menos contida e mais destemida. Talvez a revelação de um dos seus segredos a tivesse libertado. Ou então aquela era a verdadeira Ophelia, escondida por trás de uma máscara que lhe convinha.

No caminho para a casa abandonada, olhei para o lago, do nosso lado direito, e relembrei a arriscada estratégia de entrar na água durante a tempestade. Podia ser eu naquela casa, doente e indefeso, mas quis o Destino que desta vez fosse eu o protetor da casa.

Caminhámos em silêncio, durante alguns minutos, seguindo Baltazar, até que a voz de Ophelia soou por entre o ruído da folhagem ao vento.

— Porque é que nunca me perguntaram?

— Desculpa? — questionei eu, virando-me para trás de sobrolho franzido.

— O meu segredo. Nunca me perguntaram sobre ele, nem porque menti na noite anterior.

— Acredito que nos estejam a respeitar, Ophelia — disse Baltazar, de rosto sereno. — Também nunca falaram comigo sobre o meu.

— Só por ser mulher, não quer dizer que seja um ser frágil. Não preciso que me protejam. Admito que ver a minha intimidade e a minha vida violadas por estranhos me chocou naquele dia. Mas depois pensei: que raio têm estas pessoas que ver com isso? A minha vida é minha responsabilidade, não tenho de me sentir culpada, ainda mais com pessoas que mal conheço.

— Ophelia... ninguém te julgou por nada — reconfortei-a eu, hesitando em tocar-lhe no braço. — Como já tive oportunidade de dizer, todos nesta casa temos segredos e passados que preferimos manter guardados. Nenhum de nós tem a moral para te acusar de nada.

— Tretas, Gaspar. Só dizes isso, porque estás à frente no jogo e ainda não tiveste nenhum segredo revelado — disse ela, agressivamente.

— Ophelia, eu não...

— Nós não sabemos o que Ash Falls sabe sobre nós, que segredos negros tem em seu poder, que nos podem destruir as vidas e as carreiras. Podem ter dezenas deles! Mas há pessoas na casa que parecem estar a lixar-se para isso!

— Estás a ser injusta com o Gaspar. Ele só está a tentar ajudar.

— Ajudar? Tu nem o conheces! Pode muito bem ser um psicopata. Um louco como eu!

Foi então que, ao ver os seus olhos rasados de lágrimas, compreendi quanto tínhamos sido negligentes com Ophelia. Intimidados pela sua personalidade instável, não tínhamos reconhecido que lá dentro estava uma mulher à beira da destruição e que apenas precisava de uma mão que a puxasse para segurança. Envolvi-a nos meus braços, mesmo com ela a debater-se, teimosa como era. Quando cedeu, encostou o rosto cheio de lágrimas no meu ombro. Era a segunda pessoa naquela casa que fazia aquilo comigo, que precisava desesperadamente de rebentar e de deixar esvanecer toda a mágoa acumulada. Baltazar também nos envolveu com seus compridos braços, e pude ver que também tinha os olhos rasados de lágrimas.

Era tão boa aquela sensação de ir ao âmago de alguém e conquistar essa pessoa. Naquele momento, senti-me amado, um sentimento estranho para mim.

*

Quando chegámos à casa abandonada na clareira, o Sol estava bem alto e queimava-nos a pele. Se Lucas não estivesse ali, todas as minhas esperanças iriam por água abaixo. Empurrei a porta delapidada e subi até ao quarto onde tínhamos encontrado o papel. Foi como se as correntes que me apertavam o coração tivessem desaparecido, ao ver Lucas sentado no chão a olhar para o infinito. Raios de Sol que entravam pelo teto esburacado iluminavam-lhe os olhos inchados.

— Estávamos preocupados contigo, idiota — disse eu, da entrada do quarto, com um tom de gozo. Lucas despertou do feitiço e olhou para mim com um sorriso triste.

— Desculpem.

Sentei-me no chão, a seu lado, e fiquei a olhar para o seu rosto até que tomasse coragem para me olhar de volta.

— Que aconteceu? — perguntei.

— Desorientei-me durante o jogo. Acho que me deixei afetar por ser baseado no meu livro e por perceber quanto isso os poderia prejudicar. Demorei a encontrar o segredo. Quando regressei, vi da janela a revelação do meu segredo na televisão. Foi muito doloroso para mim reviver aquelas memórias tão grotescas, Gaspy — disse ele, com os olhos rasados de lágrimas.

— Não precisavas de ter fugido. Estamos juntos nisto.

— Há alturas em que preciso de me afastar e de ficar sozinho. Esta casa foi o primeiro sítio de que me lembrei. Esta é uma batalha que tenho de enfrentar sozinho, enquanto eu for vivo.

— Demasiados demónios?

Lucas fixou-me pesadamente. Não era o único com demónios. Aquele precioso momento era o que faltava para que percebesse que não estava sozinho. Levantei-me e estendi-lhe a mão para o ajudar a levantar-se. Ainda tentado pelas garras dos fantasmas que se escondiam na escuridão daquela casa decrépita, hesitou. Até que senti o calor da sua pele a tocar na minha mão gelada.

Ninguém tinha capacidade ou poder para o curar dos seus demónios. Mas, por agora, Lucas estava salvo.

*

Quando chegámos a casa, o pôr do sol inundava-a de uma luz dourada quente. Lembrei-me imediatamente dos finais de tarde passados na infância, num período em que não tinha uma única preocupação na vida. Era aquela a verdadeira calma depois da tempestade, a equipa unida e segura.

Espreitámos por Benjamin e Cecília e estavam ambos a dormir, o primeiro com o quarto arrumado e intocável e a segunda enterrada em lenços de papel, mantas e caos. Iam ficar bem.

Cansados, mas mais leves, sentámo-nos os quatro no deque, dividindo uma garrafa de vinho branco. Ninguém falou. Mas, pela primeira vez desde que entrara naquela casa, o silêncio entre nós era o mais reconfortante que alguma vez sentira com alguém.

16

Passou-se uma semana e meia desde que tivéramos sinal de Ash Falls. Nada de jogos, mensagens em televisões ou reviravoltas de qualquer tipo. Era como se nos tivessem presenteado com uma merecida pausa.

Cecília e Benjamin recuperaram da constipação em dois dias. Mais próximos do que nunca, acabámos por retomar as nossas rotinas, embora agora passássemos mais tempo em grupo durante as refeições, em passeios no exterior ou até sessões de cinema. Também regressámos à produção dos livros e, no meu caso, estava a correr lindamente.

Ainda tinha momentos em que me sentia fortemente observado, e claro que a ameaça dos jogos ainda permanecia como um sussurro constante ao ouvido, mas era como se Ash Falls se tivesse entranhado em nós e vivêssemos ali desde sempre. Naquela calma intoxicante, nós éramos Ash Falls.

Depois de um animado pequeno-almoço, cada um de nós se recolheu no respetivo quarto para escrever. Os nossos livros eram assunto tabu nas conversas. Numa situação normal, seria entendido como uma forma de proteção em relação ao nosso trabalho inacabado. Se os outros fossem como eu, a escrita era como pintar um quadro, neste caso, com palavras. O texto vai crescendo, evoluindo, moldando-se, a ponto de serem as próprias personagens a controlar os nossos dedos quando escrevemos. Sendo um livro em produção algo tão mutável, seria descabido avançar grandes pormenores sem estar terminado.

Porém, no caso específico daquela residência tornada circo de horrores, os livros eram a única arma possível para nos defendermos e nunca era bom resultado desvendar muito sobre as nossas armas, até porque todos nós éramos pessoas complexas com muita coisa guardada a sete chaves.

Estava a ter uma manhã espetacular e produtiva. Chávena de chá preto ao lado, música a tocar no quarto e os dedos a deslizar no teclado como um borrão. Longe iam os momentos em que o cursor vivia sozinho num deserto branco.

Ouvi barulho no corredor. Parecia que alguém estava a bater numa porta. Ao sair do quarto, deparei com Benjamin a tentar forçar a porta da casa das máquinas. Parecia irritado.

— Porque é que eu não sabia da existência desta porta trancada?

Agora que pensava nisso, Benjamin nunca tinha feito uma *tour* em condições pela casa e era raro vir àquele lado da cave. Se desconhecia a existência daquela porta, era somente culpa dele.

— Foi-nos dito que era a sala das máquinas e que, para nossa segurança, não era permitida a entrada.

— E isso não pareceu suspeito? Uma sala trancada numa casa destas?

Benjamin parecia realmente zangado. Cada vez que se deixava dominar pelas emoções, o seu forte sotaque tornava tudo o que dizia quase impercetível. Continuou a forçar a maçaneta e a fechadura teimosamente. Também eu estava a ficar irritado, mas porque estava a tentar roubar um dos meus trunfos. Aquela porta trancada era *minha*.

— Que vieste aqui fazer afinal? — perguntei.

— Vim chamar-te para uma caminhada e deparei com isto. Esta porta vai abaixo agora.

Benjamin subiu a escada como um furioso e veloz felino. Fiquei bloqueado no corredor, sem saber como podia justificar aos outros o porquê de não ter insistido naquela porta. O meu colega coreano regressou pouco depois, com um martelo e uma chave de fendas, encontrados sabe-se lá onde, seguido de Cecília e Baltazar, que provavelmente estariam na sala. Benjamin era realmente o homem dos sete ofícios, sempre perfeito em tudo o que fazia. Em menos de nada, conseguiu arrombar a porta sem grande alarido.

Olhámos os quatro para uma estreita e escura rampa. Ao fundo, conseguia ouvir o zunido mecânico de máquinas. Benjamin avançou à nossa frente, apertando o martelo e a chave de fendas nas mãos. Tendo ficado com aquele trunfo estragado, esperava que, pelo menos, o meu perseguidor não fosse apanhado em flagrante.

No fundo da rampa, dobrámos uma esquina e deparámos com uma desinteressante e singela sala com quatro paredes e máquinas de aspeto sofisticado. O meu conhecimento sobre mecânica era quase zero, mas consegui perceber que se tratava de geradores, caldeiras e coisas que nem me atrevia a tentar adivinhar o que eram. Apenas sabia que nos davam eletricidade, água e um banho quente.

— Bem, que anticlimático — disse Cecília, desapontada. — Por momentos, pensei que iríamos encontrar aqui a base de operações de Ash Falls.

— Não me parece que fossem descuidados a ponto de se esconderem atrás de uma simples porta trancada — desvalorizei eu, numa tentativa de desviar a atenção dos outros.

— Tem de haver aqui alguma coisa — insistiu Benjamin.

Começou a perscrutar cada canto da pequena sala, teto, chão e atrás das máquinas. Juntámo-nos a ele, mas, em poucos minutos, tudo o que encontrámos foi pó, um ou outro parafuso solto e um zumbido irritante. Eu próprio estava confuso com aquilo. De onde tinha saído o meu espião para pôr aquele papel debaixo da porta? Se realmente havia naquela sala uma passagem para outro lado, estava extremamente bem disfarçada.

Frustrados, regressámos a casa. Lucas estava na cozinha a beber água, regressado de uma corrida. Quando nos viu a subir a escada, com ar derrotado, perguntou o que se tinha passado.

— Enganos — foi tudo o que Benjamin respondeu. Enquanto o via subir a escada para o seu quarto, tentei perceber se aquela resposta se referia à sala das máquinas ou a mim.

*

No final da tarde daquele dia, já eu tinha escrito dez páginas do meu livro. Tinha de aproveitar o acesso de criatividade e produtividade, caso os próximos jogos dessem para o torto. Espreguicei-me ruidosamente e olhei para a janela junto ao teto. Tinha retirado a manta que a tapava, deixando entrar a luz natural do entardecer, que tanto me inspirava. Agora que ganhara um aliado em Ash Falls, não fazia sentido ter medo. Aquela pequena atitude era como um sinal para mostrar que confiava nele.

Alguém bateu à porta. Cecília espreitou com um sorriso, entrou e sentou-se numa das cadeiras do quarto, sem cerimónia, o que me deixou contente. Tinha duas tranças e uma enorme camisola que a fazia parecer ainda mais pequena. Colou as pernas ao peito, com o queixo apoiado nos joelhos, numa pose que achei juvenil, mas calorosa.

— Tens trabalhado bem, estou a ver — disse ela, olhando para o ecrã do meu computador, repleto de texto, e para os *post-its* coloridos, colados no quadro de cortiça por cima de mim. — Estou num daqueles dias de bloqueio. Quando trabalhas com espiritualidade, o teu estado de alma tem de estar impecável, ou não vai sair nada de jeito.

Virei-me para ela, depois de fechar o computador para analisar melhor a sua expressão. Havia algo que a perturbava.

— Passa-se alguma coisa, Cecília?

— Nada de mais — respondeu, após hesitar. — É só que... todos aqui em casa parecem estranhos.

— Como assim?

— Tu sabes que sou muito sensível a energias. Há algo estranho entre todos.

— Bem, não te esqueças de que estamos isolados, envolvidos numa situação peculiar cujos contornos desconhecemos completamente.

— Não é só isso. É como se, aos poucos, algo dentro de cada um de nós estivesse prestes a quebrar. Como se fôssemos feitos de fios que se estão a esticar ao máximo, quase a rebentar. Que acontece quando o último fio se partir?

Não estava habituado a que Cecília fosse tão críptica nas suas conversas. Ainda que a sua área de trabalho fosse a autoajuda e a espiritualidade, era uma pessoa extremamente direta e transparente. Naquele momento, parecia-me tudo menos isso.

— Nestes últimos dias até temos estado bem. Tudo tem estado tranquilo, apesar de tudo. Cecília, tens a certeza de que não aconteceu nada?

— Talvez seja da minha cabeça — disse ela, esboçando um sorriso nada convincente. — Gaspar, tenho uma confissão a fazer.

— Que foi?

— Lembras-te daquele dia em que me viste a falar com o Benjamin no deque? Eu menti. Estávamos a falar sobre ti.

Não me surpreendeu que Benjamin estivesse a falar secretamente com outra pessoa sobre mim. Era a única pessoa da casa que ainda não tinha conseguido conquistar. Mas senti-me traído, por Cecília não me ter contado logo aquela simples verdade.

— Na altura desvalorizei a conversa, mas, depois de ver a atitude dele com a porta trancada, fiquei a cismar nisso.

— E que conversaram lá fora? — perguntei eu, no tom mais calmo que consegui.

— O Benjamin não confia em ti. Diz que todos os contornos da tua entrada nesta casa são muito suspeitos. Acho que estava a insinuar que estás envolvido com Ash Falls.

— E concordas com ele?

— Claro que não! — Cecília correu até mim, ajoelhou-se e agarrou-me nas mãos com súplica nos olhos. — És das pessoas com quem tenho mais afinidade na casa. No momento em que te conheci naquele comboio, soube que tu eras puro e verdadeiro, Gaspar. É certo que não conheço o teu passado, mas sei, no meu coração, que nunca nos enganarias.

— Está tudo bem, Cecília — reconfortei-a eu, esfregando-lhe as mãos. — Obrigado por essas palavras e por me teres contado.

Cecília levantou-se com um sorriso e os olhos molhados, regressando para a cadeira. Entretanto, o seu rosto voltou a mudar, ficando mais sério.

— Há outro motivo para ter vindo falar contigo. Acho que deveríamos começar a pensar em estratégias.

— Como assim?

— Não sabemos o que nos espera até a residência acabar. Os jogos têm vindo a piorar. Estive a pensar sobre isso e acho que devíamos formar uma aliança, caso surja uma situação em que seja necessário nos protegermos.

— Uma aliança entre os dois?

— Não. Com o Lucas também. Sempre senti que a ligação entre os três era a mais forte.

— E os outros?

— O Benjamin é muito fechado. É praticamente impossível saber se é de confiança. A Ophelia é instável.

— E o Baltazar?

— Eu adoro o Baltazar, não me interpretes mal. Mas, desde que o seu segredo foi revelado, parece mais distante do que o normal. Precisamos de pessoas resilientes. Além disso, entre os seis, uma aliança só funciona se existirem elos mais fracos.

Reparando no conflito da minha expressão, Cecília levantou-se e, antes de abrir a porta, virou-se para mim.

— Pensa sobre isso, Gaspar. Aconteça o que acontecer, sei que tomarás a decisão que for mais acertada para ti.

E saiu.

Que bela raposa Cecília se tinha revelado! Não era de todo descabido pensar-se numa aliança naquele contexto e, agora que pensava nisso, até era algo que demorara a surgir. No entanto, ia contra um dos meus objetivos naquela casa, que era conquistar os seus residentes. Assumir uma aliança com Cecília e Lucas era como declarar uma guerra contra os outros três.

Com as recentes atitudes de Benjamin, sinceramente, começava a estar-me nas tintas para se o conquistava ou não. Com Ophelia, aquela traição seria desperdiçar tudo o que estava a conseguir alcançar com ela. Cortava-me o coração pensar em abandonar Baltazar, alguém por quem nutria um sentimento intenso, que ainda não tivera oportunidade de descodificar.

O dilema deixou-me imediatamente angustiado. Talvez o mais sensato fosse falar com Lucas primeiro. Ainda assim, independentemente do que dissesse, não ia apagar que Cecília tinha acabado de revelar uma faceta perigosa.

Olhei para o quarto que, entretanto, ficara escuro com o cair da noite. Deixei descair os ombros, sentindo-me indefeso. As garras dos demónios sugiram das sombras, envolvendo-me. O trauma do meu passado sorriu para mim, intoxicando-me.

17

Que grande seca! Numa situação normal, teria adorado ficar mais de uma semana sem fazer nada. Mas na prisão que Ash Falls se estava a tornar, aquela longa folga era tudo menos desejável. Era agora perfeitamente claro que a organização funcionava por estratos sociais. Quando entrava no refeitório ou nas áreas comuns, funcionários de outros departamentos olhavam para nós como pessoas inferiores, agrupados a olhar para nós com desdém. Parecia que estava de volta à escola, os colegas ricos e mimados a gozar com a minha roupa com buracos e cabelo com piolhos. A diferença é que não me identificava minimamente com os outros membros do meu *grupo* e, por esse motivo, preferia passar os dias fechado no quarto a socializar com pessoas de que não gostava.

Depois de toda a adrenalina ao ter consultado o computador de Walt e de ter conseguido passar a mensagem a Gaspar, estava agora reduzido a dias de tédio a olhar para o teto do quarto. De certa forma, sentia-me traído pelo Universo. Graças a mim, os escritores tinham encontrado Lucas. Quando ouvi a novidade no refeitório, senti-me feliz, para depois ficar desapontado, ao perceber que não me podia vangloriar. Não é que não estivesse contente por ter ajudado, mas sou o tipo de pessoa que espera recompensa pelo que faz.

Havia algo estranho a passar-se em Ash Falls. Não era normal demorarem tanto tempo até ao próximo jogo. Talvez estivessem a preparar tudo, ou à espera que os escritores escrevessem mais dos seus livros. Mas, ainda assim, havia algo no ar, como se toda a gente estivesse mais ansiosa, em antecipação de algo grande que estava para acontecer.

— Matias? Estás a dormir? — perguntou Maya, da porta. Nem tinha reparado que tinha entrado.

— Estou acordado. Que foi?

Maya tinha uma capacidade incrível para resistir ao meu mau humor. Era mais forte do que eu, e sabia que ela não merecia aquele tipo de tratamento. Era a única que se dignava de falar e até de se preocupar comigo. A besta ali era eu.

— Ouvi agora um rumor de que o próximo jogo vai começar em breve. Não tarda muito, vamos ser chamados.

Maya estava entusiasmada com aquilo. Talvez estivesse entediada como eu, ou então era simplesmente porque ia ter mais uma oportunidade de agradar ao chefe e de conseguir a validação por que tanto ansiava. Reparei que havia dias que Maya usava uma trança do lado direito da cabeça, provavelmente para esconder a falha de cabelo provocada por uma furiosa Cecília.

— Boa! Estou farto de estar à espera — respondi eu.

— Que tipo de jogo achas que vem agora? Acho que vai ser do livro do Benjamin ou da Ophelia. Mal posso esperar! Ei, aonde vais? Estou a falar contigo!

— Cagar — respondi eu, já da porta. Não estava a ver o seu rosto, mas tinha a certeza de que devia estar enojada com a resposta. Ela que me desculpasse o mau feitio, mas não tinha pachorra para socializar.

Na realidade, precisava mesmo de ir à casa de banho e sempre era um pretexto para estar sozinho e pensar num próximo plano de ação. Escolhi o cubículo mais longe do balneário, que estava vazio, e sentei-me.

Tinha de me fazer à vida e ser mais proativo. O próximo jogo estava prestes a começar, e eu estava a ser um atrofiado que não fazia nada para cumprir com a promessa que fizera a mim próprio. Como ganhar vantagem sobre Ash Falls, se tudo naquela base estava trancado e em segredo? E como fazer alguma coisa sem ser apanhado, se desconhecia sequer se havia sistema de vigilância a espiar-nos também?

Atirei a cabeça para trás, colando-a à parede, e suspirei. E foi aí que as respostas vieram de cima — mesmo por cima daquele último cubículo estava uma conduta de ar. Seria possível que a solução para o meu dilema estivesse em algo tão... cliché? Vesti rapidamente as calças e pus-me de pé na sanita. Com o balneário em silêncio, podia jurar que conseguia ouvir vozes que vinham da conduta. Procurei por algo que me ajudasse a desaparafusar a tampa, optando por usar a fivela do cinto que estava a usar. Sempre atento a possíveis visitantes, consegui retirar os parafusos e, subindo pelo autoclismo, consegui entrar na conduta de ar — se bem que de forma muito trapalhona. Deixei as botas na base da sanita e a porta trancada, não fosse alguém aparecer durante a minha ausência.

A conduta era grande o suficiente para conseguir rastejar sem problemas. Achei que ia encontrar ratazanas e teias de aranha, mas, na realidade, parecia tudo bastante novo. Será que a base tinha sido construída recentemente, só para aquela residência?

Comecei a ficar excitado com todas as possibilidades que a nova descoberta me poderia oferecer, sentindo-me um agente secreto. Mas não podia abusar. Tinha de ser cauteloso e não demorar muito tempo ali, ou iriam dar pela minha falta.

Passei pela cozinha, por dois quartos, um armazém de material eletrónico e pelo escritório de Walt, todos vazios. Até que comecei a ouvir vozes a ecoar pela conduta. Rastejei mais um pouco e espreitei pelas ranhuras para o que me parecia ser o escritório de Eli, que estava ao telefone, atrás da secretária, enquanto Walt e Oscar aguardavam de pé.

— Não, Sr. Presidente. O incidente com Lucas Blackburn foi rapidamente resolvido e tem estado estável. Aliás, todos os escritores estão estáveis e a produzir bastante. [Pausa.] Sim, os resultados já chegaram e votaram na Ophelia para receber a vantagem no próximo jogo. [Pausa frustrada com suspiro.] Não, não, nada disso, Sr. Presidente. O próximo jogo ser baseado no livro de Ophelia é mera coincidência. [Pausa ainda mais frustrada, com um suspiro ainda maior.] Temos noção de que os últimos dados mostram uma ligeira quebra, mas, com o próximo jogo, Ash Falls vai voltar a rebentar a escala, garanto-lhe. Temos tudo a postos: jogo e segredos. [Pausa mais descontraída.] Certamente, Sr. Presidente. Vai ficar muito agradado. Até breve.

Informações preciosas aquelas. O próximo jogo e a vantagem seriam de Ophelia. E Ash Falls tinha um presidente que intimidava o intocável Eli Martin. Ainda assim, não deu para perceber o que era afinal Ash Falls, tirando que envolvia votos e estatísticas.

— Tens a certeza do que estás a fazer, Eli? — perguntou Oscar, cruzando os braços de forma desafiadora. — Foi o Gaspar a vencer a última avaliação.

— Já tive oportunidade de te explicar que, para o próximo jogo, será mais eficaz a Ophelia ter vantagem.

— Mas acabaste de mentir ao presidente. Tal como quando levaste o Lucas a procurar o próprio segredo no Jogo da Apanhada e o fizeste perder.

— Não sei se estou a gostar do teu tom acusatório, Oscar. Talvez precises de que te relembre de que sou teu superior e de que os jogos são organizados por mim.

— Deturpar os jogos não é a minha ideia de boa organização. — Oscar estava a ficar cada vez mais vermelho e irritado com a presunção de Eli, e eu estava a adorar isso.

— Não tenho nenhum problema em justificar ao presidente e aos restantes membros da Direção as minhas mudanças de planos, as quais têm como único objetivo o sucesso deste projeto. Se pretendes denunciar-me, estás à vontade. Mas, para isso, também vais ter de explicar o porquê de teres permitido que o Lucas tenha desaparecido, pondo em causa a sua segurança e a integridade do programa Ash Falls.

Vi Oscar cerrar os punhos. Parecia um leão prestes a saltar para cima de Eli. Walt, até então calado, estendeu as mãos para apaziguar os ânimos.

— Amigos, não nos vamos exaltar. Todos nós queremos que o programa residencial Ash Falls seja bem-sucedido, e está, de facto, a ser um tremendo êxito, maior do que imaginávamos. Vamos lutar para que assim se mantenha.

— Tudo bem — respondeu um passivo-agressivo Eli. — Agora preciso de ficar sozinho. Tenho de me preparar. Se não se importam...

Oscar acalmou-se e abriu os punhos. Ele e Walt lançaram um breve aceno a Eli e saíram da sala. Assim que o fizeram, Eli disse «idiotas», entredentes. Clicou umas quantas vezes no rato do computador e comecei a ouvir a sua voz. Provavelmente estava a ouvir as suas gravações para se certificar de que dizia tudo com a máxima perfeição. Depois levantou-se e abriu o armário atrás de si, onde estava um fato cor de vinho, engomado, ficando a olhar para ele com total fascínio.

Que idiota egocêntrico!

Hora de regressar, não ia levar mais nada dali. Enquanto rastejava pela conduta, regozijei-me por ter percebido que havia uma enorme tensão entre as três figuras que estavam à frente daquele projeto ali na base. Isso podia funcionar a meu favor no futuro. Para já, tinha de arranjar uma forma de avisar Gaspar sobre o próximo jogo.

Desci da conduta e voltei a enroscar os parafusos de forma que os deixasse ligeiramente soltos para a minha próxima incursão. Calcei as botas e espreitei para ver se ainda estava sozinho. Assim que saí do balneário, Maya esperava-me lá fora, de braços cruzados, o que me assustou.

— Credo, isso é forma de aparecer? — berrei eu.

— Que estiveste a fazer ali tanto tempo? — perguntou ela, como uma mãe que sabe que o filho fez uma asneira.

— Eu disse-te o que ia fazer. Estive a cagar. Gosto de pensar na vida quando faço isso.

— Matias, tu estiveste a drogar-te lá dentro? — segredou.

— O quê? Estás parva? E eu lá tenho alguma droga comigo. Não sei se te lembras que nos revistaram as malas antes de chegarmos.

— Não sei. Tu és muito dissimulado. Podes ter encontrado uma forma de arranjar drogas cá dentro.

— Maya, eu não me drogo aqui, nem lá fora. No máximo posso fumar erva de vez em quando, e acredita que, com conversas destas, a minha vontade de fumar uma ganza é muito grande.

— O. K., acredito em ti. Por agora. Mas vou ficar de olho. Não quero que estragues a tua vida com essas coisas.

Ali estava Maya novamente a fazer-me sentir a maior besta do mundo. Ela não estava a ser chata, preocupava-se realmente, algo a que não estava habituado. Fiquei aliviado por ver que não desconfiava minimamente de eu ser uma espécie de agente duplo.

— Desculpa. Tenho sido um perfeito idiota ultimamente. Este trabalho dá cabo de nós e da nossa paciência. Estas pessoas são... lixadas.

Maya sorriu timidamente e brincou com a sua trança. Talvez também não estivesse habituada a ter alguém a pedir-lhe desculpa.

— Ei! Tens papel e caneta que me emprestes? — pedi eu.

— Para que precisas disso?

— Preciso de anotar algumas ideias que tive na casa de banho.

— Os escritores incentivaram-te a enveredares pela escrita, foi? — brincou ela. — Tenho algures no meu quarto, mas isso vai ter de esperar. Fomos convocados para o *briefing* do próximo jogo. Aliás, já estamos atrasados.

— Já? Mas preciso mesmo de anotar ou esqueço-me.

— Matias, temos mesmo de ir ou vamos ficar em apuros como sempre. Vamos.

Não ia ter tempo de avisar o Gaspar.

Merda!

18

Passou-se quase uma hora desde que acordara sozinho naquela estéril sala escura. As paredes, teto e chão estavam forrados com o mesmo tipo de material preto que o da sala onde o segredo de Baltazar fora revelado após o Jogo do Culpado. Os únicos elementos ali eram a porta, o ecrã gigante desligado e um pedestal, no centro, com um comando de cinco botões com os nomes dos outros.

Ash Falls tinha tido a decência de esperar que acabássemos de jantar para encher novamente a casa com gás soporífero, que nos deixou inconscientes. Desta vez, bati com o braço, ao cair no meio da sala, ficando com uma nódoa negra, na que certamente passaria os próximos dias a carregar com o dedo.

Benjamin não tinha jantado connosco nesse dia. E eu também não tivera oportunidade de falar com Lucas sobre a proposta de Cecília. Ainda não sabia os contornos deste novo jogo, tirando desconfiar que tinha que ver com o livro de Ophelia. O estar isolado numa sala podia anular a possibilidade de jogar estrategicamente com base numa aliança. Porém, estava com receio de que Cecília já tivesse cimentado a parceria com Lucas e, nesse caso, eu podia estar em risco.

O ecrã da sala ganhou vida com o ícone de Ash Falls. No entanto, em vez da habitual melodia *retro*, vinha acompanhado por uma música animada, que mais parecia de um programa de televisão.

Surgiu então Eli Martin, vestido com um exuberante fato e de microfone na mão. Parecia estar num estúdio de televisão, com cortinas vermelhas e, atrás de si, um grande ecrã com o símbolo de Ash Falls iluminado. Naquele suposto programa, até era possível ouvir o barulho de palmas e assobios como se fosse real. E se fosse?

— Olá, olá, muito boa noite a todos e bem-vindos a mais um jogo de Ash Falls — cumprimentou Eli. Estava muito mais à vontade naquele papel do que esperei. — Hoje apresentamos um formato diferente e mais criativo, perfeito para enriquecer um grande jogo com algumas das mentes mais criativas do mundo da literatura atual. E agora, sem mais demoras, vamos apresentar o jogo de hoje.

Ouviu-se o rufar de tambores e logo o ecrã passou a apresentar o nome «Jogo do Coração».

— Pois é, caros espectadores. Este jogo, baseado no livro que Ophelia está a escrever em Ash Falls, vai testar as relações de todas as pessoas da casa, o que certamente vai revelar muitas surpresas. Mas, antes de passarmos às regras e ao jogo propriamente dito, vamos anunciar o escritor vencedor da vantagem para este jogo...

Novamente rufar de tambores e surge então a fotografia de Ophelia no ecrã gigante. Há algum tempo que vinha a formular uma teoria — até agora, os vencedores das vantagens e os perdedores que revelavam os segredos ainda não se tinham repetido. E havia também a questão de Lucas ter sido o único a resgatar o próprio segredo no Jogo da Apanhada. Simples coincidência ou manipulação descarada, era algo que iria analisar consoante o perdedor daquele jogo.

— Muitos parabéns à Ophelia pelo prémio e parabéns pelo excelente trabalho com o livro, que nos permitiu criar este fantástico jogo. Vamos então passar à explicação das regras. Neste jogo, os seis participantes jogarão de forma anónima. Teremos dez rondas em que será feita uma pergunta sobre os escritores da casa. Os participantes devem votar no residente de Ash Falls que mais se aplica à pergunta feita. No final das dez rondas, a classificação final será ordenada consoante o número de votos de cada um. O último classificado já sabe o que acontece... hora de revelar o segredo! Um jogo bastante simples, certo? Veremos... — disse ele, com um sorriso enviesado.

Aquele jogo parecia tão básico como perigoso. Muito perigoso! Ou muito me enganava ou Ash Falls pretendia mexer com as nossas emoções e relações na casa. Se calhar sabiam que Cecília tinha intenções de criar uma aliança e aproveitaram-se disso, antecipando-se com um jogo em que a estratégia seria chave.

— Vamos então dar início ao jogo. Eis a primeira pergunta.

Com que residente manterá contacto lá fora?

A pergunta veio seguida de um relógio em contagem decrescente, um tiquetaque penetrante que me turvava o pensamento. Para primeira pergunta, pareceu-me bastante simples. Obviamente aquilo era só para nos enganar. Nem queria imaginar as perguntas que estavam preparadas para as rondas finais. Observei os cinco botões com os nomes dos outros, analisando as relações que mantinha com cada um deles. O nome «Jogo do Coração» era bastante irónico naquele contexto. Podíamos muito bem usar a razão e jogar estrategicamente. Mas estávamos a falar de Ash Falls. Dado o histórico dos outros jogos, claramente ia surgir alguma reviravolta. Decidi jogar realmente com o coração e ser sincero nas minhas respostas, esperando não ser punido pela ingenuidade.

Era inegável que tinha uma relação mais profunda com Lucas, Cecília e Baltazar. Mas estava finalmente a conquistar Ophelia. Via-me a manter contacto com qualquer um deles. Até mesmo com Benjamin, se mudasse de opinião sobre mim. Diria que os momentos passados com Lucas eram os mais poderosos. A cada dia que privava com ele, sentia que era como o irmão que nunca tivera. Carreguei no botão de Lucas e pouco depois o relógio parou e Eli voltou a falar connosco, acompanhado por palmas e assobios, que cada vez mais me pareciam uma gravação.

— Ansiosos por ver os resultados da primeira questão? Vamos lá! — gritou ele, apontando para as pontuações que surgiam agora no ecrã.

Gaspar 3 | Lucas 2 | Ophelia 1

Bem, não esperava aquele resultado. Havia realmente três pessoas na casa que me tinham escolhido como o favorito para manter contacto no futuro. Isso fez-me sorrir e ter mais esperança no jogo. Esperava que fossem Lucas, Cecília e Baltazar, mas não havia certezas. Afinal, Lucas também tinha recebido dois votos. O voto de Ophelia certamente seria de Benjamin. Apesar de fechado, a pessoa com quem tinha mais proximidade acabava por ser ela, pelo que já tinha observado em casa.

O jogo prosseguiu com mais duas perguntas que me fizeram questionar se seriam todas com o mesmo teor, ligado às relações, em harmonia com o género de livros de Ophelia.

Com qual dos residentes teria uma relação amorosa?
Gaspar 2 | Cecília 1 | Lucas 1 | Baltazar 1 | Ophelia 1

Com que residente se envolveria sexualmente?
Lucas 4 | Cecília 1 | Ophelia 1

Escolhera Baltazar na primeira questão. Era o tipo de pessoa pela qual me sentia atraído para uma relação e, sinceramente, não excluía essa hipótese, caso tivéssemos essa possibilidade lá fora. Tinha aquela mania de me deixar atrair por pessoas que precisavam de alguém que as salvasse. O que me chocou foi ver que duas pessoas me tinham selecionado. Tinha consciência de que, apesar de fazer tudo para cativar os meus companheiros, não era assim tão atraente e, de personalidade, era como a porta trancada na cave, o que podia afastar muita gente. Quem teria sido?

Já o vencedor da pergunta seguinte foi tudo menos chocante. O magnetismo sexual de Lucas era inegável, e claramente eu não era a única *vítima*. Mas havia algo que me deixara intrigado, isto se Benjamin escolhera Ophelia, como suspeitava. A sexualidade de Baltazar ainda era uma ambiguidade para mim e, ao que parecia, tinha escolhido Lucas. Ou teria sido Benjamin a escolher Lucas? Percebi que era casado, mas nunca podemos afirmar que conhecemos realmente alguém. Ou, então, já existia estratégia de jogo e aquelas respostas eram tudo menos verdadeiras.

Bravo, Ash Falls. Ia chegar ao fim do jogo com um surto psicótico, por aquele andar...

— Ui, os ânimos estão a aquecer neste programa ou é impressão minha? — disse Eli, a abanar a mão como se tivesse calor. — Acho que os nossos participantes estão a precisar de arrefecer com as próximas questões.

Qual dos residentes é o menos talentoso?

Cecília 2 | Baltazar 2 | Ophelia 2

Qual o elo mais fraco na casa?

Baltazar 3 | Ophelia 2 | Benjamin 1

Apesar de darem pontos, estas eram o tipo de respostas a que ninguém gostava de ver o nome associado. Estávamos agora a entrar em assuntos ligados ao trabalho e à personalidade, e os dilemas intensificavam-se.

Senti-me culpado pelos resultados da pergunta sobre o talento. Todos nós tínhamos talento e mérito nas nossas áreas ou géneros. Caso contrário, não tínhamos alcançado o sucesso. Porém, deixei-me levar pelo preconceito quando escolhi Cecília. Se estava a responder com sinceridade, achava realmente que o género que escrevia não envolvia tanto talento como os restantes. Podia estar enganado, mas se aquele era o Jogo do Coração, era o que sentia. Baltazar certamente também estava a sofrer o mesmo tipo de preconceito por ser *ghostwriter*, e Ophelia por escrever um género considerado demasiado comercial.

Benjamin devia ter percebido que o escolhi como elo mais fraco na casa. Até devia agradecer-me por lhe estar a dar um ponto. Talvez isso o motivasse a colaborar mais com o resto dos residentes. Baltazar e Ophelia pareceram-me escolhas óbvias, já que tinham demonstrado fragilidades físicas e emocionais ao longo da estada na casa. Ainda assim, era profundamente injusto que tivessem de ser sujeitos a essa humilhação.

— Já chegámos a meio do nosso jogo. As perguntas estão a ficar mais intensas — disse Eli, com uma exagerada excitação. — A que mais revelações e reviravoltas assistiremos esta noite?

Qual o residente com os segredos mais obscuros?

As perguntas estavam a avançar para terreno perigoso, afunilando para informações que ninguém queria divulgar, mesmo que anonimamente. Sabia que aquele jogo ia perturbar a nossa dinâmica na casa, e esse era precisamente o objetivo nefasto de Ash Falls.

Qual o escritor com segredos mais obscuros? Até ali, apenas tinham sido revelados três segredos — de Ophelia, Baltazar e Lucas. Mas podiam ter muitos mais, e talvez até piores. Do que já conhecia de Cecília, Lucas e Baltazar, não me parecia que tivessem segredos assim tão graves. Ophelia era instável, mas não sentia maldade da sua parte. Já Benjamin... carreguei no seu botão, convicto de que não era só por vingança, mas por acreditar que por trás daquela perfeição toda se escondiam segredos terríveis.

Gaspar 3 | Benjamin 2 | Lucas 1

Aquilo que temia estava a acontecer. Metade das pessoas daquela casa desconfiavam dos meus segredos. Não os censurava, dada a minha experiência a esconder coisas. Com pessoas tão inteligentes e sensíveis a viverem diariamente comigo, era natural que tivessem essa opinião sobre mim. Só esperava que isso não significasse que ia passar a ser um alvo a abater.

Quem é o residente menos digno de confiança?
Benjamin 4 | Gaspar 2

Afinal, não era só eu a ter aquela opinião sobre Benjamin. Ou então a estratégia de Cecília já estava a dar os seus frutos. Mas o meu foco estava nos dois votos que tinha recebido. Senti-me traído. Um deles só podia ser de Benjamin. Mas e o outro? Achava que já tinha conquistado os outros quatro, mas, pelo visto, havia alguém com opinião diferente da que demonstrava.

— Estarei a ouvir o som de facas a apunhalar as costas de alguém? — despertou-me Eli, com um humor negro que me irritou. — Afinal, as coisas nem sempre são o que se espera em Ash Falls. Estamos a aproximar-nos do fim, mas ainda há muito a revelar.

Se pudesse salvar apenas um residente, quem seria?
Gaspar 1 | Cecília 1 | Lucas 1 | Baltazar 1 | Ophelia 1 | Benjamin 1

Se tivesse de matar um residente, quem seria?
Ophelia 3 | Gaspar 2 | Benjamin 1

Que significava aquilo? Novamente dois votos de alguém que não confia em mim, a ponto de me escolher para matar. Benjamin continuava no ataque, mas quem era aquela pessoa que me traía de novo?

Faltava apenas uma pergunta para o fim do jogo. Fiz uma rápida retrospetiva de todo o jogo, enquanto Eli se maravilhava com os próprios dotes para a apresentação. Tinha perdido completamente o rumo dos pontos e já não fazia ideia de como estavam as classificações. Ficara demasiado agarrado às perguntas em si e às escolhas de cada participante, esquecendo-me que, afinal, aquilo era apenas um jogo para escolher um vencedor e um perdedor que iria ver o seu segredo revelado. A única coisa de que tinha quase certeza era de que eu não iria perder, dadas as vezes que apareci.

Será que havia cometido um erro ao responder de forma justa e sincera? Era o Jogo do Coração, apesar de tudo, certo? Mas era óbvio de mais que havia ali pessoas a jogar estrategicamente. De facto, que diferença fazia responder àquelas perguntas com sinceridade, se, no final, um de nós teria de revelar um segredo? Agora que pensava nos votos em cada pergunta, havia ali situações muito contraditórias, como Benjamin ter tido mais votos enquanto menos confiável, mas Ophelia ter sido escolhida para matar. Só provava que, afinal, havia escritores guiados somente pela lógica. Devia ter feito o mesmo, mas o mal já estava feito. Votei tanto em Benjamin, pensando prejudicá-lo, mas estava a contribuir para que se safasse de revelar um segredo uma vez mais.

— E chegámos à última pergunta deste emocionante jogo. Têm estado a acompanhar as pontuações? Muita coisa pode ficar decidida com esta última pergunta. No final do jogo, iremos revelar as pontuações finais e uma importante surpresa para todos. Aqui vai a última pergunta da noite!

Quem vai ganhar a final de Ash Falls?

Como responder quando nem sequer sabíamos qual era o raio do prémio daqueles jogos? E quem deveria escolher: o que achava que merecia ou o que achava que realmente ia ganhar? Estava profundamente frustrado. Só me apetecia não responder. Mas não podia ceder àquele impulso. Se tinha jogado até então de forma honesta, ia manter isso na última pergunta. Acabei por escolher Lucas, não só por achar merecido, mas por considerar que era o jogador mais forte e justo, mesmo com o deslize no Jogo da Apanhada.

Lucas 5 | Gaspar 1

Pelo visto todos tinham pensado como eu. Mas o que me agradou mais foi ver que Lucas me tinha escolhido. Aquele pequeno gesto fortaleceu ainda mais a ligação que mantínhamos. Esperava que achasse o mesmo de mim.

— Bem, parece que o nosso Lucas tem uma legião de fãs em casa — disse Eli. — Será que estes últimos votos de popularidade vão fazer a diferença nas classificações finais? Vamos então anunciar as pontuações do Jogo do Coração. Quem venceu e quem perdeu?

Classificações

Lucas Blackburn: 15 pontos

Gaspar Jonas: 13 pontos

Ophelia Amin: 10 pontos

Benjamin Lee: 9 pontos

Baltazar Levi: 7 pontos

Cecília Celes: 5 pontos

— Muitos parabéns ao Lucas por ficar em primeiro lugar no emocionante Jogo do Coração. Felicito também os outros participantes por mais um jogo repleto de emoções fortes e de muitas revelações. Cecília, temos muita pena, mas foi a última classificada do jogo e, como tal, no final do programa, iremos apresentar um dos seus segredos — Eli esboçou uma falsa expressão triste para, imediatamente a seguir, voltar a mostrar um sorriso resplandecente. — Da minha parte, foi um enorme prazer estar na vossa companhia. Boa noite a todos e até ao próximo jogo!

A despedida de Eli veio acompanhada de aplausos e assobios ainda mais efusivos do que ao longo do programa. Logo de seguida, a emissão passou para a transmissão do segredo de Cecília.

Era aflitivo e visceral ver o segredo de outra pessoa ser revelado de forma tão leviana. Em poucos minutos, a vida íntima da pessoa era explorada como se se tratasse de ficção e não de algo pessoal que se pretende que fique oculto. Aquele era o quarto segredo a que assistia, e era sempre duro. A minha tendência até então era comparar os segredos daquelas pessoas com os meus. Não podia evitar sentir-me aliviado por ver a desgraça alheia e não a minha. Era algo tão humano, sentir-me bem ao ver que os outros também têm segredos e infelicidades, mas nem por isso deixava de me sentir culpado ao reconhecê-lo.

Não julguei Cecília pelo que vi, da mesma forma que não julguei Ophelia, Baltazar e Lucas. Aliás, até me fazia sentir mais próximo deles. Ver os segredos dos outros e toda aquela vulnerabilidade ajudava, quando se queria aproximar de alguém, facilitando uma antecipação dos seus comportamentos e sentimentos. Não tinha sido por isso que pesquisara exaustivamente cada um deles antes de entrar na casa? Antes de sermos escritores, éramos pessoas, humanos com defeitos e virtudes. Não era só aquela experiência que nos unia. Eram também os nossos passados e traumas.

Imaginei Cecília ajoelhada na sua sala, em desespero, ao ver o seu segredo agora na mente e memória de outros. Não pude deixar de pensar se não fora o *karma* a fazer das suas, por Cecília se ter atrevido a criar uma aliança que viciasse o jogo. Acreditava que havia muita manipulação da parte de Ash Falls, pelo que aquilo podia simbolizar um castigo. O meu coração estava consigo, mas também com Ophelia, Baltazar, Lucas e até Benjamin. Tudo o que eu mais queria era que os outros sentissem o mesmo por mim.

O odor acre do gás soporífero inundou a sala. Antecipando a inconsciência que se aproximava, deitei-me no chão frio e esperei.

*

Acordei com a luz do Sol a bater-me na cara, que, de alguma forma, encontrara caminho por entre as árvores e a minha estreita janela para me despertar. Senti uma forte indisposição e tonturas, possivelmente efeitos secundários do gás, pensando até que ponto é que aquelas constantes inconsciências forçadas não estavam a prejudicar a nossa saúde.

A casa parecia silenciosa. Por um lado, temia enfrentar os outros, tendo em conta os votos no Jogo do Coração. Apesar de ser um jogo anónimo, qualquer um deles era perspicaz o suficiente para desconfiar quem votara em quem. Por outro lado, sentia falta do calor de cada um deles e queria ter a oportunidade de confortar Cecília, tal como tentei fazer com os outros. Como teria cada um deles reagido ao longo do jogo? Que estariam a pensar agora?

Sentei-me na cama e esfreguei as têmporas, sentindo as tonturas dissiparem-se gradualmente. Quando saí do quarto, vislumbrei a porta da sala das máquinas arrombada, uma energia negativa e misteriosa continuava a emanar de lá.

Chegando ao piso acima, percebi que não estava sozinho. Baltazar estava na cozinha e Ophelia sentada no sofá com um livro no colo. O primeiro sorriu-me gentilmente e cumprimentou-me, como habitualmente fazia. Já Ophelia lançou-me um olhar duro, difícil de decifrar, e rapidamente regressou ao livro. Foi aí que compreendi que, ao longo do jogo, não dera conta de qual tinha sido a sua vantagem. Mas a forma como olhou para mim, aquele gelo que regressava, fez-me sentir como se tivesse sido feita alguma coisa que a antagonizara.

Não sei se foi daquele comportamento de Ophelia ou dos efeitos secundários do gás a regressar, mas senti o estômago revoltado e tive de correr para a casa de banho. Quase não tive tempo de chegar à sanita para vomitar o pouco que ainda mantinha no estômago.

Ajoelhado, limpei a boca com as costas da mão, sentindo-me melhor, mas enojado. Reparei em algo que escorregara para fora do bolso das calças — um papel dobrado. Desdobrei-o disfarçadamente, revelando um mapa desenhado à pressa, com um X assinalado algures entre as montanhas e a casa, e algumas palavras na mesma caligrafia do bilhete deixado por baixo da porta da sala das máquinas.

Hoje, pôr do sol!

O segredo de Cecília Celes

— Dona Maria, como estamos hoje? — perguntou Cecília, abrindo as cortinas daquele parco quarto. Ajeitou a farda branca e pôs as mãos nas ancas a observar a idosa ainda ensonada na sua cama.

— Bom dia, minha querida. Perdoa-me o terrível estado em que estou, mas a noite não foi fácil — contou a mulher, sentando-se na cama com dificuldade.

— Pois, já ouvi dizer. Mas comecei agora o meu turno, vai tudo ficar bem mais animado — disse Cecília, numa voz jovial, ajudando a mulher.

— Não sei o que faria sem ti, minha menina. As outras são sempre tão carrancudas, tão «funcionárias de lar de idosos». És a mais nova daqui e, no entanto, és a mais atenciosa.

— Estou apenas a fazer o meu trabalho. Vocês é que tornam tudo mais fácil para mim.

— Não sejas mentirosa. És uma jovem na flor da idade. Ainda que esteja feliz por estares aqui, isto não é sítio para alguém com tanta luz como tu. O mundo espera por ti.

— Bem, dona Maria, vai ter de continuar à espera, pois, com esta crise que vai para aí, não me posso dar ao luxo de perder este emprego.

— Ridículo. As crises são passageiras, mas a juventude também. Olha bem para mim e para todas as minhas rugas.

— Está ótima! Aposto que era uma *femme fatale* quando tinha a minha idade.

— As histórias que eu te podia contar — riu-se a mulher idosa. — Mas não falemos de mim. Vá, fala-me do teu encontro da noite passada.

— Um desastre — contou ela, sentando-se na ponta da cama. Ele era um idiota sem personalidade. Ao menos pagou o jantar...

— Tu mereces alguém brilhante, minha querida. Alguém como tu. Isso lembra-me de que podemos *brincar* um bocadinho — disse a velhota, alcançando a gaveta da mesa de cabeceira e tirando uma caixa castanha.

— Dona Maria, sabe bem que não acredito muito nisso. Sou demasiado cínica para essas coisas.

— Não precisas de acreditar, apenas de ouvir.

A mulher abriu a caixa e tirou de lá um baralho de *tarot*. Lá dentro também estavam cadernos em que escrevia afirmações positivas, ensinamentos, lições de esoterismo, alguns cristais e amuletos, coisas que acumulara ao longo de uma vida dedicada àquela área. A mulher já tinha contado a Cecília que aquela seria uma das heranças deixadas à neta, toda uma vida de preciosa sabedoria transmitida a uma rapariga insípida que a visitava uma vez por mês.

— Vá, tira cinco cartas — pediu a mulher, estendendo-lhe o baralho em leque por cima das mantas. Cecília acabou por ceder e tirar as cartas. — Ora bem, tens realmente aqui boas cartas: tens uma grande transformação a chegar, algo que te vai trazer muita prosperidade e fama. Mas também tens aqui aproveitamento. Tens de ter cuidado com os que te rodeiam.

— Portanto, vou ser rica e famosa e ter sanguessugas atrás de mim, é isso? Parece-me bem — disse Cecília, retomando o seu trabalho de arrumação do quarto e ligando a televisão num dos canais que passava um *talk show* da manhã.

— Eu sei que desvalorizas estas coisas, querida. Mas um dia, quando chegares à minha idade, vais lembrar-te destas *baboseiras* que digo e vê-las numa outra perspetiva.

Os apresentadores do programa entrevistavam um escritor que se dedicava a publicar livros de autoajuda. Cecília achava tudo aquilo uma parvoíce, uma série de lugares-comuns e frases feitas para os fracos de espírito que precisavam que lhes dissessem coisas óbvias.

— Está a ver, dona Maria? — perguntou Cecília, mudando as fronhas das almofadas. — A autoajuda está na moda agora. Se calhar devia aproveitar e publicar os seus ensinamentos. Ficava rica e gozava a sua velhice numa ilha paradísica qualquer.

— Que maravilha seria! — riu-se a mulher. — Mas já é tarde de mais para mim. Talvez a minha neta... ela herdou este meu lado mais intuitivo. Tenho a certeza de que vai aproveitar tudo o que acumulei e lhe ensinei.

— Nunca é tarde, dona Maria.

— Estás a ver? Já te contagiei de alguma forma — riu-se a mulher.

No dia seguinte, Cecília começou o seu turno no quarto da mulher, uma confortável rotina de meses. Começou por abrir as cortinas, cumprimentando-a. No entanto, não houve resposta. Olhou para a mulher na cama. Estava de olhos abertos e vidrados na direção do teto, a sua pele gelada como uma noite de inverno. Morta.

Naquela residência, o rígido procedimento ditava que teria de chamar imediatamente uma enfermeira. No entanto, Cecília deixou-se ficar alguns momentos a olhar para a mulher, o choque inicial a dar lugar a uma profunda tristeza. Tinha começado aquele trabalho completamente contrariada, um último recurso para ganhar dinheiro, depois de meses e meses à procura de um trabalho naquela terrível economia. Não era de todo um trabalho de sonho, mas tinha de admitir que fora conquistada por pessoas como a dona Maria.

Antes de sair do quarto para chamar a enfermeira, olhou para a gaveta da mesa de cabeceira onde estava a caixa com todos os artefactos e sabedoria dela. Depois olhou para a televisão e lembrou-se do programa do dia anterior. Seria possível que o segredo para se livrar daquele trabalho estivesse naquela caixa? Estaria ali a chave para a fama e prosperidade com que sempre sonhara?

Sem pensar duas vezes, Cecília tirou a caixa da gaveta. Avançou furtivamente pelo corredor até ao seu cacifo e guardou-a lá dentro. Ninguém iria dar por ela. Naquela residência, os idosos eram ignorados e todos os seus pertences eram encarados como uma dor de cabeça, especialmente quando morriam.

Procurou pela enfermeira e seguiram-se todos os procedimentos para retirar o cadáver de lá. Nessa mesma tarde, foi-lhe pedido que lavasse e desinfetasse todo o quarto, pois no dia seguinte já iria receber novo hóspede. Eram como gado ali.

Enquanto esfregava o chão com uma escova, ao final da tarde, a neta da mulher entrou no quarto. Tinha os olhos inchados e vermelhos. Apesar de ter negligenciado a avó durante meses, Cecília sentiu aquela tristeza como sincera. Não a conhecia, pelo que seria injusto julgá-la por aquelas ausências.

— Boa tarde. Pediram-me que viesse buscar as coisas da minha avó — anunciou a rapariga numa voz trémula.

— Sim, está tudo em cima da cama. Lamento muito pela sua perda.

— Obrigada.

Pelo canto do olho, Cecília viu a rapariga a enfiar tudo dentro de um saco de plástico. Quando terminou, pareceu estar à procura de mais alguma coisa, abrindo as gavetas agora vazias.

— Procura alguma coisa? Esvaziámos tudo, conforme as normas.

— A minha avó falou-me numa caixa com alguns livros e objetos. Não estou a vê-la em lado nenhum.

— Uma caixa? Não me recordo de ter visto nenhuma caixa — mentiu Cecília. — A dona Maria, nos últimos tempos, já não andava muito bem. Notei-a muito desorientada nas últimas semanas. Talvez a caixa esteja em casa, não sei.

— Sim, talvez. Muito obrigada pela sua dedicação.

A rapariga saiu do quarto, ainda mais cabisbaixa. Cecília sentiu-se culpada por se sentir feliz ao perceber que a neta não tinha desconfiado de nada. Pelo menos, nada no seu comportamento mostrara isso. Mas o mal já estava feito, e nada nem ninguém tinha o direito de lhe retirar o brilho de esperança que acabara de roubar. A mulher estava condenada. Cecília tinha toda uma vida à sua espera.

Depois de terminar a limpeza do quarto, fechou a persiana e, da porta, olhou uma última vez para a cama. Por momentos, achou ter visto a mulher lá deitada novamente. No entanto, não lhe sorria afavelmente como era habitual. No seu rígido rosto havia desilusão e condenação, como se a própria Morte estivesse a fixá-la. Cecília apagou a luz do quarto, fechou a porta e seguiu o seu caminho de transformação e sucesso que a mulher vira nas cartas.

19

O Jogo do Coração ter tido pouca intervenção nossa acabou por ser uma bênção para a minha missão secreta em Ash Falls. Depois de levarmos os escritores da casa para as respetivas salas de jogo em cadeiras de rodas, fomos informados de que estávamos dispensados. Deixei Gaspar na sala vazia e regressei para a sala comum com os outros, a maioria claramente desapontada por não fazer parte do novo jogo, não podendo sequer assistir.

Já eu... vi naquela situação uma oportunidade. De certeza que as hierarquias iam estar ocupadas com o jogo. Por isso, podia vasculhar à vontade.

Sentei-me com os outros durante alguns minutos. Erik jogava um jogo de tabuleiro com mais dois colegas, rindo e falando de «gajas» que tinham «comido» lá fora. Sentada num dos sofás a assistir a uma série na pequena televisão que instalaram para nós, Maya revirava os olhos com a conversa. Passado algum tempo, anunciei que ia para o quarto dormir. Certificando-me de que ninguém me tinha seguido, fui até ao balneário.

De volta à conduta de ar, rastejei até encontrar uma tampa grande o suficiente que me permitisse sair numa das salas dos corredores proibidos. Desta vez, levei um corta-unhas comigo para me ajudar a abrir as tampas de forma silenciosa. Acabei por ir dar uma casa de banho privativa. Havia ali utensílios, mas estavam tão meticulosamente organizados que parecia uma divisão-modelo. Do outro lado da porta, o quarto parecia igualmente arrumado e impecável, e sem algum tipo de elemento que me permitisse saber quem dormia ali. Sendo um quarto privado, só poderia ser de alguém da alta.

Procurei rapidamente em gavetas e armários, mas não encontrei nada de especial. Quando saí do quarto, fui confrontado com um escritório, achando eu que ia dar imediatamente ao corredor. Ao contrário dos escritórios de Walt ou Eli, aquele era muito mais vazio e parco, como se o seu dono passasse ali pouco tempo. Abri o computador portátil. Estava protegido por uma *password*, mas dava para ver o nome de utilizador — Oscar.

Estava nos aposentos do meu chefe direto. Não era pessoa de me sentir intimidado pelos outros, mas a sua postura impunha tanto respeito, que me deixava desconfortável. Não tinha estado na tropa, mas imaginei que fosse isso que um soldado sentia com os seus superiores.

Mas Oscar não estava ali. Se me tinha arriscado a chegar até ali, mais valia aproveitar. O computador estava fora de questão. Tentei as gavetas dos armários de arquivo que lá estavam. Infelizmente, não havia muito de útil por ali: documentos e folhas sem grande interesse, nada que revelasse o grande mistério de Ash Falls. Talvez o mais importante estivesse guardado apenas digitalmente. Porém, Oscar parecia-me ser um homem com hábitos antigos. Tinha de haver algo naquela sala que me servisse para alguma coisa.

Reparei que o computador estava em cima de uma base na secretária. Levantei a base e bingo, ali estava algo útil. Parecia-me um mapa pormenorizado da floresta, com a casa no centro, a base de operações, as montanhas, o lago, a casa abandonada e outros locais que desconhecia. Mas não foi só isso que me fez arregalar os olhos. Era um mapa com os locais da floresta que tinham câmaras, dezenas de pontos vermelhos espalhados por todo o lado. A clareira que dava para o penhasco também tinha uma câmara, mas pareceu-me que estava longe o suficiente para não me ter apanhado a deixar Gaspar escapar.

Agarrei numa folha branca e num lápis e copiei o máximo daquele mapa. Enquanto o fazia, pensei em mais uma arriscada estratégia. E se eu arranjasse uma forma de me encontrar secretamente com Gaspar? Ainda que considerasse que não me estava a sair mal, já não faltava assim tanto tempo para o programa Ash Falls terminar e não estava a fazer progressos consideráveis. Precisava da ajuda dele. Agarrei em mais uma folha de papel e enfiei-a no bolso das calças, juntamente com o lápis.

Quando me preparava para regressar, o meu coração parou ao ouvir passos lá fora e uma chave a entrar na fechadura. Esgueirei-me rapidamente para o quarto, percebendo que não ia ter tempo de trepar pela conduta de ar. Atirei-me para o chão e rebolei para debaixo da cama. Tentei manter a calma, mas lembrei-me de que a tampa da conduta tinha ficado no chão da casa de banho, encostada à sanita.

Reconheci imediatamente as botas de Oscar quando entrou no quarto. Com o jogo a decorrer, que estava ali a fazer? Teria acabado mais cedo? Se sim, eu estava igualmente em apuros, não estando presente para levar o Gaspar de volta a casa. Oscar suspirou e sentou-se na cama, esmagando o meu corpo. Tive de virar a cara de lado para não me magoar. Ouvi o som de teclas de telemóvel, o toque de chamada e a voz de uma mulher a atender.

— Olá, amor. Desculpa-me por não ter atendido, mas sabes bem que não consigo, quando as reuniões estão a decorrer. Está tudo bem? [Pausa preocupada.] Não, não te estou a desvalorizar. Sei que se ligas é porque precisas. [Pausa.] Também tenho saudades tuas. Mas esta viagem de negócios está quase a terminar. Mais umas semanas de reuniões, contratos e protocolos, e em menos de nada estou de volta. [Pausa com suspiro.] Não, não estou aborrecido, é só o idiota do meu chefe que... [Pausa.] Eu sei, linda. Eu sei que estás fragilizada e precisas de mim, mas ambos acordámos que esta oportunidade ia ser ótima para ti e para a tua operação. Precisamos deste dinheiro. [Pausa mais preocupada.] Não precisas de chorar, não estou chateado contigo. Estás melhor? Os miúdos estão bem? [Pausa.] Ótimo, nada me deixa mais feliz do que ouvir isso. Amor, tenho de regressar. Amo-te muito!

Depois de mais um longo suspiro, Oscar saiu. Quando ouvi o trancar da porta no escritório, saí rapidamente dali, subindo pela conduta e voltando a tapá-la. Afinal, Oscar não era o robô que achava ser. A conversa com a suposta esposa fez-me ver que até as altas hierarquias estavam naquela conspiração por dinheiro, não meramente por ganância ou ambição.

A meio caminho da conduta, saquei das duas folhas e desenhei outra cópia que iria sorrateiramente introduzir no bolso de Gaspar, quando levasse o seu corpo inconsciente de volta a casa. Copiei tudo, exceto a localização da base. Ainda não sabia até que ponto podia confiar nele, pelo que não ia arriscar estragar tudo com essa revelação. Certamente os escritores já saberiam que a sala das máquinas ligava a casa a uma base de operações, mas desconheciam a sua localização. Também tinha de pensar que não me podia afastar muito da base, nem durante muito tempo, ou iriam desconfiar. Analisei bem a localização das câmaras e acabei por optar por um círculo de rochas entre a base, a casa e as montanhas. Tracei uma linha da casa até lá, de forma que evitasse as câmaras, e rezei para que resultasse.

Já no corredor, Maya saía do meu quarto. Parecia chateada.

— Onde estavas, Matias? Procurei por ti em todo lado!

— Fui fumar lá fora...

— Não, não foste! Estive lá fora e não te encontrei.

— Meu, que irritante, Maya! Fui fumar e depois fui à casa de banho. Para de me controlar! — berrei eu.

— O jogo já terminou, os outros já regressaram às salas para levar os escritores de volta. Para variar, estamos atrasados e tudo por tua culpa.

— Tens razão, sou um idiota — disse eu, sentindo-me realmente como um. — Desculpa. Vamos então.

— Falaremos sobre isto mais tarde — rematou ela, praticamente correndo para a área onde os jogos eram montados.

Pela primeira vez, desde que me tornara numa espécie de agente duplo lá dentro, senti que Maya não deveria ser subestimada e que poderia ser um problema para mim.

20

Olhei uma vez mais para o mapa desenhado à pressa. Do que pude perceber, aquela linha até ao conjunto de rochas evitava algumas câmaras que estavam espalhadas pela floresta. Notei que o meu perseguidor (até saber o seu nome, não me ocorria nenhuma outra forma para me referir a ele) tinha evitado localizar a base no mapa. Prudente, tal como eu seria. Com o Sol a pôr-se atrás de mim, apertei o bolso, certificando-me de que trouxera a lanterna comigo, ou iria certamente perder-me.

O dia tinha-se arrastado lenta e dolorosamente, antecipando o encontro. Estava apreensivo sobre o que iria acontecer, imaginando mil e uma hipóteses, como «é uma armadilha de Ash Falls», «ele vai matar-me por vingança», ou «vai estar lá outra pessoa à minha espera».

O ambiente da casa estava estranho. Todos tinham optado por não falar sobre o Jogo do Coração, o que aliviava tanto como afligia. Parecia que não tinha acontecido, mas, algures nos labirintos das mentes e corações, tinham sido lançadas perigosas sementes para algo que podia crescer e explodir a qualquer momento. Compreensivelmente, Cecília não quis sair do quarto, mas ao menos respondia-nos quando falávamos com ela do outro lado da porta. Baltazar e Lucas estavam normalíssimos, nalguns momentos até em brincadeiras um com o outro. Benjamin mantinha-se frio como sempre, lendo um livro no deque de manhã e recolhendo-se no quarto de tarde. Já

Ophelia era uma intriga constante. Depois daquele comportamento de manhã, tratara-me de forma normal e até gentil ao longo do dia. No entanto, até podia ser da minha cabeça, mas já não me parecia genuíno, mas mais estratégico.

Ansioso por aquele encontro, não consegui escrever nada à tarde, optando por arrumar o caos de roupa, papéis e pacotes que se ia acumulando à minha volta. Aproximando-se o final de tarde, Lucas e Baltazar preparavam o jantar. Quando disse que ia caminhar para aclarar as ideias, estranharam e até se ofereceram para me acompanhar. Recusei educadamente, dizendo que precisava de estar sozinho para ganhar inspiração para a história.

O círculo de rochas não era longe de casa. Passados alguns minutos, avistei o cinzento-azulado das pedras. Conseguia ouvir o meu coração a bater fortemente no peito, mesmo no meio dos ruídos da floresta, quando lá entrei. O meu perseguidor já lá estava à minha espera, encostado às rochas. Agora que o via fora da confusão de uma tempestade e de um combate, pude confirmar que era realmente jovem, teria talvez uns dezanove ou vinte anos. Era mais alto do que eu, mas algo na sua postura revelava ainda muita imaturidade.

— Isto é muito estranho. Tenho-te observado de longe e carregado o teu corpo, mas, agora que estás acordado a olhar para mim, é muito constrangedor.

— Imagina para mim, que desconhecia que alguém fazia isso até agora — brinquei eu. Ele estava nervoso, mas não era bom a escondê-lo como eu. Tinha de apalpar terreno com cuidado para não o assustar. — O teu nome é?

— Matias. Prazer, Gaspar. Oficialmente — sorriu ele.

— Gostaria de dizer o mesmo, Matias, mas, em todo o caso, estou muito contente por teres decidido ajudar-me. Se é que é isso de que se trata...

— Sim, sim, claro. Estou aqui por isso mesmo. Depois de me ajudares naquele penhasco, decidi ajudar-te também.

— Então a tua decisão é puramente altruísta?

— Não necessariamente — respondeu ele, depois de alguma hesitação. — Pessoas como eu e como os outros cinco operacionais têm *backgrounds* complicados, e o dinheiro é uma questão de sobrevivência. Por isso, somos funcionários perfeitos, que não questionam o que se está a passar aqui.

— Mas enganaram-se contigo, é isso?

— Gosto de pensar que sim — declarou ele, com um sorriso travesso. — A falta de dinheiro também faz alguém como eu ser mais desenrascado. Por isso, ao decidir ajudar-vos, também percebi que posso ganhar dinheiro no processo.

— Não sei o que diz no meu processo de candidatura a Ash Falls, Matias, mas eu sou o que se pode considerar um escritor falhado. A minha carreira foi interrompida, e não me parece que tenha dinheiro suficiente para te pagar por isto.

— Não, nada disso! Refiro-me a Ash Falls. Ainda não sei ao certo o que está por trás disto tudo. Como operacionais, não nos foi revelado nada. No entanto, só pode ser algo ilegal. E em tudo o que é ilegal há dinheiro envolvido, certo? Estas pessoas são perigosas, mas não a ponto de não terem podres que possamos explorar.

— Portanto, este nosso encontro significa que nos queres ajudar, mas também extorquir dinheiro a Ash Falls, é isso?

— Di-lo-ia por outras palavras, mas sim.

— De que forma nos podemos ajudar então? De que me podes informar sobre Ash Falls?

— Não de muito. Como disse, nós somos ralé lá dentro. Muitos corredores e salas trancadas, e funcionários que nos tratam como lixo. Mas estou a trabalhar nisso. Consegui entrar no escritório do Oscar e descobrir o mapa das câmaras na floresta.

— Tens razão, isto será muito útil — disse eu, apontando para o mapa na minha mão. — Que mais podes fazer para nos ajudar?

— Foi por isso que marquei este encontro. Estou lá dentro, mas sinto que não consigo avançar mais. Preciso da tua ajuda. Acho que estão a preparar algo grande, que os pode prejudicar bastante.

— Sim, lembra-te da chantagem que nos estão a fazer. Eles têm-nos na mão com os segredos que sabem sobre nós.

— Isso é lixado, meu. Não sei o que faria se fizessem isso comigo. Mas vocês dão demasiada importância a isso. Não se podem deixar abalar, como tem estado a acontecer.

Matias era bem-intencionado, mas, apesar de esperto, não me parecia astuto o suficiente para descobrir mais sobre aquele programa residencial, ou até mesmo para destruir Ash Falls a partir de dentro.

— Quem está a mandar verdadeiramente? — perguntei.

— Aqui na base, o mandachuva é o Eli Martin. É ele que está à frente de tudo, inclusive dos jogos e dos segredos. O Oscar é o nosso superior e tem uma relação tensa com o Eli. O Walt anda ali só a passear, ninguém lhe dá grande valor. Mas já ouvi o Eli ao telefone com o suposto presidente de Ash Falls e pareceu-me alguém que o intimida bastante.

Eli Martin pareceu-me ser o alvo a abater lá dentro e a pessoa que guardava a solução para desvendar o que estava por trás de tudo. Com o pouco tempo que tínhamos, talvez o mais eficaz fosse derrubá-lo diretamente.

— Não consegues explorar essa tensão criada entre os três? Pode ser uma forma de se conseguirem mais informações.

— Nem pensar, isso é mais a cena dos escritores. Não tenho muito jeito para manipular pessoas. Além disso, nenhum deles iria confiar em mim para dizer fosse o que fosse. Sou um puto subalterno.

— E encontrar informações nos computadores pessoais?

— Já tentei. Tudo protegido por *passwords*. E já é uma treta para conseguir alcançar as áreas fechadas, nunca tenho muito tempo para vasculhar as coisas sem que deem pela minha falta.

Começava a perceber o porquê de ter procurado a minha ajuda. Acabava por não ser muito diferente de nós, escritores, atraídos para uma fantástica oportunidade para, depois, descobrir que somos ignorantes prisioneiros. Numa situação normal, acobardar-me-ia, mas a própria experiência de Ash Falls estava a mudar-me. Tínhamos de ser mais incisivos e mostrar que subestimar-nos era um erro.

— Sabes quando vai acontecer o próximo jogo e sobre o que é? — perguntei.

— Só conhecemos os jogos umas horas antes de se realizarem. Muitas vezes nem estamos presentes quando acontecem, como foi agora no Jogo do Coração. Não me parece que eles tenham um plano. O Eli vai organizando a coisa um bocado em cima do joelho, conforme o que vocês escrevem.

— Faz sentido, se realmente os jogos se relacionam com o desenrolar dos nossos livros. Nesse caso, há alguma possibilidade de me manteres acordado, enquanto me levas para os jogos ou regresso a casa?

Matias não esperava aquela pergunta. Começou a caminhar de um lado para o outro, avaliando a possibilidade.

— Que pensas fazer se estiveres acordado?

— Pensarei em algo. Quando muito, conseguirei ouvir ou descobrir alguma coisa importante.

— Há uma forma. Ouvi alguém contar que o gás utilizado para os deixar inconscientes é de última geração. Mas há um antídoto para as situações em que um funcionário o inala acidentalmente.

— Então a tua missão é arranjares esse antídoto para mim. Entretanto, tenta obter o máximo de informação possível. Consegues fazer isso por nós, Matias?

— Sim, claro — afirmou ele, com um olhar determinado.

— Há alguma forma de nos voltarmos a encontrar, caso surjam novidades?

— Deixa isso comigo — prometeu Matias, desaparecendo, com um sorriso tão juvenil quanto malandro, algo que me lembrava Lucas.

Só ao ficar sozinho no círculo de rochas, reparei em como já estava escuro. Tinha de regressar rapidamente ou ia preocupar os outros. Depois daquele encontro, sentia um misto de emoções. Por um lado, estava contente por consolidar a colaboração com alguém que trabalhava dentro de Ash Falls. O acordo quase parecia saído dos próprios livros que escrevíamos. Por outro lado, ainda não confiava totalmente em Matias. Apesar das provas que já me tinha dado, parecia-me imaturo de mais para aquele tipo de atividade mais obscura. Ainda assim, era a única arma eficaz que tinha.

Em poucos minutos, avistei as luzes da casa. Quando lá cheguei, Baltazar estava a fumar no alpendre. Ao ver-me, apagou o cigarro num cinzeiro e dirigiu-se a mim chateado.

— Estava quase a sair para ir à tua procura. Onde estiveste? Já é de noite.

— Desculpa, Baltazar. Tive um daqueles momentos de inspiração, enquanto caminhava, e perdi a noção do tempo. Não me afastei muito para não me perder. Tive sempre a casa no meu campo de visão.

— Tudo bem — respondeu ele, suavizando a expressão do rosto. — Fiquei apenas preocupado. Sei que o sentido de orientação não é o teu forte.

— E eu agradeço a preocupação — disse eu, tocando-lhe no braço ao de leve. — A Cecília como está?

— Não estás a ouvir? — perguntou ele, apontando para a janela iluminada do quarto dela.

Reparei então que havia música alta a tocar em casa, abafada pelas suas robustas paredes. Entrando com Baltazar, pude presenciar realmente o volume exagerado da música a tocar no quarto de Cecília. Parecia *K-Pop*, como ela gostava. Lucas estava sozinho à mesa a beber uma cerveja, descalço e a escrever rabiscos num papel.

— Ei! Deixem a miúda em paz — disse ele, a rir. — Cada um expulsa os seus demónios da forma que quer. Preferia que fosse outro tipo de música, mas que seja.

Não foi o som alto a preocupar-me, mas sim o vislumbre que tive de Benjamin e Ophelia à conversa no deque. Partilhavam uma garrafa de vinho e pareciam estar a ter uma conversa descontraída. Não podia deixar que a paranoia me dominasse, mas, depois do Jogo do Coração, aqueles dois juntos deixavam-me ansioso. Especialmente se estavam a aprofundar a relação.

— Vamos só ver se está bem, não vá a música estar a ser usada para disfarçar outras coisas.

Eu, Lucas e Baltazar subimos a escada e batemos à porta de Cecília. Desta vez abriu, revelando uma visão de êxtase e cor. Da forma como estava vestida e dançava e saltava pelo quarto, rodeada por luzes, penas de almofada e papel rasgado, Cecília parecia uma fada do caos. Apesar disso, parecia totalmente animada quando puxou os três para o interior do quarto e nos obrigou a dançar ao som da frenética música. Lucas entrou logo na brincadeira, rodopiando com ela e saltando em cima da cama como uma criança. Até o desengonçado Baltazar começou a dançar de forma engraçada, o que me levou a explodir de riso e a entrar na dança como o trapalhão que era.

— Que se fodam os segredos! Que se fodam os jogos! Que se fodam os livros! — berrou Cecília, fazendo um manguito para todos os cantos do teto.

— *Fuck it all!* — berrou Lucas, juntando-se a Cecília.

Era dessa mesma a energia a correr nas nossas veias que precisávamos.

Que se foda Ash Falls!

21

Já era um dado adquirido que, quando as minhas relações em casa se fortaleciam, era mais produtivo e criativo. Já estava bem avançado no meu livro e, se continuasse naquele ritmo, era bem provável que terminasse antes do final de Ash Falls. Pensar nisso era um misto de alívio, medo e angústia. É certo que todos estávamos desejosos de ser libertados daquele pesadelo. Mas, na verdade, tínhamos criado ali algo especial, que iria terminar no fim do programa residencial. Agora sabia o que sentiam aquelas pessoas que eram fechadas em casas nos *reality shows*. Ninguém falava sobre isso por enquanto, demasiado concentrados nos respetivos livros e na antecipação nervosa dos próximos jogos. Porém, a vida para lá de Ash Falls ainda era uma incógnita. Iríamos denunciar os seus atos? Regressar à vida normal como se nada fosse? Continuar amigos?

Tinham-se passado quatro dias desde o encontro com Matias. Até agora, nada de contactos da sua parte. Olhava constantemente para a janela do quarto, para o interior da sala das máquinas e até para os bolsos das calças, não fosse ele entrar sorrateiramente enquanto dormia. Mas nada. Esperava que o motivo fosse não ter novidades e não ter sido apanhado ou pior. Não sabia com que pessoas estávamos a lidar, nem do que eram capazes, e Matias parecia-me demasiado jovem para se conseguir defender do peso de uma organização secreta.

Estava a manter o meu trunfo em segredo, mas começava a sentir-me culpado por isso. Por diversas vezes, tive vontade de contar tudo aos outros, mas ainda não era o momento. Precisava de elementos mais consistentes para que o efeito fosse maior e me considerassem inegavelmente um herói. Precisava disso! Ainda não tinha pensado no que fazer durante o próximo jogo, em que Matias me prometera que iria ficar acordado. Assustava-me a própria situação, pois não sabia se ia ter sangue-frio o suficiente para aquele tipo de ato sorrateiro. Seria um daqueles momentos em que descobrimos algo adormecido em nós. Ou então não.

Quando saí do quarto, Ophelia estava sozinha na despensa. Ao longo daqueles dias, as nossas interações tinham sido perfeitamente banais. Aliás, até Benjamin me tratava de forma muito cordial, interagindo com frequência com todos os outros elementos da casa. Mas sentia que algo errado havia com aqueles dois. Podia ser da minha cabeça, mas apanhava qualquer coisa na subtileza de alguns olhares, gestos ou conversas.

— Bom dia, Ophelia. Se precisares de ajuda a encontrar alguma coisa, diz-me. A despensa tem sido um segundo quarto para mim — gracejei eu.

— Bom dia — cumprimentou ela, algo surpreendida com a minha presença. — Procurava arroz de risoto. Não tinha a certeza de que havia, mas já encontrei, obrigada. Hoje o almoço está por minha conta.

— Parece-me uma delícia! Posso oferecer-me para ajudar? De que precisas mais?

— Hum... cogumelos e *bacon*, talvez. O resto penso que já está lá em cima.

Perscrutei as prateleiras e a arca em busca dos ingredientes. Enquanto o fazia, Ophelia mantinha-se em silêncio, a passar as mãos pelos alimentos da despensa como se estivesse às compras. Ela era daquelas pessoas cujo silêncio me incomodava bastante, e a minha mente estava já a pensar em algo para preencher aquela terrível quietude.

— Espero que o teu trabalho esteja a correr bem. Hoje tive uma manhã produtiva, foi ótimo.

— Está sim, obrigada por perguntares. O jogo acabou por me inspirar para fazer algumas mudanças.

— Boa, ainda bem. É bom conseguirmos usar algo negativo e transformá-lo em algo produtivo. Já agora, hoje lembrei-me de uma coisa de que, penso, nunca se chegou a falar. Qual foi afinal a vantagem que tiveste no jogo? — perguntei, de modo muito informal.

— Engraçado, ainda ninguém me tinha perguntado isso. Por algum motivo, as pessoas da casa parecem ter medo de mim — disse Ophelia, com o sorriso mais passivo-agressivo que alguma vez vi. — A minha vantagem foi muito simples, Gaspar. Ao longo do jogo, pude ver quem respondeu o quê em cada questão.

O meu sangue gelou como se tivesse feito alguma coisa contra ela. No entanto, sabia que não tinha escolhido o seu nome uma única vez. E foi então que percebi que o problema estava aí.

— Quando me abri contigo na floresta, achei que tínhamos criado algo especial. Nem digo que me tivesses escolhido nas questões mais positivas, mas nem sequer me ajudaste a ter pontos. Foi só graças às opiniões negativas dos outros que me safei do último lugar. Mas eu entendo, preferes a companhia da sonsa da Cecília ou do doido do Lucas.

— Ophelia, não foi nada disso. Fomos forçados a jogar um jogo em que apenas podíamos votar numa pessoa para cada questão. Eu optei por jogar com sinceridade — respondi, com tensão na voz. Se Ophelia estava ofendida com isso, estava a ser profundamente injusta, ainda que a crise de ciúmes me lisonjeasse de alguma forma.

— Tudo bem. Não estou chateada, Gaspar. Apenas desiludida. Já estou habituada a esperar este desdém por parte dos outros. Ah, espera. Tu já sabias, estava tudo no meu segredo. O segredo da psicopata.

— Estás a ser injusta, Ophelia. Não te fiz nada para merecer essa negatividade, antes pelo contrário.

Ophelia fixou-me com os seus gélidos olhos, e o rosto acabou por se suavizar, reconhecendo que estava a exagerar.

— Tens razão, desculpa. Vamos esquecer tudo e preparar o almoço, pode ser?

— Perfeito — sorri eu.

Ainda não tinha a capacidade de descodificar plenamente Ophelia para perceber se realmente tudo estava esquecido ou se a mágoa estava apenas abafada. Porém, por agora, tudo parecia estar bem. Com os ingredientes nas mãos, antes de sairmos, Ophelia interpelou-me uma vez mais.

— Só um aviso, Gaspar. E só o estou a fazer, porque tiveste a decência de falar comigo, ainda que com dias de atraso. Tem muito cuidado com a tua amiguinha Cecília. Antes do jogo, ouvi-a no deque a falar com o Lucas sobre alianças e estratégias. Tens a certeza de que podes confiar verdadeiramente em todas as pessoas desta casa?

Depois daquela conversa, era óbvio que não.

*

Naquele início de tarde, irritava-me profundamente a forma como todos estavam a encarar o jantar tão levianamente, como se não estivéssemos presos, como se não tivéssemos participado num jogo que abalara as estruturas das nossas relações. Como se todos fossem muito amigos. Até a música clássica que Benjamin tinha escolhido para acompanhar o jantar me estava a perfurar a paciência. O meu humor era o pior desde que entrara naquela casa.

— Estás muito calado hoje, Gaspar — denunciou Ophelia. O seu sorriso triunfante mostrava que estava satisfeita com aquela pequena vingança. A semente da discórdia que tinha plantado em mim era já uma retorcida árvore seca.

— Desculpem. Quando fico demasiado envolvido na história, a minha mente divaga bastante — respondi eu, sabendo que não era completamente mentira, apesar de não ser o meu livro a dominar a minha mente naquele momento.

— Quem nunca, não é? Tenho momentos em que até me esqueço de comer — disse Cecília, agarrada ao copo de chá gelado com as duas mãos.

— Um dos meus livros foi escrito no espaço de três semanas num hotel rasca nos arredores de Budapeste — contou Lucas. — Os meus amigos e o meu agente acharam que estava morto numa vala. Fiquei tão obcecado com a história, que me esqueci de dar notícias.

— A maior parte das pessoas não me entende quando digo que somos servos das nossas histórias e das nossas personagens — contava agora Benjamin. — Disse isto a um jornalista, mas foi claramente mal interpretado. O título da entrevista foi «Benjamin Lee sente-se um escravo do mercado literário».

Todos começaram a rir à mesa, eu incluído, mas mais por conformismo.

— Bem, já devem ter reparado que sofro do mesmo mal — confessou um rosado Baltazar, agitando a sua garrafa de cerveja quase vazia. — Às vezes, sinto que as personagens que crio ganham vida à minha volta. E depois que termino, vem o luto...

— Ei! Dei conta de que nunca falámos sobre como entrámos neste ramo — disse Lucas. — Sei que isso deve estar escarrapachado nas suas biografias todas bonitinhas, mas que os fez realmente entrar no meio literário? Estou curioso.

— Lucas, não sei se é boa ideia falarmos sobre isso... — disse Baltazar, olhando para Cecília.

— Não, não, tudo bem — disse ela, desafiante. — Vamos matar o elefante que está na sala de uma vez só. Vocês viram o meu segredo, não há nada a esconder ou florear. Roubei o material a uma velhota, provavelmente irei parar ao Inferno por isso. Mas acabei por me apaixonar por uma área que não me dizia nada e trabalhei muito para chegar onde cheguei. Admito que não me orgulho do que fiz, mas orgulho-me de quem sou.

— E mai' nada! Assim mesmo é que se fala, Cecy — gritou Lucas. — Bem, eu comecei a escrever com os exercícios nas sessões de psicólogos. Aquilo que de início me pareciam trabalhos de casa tornou-se numa paixão e numa forma de domar a escuridão cá dentro. Enviei o meu primeiro livro para uma série de editoras e agentes, e tive a sorte de ter alguém a investir num gajo doido.

— Os meus primórdios não são muito diferentes — começou Ophelia, depois de beber todo o seu copo de vinho. — Principiei com *fan fiction* de celebridades para fugir à pressão da minha família. Tive sorte, as minhas histórias tiveram sucesso e um agente acabou por pegar em mim. Quem não achou muita piada às minhas histórias foi a minha família tipicamente hindu. Há anos que o meu pai não fala comigo. Mas já fiz as pazes com as minhas escolhas e optei por seguir o meu sonho.

— Eu desisti da formação em saúde para enveredar pela área da literatura — contou Benjamin. — Tive um percurso bastante académico e admito que fui abençoado por ter tido a oportunidade de conquistar um editor assim que terminei os estudos e o meu primeiro livro.

— Bem, o meu percurso é bastante peculiar comparado com os seus, o que é normal, sendo *ghostwriter*. Na faculdade, escrevi muitos trabalhos académicos a troco de dinheiro. Foi o que acabou por me sustentar na universidade. Depois comecei a fazer trabalhos de *freelancer* por intermédio de uma rede social. Um desses trabalhos acabou por ser o livro de uma reconhecida celebridade. Correu tão bem, que em pouco tempo tive mais celebridades e escritores a pedir-me trabalhos — terminou Baltazar, com um sorriso orgulhoso.

— Não querendo estragar esta partilha de experiências — interrompi eu —, penso que seria importante voltarmos ao tema de Ash Falls. Desde a nossa declaração de guerra que não se avançou nada.

Os outros cinco olharam para mim como se fosse o maior desmancha-prazeres do mundo, aquele elemento da festa que estraga tudo numa noite aparentemente perfeita.

— Como queres avançar, se não temos nada para usar? — perguntou Cecília. — Estamos presos aqui dentro, atirados para os jogos quando eles querem.

— Quer dizer que se resignam ao poder que têm sobre nós, é isso?

— Não se trata de resignação, Gaspy — respondeu Lucas exasperado. Tinha tocado num ponto fraco. — Até agora, não surgiu nada que pudéssemos usar contra eles. É verdade que neste momento têm a faca e o queijo na mão, mas não quer dizer que a nossa vontade de atacar tenha desaparecido. Apenas ainda não sabemos como.

— E tu, Gaspar? — perguntou Benjamin, com a sua habitual expressão indecifrável. — Tens algum avanço que queiras partilhar connosco? Alguma descoberta nas tuas pequenas excursões pela floresta?

Não conseguia perceber se Benjamin estava apenas a provocar-me ou se realmente me tinha apanhado. Sabia da minha colaboração com Matias? Era impossível que soubesse, tinha sido cuidadoso. Ainda assim, sentia-me intimidado por Benjamin e pelo que podia ter descoberto. Abanei a cabeça perante a sua pergunta e baixei o olhar para o prato com restos de comida.

— Pessoal, a última coisa de que precisamos agora é de desentendimentos — disse Cecília, numa voz apaziguadora. Pelo canto do olho, vi Ophelia revirar os olhos. — Concordo com o Gaspar, ao dizer que precisamos de ser mais proativos. Realmente o Lucas também tem razão quando refere que estamos de mãos atadas. Que tal se cada um de nós partilhar a sua teoria sobre Ash Falls? Talvez se reunirmos várias informações, consigamos descobrir alguma coisa nas entrelinhas.

— Achas que isso é boa ideia? — perguntou uma desdenhosa Ophelia. — Eles devem estar a ver e a ouvir esta conversa. Se tivermos razão com alguma teoria, podem ficar assustados e retaliar.

— Que retaliem! Pode ser uma forma de atrair o predador para fora da toca. E aí atacamos nós.

— O problema é se vêm vários *predadores*, Cecília — continuou Ophelia. — Não sabes com que *animais* estás a lidar.

— Daí a importância desta partilha entre todos. Temos de avançar por algum lado, não acham? Eu começo e, por favor, não me julguem sem ouvir a minha explicação! Acho que este programa tem uma seita por trás. Desde o início que sinto uma forte presença do oculto nesta casa, e os temas que têm sido explorados nos jogos podem estar relacionados com isso — destino, medo, culpa, intrigas —, tudo é explorado por vários grupos secretos ao longo da história. O oculto até está fortemente ligado aos nazis e a grandes marcos históricos. O grande público desconhece esses meandros, mas estes grupos são muito poderosos.

— Estás a falar a sério? — perguntei eu, de sobrolho franzido.

— Parece-me rebuscado de mais — opinou Benjamin.

— Esperem um pouco — disse Lucas, de forma defensiva. — O que a Cecy está a dizer pode parecer ridículo, mas faz algum sentido, se pensarem na forma de agir de Ash Falls. Já li muito sobre seitas e grupos secretos, coisas que nem nos passam pela cabeça e que vou descobrindo na *dark web*. Esses grupos são mais poderosos e furtivos do que pensam. Só se conhece o que eles querem que se conheça, de modo que se confunda o público.

— E porquê manter-nos na ignorância?

— Se desconhecermos os motivos, os resultados do que seja que eles pretendem são mais fidedignos e puros — reforçou Cecília. — É psicologia básica.

— É uma teoria interessante, mas tenho pensado noutra possibilidade — anunciou Baltazar. — Acho que estamos a ser testados num estudo sobre criatividade. Não há muita ciência sobre isso, e sermos autores de áreas tão distintas pode significar que Ash Falls está a explorar o funcionamento da criatividade e da imaginação, especialmente sob pressão. Este programa começou com escritores, mas Ash Falls anunciou desde logo que iria integrar outras áreas artísticas.

— Uma teoria baseada em ciência, portanto — resumiu Benjamin. — Mas aí Ash Falls seria como uma entidade benevolente, cujo único crime é não nos informar sobre o propósito deste projeto.

— Pode explicar o não terem receio de que os denunciemos ao sairmos — continuou Baltazar.

— Recuso-me a aceitar a teoria de que Ash Falls está a fazer algum bem pela humanidade, sacrificando-nos — rematou Benjamin.

— Qual a tua teoria então? — perguntei.

— Um programa destes envolve muito investimento, seja financeiro, seja de recursos humanos. Será assim tão descabido afirmar que estamos a ser usados para entreter um grupo restrito de pessoas com muito poder e dinheiro?

— Criminosos? — perguntou Lucas.

— Ou simplesmente alguém muito rico e aborrecido.

Pensei imediatamente na tal figura do «presidente», de que Matias tinha ouvido da parte de Eli. Seria possível que uma só pessoa fosse responsável pelo que nos estava a acontecer? Imediatamente imaginei um velho milionário a observar todos os nossos dramas naquela casa, como se de um *Big Brother* se tratasse. Benjamin prosseguiu.

— Já convivi com milionários e sei como podem ser perigosos, se estiverem aborrecidos com a vida. Basta estalarem os dedos e surge uma casa isolada com seis escritores forçados a entrar em jogos.

— Mas onde entram os nossos segredos? — questionou Ophelia. — E porquê continuarem a forçar-nos a escrever?

— Os segredos são a moeda de troca para nos obrigarem a jogar — disse eu, reforçando a teoria apresentada por Benjamin. — Os livros são para cumprirmos o nosso propósito aqui. Há uma vida lá fora, e temos de justificar os meses de estada aqui.

— Mas não fazia mais sentido entrarmos num jogo tendo um objetivo em vista, um prémio que conhecêssemos? — Lucas falava mais para si do que para nós. Quase conseguia ouvir as engrenagens da sua mente. — Até agora, não foi referido nenhum prémio, apenas os castigos, se perdermos.

— Que prémio nos motivaria a jogar? Já somos escritores bem-sucedidos e célebres, e ganhamos bastante dinheiro, tendo em conta a área em que estamos.

A palavra «absolvição» surgiu repentinamente na minha mente. De forma indireta, Ash Falls estava a servir para expurgarmos os nossos pecados e passados.

— Nós escrevemos géneros diferentes, vivemos em locais diferentes e temos vidas muito distintas — disse eu. — Porém, há algo que temos de comum: os traumas do passado, que teimamos em manter enterrados e que vão abrindo um buraco negro cá dentro, sem que nos dêmos conta. Desde o início desta experiência que sinto uma ligação inexplicável entre nós, mesmo sem nos conhecermos. Sempre achei ingénuo e forçado pensar isso, mas agora começa a fazer mais sentido. Termos sido os seis escolhidos não foi mero acaso. Escuridão atrai escuridão.

Um pesado silêncio abateu-se sobre a mesa, e eu soube que tocara ali num ponto sensível.

— Portanto, Gaspar, a tua teoria é que esta é uma experiência de reabilitação? De cura? É isso? — indagou Cecília. Sendo a área dela, parecia quase regozijada com a possibilidade.

— Talvez. Desconhecemos os passados uns dos outros, mas, pelos segredos que já foram revelados, já percebi que os traumas são algo comum, que nos bloqueiam, mas igualmente contribuem para o nosso processo criativo. Vocês, que já tiveram segredos revelados, podem não reconhecer isso, mas tenho visto uma evolução positiva na sua forma de estar. Como se estivessem mais leves. Estou certo?

Ophelia, Baltazar, Lucas e Cecília baixaram o olhar, agora contemplando aquela possibilidade de forma mais séria.

— É muito fácil dizer isso quando ainda não tiveste nenhum segredo revelado — disse um cínico Benjamin. — Até parece que Ash Falls é algo positivo, com o direito de violar a nossa vida pessoal.

— Tu também não tiveste nenhum segredo revelado, Benjamin. Neste momento, é a teoria que faz mais sentido para mim e que pode explicar a facilidade com que nos isolaram neste sítio e nos obrigam a entrar em jogos peculiares e, ainda assim, nos incitam a continuar a escrever.

— Mesmo assim, custa-me a acreditar nessa teoria — continuou Benjamin, cruzando os braços. — Não creio que tenha necessidade de algum tipo de *reabilitação*. A minha vida e a minha carreira são perfeitamente estáveis.

Aquilo de que Benjamin me acusava era o que pensava dele naquele momento. Ainda não tinha revelado nenhum segredo, pelo que era muito fácil afirmar que não tinha nada de muito grave a esconder. Quando disse aquelas palavras, desviou o olhar e apertou ainda mais os braços cruzados. Ainda que a sua dura expressão fosse difícil de ler na maior parte do tempo, conseguia ver ali os demónios escondidos. Conhecia-os bem. Também os tinha.

— Então deixem-me perguntar isto: foram vocês que trataram da burocracia para entrar em Ash Falls? Como é que surgiu a ideia para a candidatura?

Seguiu-se um silêncio perturbador, à mesa, em que todos se entreolharam com um misto de culpa e preocupação. Seria possível terem sido convencidos a entrar em Ash Falls por terceiros, editores, agentes ou publicistas? Teriam participado nas entrevistas e testes psicológicos e assinado todos os papéis sem terem sequer verificado o que lá estava escrito?

— E se a ideia não foi nossa? — perguntou uma desafiante Ophelia. — E se não lemos as entrelinhas dos contratos? Isso não justifica a forma como nos enganaram e nos estão a chantagear. Seria um risco demasiado grande.

— Lembro-me de teres toda a documentação contigo quando tivemos o *briefing* naquele hangar. Ainda tens as folhas contigo? — questionou Baltazar.

— Sim. Posso ir buscá-las. Mas garanto-te que não há lá nada de extraordinário que lhes dê liberdade para tudo isto.

Desci até ao meu quarto, deixando os outros a debater as teorias que já tinham referido. Sabia que era uma forma de desviar a atenção da possível asneirada que fizeram — não ler os contratos. Eu não podia garantir que os documentos fossem todos iguais, mas sabia que o meu era um contrato banal. Pela primeira vez em anos, fiquei feliz por não ter agente ou assistente — tendo sido abandonado por toda a gente, havia tempo suficiente para parecer outra vida. Era tudo muito mais difícil sozinho, mas ao menos tinha liberdade na gestão da minha própria carreira.

Os papéis estavam numa das malas de viagem. Ao resgatá-los, vi o caderno com a compilação de informações que recolhera sobre os outros escritores da casa, ao qual se tinham juntado o bilhete e o mapa que Matias me deixara. O caderno tinha sido um bom ponto de partida para os conhecer melhor, mas era um instrumento completamente obsoleto, agora que conhecia o interior mais secreto de alguns deles. Ainda assim, não me conseguia desfazer dele, quase como se fosse um troféu do caminho árduo até ali. Voltei a escondê-lo no forro da mala e regressei à mesa com os documentos.

Benjamin limpou os óculos com um delicado lenço que tinha no bolso e analisou minuciosamente todos os textos dos documentos, enquanto continuávamos a debater as teorias daquela noite.

— De facto, nada aqui desvenda alguma pista sobre Ash Falls e o verdadeiro propósito deste programa — disse finalmente Benjamin, passando as folhas a Baltazar.

— A minha agente não é só agente, é minha amiga — declarou Cecília, espreitando as folhas. — Nunca me envolveria numa situação destas, tenho a certeza disso.

— Tem de haver qualquer coisa a protegê-los — Lucas estava a entrar num dos seus transes, a falar para si. — Não somos meros escritores, somos *bestsellers*. Somos célebres. Mesmo com segredos e chantagens à mistura, quando sairmos daqui, podemos arruiná-los. Isso não me sai da cabeça.

— Só se a intenção é nunca mais sairmos daqui.

As palavras de Ophelia foram como se a floresta tivesse implodido connosco no seu interior. Até então, nenhum de nós tinha pensado naquela atroz possibilidade, atraídos até ali para «uma experiência única, que pode ser um ponto de viragem na carreira», para afinal sermos usados até morrer. Era fácil para Ash Falls encobrir a nossa morte naquele local isolado. A documentação isentava-os de qualquer responsabilidade sobre a nossa segurança fora das paredes daquela casa. Ainda que o programa de residência criativa ficasse manchado com a morte de seis escritores, a responsabilidade seria apenas nossa, e sem testemunhas que nos defendessem. Falávamos constantemente na vida pós-Ash Falls, mas, na verdade, nada garantia que no final daqueles três meses isso iria acontecer.

— Mesmo que a intenção seja deixar-nos aqui para morrer — disse Baltazar, quebrando o silêncio. — Continua sem explicação o porquê dos jogos. Não nos vamos precipitar com teorias que, por enquanto, não passam disso. Quero acreditar que somos valiosos de mais para que Ash Falls ponha em causa a nossa vida.

— Podemos testar isso.

Lucas esboçou um dos seus perigosos sorrisos de quem está a tramar algo que não deve. Levantou-se da mesa e dirigiu-se para uma pequena arrecadação no alpendre, onde eram guardados utensílios e ferramentas de exterior. Regressou de lá com um enorme machado, que trazia ao ombro como um lenhador. Quando desceu pesadamente a escada até à cave, todos nós corremos atrás dele, alarmados com o que estava a planear. Fomos dar com ele na sala das máquinas, especado em frente aos geradores.

— Lucas, que pensas que estás a fazer? — gritou Cecília.

— Que pareço estar a fazer? — perguntou ele, virando-se para nós com um sorriso, agora mais insano. — Vou destruir os geradores. Ash Falls deixa de nos conseguir ver e ouvir e de espiar os nossos trabalhos, e conseguiremos ver até que ponto somos essenciais para eles.

— Se fizeres isso, vais tornar a casa inabitável, Lucas — disse eu, numa voz calma. Nunca seria capaz de uma atitude louca como aquela, mas, na verdade, agradava-me haver algum tipo de revolução que provocasse mudança. Talvez fosse por isso que gostava tanto de Lucas. Ele realmente simbolizava tudo aquilo que eu almejava ser. — Pensa bem no que estás a fazer.

— Estás a ser egoísta. Pensa em nós!

Ignorando a súplica de Cecília, Lucas levantou o machado por cima da cabeça. Houve um momento de hesitação que me fez duvidar se ele era louco o suficiente para avançar com aquilo, ou se não passava de uma estratégia para testar Ash Falls. Lucas tinha o seu lado louco e destemido, mas, ao mesmo tempo, era extremamente inteligente.

Lucas fez balanço para bater com o machado no gerador, mas foi interrompido por uma repentina sirene que começou a tocar na casa, acompanhada por uma luz vermelha que inundava todo o espaço. Olhámos confusos para todo o lado, quase ensurdecidos pelo volume altíssimo da sirene. Instintivamente, Benjamin, Ophelia e Baltazar foram para o corredor da cave para verificar o que se passava. Alguns segundos depois, o barulho parou e, a ecoar pela casa, surgiram ruídos de um altifalante.

— Lucas Blackburn, largue o machado neste preciso instante — disse uma voz firme, que rapidamente reconheci como sendo a de Eli.

— E se não fizer isso? — questionou ele, apertando ainda mais o machado.

— Teremos de tomar medidas mais drásticas. Estamos a pensar na segurança de todos, Lucas. Pense também nos seus colegas.

— Que se foda o paternalismo, cabrões! — berrou Lucas, enterrando a lâmina do machado com toda a força no chão a escassos centímetros dos geradores. — Da próxima vez, não vou errar. Acabem com os jogos e libertem-nos!

Estava já a estragar tudo. Passou de um teste a um grito de guerra. Algo me dizia que a sua ousadia ia correr mal para todos.

— Não irei repetir mais vez nenhuma, Lucas. Tem apenas alguns segundos para largar o machado e sair da sala das máquinas. — Até pelo altifalante, que desconhecia existir em casa, Eli parecia o mesmo presunçoso de sempre.

Lucas ignorou o aviso de Eli e voltou a levantar o machado por cima da cabeça, como um desvairado Jack Torrance. Desta vez, estava a apontar diretamente para o gerador principal. Antes que pudesse cometer qualquer loucura, ouvimos barulho vindo de cima, passos e gritos. A casa estava a ser invadida. Não sei como consegui reunir sangue-frio suficiente, mas puxei pela *T-shirt* de Lucas e empurrei-os, a ele e a Cecília, para fora da divisão. Já no corredor, ouvi o barulho de um tiro na sala. Nunca tinha ouvido tiros de pistola ao vivo, mas aquele som estrondoso vinha acompanhado de sangue na minha mente.

Ficámos paralisados no corredor, à espera. De repente, mais tiros, incessantes e cada vez mais perto de nós. Agarrei nos braços de Cecília e de Lucas e puxei-os para o interior do meu quarto, ao mesmo tempo que pensava onde estariam os outros três. Tranquei a porta e ordenei que me ajudassem a empurrar as mobílias para barricar a divisão. Ajoelhámo-nos os três no quarto, virado do avesso, longe do ângulo da janela.

Os invasores estavam agora na cave, os tiros tão perto de nós, que temi pela nossa vida mesmo dentro daquele quarto fechado.

Cecília tapava os ouvidos, lavada em lágrimas. Aquele temível momento pareceu durar horas, dias até.

— Já chega — ordenou Eli, numa voz neutra.

Os tiros pararam e uma tenebrosa quietude regressou à casa. Naquele silêncio, apenas ouvi o meu coração acelerado, o leve soluçar de Cecília e a respiração ofegante de Lucas. Vi os seus punhos cerrados e o olhar de trovão, e percebi que aquela respiração irregular era de raiva. Os invasores subiram a escada da cave e, lá em cima, os passos rapidamente se esvaneceram. A voz de Eli regressou.

— Qualquer ato que ponha em causa a segurança dos residentes e a integridade da casa terá consequências. Que sirva de aviso a todos... comportamentos irrefletidos como o que Lucas Blackburn teve esta noite não serão tolerados.

Olhei para os outros dois e não foram precisas palavras para perceber que agora saía reforçada a teoria de que Ash Falls podia pôr em causa as nossas próprias vidas em prol dos seus objetivos.

Foi então que voltei a ter a mesma sensação que tivera ao sair de minha casa para viajar para aquela experiência alucinante. Estava a caminhar para as tais *últimas coisas* que detestava. Neste caso, os últimos momentos da minha vida.

22

Subi a encosta de volta à base, furioso e com vontade de partir qualquer coisa. Para mim, o desenrolar da noite tinha sido a confirmação de que Ash Falls merecia ser destruída.

Acordara sobressaltado com o barulho de sirenes e os gritos de um funcionário de categoria superior à nossa, que nos obrigou a levantar, a vestir capas, a pôr máscaras e a descer imediatamente até à casa. *Uma emergência*, berrava ele.

Atordoados, obedecemos ao homem, não percebendo porque não era Oscar a dar-nos aquelas ordens. Aos seis, alinhados no portão que dava para o exterior, foram postas pistolas nas mãos. Nunca tinha estado com uma na mão, e só o peso e o poder do pequeno objeto me aterrorizavam. Olhei para Maya e estava igualmente assustada, como se lhe tivessem dado uma cobra para as mãos.

O homem, cujo nome eu nem sabia, garantiu-nos que as armas não estavam carregadas e serviam apenas para assustar os escritores. Pelo visto, Lucas estava a ameaçar destruir os geradores da casa e era nossa missão chegar lá o mais rapidamente possível para os pôr na ordem. Eli estava já a falar com eles pelo altifalante. Em poucos segundos, já estávamos os seis a correr encosta abaixo em direção à casa.

Esta era daquelas situações inesperadas em que nenhum de nós sabia como reagir, especialmente se os escritores estavam a organizar uma revolução. Lá estava a tendência para o drama e a tragédia que me irritava neles.

Em pouco tempo, avistámos as luzes da casa. Erik seguia na dianteira, de arma em punho, claramente feliz com aquela situação em que podia voltar a armar-se em soldado idiota. Sempre me passara a imagem de gajo capaz de organizar um massacre numa escola.

Erik abriu a porta de rompante e começou a bater nas mobílias e a atirar coisas ao chão com alarido. Os alarmes soavam na casa toda, e viam-se as luzes de alerta vermelhas. Também podíamos ouvir a voz de Eli a falar com Lucas.

Fomos surpreendidos pela presença de Ophelia na escada que dava para a cave. Quando nos viu, ficou paralisada e de olhos arregalados. Pudera, tinha seis figuras mascaradas a invadir-lhe a casa, as mesmas que os tinham perseguido sem piedade no Jogo da Apanhada. Erik apontou a arma na sua direção. Felizmente a sua pontaria era uma merda e acertou na parede mesmo ao lado dela. Todos nós ficámos em choque ao perceber que afinal o homem nos tinha mentido e as armas eram verdadeiras. Todos menos Erik, que começou a rir como um louco, a olhar para a pistola como se fosse um diamante. Olhei de novo para a escada e fiquei aliviado ao perceber que Ophelia tinha recuado para a cave.

— A arma é verdadeira — disse eu, empurrando o ombro dele. — Podias ter matado a Ophelia.

— E depois? A cabra estava a pedi-las, depois do que me fez à cabeça.

Com tantos testes realizados para sermos selecionados para Ash Falls e tinham de contratar alguém violento como ele. Ou talvez fosse mesmo esse o objetivo, alguém sem filtros e sem medo de quebrar barreiras para provocar o medo ou pior.

— Deixa de ser atrofiado, Matias. Contrataram-nos para pôr estes gajos na ordem. Querem ficar sem este trabalho e sem este dinheiro? — perguntou aos outros quatro, que ficaram em silêncio. — Então estão à espera de quê para assustar estes gajos?

Erik esticou o braço no ar e disparou para o teto duas vezes, dando o mote para que os outros começassem a disparar também, cegos com o poder que o pequeno instrumento de morte lhes estava a dar, ou simplesmente porque se sentiam como criminosos das séries que viam na televisão. Maya manteve-se imóvel, de arma em baixo, recuando para as bancadas da cozinha. Mesmo com a capa preta a cobri-la, pude perceber que estava a tremer.

Depois de esburacarem o teto, desceram para a cave, e eu só desejei que os escritores estivessem todos escondidos, trancados e barricados, pois nenhum daqueles doidos era confiável para os manter em segurança. Não os segui, receoso de que um dos tiros aleatórios que recomeçavam lá em baixo me pudesse atingir. Apertei a mão de Maya para a reconfortar. Estava realmente a tremer.

— Como é que Ash Falls permite uma coisa destas? Como é que o Oscar aceita isto? — perguntou ela, virando o rosto mascarado para mim.

— Foi o Eli a falar, Maya. Não foi o Oscar — expliquei eu, na esperança de que pudesse abrir os olhos por uma vez e que deixasse de ser a ovelha sem pensamento crítico que normalmente era.

— Já chega — disse finalmente Eli, pelos altifalantes, acabando com os tiros.

Enquanto Eli dava o seu sermão aos escritores assustados, os nossos colegas subiam a escada, imponentes e vitoriosos com aquele momento de ribalta que tiveram nas suas miseráveis vidas. Novamente com Erik na dianteira, saímos à pressa da casa para a base, para evitar que fôssemos seguidos.

Já na base, o mesmo funcionário que nos dera as pistolas recolheu-as à entrada, com uma expressão neutra. Erik e os outros quatro foram *celebrar* o momento para o refeitório, recordando-o como se fosse o maior acontecimento das suas vidas e insultando os cobardes escritores. Maya dirigiu-se imediatamente para o seu quarto, fechando-se lá dentro sem mais palavras. Eu fiz o mesmo.

Despi a capa negra e atirei com a máscara para o canto do quarto, sem querer saber se a partia ou não. Comecei por pontapear o beliche de ferro uma vez, mas logo continuei numa sequência contínua de pontapés até entortar o ferro e o pé me doer dentro da bota. Atirei-me para cima da cama e gritei na almofada até sentir a garganta em fogo.

A frustração estava a dar cabo de mim. Mesmo com a vida de merda que tivera, sempre conseguira manter-me longe de violência ou crime. E agora ali estava eu, a trabalhar para uma entidade secreta e perigosa, que incitava a violência contra pessoas indefesas. Não havia nada que me perturbasse mais.

Não. Tinha de me manter são e à tona de água. De alguma forma, havia de converter toda a raiva que se acumulava e todo o desejo de vingança em algo realmente produtivo. Tinha de encontrar alguma coisa que servisse de arma contra aquela gente. Depois daquele alvoroço todo, os funcionários da base e as altas patentes só poderiam estar emocionalmente fragilizados. Mais vulneráveis, portanto. O meu contra-ataque não ia passar daquela noite!

Alguns minutos depois, já eu estava num dos meus locais favoritos da base — a conduta de ar. Desta vez, ia tentar aventurar-me por outro caminho do labirinto.

Passei por cima de um dos corredores proibidos e vi uma série de funcionários apressados e nervosos. Consegui ouvir os seus sussurros, incrédulos por as armas que nos deram serem afinal verdadeiras. Poucos segundos depois, Walt surgiu também, suado e vermelho. Pelo visto, haviam sido convocados para uma reunião de emergência. Aproveitei e segui para a sala de onde tinham saído antes de trancar a porta. Pelas grelhas da tampa da conduta, pude ver imediatamente uma sala iluminada por dezenas de ecrãs, como a *régie* de um estúdio. Quatro parafusos desenroscados depois, já eu tinha saltado para o interior dessa sala. Como prevenção, pus uma cadeira de metal a prender a porta.

Tal como tinha visto no computador de Walt, havia várias imagens do interior da casa e alguns ecrãs escuros que presumi serem da floresta. Lucas e Gaspar consolavam uma chorosa Cecília, ajoelhada no quarto do segundo. Benjamin e Baltazar saíam agora da despensa, cruzando-se com Ophelia, até então escondida entre as máquinas da lavandaria. Todos os seis escritores estavam com um ar abalado, o que era de esperar. Até eu ficaria assim depois de um susto daqueles.

Havia vários botões e teclados na estação, mas não me atrevi a tocar em nada, com receio de que fizesse uma asneira e fosse descoberto. No meio da sala, havia uma espécie de pódio com um computador sofisticado. Parecia o poiso do mandachuva do departamento. A secretária estava uma bagunça, o que me fez acreditar que não era a de Eli. Quando toquei no rato, os três ecrãs do computador ganharam vida, mas, para variar, pedia *password*. Ao menos deu para ver o nome de utilizador, o qual reconheci imediatamente como sendo o de um *nerd* idiota, que anda sempre com a camisa pingada de cada vez que o vejo no refeitório.

Aquela confusão de papéis, canetas, dossiês e chávenas usadas era em tudo semelhante à que tinha em minha casa, o que me fez pensar em algo que pessoas desorganizadas têm de comum — escrever a *password* a caneta em qualquer lado. Comecei à procura de pistas no fim de cadernos e blocos, e ali estava ela, uma *password* tão básica como o gajo que aparentemente mandava naquela *régie*, escrita à pressa com caneta azul.

Quase não contive a excitação ao conseguir entrar na sua sessão, todo um mundo de segredos de Ash Falls à espera de ser descoberto por mim. Havia uma aplicação a funcionar, que estava ligada diretamente a todas as câmaras. Parecia-me mais sofisticada do que quando a vira no computador de Walt. Era como um editor de vídeo, mas eu era pouco entendido na matéria. Noutro separador da aplicação, havia várias estatísticas, como a popularidade de cada escritor, a percentagem de votos nos textos que estavam a escrever e as pontuações dos jogos. Havia algo mais — alcance, audiências, interações, seguidores, *hashtags*, lucros —, toda uma panóplia de estatísticas associadas a redes sociais, televisões e vendas.

Esperem lá...

Voltei ao separador com as várias câmaras e reparei num círculo vermelho a piscar no canto superior direito, sinal que reconheci imediatamente como sendo de *streaming*. Seria possível que o segredo de Ash Falls fosse ser um *reality show*?

Minimizei a aplicação e experimentei abrir o ícone de Internet. Estava a funcionar! Consegui resistir à tentação de ver os meus *e-mails* ou mensagens e abri imediatamente o Google, pesquisando por «Ash Falls». De repente, surgiu todo um caos de resultados. Antes de aquele programa começar e de sermos recrutados, já Ash Falls tinha uma popularidade simpática. Mas o que estava a ver agora era a explosão de um grande fenómeno. Pelo visto, havia uma plataforma que transmitia o programa vinte e quatro horas por dia, na Internet e na televisão, tendo como pico de audiências os jogos. Havia milhares de vídeos de *influencers*, em várias redes sociais, a esmiuçar os jogos, os comportamentos dos escritores, os livros que estavam a escrever, presenças em programas, noticiários, *stories* de Instagram, tiktoks, vídeos de YouTube, celebridades a falar, *hashtags* intermináveis, milhões de seguidores...

Estava em choque com aquilo. Ash Falls era um autêntico fenómeno global. E eu estava metido naquilo.

Ouvi o som de uma chave na fechadura e alguém a tentar empurrar a porta. Tinha perdido tempo de mais. Saltei para cima de uma das bancadas que rodeavam a sala e subi para a conduta. Quando fechei a tampa, os funcionários conseguiram finalmente entrar e eu senti o suor a escorrer por todo o meu corpo. Felizmente, vinham tão exaltados da reunião, que ninguém questionou o porquê de estar uma cadeira desarrumada a prender a porta. Só esperava que o idiota do realizador não verificasse o histórico de Internet.

Enquanto rastejava de volta pela conduta, ainda estava a tentar fazer algum sentido do que acabara de descobrir. Estava determinado a avançar na minha investigação, mas não esperava desvendar tão rapidamente o segredo de Ash Falls. E que segredo tão clichê era! Confesso que não tinha imaginado grandes teorias, já que a imaginação nunca fora o meu forte. Mas a porra de um *reality show*? Até me sentia desiludido. Nada disso interessava naquele momento. Tinha de pensar numa forma de usar isso contra Ash Falls. E de avisar Gaspar.

Desci silenciosamente para a sanita, voltei a tapar a conduta e calcei as botas. Assim que abri a porta do cubículo, o meu coração parou, quando vi Maya à minha frente, de braços cruzados e ar sério. Senti-me como uma criança.

— Não sei o que andas a tramar, Matias, mas quero juntar-me a ti — disse Maya, com o olhar mais feroz que alguma vez vira nela.

23

Na noite em que se deu a invasão, mal dormi. Sentia que, se fechasse os olhos, homens encapuçados irromperiam no meu quarto para me matar. Durante a estada, sempre acreditei que Ash Falls não era perigosa a ponto de nos ferir diretamente ou até matar. Mas, depois, veio a conversa à mesa e o incidente, e agora dava por mim, sozinho no quarto, sobressaltado com qualquer mínimo ruído à minha volta. Seriam os invasores os tais operacionais que cuidavam de nós? Será que Matias estava entre eles, de arma em punho? Precisava de falar com ele, mas ao mesmo tempo começava a duvidar de que realmente podia confiar em alguém que nos aterrorizava de forma tão gratuita.

Não podia deixar que a paranoia me toldasse o juízo. Matias era a única arma que tinha, pelo que não havia alternativa a não ser confiar e acreditar que não estivera envolvido no ataque.

Depois de os invasores saírem de casa, ainda esperámos uma hora, com receio de que, do outro lado da porta, estivesse o cano de uma pistola pronto a dar-nos um tiro na cabeça. Com o meu quarto completamente revirado, tentei equilibrar a minha atenção entre uma chorosa Cecília e um transtornado Lucas, que ameaçava cair num abismo de culpa. Enquanto tentava acalmar os ânimos, o meu pensamento resvalava para Baltazar, Ophelia e até Benjamin, preocupado com a possibilidade de estarem feridos ou pior. Ninguém ter respondido aos gritos de Lucas não era bom sinal.

— Lucas, não adianta esse desespero todo — disse eu, observando-o a caminhar incessantemente de uma ponta à outra do quarto. — Nenhum de nós te vai culpar pelo que aconteceu. Aliás, até é de valor teres sido audaz o suficiente para fazer frente a Ash Falls, ainda que não tenha corrido bem.

— Corrido bem? Pode estar alguém ferido! Pode ter morrido alguém — berrou ele, passando os dedos pelo cabelo. — Estes gajos são completamente lixados do juízo! Eu vou sair. Tenho de ver se os outros estão bem.

— Vamos esperar mais um pouco — sugeri em, agarrando-lhe no pulso, enquanto se preparava para arrastar os móveis para longe da porta. — Não sabemos se ainda está alguém cá em casa. Além disso, a Cecília precisa de tempo para se acalmar.

Voltámos a ajoelhar-nos perto de Cecília, que ainda não tinha saído do canto onde se tinha sentado durante o ataque. Estava de olhos fechados a murmurar um mantra qualquer para se acalmar, mas ainda eram visíveis os rastos de lágrimas e rímel no rosto. Toquei-lhe levemente no joelho, e despertou daquele transe para olhar para nós.

— Já me sinto melhor — garantiu ela. — Sou muito sensível a violência e negatividade. Mas os meus mantras ajudam-me a purificar a mente e as emoções.

— Ainda bem, Cecy — respondeu Lucas, com um longo suspiro de alívio. — Estávamos a ficar preocupados contigo.

Gostava bastante de ser incluído nas palavras de qualquer um deles. Sentia que fazia parte de algo, de um grupo. Anos de solidão tinham-me deixado naquele farrapo carente que era agora, e a experiência em Ash Falls intensificava ainda mais esse facto.

Ao finalmente sairmos, Benjamin, Baltazar e Ophelia estavam também a sair da zona da despensa e lavandaria, aparentemente ilesos, mas abalados como nós. Não foram precisas palavras entre nós para percebermos o alívio.

Enquanto Ophelia nos contava que tinha visto as figuras mascaradas a entrar em casa, as mesmas que nos tinham perseguido no Jogo da Apanhada, fomos notando alguns buracos nas paredes provocados pelos disparos. Ainda tinha esperança de que as pistolas fossem falsas ou que tivessem pólvora seca, mas aquelas balas eram muito reais.

Depois de deambularmos como *zombies* numa casa que agora parecia estranha, acabámos por decidir ir cada um para o seu quarto descansar. Ou pelo menos tentar.

Os demónios regressaram nessa madrugada, mas, por uma vez, eram bem-vindos, tal era o meu estado emocional. Ao menos não me sentia tão só e indefeso perante uma ameaça que não conhecia tão bem como a eles.

Mal a luz índigo do amanhecer penetrou no quarto e os primeiros pássaros se fizeram ouvir lá fora, acabei por desistir de tentar dormir e subi até ao piso térreo, adivinhando que aquele seria um dia perdido.

Esperei que a máquina preparasse um café duplo, de que estava desesperadamente a precisar, enquanto esfregava as têmporas. Pelo canto do olho, vi movimento no alpendre e o meu coração disparou numa loucura de batimentos até perceber que se tratava apenas de Baltazar. Quando o café ficou pronto, dirigi-me a ele. Estava a fumar e, pela quantidade de cigarros num cinzeiro ao seu lado, percebi que estava ali havia algum tempo.

— Não devias estar aqui. Pode ser perigoso — disse eu. Baltazar cumprimentou-me com um olhar afetuoso.

— Se Ash Falls quisesse algum de nós morto, já o teria feito. Foi a conclusão a que cheguei nesta madrugada.

Sentei-me ao seu lado no banco de madeira. Ainda que estivesse a fumar, conseguia sentir o seu cheiro, um aroma doce e acolhedor que era tão único e só dele.

— Talvez tenhas razão. Mas não me podes censurar depois do susto que apanhámos.

— Não me interpretes mal. Fiquei aterrorizado com o que aconteceu. Até o Benjamin desmoronou à minha frente na despensa. Agora que estamos de cabeça fria, percebi que foi um alerta. Um puxão de orelhas, se assim o entenderes.

— O Lucas ficou muito perturbado. Sente-se culpado. Tenho receio de que volte a entrar no seu estado depressivo.

— Ele foi um herói. Pelo menos aos meus olhos. Nenhum de nós ainda tinha tomado uma atitude para provocar Ash Falls, e ele fê-lo da melhor forma que encontrou. Invejo-o, sabes? Gostava de poder ser destemido e de não me preocupar tanto com o que os outros pensam.

— Tu e eu, Baltazar.

Quase tive o impulso de lhe contar sobre as minhas missões secretas, dignas de me chamar «herói» a mim. Mas ainda precisava de mais tempo, o suficiente para ser visto como um membro valioso da casa, mas que não fosse demasiado, a ponto de me acharem mentiroso e de pouca confiança.

— Queres ir até ao lago? — convidou ele, apagando o último cigarro no cinzeiro.

A água estava mais calma do que nunca, como se o lago ainda estivesse adormecido naquela manhã. Baltazar ajudou-me a subir para uma das rochas, a sua mão quente um aconchego para as minhas, constantemente geladas. A luz alaranjada da alvorada inundava a floresta de um brilho que era ao mesmo tempo melancólico e sereno. Senti-me repentinamente tomado por uma sensação de solidão e alienação do mundo, apenas atenuada pelo rosto sorridente de Baltazar, que me convidava a sentar ao seu lado.

— Temos andado tão stressados com os jogos, a escrita e a casa, que não temos apreciado estas pequenas dádivas — disse ele, fechando o rosto na direção da luz, parecendo mais bonito e ainda mais jovem.

— Gostava de ser mais descontraído e de aproveitar mais os momentos cá, mesmo com jogos doidos e organizações secretas.

É uma luta constante mudar este meu lado obsessivo e paranoico — confessei.

— Durante muito tempo também tentei desesperadamente mudar para agradar os outros. Isso destrói-te como pessoa e acabas por perceber que os outros não retribuem nem reconhecem o esforço que fizeste para te adaptares. É por isso que sou tão dedicado à escrita. Encontrei aí o meu refúgio, ainda que escreva para outras pessoas.

— Estás a falar do teu segredo? — perguntei.

— Sim, entre muitas outras situações da minha vida, refiro-me ao meu segredo. À minha família. Ou ausência dela, acho eu.

— Não precisas de falar se não quiseres...

— Não faz mal — respondeu ele, com um sorriso triste. Tocou-me na mão, algo que não era típico dele, mas que agora parecia natural. — Estou surpreendido por ninguém da casa querer falar sobre os segredos que, entretanto, foram revelados, mas entendo que não se queiram intrometer. Todos temos segredos e sabemos o que é viver com eles. Tenho muitas coisas recalcadas e reprimidas, Gaspar. Há coisas em mim que sinto que nunca vou conseguir mudar, outras que até hoje nem consigo descodificar. Mas, naquela noite, em que todos vocês assistiram ao meu vídeo, foi como se me tivessem rasgado ao meio e tivesse saído de dentro de mim uma escuridão que me deixou vazio. Ainda me sinto ferido, ainda que tenha tentado mascarar isso com a declaração de guerra a Ash Falls.

— Não tens de te sentir mal por termos visto o teu segredo. Ninguém te vai julgar.

— Vocês não foram a minha preocupação. Foi uma sensação estranha estar do lado de fora e ver outras pessoas a representar uma coisa tão minha, tão íntima. Mas foi ao mesmo tempo um abrir de olhos. Algo em mim está a mudar em Ash Falls, Gaspar — anunciou ele com um olhar determinado, fixo no meu.

— Mudar para melhor?

— Ainda não sei — disse ele, antes de um longo silêncio em que só se ouvia o som das árvores ao vento.

— Já alguma vez pensaste em escrever algo só teu? — perguntei, numa tentativa de conhecer melhor a sua essência. — Gostava de poder dizer que já li algo teu, mas não há forma de saber. Não te incomoda a carreira de *ghostwriter*?

— Gosto do que faço, de escrever para os outros sem que tenha o meu nome na capa. Faço o que gosto, recebo por isso e ainda ajudo os outros, sem me distrair com publicidades.

— Podias usar um pseudónimo.

— A escrita é algo que adoro. Mas duvido muito da génese da minha criatividade. É diferente dizerem-me o que querem que escreva de simplesmente imaginar uma história de raiz. Não confio em mim para o conseguir fazer.

— Certamente já escreveste algo só teu.

— Claro que sim. Mas é tudo uma porcaria. Sou um poço de complexos e de falta de confiança, eu sei. Aterroriza-me a ideia de me expor dessa forma e de ser julgado — confessou ele. Reparei que os seus olhos estavam aguados, e essa vulnerabilidade quebrou--me o coração.

— Baltazar, está tudo bem. Gosto muito de ti e estou aqui para ti...

De repente, Baltazar agarrou-me gentilmente no rosto e colou os seus lábios aos meus. O seu beijo era sôfrego e intenso. Durante alguns instantes retribuí, também eu carente e desejoso de afeto. Mas aquele não era o momento ideal. Afastei-o cuidadosamente, vendo imediatamente o seu ar arrependido.

— Desculpa, não sei o que me deu. Eu...

— Não peças desculpa, Baltazar. O problema é meu. Acredita que numa outra altura retribuiria o beijo e quem sabe algo mais — gracejei eu, numa tentativa de aligeirar o momento incómodo. — Não vou mentir e dizer que não me sinto atraído por ti. Mas também eu tenho muitas coisas por resolver. Quem sabe um dia, fora daqui. Gostava de tentar.

Ficámos calados durante alguns minutos. Senti que ele esperava que eu me abrisse mais sobre a minha vida e os meus problemas, mas não fui capaz de o fazer. Era de certa forma uma traição, mas as barreiras que me rodeavam ainda eram muito resistentes. Naquele momento, até invejei Baltazar e os outros cujos segredos já haviam sido revelados. Afinal tinham sido uma libertação. Será que o mesmo aconteceria comigo, se visse os meus segredos revelados? Será que ficaria finalmente livre?

— Sinto algo por ti, Gaspar — disse finalmente ele, deitando-se na rocha sem olhar para mim. — Sinto, desde a primeira noite que viemos para a casa. Mas concordo contigo, não é a altura, nem o local. Não vou viver mais fechado aos meus sentimentos. Se há algo bom que vou levar de Ash Falls, é isso.

— É assim mesmo, meu querido — disse eu, passando a mão pelo seu pescoço. — Fica aqui prometido que, no mundo lá fora, quando tudo isto terminar, vamos beber um café e vemos no que dá.

— Combinado! — aceitou ele, ganhando nova vida no rosto.

Com aquele pequeno gesto, Baltazar tinha tornado a minha vida muito mais complicada em Ash Falls. Sabia que sentia algo por ele, mas, por enquanto, esse sentimento era prisioneiro nas masmorras do meu ser. Barreiras, muralhas e grades rodeavam tanto o meu coração como a minha mente, com fantasmas e demónios do passado a fazerem de guarda. Não sabia se Baltazar tinha poder para destruir tudo isso, mas desejava desesperadamente que o tivesse, que me pudesse salvar da mesma forma que eu o queria salvar a ele dos seus problemas interiores.

Regressámos lado a lado, trocando sorrisos envergonhados e receosos quanto ao nosso futuro. Agora entendia que eu não tinha de ser um soldado solitário. Havia o inocente e puro Baltazar, mas também os destemidos Lucas, Cecília, Ophelia e Benjamin.

*

Quando nos aproximámos da casa, ouvimos gritos no seu interior. Acelerámos o passo e, ao entrarmos, deparámos com uma enorme discussão, com Cecília e Lucas de um lado, e Benjamin e Ophelia do outro.

— Que se passa? — perguntei eu, interrompendo a gritaria. Cecília virou-se para mim com um olhar irado.

— Aqui os dois amigos interromperam o meu pequeno-almoço para me acusarem de estar a formar uma aliança contra eles.

— Não te faças de cínica, Cecília! — acusou Ophelia. — Ouvi muito bem a conversa que tiveste com o Lucas.

— Sabes que é uma tremenda falta de educação ouvires conversas alheias, Ophelia. É assim que se dão os mal-entendidos.

— É ou não é verdade que formaste uma aliança com o Lucas? Quem mais está envolvido? — indagou Benjamin, com uma voz ríspida.

— Começa, mas é, a acalmar-te e a falar como deve ser com a Cecy! — berrou Lucas, sobrepondo a sua voz às dos outros.

Cecília estava a mentir e, sinceramente, não estava a fazer um bom trabalho. Aquelas seis pessoas eram bastante diferentes, mas eram todas muito perspicazes e inteligentes. Baltazar tentou acalmar os ânimos e separar as duas frentes de guerra, antes que escalasse para algo mais físico, mas os gritos e as acusações continuavam a crescer.

— A Cecília tentou formar uma aliança, mas desistiu da ideia — vociferei eu, com uma potência que nem sabia que tinha. Os outros calaram-se imediatamente e viraram o rosto para mim, da outra ponta da sala. O olhar de Cecília era um misto de choque e desilusão. — Houve realmente uma conversa sobre a hipótese de se formar uma aliança nos jogos. Mas a Cecília abandonou imediatamente a ideia quando percebeu que os jogos eram demasiado inconstantes para que a aliança funcionasse. Além disso, se Ash

Falls descobrisse, ia acabar por manipular os jogos nesse sentido. Por isso, sim, houve realmente essa conversa comigo e com o Lucas, mas ficou sem efeito. Daí achar que esta discussão é desnecessária e só está a fortalecer Ash Falls.

Não tinha certeza de que Cecília mantivera a aliança com Lucas. Não havia tido oportunidade de dar uma resposta ou sequer de falar com Lucas sobre isso. Mas se defendia algo era que o meio-termo era sempre a melhor solução em qualquer discussão, aquela área cinzenta que deixava as pessoas confusas e sem um argumento que se adaptasse. Um breve vislumbre da expressão de Cecília e percebi que estava satisfeita comigo.

— Sabia que só podias estar envolvido — disse Benjamin, entredentes.

— Benjamin, sei que não nos temos entendido muito bem, mas estou a ser sincero. Não tenho nada contra ti e espero que possamos resolver os nossos desentendimentos. Continuo a acreditar que nos devemos manter unidos perante esta situação.

— Todos uns mentirosos. Todos! — gritou Benjamin. — Quando sair daqui, não quero voltar a olhar para as vossas caras.

Ophelia agarrou-se ao seu braço, mas ele sacudia-a com violência. Caminhou pesadamente em direção à escada, com o rosto mais enraivecido que alguma vez vira nele, sempre tão magistral.

Foi então que voltei a sentir a subtileza do odor acre do gás soporífero. Vinha aí novo jogo.

Gritei por Benjamin, mas ele já estava a cair pela escada abaixo, inconsciente. À minha volta, os outros escritores caíram, um a um. Por ser o último, ainda tive esperança de que Matias tivesse mantido a promessa e que, de alguma forma, tivesse conseguido manter-me acordado. Mas os meus sentidos foram-se apagando até a minha mente ficar totalmente às escuras.

A última imagem que me passou pela cabeça foi a memória de Matias a prometer que nos iria ajudar.

24

Ao contrário dos outros jogos, acordei serenamente como se tivesse tido uma boa noite de sono. Aliás, até demorei alguns instantes a perceber que não estava no meu quarto. Mas o chão duro onde estava deitado fez-me despertar para a realidade do novo jogo de Ash Falls.

Levantei-me num salto e percebi que estava numa pequena sala de paredes com a tinta a descascar e com odor a bolor. Conseguia sentir a humidade no ar, o que me provocou arrepios. A sala, fracamente iluminada, vazia, exceto um botão vermelho ao lado da porta de metal, com uma abertura de vigia que agora permanecia fechada. Tentei abri-la, mas obviamente estava trancada. Senti-me numa prisão.

Esperei por qualquer sinal, percorrendo a minúscula sala, que mal dava para quatro passos para cada lado. Não ousei carregar no botão para já, sabendo o risco que era ser ousado naqueles jogos. Colei o ouvido à porta, mas, do outro lado, só silêncio e a ocasional corrente de ar que entrava por baixo.

Sentei-me no chão, de pernas cruzadas, encostado à parede fria. Não fazia ideia do que me esperava. Faltavam os jogos do meu livro e do de Benjamin. Não me parecia que aquele cenário tivesse a ver com a minha história, pelo que o entendi como sendo da de Benjamin. Não sabia o que estava a escrever sobre Ash Falls, mas já tinha lido livros dele. Costumava retratar temas como a solidão e a depressão. De que forma Ash Falls conseguiria tornar isso num jogo?

Como que respondendo às minhas perguntas, o metal deslizante da pequena abertura da porta alertou-me para dois olhos que me fitavam do outro lado. Demorei tempo a perceber que afinal eram olhos escuros e plásticos das máscaras dos nossos *babysitters*. Tive vontade de perguntar se era Matias, ocorrendo-me que chamar pelo seu nome ia imediatamente expor a nossa colaboração. A outra pessoa desapareceu, e eu corri para a porta para espreitar o que estava do outro lado.

No centro de uma sala, igualmente pouco iluminada, estava um televisor em cima de uma simples mesa de madeira. Fazia lembrar a mesma televisão antiga do primeiro jogo. A figura mascarada que me vigiava estava especada ao lado do televisor, numa postura reta, quase militar. Pela sua estatura, percebi que não era Matias, o que me deixou nervoso.

O ecrã ganhou vida com a enervante música temática de Ash Falls e, segundos depois, o anúncio do novo jogo.

O Jogo do Isolamento

Todos os jogadores estão isolados nas suas salas.
A libertação está no botão vermelho.
Ganha o último resistente.
Todos os outros desistentes irão ver os seus segredos revelados.

Vencedor da vantagem: Lucas Blackburn.

Eu não era uma pessoa violenta, mas, naquele preciso momento, tive vontade de partir qualquer coisa. Que impiedosa reviravolta a de penalizar todos os perdedores do jogo. E que significava resistir naquele jogo? Ficar sem comida, água, cama, casa de banho... sanidade? Ninguém podia garantir que não íamos ficar dias a fio ali fechados, se os outros cinco não desistissem. Não me ocorria termo melhor para aquilo do que «tortura». Porém, Ash Falls sabia como brincar com as nossas cabeças e emoções, pois não estávamos efetivamente presos. Bastava carregar no botão.

A figura de negro aproximou-se da porta e fechou a vigia com brusquidão, mesmo à minha frente. Voltei a sentar-me no chão, encostando a cabeça à parede húmida e fixando a lâmpada fosca por cima de mim. Quanto tempo seria eu capaz de ficar ali fechado? Será que tinha em mim a força para aguentar, se isso significasse não ver os meus segredos descobertos? Valeria assim tanto a pena?

Fiz a análise mental de cada um dos outros escritores e de como achava que se poderiam sair naquele jogo. Cecília poderia aguentar, se se concentrasse nos seus *mantras* e meditações. Baltazar estava acostumado à solidão. Lucas tinha uma enorme resistência. Benjamin estava habituado a retratar o isolamento nos seus livros, pelo que não era algo estranho para si. Ophelia era imprevisível na sua força. Por outro lado, qualquer um deles podia ter claustrofobia ou outra fobia semelhante. Ou, então, podiam não estar para aturar um jogo daqueles, se já não tinham muito a perder. Ou talvez ainda tivessem segredos piores que preferiam guardar.

Uma coisa era certa. Quem não queria carregar no botão vermelho ia ficar ali fechado durante muito tempo.

*

My loneliness is killing me (and I)
I must confess, I still believe (still believe)
When I'm not with you, I lose my mind
Give me a sign
Hit me, baby, one more time

A música de Britney Spears acordou-me com violência. Num salto, atordoado e com dores nos músculos por ter estado a dormir no chão sabe-se lá durante quanto tempo, olhei para a pequena coluna embutida na parede, na qual até então não reparara. Ash Falls não estava para brincadeiras. Aquele era o primeiro de vários jogos psicológicos que nos esperavam para nos forçar a carregar no botão. Algo me dizia que iria ouvir aquela música inúmeras vezes durante o jogo.

Comecei a percorrer a sala em círculos, tentando lembrar-me de quanto tempo um humano conseguia ficar sem comer ou beber água. Um mês para o primeiro e três dias para o segundo? Sabia ter lido isso algures, mas não me recordava com exatidão. Valeria a pena sujeitar-me a isso? Que tinha a perder? *Tudo*, pensei eu.

Outra coisa me estava a preocupar na pequena cela: as idas à casa de banho. Olhei para um dos cantos, sabendo que teria de ser mesmo ali. Seria eu capaz de coexistir durante muito tempo com as minhas próprias fezes e urina? Toda aquela situação era totalmente desumana. Mas a terrível realidade é que bastava carregar no botão vermelho e tudo acabava. Ash Falls era perversa o suficiente para nos tornar nos únicos responsáveis pela nossa desumanização.

De repente, ouvi um alarme a tocar três vezes. Logo de seguida, o meu guarda mascarado abriu a vigia e eu colei-me imediatamente à porta. Do outro lado, o televisor exibia nova mensagem.

O primeiro jogador carregou no botão.
Restam cinco jogadores.

O nome do primeiro desistente não fora revelado. Podia ser qualquer um e por qualquer motivo. Já conhecia bem o funcionamento de Ash Falls, a ponto de duvidar se realmente alguém já tinha desistido ou se aquilo era só para nos espicaçar.

Quando o ecrã se desligou, reparei que o meu *guardião* estava sentado ao lado da mesa com uma caixa no colo. Abriu-a lentamente e revelou uma sandes. Subiu a máscara, deixando apenas a boca à mostra, e começou a mastigar à minha frente. Imediatamente o meu estômago rugiu, e dei pela fome que já tinha. Afastei-me da porta e fiquei ainda uns belos minutos sentado no chão, à espera de que ele voltasse a fechar a vigia, o que foi feito uns excruciantes minutos depois.

Naquela altura, já havia perdido completamente a noção do tempo. Não sabia a duração da minha estada ali, nem se era de dia ou de noite. Fome, sede e sono acumulavam-se, estando eu já num estado de desorientação tal, que forcei a minha mente a viajar para fora dali.

Mas antes precisava de mijar...

*

Voltei a adormecer sem dar conta, e a Britney Spears regressou para me atormentar. Comecei a caminhar pela sala, que me parecia cada vez mais pequena, à espera que a música terminasse.

Quando estava ansioso, costumava ser um bom exercício mental concentrar-me nas minhas histórias e personagens. Viver vidas que não existiam e que iam surgindo na minha cabeça como por magia era umas das minhas coisas favoritas na escrita. As personagens eram quase como amigas, até as mais cruéis. Todas elas eram um bocadinho de mim.

O alarme soou novamente. Outro botão carregado por um desistente. O meu guarda abriu a vigia e a mesma mensagem surgiu no ecrã. Desta vez não estava a comer, antes a beber água de uma garrafa de plástico, uma visão que me deixou a garganta num deserto. Não sabia quem era aquela pessoa, mas odiei-a com todas as minhas forças.

Se realmente aquilo era verdade, já duas pessoas haviam desistido. Estava no bom caminho. Mas seria resistente o suficiente para superar os outros três que ainda restavam?

Deitei-me no chão, de olhos abertos e encostado a uma das paredes. Estranhamente, já me começava a habituar à humidade e à dureza do chão, como se o meu corpo estivesse a assimilar que aquele era agora o meu mundo.

Não sei se era a minha imaginação a pregar partidas, mas ouvi um barulho ritmado algures do outro lado da parede, como se alguém estivesse a bater com força. Tentando seguir a origem do ruído abafado, ainda deitado no chão, fui dar com uma pequena área na base da parede e uma pedra que podia ser retirada. Enfiei os dedos pelo buraco onde a pedra estava encaixada e, após várias tentativas que me deixaram os dedos em sangue, lá consegui arrancá-la. Mesmo à fraca luz, pude perceber que o buraco atravessava toda a parede até outro local. Era pequeno, mas conseguia ver luz do outro lado. E, de repente, pés, ansiosos e rápidos de um lado para o outro.

— Olá? Consegues ouvir-me? — perguntei eu, projetando a voz para o pequeno buraco.

Os pés pararam e a outra pessoa ajoelhou-se para olhar para mim. Sorte amaldiçoada a minha quando percebi que o olho rasgado que me fixava do outro lado era o de Benjamin.

— Gaspar? És tu?

— Sim. Estás bem?

Benjamin não respondeu imediatamente. Quase conseguia sentir o seu orgulho ferido do outro lado. Provavelmente estava a encontrar as melhores palavras para não parecer vulnerável.

— Está tudo bem? — insisti eu.

— Não, não está tudo bem. Estamos presos, Gaspar.

— Podes sempre carregar no botão — provoquei eu.

— Gostavas bastante que isso acontecesse, não é? — o seu tom não era acusatório, antes jocoso, como se estivesse aliviado por ter outro ser humano a acompanhá-lo naquele jogo de tormento e solidão, mesmo que fosse alguém com que antipatizava.

— Estaria a mentir, se dissesse que não. É um jogo, apesar de tudo.

— E nada melhor do que derrotar o teu maior adversário, certo?

— Não diria que és o meu maior adversário. Mas és o meu maior desafio em Ash Falls. Obrigado pela história do teu livro, já agora. Estou a adorar este jogo.

Mesmo pelo pequeno buraco que unia as nossas celas, consegui ouvir o eco surdo da sua risada.

— Fico lisonjeado por me considerares um desafio. Não és o primeiro a dizer-me isso.

— Certamente não serei o último.

Benjamin era de longe a última pessoa com quem queria passar aquele isolamento. No entanto, algo na vulnerabilidade da sua voz surgia como um convite para tentar resolver as coisas. Tinha ali a minha oportunidade para o conquistar, livre de distração.

— Benjamin, posso fazer-te uma pergunta?

— Claro. Tempo é o que não nos falta.

— Fiz alguma coisa para não gostares de mim?

Do outro lado veio uma pausa tão grande, que achei que não tinha ouvido. Mas começava a conhecer Benjamin bem de mais para saber que estava a encontrar as palavras perfeitas para me responder, algo que também eu costumava fazer.

— Não é que não goste de ti, Gaspar. Apenas não te conheço bem o suficiente para confiar em ti. Aliás, o mesmo acontece com todos os outros. Nesta situação peculiar em que nos encontramos, não consigo evitar ser desconfiado.

— Isso não é motivo para a forma como me tens tratado. Sinto que és mais hostil comigo do que com os outros.

— Tens razão — suspirou ele. — Acredita que tenho pensado muito nisso. Não sou uma pessoa impulsiva por natureza, mas contigo a hostilidade surge sem ponderação. A minha educação foi muito rígida. Aprendi a reprimir as minhas emoções, pois eram consideradas sinal de fraqueza. Acho que, de certa forma, somos muito parecidos e revejo-me em ti. Olhar para ti é como ver num espelho aquilo de que não gosto em mim. Relembras-me constantemente um lado de mim que está oculto. Por isso, o problema que tenho contigo é, na realidade, um problema comigo.

— Achas que exponho assim tanto as minhas emoções? — perguntei.

— Não. Antes pelo contrário. Mas um olhar mais atento deteta atitudes e gestos que te traem.

As palavras de Benjamin vinham carregadas de tanta tristeza e melancolia, que senti os meus próprios olhos a se inundarem de lágrimas. Preferia que tivesse respondido que me odiava por ser irritante, ou algo assim, mas aquela justificação tão real arrebatou-me.

— Estás aí, Gaspar? — perguntou ele. — Espero não te ter ofendido.

— Não me ofendeste. Agradeço a tua sinceridade, Benjamin. Fico mais descansado por saber que afinal não é nada de tão pessoal.

— Não é pessoal. No entanto, há coisas que me exasperam em ti. Acredito que ainda ninguém to disse, mas tens uma extrema necessidade de agradar os outros, o que te põe num constante estado de tensão. Esse teu lado extremamente *bonzinho* é um problema para ti, Gaspar. Não és sincero contigo nem com os outros.

— Eu sou sincero.

Só quando as palavras me saíram da boca é que notei que a mentira já era algo instintivo em mim. Até eu acreditava naquilo que dizia. Não, não era sincero, e Benjamin estava a ler-me como nunca ninguém me lera. Talvez fôssemos realmente parecidos.

Mas a mentira era temporária. Todas as mentiras que me envolviam em Ash Falls eram algo para o bem comum do grupo. Estava a sacrificar-me por eles.

— Tens de ser mais gentil contigo, Gaspar. É um conselho que repito para mim todos os dias.

Às suas palavras seguiu-se a sugestão de que deveríamos descansar. Do outro lado da parede, vinha agora um pesado silêncio. Virei-me de lado no chão, tentando adormecer e sentindo uma lágrima escapar pelos olhos fechados.

*

Acordei com a Britney Spears novamente, mas desta vez não foi o alto volume da música que me sobressaltou e fez recuar até à parede. Não estava sozinho ali. A porta estava fechada, mas, num dos cantos escuros, consegui distinguir uma figura humana.

— Quem és tu? — perguntei eu, gaguejando.

A figura não me respondeu. Os meus olhos habituaram-se à fraca iluminação e reconheci quem era.

Eras tu.

O teu olhar totalmente negro e indecifrável. O casaco de ganga gasta de que tanto gostavas, manchado de vermelho. As calças rasgadas, ensopadas no sangue que vertia dos teus pulsos em quantidade absurdamente abundante. O teu rosto pálido como a Morte.

Os demónios que me visitavam regularmente agora transfigurados em ti.

Porque estavas ali comigo? Porque não conseguia exorcizar-te da minha alma?

O teu sangue começou a inundar a sala, chegando até mim, frio e cortante. De repente, começaste a gritar, um som grave e atroz que me feria os ouvidos. Fechei os olhos com força e tapei as orelhas com as mãos, desejando com todas as minhas forças que me deixasses em paz naquele momento de fraqueza.

Não queria que tua memória desaparecesse. Não assim, não daquela forma. Não merecia aquilo!

Ouvi o meu nome por entre o grito, repetido e cada vez mais perto. Até que o grito parou. Abri os olhos a medo e estava novamente sozinho, sem vestígio de sangue ou da sua presença. Benjamin chamava por mim do outro lado da parede.

— Gaspar? Que se passa aí? Estás bem? — perguntou ele, numa voz urgente.

— Achei que estava alguém comigo na cela. Mas deve ter sido do raio da música, que me voltou a assustar.

— Deves estar a sentir os efeitos da fraqueza e da desorientação. São sintomas comuns de quem é torturado.

— Autotortura, neste caso. Seria tão mais fácil ser forte o suficiente para me lixar para isto tudo e carregar na porra do botão.

— Pareces o Lucas a falar.

— É do cansaço. Vou tomar isso como um elogio.

— Se só acordaste com a música, provavelmente não ouviste que houve mais uma desistência. Somos só três em jogo agora.

— Quem achas que foi?

— Quem sabe? Todos nesta casa me surpreendem diariamente. O que é normal. Não conheço o *background* de ninguém.

O sotaque coreano de Benjamin estava mais carregado, um sinal claro de que estava a ceder à exaustão. Com uma postura sempre tão intocável, como estaria a lidar com ter de permanecer no mesmo local onde fazia as necessidades no chão?

— Queres falar-me sobre o teu livro? Pode ser uma forma de te abstraíres de tudo isto, e sempre me distrais. Posso falar do meu também.

— Tudo bem. Parece-me boa ideia. Bem, a história que estou a escrever é sobre a vida de uma mulher, que se fecha num apartamento minúsculo e decide ali ficar para o resto da vida, sem contacto com o mundo e sem socializar. No capítulo em que estou, começou a ser visitada pela família que partiu.

— Uma metáfora para os dias que correm.

— Exato — respondeu ele, com agrado. — Senti-me tentado a mudar a história, ao perceber que Ash Falls estava a usar os nossos livros para implementar os jogos. Mas seria injusto para mim e para a história se o fizesse. Já estava demasiado viva.

— Calculo que não esperavas que Ash Falls fosse tão literal na construção deste jogo.

Quando me preparava para revelar algumas coisas sobre o livro que estava a escrever, a sirene voltou a tocar. Cecília, Lucas,

Baltazar e Ophelia tinham desistido. Sobrava apenas eu e Benjamin naquele terrível jogo. Os rivais da casa, que afinal eram tão iguais. O meu guardião abriu a portinhola da vigia e dirigi-me para a porta, sentindo as pernas fraquejarem e a garganta seca.

O quarto jogador desistiu.
Restam apenas dois jogadores.
O vencedor será o único a não revelar um segredo.

Quando o ecrã se desligou, reparei que o meu guarda não era o mesmo. Pela pequena estatura e linguagem corporal, parecia-me uma mulher. Não sabia ao certo há quanto tempo estava naquela cela. Dois dias? Três? Provavelmente os guardas de negro estavam a fazer turnos. Só desejava que nada tivesse acontecido a Matias.

De repente, as luzes apagaram-se e o *Baby one more time* regressou, desta vez num volume muito mais elevado. Só com dois jogadores, Ash Falls queria despachar aquilo. Seria tão simples ceder e carregar no botão, a escassos centímetros da minha mão. Mas, se tinha chegado até ali, não ia desistir agora. Por muito que sentisse que estava a conseguir resolver as coisas com Benjamin, seria injusto para os dois não dar luta.

Escorreguei até ao chão e tentei abstrair-me da música, que nem me permitia falar com Benjamin, viajando para outros mundos. O cheiro das minhas próprias necessidades, num dos cantos da cela, começava a inundar o espaço de um cheiro nauseabundo. Segui o conselho que dera a Benjamin e voltei ao meu livro e à minha história, as personagens ao meu lado, dando-me força. Mas elas não vieram. No meio da escuridão, sabia que estavas de volta, fixando-me, julgando-me, atormentando-me.

Não sei quantas horas fiquei ali naquele martírio até a música parar. Rastejei até ao buraco que unia as duas celas e chamei por Benjamin, perguntando-lhe como estava.

— Se já odiava música *pop* americana, em saindo daqui vou aboli-la da minha vida — gracejou ele fracamente.

— Antes que a música recomece, quero que saibas que, aconteça o que acontecer neste jogo, espero que consigamos resolver as coisas entre nós. Podes ver isso como a minha irritante necessidade de querer que gostem de mim, mas quero verdadeiramente dar-me bem com todos, porque me preocupo com todos. Estou a ser o mais sincero possível, comigo e com vocês.

— Obrigado por essas palavras, Gaspar. Concordo. Quando sairmos daqui, vamos virar uma nova página.

Ri perante a piada de Benjamin, algo que não lhe era comum, mas que mostrava que finalmente estava a conquistar a pessoa mais desafiante da casa.

— Lá fora, vamos...

Uma mão fria agarrou-me no pulso, interrompendo-me e fazendo-me gritar. Ainda ouvi Benjamin chamar por mim, mas a música recomeçara, ainda mais barulhenta. Saltei para outro canto da cela, amedrontado e esfregando o pulso onde tinha sido agarrado. Estava alguém ali comigo? Eras tu, saído diretamente da obscuridade para me castigar pelos meus pecados?

De repente, todas as nossas memórias me afogaram como uma maré de trevas, e senti mil mãos a agarrar-me e a apertar-me o corpo. A angústia era insuportável! Onde outrora o meu coração batia por ti, agora jazia um órgão doente e apodrecido por anos de espinhos e arame farpado enferrujado. A cela desaparecia para me deixar cair num oceano de escuridão, mil monstros de dentes pontiagudos, prontos a mastigar-me e a engolir-me.

Não eras tu. Não podias ser tu. Eram os demónios deixados pela tua ausência. Numa tentativa vã de me salvar, evoquei as memórias mais queridas e brilhantes que me deixaste. Mas também Ash Falls e todos os que partilhavam aquela experiência comigo. Estendi a mão, tentando salvar-me do ciclone de trevas.

Recusava-me a continuar a ser refém daquela escuridão.

Carreguei no botão.

Assim que o fiz, as luzes acenderam-se, mais intensas e normais, e a música parou, deixando um zunido nos meus ouvidos. Dei por mim deitado no meio da pequena cela, os membros ainda dormentes das alucinações que sofrera, tão reais e trágicas. Devia ter estado a gritar, pois a minha garganta ardia de dor. O meu rosto estava encharcado em suor e lágrimas. Sentei-me, sentindo-me atordoado e fraco, a mente a ameaçar apagar-se a qualquer momento.

— Gaspar! — gritou Benjamin, do outro lado. — Que aconteceu? Ouvi-te gritar, mesmo sobre a música alta. Carregaste no botão...

— Ganhaste o jogo, Benjamin. Parabéns — disse eu, numa voz débil.

— Aconteceu alguma coisa na tua cela? Alguém te fez mal? — insistiu ele.

— Apenas más memórias, nada mais.

Alguém destrancou a minha porta. A mulher de manto negro, que agora me guardava, surgiu à porta e apontou com a cabeça para fora da cela. Assim que saí, a sensação de liberdade foi agridoce, ao ver uma cadeira de metal em frente à televisão. A mulher agarrou-me no braço e obrigou-me a sentar.

Era agora que íamos assistir a mais cinco revelações de segredos. Uma delas seria minha — o primeiro segredo que via revelado em Ash Falls, os meus demónios expostos sabe-se lá a quantas pessoas. Estaria eu preparado para os enfrentar?

O ecrã acendeu-se e depressa surgiu o vídeo referente a um segredo. Mas não era de nenhum dos perdedores. O segredo era o de Benjamin, o suposto vencedor do jogo. Olhei confuso para a mulher, como se ela pudesse responder, mas mantinha-se imóvel como uma estátua. Assisti àquele vídeo, que me deixou mais triste e pesaroso do que propriamente surpreendido. Agora via com outros olhos as palavras e as atitudes de Benjamin.

Logo que o segredo terminou e o ecrã voltou a ficar escuro, a mulher aproximou-se novamente e agarrou-me no braço para me levantar. Quando o fez, senti uma picada no braço. Virei-me inquisidoramente para a máscara branca.

— O Matias manda cumprimentos — segredou ela, numa voz jovem, mas abafada devido à máscara.

O meu alívio durou pouco tempo, já que, segundos depois, a sala inundava-se de gás soporífero e eu caía no chão. Exausto como estava, a inconsciência até foi bem-vinda, ainda que soubesse que seria de pouca duração.

Ash Falls, aí vou eu.

O segredo de Benjamin Lee

— Isso, fode-me como se fosse uma puta! — gritou a jovem mulher em cima de Benjamin.

— Por favor, para de gritar — ordenou ele seriamente.

— Com força!

Benjamin saiu imediatamente de dentro dela e empurrou-a para o outro lado da cama, deixando-a aturdida com a súbita atitude.

— Ei! Para que foi isso? — perguntou ela.

— Pedi-te que parasses de gritar.

— Não é disso que gostas? Normalmente os homens gostam disso — comentou a mulher, acariciando o braço de Benjamin, que rapidamente se afastou e caminhou nu até à janela do quarto de hotel.

— Não foi esse o acordo entre nós.

— Acordo? Meu querido, não há acordo. Tu pagas, eu faço o que mandas.

— Nesse caso, o que mandei foi ficares quieta e calada.

— Ah, já percebi. És desses. Tudo bem. Ai de mim julgar quem quer que seja.

Benjamin lançou um olhar duro à mulher, o que a assustou. Naquele momento, pareceu-lhe asquerosa. Suja. Intimidada por ele, a magra mulher de pele pálida vestiu-se rapidamente e levou consigo o maço de notas na mesa à saída, deixando-o nu e sozinho a observar a cidade de luz lá fora.

Agarrou no telemóvel. Duas mensagens do seu agente a pedir que confirmasse mais duas sessões de apresentação do seu novo livro. Três chamadas não atendidas da sua mulher. Não respondeu a nenhum deles.

Frustrado com a forma como a noite terminara, vestiu-se e desceu até ao bar do hotel, sentando-se ao balcão a bebericar *whiskey*. Àquela hora da madrugada, as únicas figuras que povoavam aquele bar eram homens solitários e prostitutas em busca de dinheiro fácil.

Uma mulher sentou-se perto dele. Pela forma como se vestia, se sentava e falava com o *bartender* devia estar na cidade em trabalho. Benjamin conhecia aquele género de mulher, presa à sua rotina de família e trabalho, mas a perder lentamente a sua essência. Era como ele. E foi por isso que foi tão fácil meter conversa com ela. Madrugada adentro, já estavam a trocar histórias de vida e piadas entre copos. Não tardou até subirem ao quarto. O perfume barato da prostituta ainda perdurava no ar e nos lençóis, mas isso não foi impedimento para se lançarem numa intensa e animalesca noite de sexo, os dois tão sôfregos por prazer e toque de afeto.

Na manhã seguinte, Benjamin acordou sozinho na cama. Não a tinha visto sair, mas imaginou que tivesse abandonado o quarto como um fantasma arrependido. Agarrou no telemóvel. Mais chamadas não atendidas da sua mulher fizeram-no suspirar. Mas houve algo mais que o fez saltar da cama e vestir-se de imediato — uma mensagem do seu agente a dizer que a sua mulher estava no hospital.

A viagem até à sua cidade demorou mais do que desejaria, fazendo-o pensar demasiado nos seus atos e no que iria encontrar naquele hospital.

Quando chegou ao corredor do quarto onde estava internada, o agente esperava por si, sentado numa cadeira. Tentou disfarçar o desapontamento com Benjamin, mas já o conhecia bem de mais para saber que ia deixar passar. Tinha quase a certeza de que o seu agente lhe conhecia as indiscrições, mas nunca o confrontara, com receio de perder um cliente como ele.

Quando entrou no quarto, a mulher estava deitada, com um olhar vazio na direção da janela. Parecia ainda mais debilitada do que o normal, excessivamente magra, careca e com a pele acinzentada.

— Liguei para ti várias vezes — disse ela, numa voz arrastada, sem nunca desviar o olhar da janela.

— Desculpa. Estava tremendamente cansado das sessões que tive e acabei por adormecer. Que aconteceu?

— Senti-me tonta e caí na escada. Miraculosamente, não parti ou fraturei nada, mesmo no estado em que estou.

— Fico muito aliviado por ouvir isso.

— Não precisas de mentir, Benjamin. Tu não és assim — disse a mulher, finalmente olhando para ele, um olhar baço.

— Não estou a perceber...

— Não sou parva. Sei o que andas a fazer. Conheço-te bem, melhor do que imaginas — o seu tom não era acusatório, antes taciturno. — Sei que, quando olhas para mim, já não vês uma mulher, vês um cadáver. Senti que algo entre nós se quebrou ao vir o meu diagnóstico. O cancro faz isso aos casais.

— Estás a dramatizar. Estou e estarei sempre a teu lado, na saúde e na doença. Não foi isso que dissemos no casamento?

— Tu estás comigo, mas ao mesmo tempo não estás.

— Estás a ser injusta. Eu...

— Sei que tens estado com outras mulheres, Benjamin — interrompeu ela. — O perfume de mulher, as ausências, as mensagens furtivas. Não te condeno. No estado em que estou, devo causar-te repulsa. E sabe-se lá se vou aguentar isto. Só gostava que não me mentisses. Nunca foste mentiroso comigo.

Benjamin não estava habituado a expressar as suas emoções, mas, naquele momento, deixou escapar uma lágrima perante as palavras cortantes da mulher. Ela tinha razão, mas ele não o conseguia admitir. Aquela pessoa doente, que se ia apagando aos poucos, criava-lhe aversão, e isso tornava-o num monstro que aprisionava no seu interior. Era sua mulher e estava em sofrimento. Eram profundamente injustos para ela... os enganos e a mentira por pura satisfação sexual e afetiva.

— Não me importo que o faças, Benjamin. Sei que nunca te envolverias emocionalmente com essas mulheres. Estou a sofrer e tenho muito medo. Medo de morrer sem ti a meu lado. Só te peço que não me deixes, por favor. Sê o meu Benjamin durante mais uns tempos. É tudo o que peço.

Benjamin explodiu finalmente em lágrimas, ajoelhando-se e agarrando na mão magra da sua mulher.

— Por favor, perdoa-me. Não sei o me deu. Não sou assim. Não fui educado assim. Sou um idiota que não te merece.

— Chh, está tudo bem, meu amor — disse ela, afagando-lhe o cabelo.

— Não o vou voltar a fazer. Prometo que estarei mais presente e a teu lado, sempre. Vamos combater isto juntos, dê por onde der.

Durante o resto do dia, Benjamin distraiu a mulher com filmes, conversas, memórias do início da sua relação e ideias para novos livros. À noite, com a mulher exausta, a dormir calmamente, saiu do hospital aliviado e feliz com a aquela renovação da dinâmica de casal.

Quando entrou no carro, ligou o telemóvel. O seu coração ficou crescentemente acelerado com o dedo a pairar sobre uma das aplicações que mantinha escondidas. Cedendo à tentação e ao desejo, clicou e começou a deslizar o dedo para escolher a jovem mulher que iria contactar naquela noite.

25

— Gaspar, se não acordares agora mesmo, juro que te dou uma tareia! — ouvi eu, numa voz sussurrada, mas exaltada. Abri os olhos e a primeira coisa que vi foi a cadeira de rodas onde estava sentado. Depois, o rosto chateado e suado de Matias.

— Não ligo a religiões, mas graças a Deus que acordaste! Cheiras bué mal, já agora.

— Onde estamos? — perguntei eu, sentindo a garganta num caco.

— Numa arrecadação com adereços dos jogos — respondeu Matias, apontando para altas estantes repletas de objetos. À primeira vista, reconheci a minha bola de ferro do Jogo do Destino e a colcha da cama do Jogo do Culpado. — Não pensei que o antídoto demorasse a fazer efeito. Estás inconsciente há mais de uma hora. Tens água e comida ali, mas tens de ser rápido.

Matias tinha deixado uma garrafa de água e duas barras proteicas numa mesa, as quais consumi num ápice, como se não bebesse ou comesse há mais de um mês. Ainda me sentia tonto e as memórias da cela ainda estavam muito presentes, mas aos poucos ia regressando à normalidade.

— Como é que me trouxeste até aqui?

— A Maya ajudou-me. É a cuidadora da Cecília.

— Podemos confiar nela?

— Sim, sem problemas. Ash Falls trocou-nos as voltas e alterou os nossos turnos à porta das celas. Fiquei com o Lucas, mas foi o primeiro a desistir. Por sorte, a Maya foi destacada para a tua cela e pedi-lhe que te injetasse o antídoto. Entretanto, fui chamado para te levar para casa, mas, em vez disso, trouxe-te para aqui.

— Eles não vão desconfiar?

— Por enquanto não. O pessoal está todo num alvoroço com a visita de algum manda-chuva. Desconfio que seja o presidente. Não acredito que reparem na tua ausência para já, mas não temos muito tempo. E, agora, fazemos o quê?

Matias olhou para mim num misto de expectativa e total confiança. Naquele momento, senti que me via como uma espécie de guia ou mentor, que magicamente surge com uma estratégia para invadir a base de operações, derrubar Ash Falls e salvar o dia. Mas eu estava longe de ser isso e tudo o que conseguia planear naquele momento era uma forma de evitar vomitar as barras de energia, que caíram como uma bomba no meu estômago.

— Estamos exatamente onde? Vais ter de me orientar, não conheço a configuração da base — pedi eu.

— A base é constituída por dois pisos subterrâneos. No primeiro, localiza-se a base de operações propriamente dita. No piso mais abaixo, estão o túnel que vai dar à casa e as salas onde se realizam os jogos. Estamos na arrecadação de uma dessas salas.

— Há guardas pelos corredores?

— Não. Pelo menos não daquele tipo com armas. Mas temos de considerar todos os funcionários de Ash Falls como inimigos.

— Com o pouco tempo que temos, é preciso sermos incisivos. Consegues levar-me aos aposentos do Eli? Se houver algo útil que possamos usar, de certeza estará lá.

— Não vai ser fácil, mas, se toda a gente estiver a lamber as botas a esse gajo, talvez consigamos.

— Vamos embora, então — sugeri eu, levantando-me da cadeira de rodas.

— Gaspar. Há algo que precisas de saber antes de irmos.

Virei-me para ele, já com a mão na maçaneta. O seu rosto era sério.

— Acho que descobri o que é Ash Falls. Consegui aceder a um computador com Internet.

— E então? — insisti eu, perante o seu súbito silêncio.

— É um *reality show*.

— O quê? Tens a certeza disso?

— Sim. Não tive muito tempo, mas, da pesquisa que fiz, Ash Falls tem sido um autêntico fenómeno. Toda a gente fala disso, pelo menos no mundo digital.

Senti todo o sangue do meu corpo desaparecer. Seria possível que Ash Falls afinal fosse algo tão clichê e banal como um *reality show*? Era realmente necessário todo aquele circo só para transmitir um programa com seis escritores? Mas havia algo ainda mais grave. Não era só a nossa vida no dia a dia, as nossas relações e o nosso trabalho que estavam a ser violados e expostos a todo o mundo. Eram também os nossos segredos, revelações capazes de nos destruir. Tudo isso em prol de quê? Audiências e popularidade?

— Falaremos sobre isso depois.

Reuni todas as minhas forças para suprimir aquela informação, por enquanto, e arrastei Matias comigo para o corredor. À segurança, deu-me um dos seus mantos negros para me disfarçar. Tapei a cabeça com o capuz e seguiu-o por um corredor comprido, que tive a certeza de que ia dar à casa.

— Se passares por alguém, age normalmente — indicou Matias. — Por aqui, ninguém interage muito, e ainda menos com operacionais como nós. Se te mantiveres na tua, vão ignorar-te.

Quando emergimos na base de operações, fiquei surpreendido por ver um local tão normal. Na minha imaginação de escritor, aquele seria um espaço futurista, saído diretamente de um filme de ficção científica. Segui Matias por corredores de paredes de betão com portas de metal. Cruzámo-nos com algumas pessoas, também elas com um ar normal. Felizmente, todas me pareceram demasiado perdidas nos seus mundos e preocupações para olharem duas vezes para mim.

Matias levou-me para um enorme balneário com vários chuveiros e cubículos. Lá dentro, uma rapariga baixa, que me pareceu ainda mais jovem do que Matias, esperava por nós.

— Trouxeste-o assim descaradamente? E se alguém os descobrisse? — perguntou ela, ignorando-me.

— Relaxa, Maya. Seria uma novidade, se alguém reparasse em nós agora.

— Mas o Erik e os outros andam por aí. Sabes muito bem que anda muito amigo do Eli e já se fala numa promoção.

— Olá, sou o Gaspar — cumprimentei, apesar de saber que era ridículo fazê-lo a alguém que me vigiava há semanas. Maya finalmente reconheceu que eu estava ali.

— Oh, desculpe. Sou a Maya, a operacional que cuida da Cecília Celes — apresentou-se ela, a corar de vergonha. — Peço desculpa pela injeção no Jogo do Isolamento.

— Tudo bem. Obrigado por nos ajudares, Maya. E trata-me por tu.

— Bem, se já acabaram com as apresentações *awkward* — disse Matias, revirando os olhos —, temos uma conduta para explorar.

Matias não estava a brincar, ao dizer que aquele era o seu local favorito de Ash Falls. Deixando Maya no balneário, maravilhei-me com a agilidade daquele rapaz alto a saltar para dentro da conduta e a percorrê-la como um predador. Tive grande dificuldade em acompanhá-lo, especialmente porque queria espreitar por todas as grelhas por onde passava. Estava literalmente dentro do covil do lobo e começava a sentir a adrenalina a percorrer-me o corpo.

— Se as minhas previsões estão corretas, o quarto do Eli deve ser por aqui — sussurrou Matias. — Já explorei o quarto do Oscar, calculo que deva ser perto.

— As salas estão todas vazias.

— Sim. Deve ser devido à visita do presidente de Ash Falls ou da empresa ou organização que controla isto. Alguns funcionários mais importantes foram convocados para uma reunião. Infelizmente, essa sala tem uma conduta de ar diferente.

— Custa-me acreditar como é que há pessoas a chegar aqui de helicóptero e nós não o ouvimos na casa.

— O nosso heliporto é diferente. E fica mais longe.

— E esse «presidente», sabes quem é?

Matias virou-se para mim e colou um dedo nos lábios, calando-me. Fiquei quieto e em silêncio, ouvindo passos pesados a ecoar pelo corredor mesmo por baixo de nós. Espreitei pela grelha e vi Oscar e Walt a caminharem apressadamente. Vê-los novamente provocou-me um arrepio, como se estivesse a confrontar os meus raptores. Quando estavam mesmo por baixo de nós, pararam.

— O Eli pediu que preparasses o relatório de segurança para apresentar ao presidente na reunião — pediu Walt, numa voz trémula que me fez acreditar que tinha medo do outro.

— Não preciso que o Eli me diga como fazer o meu trabalho. Se há alguém que precisa de se preparar para a reunião é ele, especialmente depois do que fez com as armas e com o Jogo do Isolamento.

— Ele só estava a agir em prol do sucesso do programa. O presidente deu-lhe essa liberdade...

— Não o defendas, Walt. Julguei-te melhor do que isso. O Eli só age em prol dele próprio, acredita no que te digo.

Oscar retomou o passo apressado pelo corredor, deixando o outro sozinho. Pouco depois, Walt também o seguiu, os passos a ecoar até o som desaparecer. Afinal Matias tinha razão. A tensão entre aquelas três figuras era palpável. Sabia muito bem que Walt era fraco e facilmente influenciável. Mas o ouro estava no conflito entre Oscar e Eli. Talvez o segredo para destruir Ash Falls fosse aproveitar a ameaça de guerra fria lá dentro.

Com um estalar de dedos, Matias despertou-me das inúmeras suposições que já formava na minha cabeça. Alguns minutos depois, já ele estava a desaparafusar uma grelha de metal, o que nos permitiu saltar para uma casa de banho e, depois, entrar num quarto que não deixava margem de dúvidas ser de Eli. O perfume caro, mas enjoativo, ainda perdurava no ar, assim como em vários fatos e camisas espalhados em poltronas e em cabides nas portas do roupeiro. A grande cama estava por fazer e com várias folhas dispersas em cima dela. Eli escrevia (ou pedia a alguém que escrevesse) e treinava quase tudo o que dizia, fosse no programa, em *briefings,* ou até mesmo em conversas privadas com algumas pessoas. Problemas de autoconfiança ou calculismo puro? Em todo o caso, nenhum daqueles documentos parecia ter importância para nós.

— Que devo procurar? — perguntou Matias, abrindo gavetas indiscriminadamente.

— Se há algo que tenho aprendido, é que a maior parte das pessoas considera o quarto um santuário, um sítio onde podem relaxar, mas também guardar segredos. Se houver alguma coisa sobre Eli ou sobre Ash Falls que possamos usar contra eles, tenho a certeza de que é aqui.

Enquanto perscrutava cada canto daquele quarto com Matias, recordei o Jogo do Culpado, em que eu e os outros cinco escritores vasculhámos o suposto quarto de Alexis, sem saber que, na realidade, era do seu irmão. Procurámos em gavetas, debaixo da cama, armários, por baixo da carpete, por trás de quadros e nada. Até que, ao verificar os bolsos dos *blazers*, encontrei um velho telemóvel desdobrável num deles. Tinha um pequeno aparelho preto colado a si. Quando carreguei num dos botões e o ecrã ganhou vida, percebi que não havia nada personalizado ali, apenas um telemóvel com as aplicações mais básicas. Havia uma notificação de mensagem de texto de um número anónimo:

A primeira transferência foi feita. Certifica-te de que o trabalho fica feito antes de o programa terminar. Contamos contigo!

Seria aquela mensagem críptica a prova de que Eli estava a ser subornado para sabotar Ash Falls?

De repente, Matias agarrou-me com força no braço e puxou-me para o roupeiro. Só então é que ouvi as vozes do outro lado da porta. Comecei a tremer, a respiração mais ofegante, mas Matias apertou-me a mão para me acalmar. Pela fresta entre as duas portas do roupeiro, vi Eli passar, mais pálido e descomposto do que era costume. Seguiu-se uma figura cujo rosto não consegui ver, apenas umas pernas trocadas, grandes e robustas, numa das poltronas do quarto.

— Eli, sabes bem que abomino reuniões de grupo — disse aquele homem misterioso, numa das vozes mais pausadas e graves que ouvira na minha vida. Era quase robótica, mas imponente. — Foi completamente desnecessário importunar os restantes colaboradores. A minha visita é meramente de cortesia. Apenas para verificar ao vivo como tudo está a correr.

— Peço desculpa, Sr. Presidente. Achei que gostaria de ser bem recebido.

— Não ligo a essas idiotices, já devias saber disso. Foste admitido nesta posição por considerar que percebias o que aprecio e o que não aprecio. Talvez me tenha enganado, afinal.

— Claro que percebo, Presidente. Perdoe-me. Talvez as semanas de isolamento me estejam a afetar.

— Parece que estão a afetar-te de outras formas também. Digamos, no cumprimento de simples regras que te foram impostas. Chegou-me aos ouvidos que te tens desviado bastante do que foi estipulado para Ash Falls. Mais do que a liberdade criativa que te permiti.

— Quem lhe disse isso? Se foi o Oscar, garanto-lhe que é tudo uma conspiração para me roubar o lugar e...

— Não foi o Oscar. Trabalhas para mim há tempo suficiente para saberes que não há nada que me escape. O meu sucesso e a minha reputação dependem disso, Eli. Talvez estejas a precisar de umas longas férias.

— Não. Recuso-me. Estamos a um jogo da final, não vou desistir agora. Não depois de todo o êxito que alcancei para Ash Falls. Nunca antes um programa destes teve tanta audiência e alcance. É necessário reconhecer isso, Presidente.

— Tens razão. Tenho de admitir que superou as minhas expectativas e é, de facto, revigorante ver o fenómeno que se tornou um programa com seis escritores a jogar num fim de mundo. Confesso que não esperava estes resultados.

— É tudo graças aos escritores que escolhemos, Presidente. Revelaram ser mais especiais do que pensávamos. Mas é também devido a esta dedicada equipa. Deixe-nos continuar até ao fim, Presidente. Não se vai arrepender.

— Muito bem. Tens mais uma oportunidade. Mas cuidado. Tenho olhos e ouvidos em todo o lado — disse o homem firmemente, o que me fez sentir como se eu próprio tivesse sido descoberto. — Mostra-me então a *régie* e como está a funcionar a edição do programa. Tenho de partir em breve.

O homem-mistério levantou-se e, apesar de só o conseguir ver de costas, pude notar como parecia um gigante, alto e entroncado. Quando saíram, vi que Eli apenas lhe chegava ao ombro.

— *What the fuck?* — disse Matias, ao sairmos do roupeiro. Estávamos ambos muito suados e inquietos. — Não acredito que estivemos escondidos no quarto com os dois tipos que mandam nisto. Que conversa da treta foi aquela?

— Pessoas perigosas. A conversa deixou-me ainda com mais dúvidas sobre Ash Falls. Temos de sair daqui. Tenho o telemóvel do Eli. Não me parece que encontremos mais nada aqui.

Fizemos todo o caminho de volta pelas condutas até chegar ao balneário, onde Matias me ajudou a descer. Maya andava por ali de um lado para o outro, stressada. Percebi que, ao contrário de Matias, todo aquele teatro de agentes secretos lhe estava a custar.

— Meu Deus, achava que tinham sido apanhados! Já entraram aqui duas pessoas. Não sabia o que inventar mais.

— Temos de sair daqui depressa. A reunião foi cancelada, e não tarda vão perceber que não estás em casa — disse-me Matias. — Maya, não te vamos sujeitar mais a isto. Volta para o teu quarto.

— Mas...

— Sei que isto é difícil para ti. Já ajudaste bastante. Obrigado.

E, com isso, Maya desapareceu, com um sorriso que não deixava margem para dúvidas sobre os sentimentos para com Matias. Isso deixou-me contente, mesmo no meio da desgraça.

O corredor estava perigosamente mais povoado, com várias pessoas a dispersar e a caminhar para destinos diferentes.

— Não vai dar para irmos pelo túnel. Tens de sair pela porta do exterior — segredou ele, mudando de direção.

— Ei! Matias! Outra vez nas tuas escapadelas para fumar? — perguntou uma voz presunçosa. Espreitei por entre o capuz preto e vi um rapaz loiro e musculado de sorriso convencido ao fundo do corredor.

— Sim, sabes como é, Erik. Um cigarrinho ao deitar sabe sempre bem — senti Matias a ficar mais tenso a meu lado.

— Não costumas ir acompanhado. És tu aí, Juan?

Não reagi. Não sabia quem era Juan, ou sequer se existia um Juan, mas sabia que aquelas palavras eram uma armadilha.

— Sim. O Juan está com saudades de um cigarro também, não é? — perguntou ele, apertando-me amigavelmente o ombro.

— Engraçado — disse o outro. — Nem há um minuto cruzei-me com o Juan a caminho do refeitório. Sabes como ele fica doido quando o jantar é feijoada.

Seguiu-se uma longa e tensa pausa em que só tive vontade de evaporar. Parecia que estava no meio de um duelo prestes a começar, tal era o clima pesado que se criara no corredor.

— Foge! — sussurrou Matias.

Comecei a correr pelo corredor sem olhar para trás, ouvindo os passos pesados dos outros dois. Subi uma escada de metal, sentindo-me culpado por abandonar Matias, mas não havia nada que pudesse fazer. Era um rapaz desenrascado. Sabia que se ia safar.

No fundo da escada, havia uma pesada porta de metal que fazia lembrar as dos submarinos. Foi preciso usar a força do corpo para a conseguir abrir. Fechei a porta novamente e percebi que estava numa pequena caverna, cuja entrada estava oculta por vegetação. Era de noite cerrada e não fazia ideia de onde estava, mas aquele ar puro e natural que inspirava era como um elixir, depois de dias fechado numa cela no subsolo.

Olhei ao meu redor, sabendo que não podia ficar muito mais tempo perto daquela entrada da base. Sendo de noite, era pouco provável que conseguisse voltar a encontrá-la, especialmente com o meu péssimo sentido de orientação. O meu olhar acabou por se fixar num pequeno ponto luminoso, que me pareceu ser uma das janelas da casa. A base de Ash Falls estava assim tão perto de nós?

Comecei a correr na direção do autêntico farol, aliviado por ter sido bem-sucedido na infiltração na base e consequente fuga. Apertei o telemóvel no bolso, sabendo que estava ali o segredo para acabar com eles. Era o momento de contar tudo aos outros, a altura para ser o herói que sempre ansiara ser, voltar a brilhar quando a minha vida até então era povoada por demónios e trevas.

Demorei mais tempo a chegar do que desejava. As luzes no piso de baixo estavam apagadas e a casa num profundo silêncio. Provavelmente os outros ainda estavam inconscientes ou a dormir. Já lá dentro, toda a exaustão dos últimos dias se abateu sobre mim e tive de me agarrar às costas de uma cadeira para não cair. A televisão estava ligada.

Jogo do Isolamento
Classificações
Benjamin Lee: 5 pontos
Gaspar Jonas: 4 pontos
Baltazar Levi: 3 pontos
Ophelia Amin: 2 pontos
Cecília Celes: 1 ponto
Lucas Blackburn: 0 pontos

Segredo a ser revelado: Benjamin Lee.

Ainda se mantinha o mistério do porquê de ter sido o segredo de Benjamin a ser revelado, se as regras ditavam que apenas o vencedor se iria livrar disso. Teria de ser algo a descobrir no dia seguinte. Por agora, precisava urgentemente de dormir.

Deslizei pela escada até ao meu quarto. Quando acendi a luz, dei um salto ao ver uma pessoa lá dentro. De pernas cruzadas, dedos na testa e olhar ameaçador por trás dos óculos, Benjamin esperava por mim. Em cima da mesa estavam o mapa das câmaras de vigilância, as mensagens de Matias e o caderno com as informações que recolhera sobre todos eles antes de entrar na casa.

— Gaspar, temos de conversar — anunciou ele, com voz gelada.

26

— Vou dar-te apenas uma oportunidade para te explicares antes de acordar os outros e mostrar que afinal tive sempre razão — disse Benjamin, numa voz baixa e pausada. Olhando para ele, ninguém diria que tinha saído da clausura.

— Não tens o direito de mexer nas minhas coisas!

Tentei alcançar todos aqueles objetos recriminatórios na mesa. Quando Benjamin os barrou com o braço num gesto lento e ameaçador, recuei.

— Uma oportunidade, Gaspar.

Suspirei. Não havia forma de inventar uma história sem que ele percebesse a mentira.

— Sei que tudo isto faz parecer que estou envolvido com Ash Falls, mas é um mal-entendido. Vinha agora mesmo contar tudo o que sei.

— Queres começar por dizer onde estiveste até agora? Acordei no meu quarto e a primeira coisa que fiz foi vir ver como estavas... preocupado, depois do que aconteceu nas celas. Cheguei a ponto de sacrificar o meu segredo por todos. E tudo para levar uma chapada no rosto ao deparar com um quarto vazio e a óbvia traição espalhada por todo o lado.

Eu tinha a certeza de ter escondido todas aquelas coisas, era impossível ter deixado tudo à vista. Benjamin também nunca conseguiria encontrar tudo aquilo em tão pouco tempo. Ash Falls...

— Não podemos falar aqui. Estamos a ser vistos e ouvidos. Vamos lá para fora e prometo que te conto tudo.

— E dar-te tempo para inventares mais uma das tuas histórias? Quero uma explicação agora.

— Eu tenho uma explicação para te dar, mas não aqui! Estas pessoas são perigosas. Estão a incriminar-me e sabe-se lá o que mais podem fazer — insisti eu.

— Gaspar...

De repente, os alarmes da casa começaram a tocar. Trocámos um olhar faiscante, adiando aquele duelo até perceber o que se estava a passar. Benjamin recolheu todos os objetos para dentro do caderno e escondeu-o dentro da camisola. Subimos a escada até à zona da sala, inundada pela luz vermelha do alarme. Cecília, Lucas, Baltazar e Ophelia desciam a escada, claramente ensonados e atordoados.

— Que se está a passar? Alguém voltou a fazer alguma asneira? — perguntou Cecília, olhando para o meu rosto lívido.

— Também não sabemos — respondi eu, esperançoso de que Benjamin não abrisse o jogo para já.

O televisor da sala ligou-se sozinho, revelando aquilo que eu mais temia — um novo e prematuro jogo.

Jogo do Apócrifo

Entre todos está um traidor.
A marca da bala ditará a sua culpa e a libertação.
O traidor revelará o seu segredo.
Sem marca da bala, os segredos de todos são revelados.

Não há vantagens neste jogo.

Era demasiado óbvio que Ash Falls já tinha descoberto a minha investida, o que me fez estremecer perante a hipótese de que Matias e até Maya tinham sido apanhados. Agora eu era o próximo alvo a abater, e nada mais eficaz do que destruir as relações que criara com os outros.

— Que raio quer isto dizer? — berrou um impaciente Lucas. — Ainda agora saímos de um jogo e já estamos noutro? Nem tivemos tempo de acordar em condições da merda do efeito do gás!

— Que querem eles dizer com «traidor»? Sinto que perdi alguma coisa... — disse Cecília.

— Pessoal, penso que está aqui a explicação para a «marca da bala» — apontou Baltazar.

Olhei para a mesa de refeições. Estava posta como se fôssemos comer. Porém, em vez de comida, nos pratos estavam seis pistolas pretas. Nenhum de nós se atrevia a tocar nelas por enquanto, mas era evidente o que aquele jogo significava. Alguém tinha entrado ali, sem darmos por isso, para preparar um perigoso jogo de traições e sobrevivência.

— Quer dizer que temos de alvejar o suposto traidor? — perguntou Ophelia. — Um de vocês é um traidor, é isso?

— *Vocês?* Tu também podes ser uma traidora, Ophelia! — interpôs-se Cecília.

Olhei angustiado para Benjamin, os seus olhos indecifráveis a fixar-me. O contorno do meu caderno dentro da sua camisola era aterrorizante naquele momento. Começava já a imaginá-lo a agarrar na pistola e a matar-me ali mesmo, um traidor.

— Vamos todos ter calma e pensar nisto racionalmente — disse Baltazar, num tom apaziguador. — Já estamos aqui há tempo suficiente para saber que há sempre duplos significados nas palavras de Ash Falls. Ninguém vai atirar em ninguém.

— Então, que devemos fazer neste jogo? — perguntou Ophelia, desdenhando a tranquilidade que Baltazar tentava transmitir.

— Esperem lá, vocês estão com um ar muito comprometido — acusou Lucas, de braços cruzados e apontando com a cabeça para mim e para Benjamin. — Enquanto nós esperávamos numa sala, vocês foram os últimos resistentes no Jogo do Isolamento. Aconteceu alguma coisa lá? Julguei que todos íamos revelar segredos.

— Então e tu? Tinhas a vantagem no jogo. Qual era afinal? — perguntou Ofélia.

— Tinha comida e água na minha cela. Mas não poderia permanecer no jogo sabendo que vocês estavam privados disso, então desisti — respondeu ele.

— Oh, muito obrigada, Dalai Lama! Sinto-me muito melhor agora — o sarcasmo de Ophelia era cruel, mas Lucas era imune a isso.

— Não estamos a falar de mim. Quero saber o que aconteceu no final do jogo. Por que raio assistimos ao segredo do Benjamin? — insistiu Lucas.

— Praticamente todas as pessoas da casa já revelaram segredos. Achei que seria justo, enquanto vencedor do jogo, propor a Ash Falls que fosse eu a revelar o meu primeiro segredo, livrando-os desse fardo.

— Ao longo da nossa estada aqui nunca foste assim tão altruísta — denunciou Lucas.

— O Jogo do Isolamento, ainda mais sendo inspirado no meu livro, permitiu-me avaliar os meus comportamentos. Percebi que não tenho de ter medo de revelar aquilo que sou. A responsabilidade da minha vida é só minha, pelo que não tenho de esconder seja o que for. A Ophelia também me fez ver isso. Mas há pessoas nesta casa das quais não posso dizer o mesmo.

Benjamin virou lentamente a cabeça na minha direção, e os outros acabaram por fazer o mesmo, confusos. Tirou o caderno de dentro da camisola e, com uma calma indolente, dispôs na mesa todos os objetos que estavam lá dentro.

— Que significa isto? — questionou Cecília, já agarrada ao caderno com dados sobre eles.

— Encontrei isto no quarto de Gaspar, quando fui verificar se estava bem.

— Isso é verdade, Gaspy? — perguntou Lucas, de sobrolho carregado, pegando no mapa das câmaras na floresta.

— Não é o que estão a pensar. Ash Falls está a incriminar-me! Posso explicar tudo, mas não aqui. Eles estão a ver e a ouvir tudo — implorei eu.

— O que estamos a pensar é que o traidor és tu! — acusou Ophelia. — Estás a trabalhar com Ash Falls, não é? Devia ter adivinhado. Sempre tão esquivo, tão bonzinho. Ainda por cima, és o único sem um segredo revelado.

— Ei! Vocês os dois estão a ser injustos com o Gaspar — interveio Baltazar, de uma forma imponente que não era habitual nele. — Não revelou ainda nenhum segredo por mérito. Além disso, sabem do que Ash Falls é capaz. Tudo isto pode ser uma conspiração contra ele.

— Gaspar, diz-me que não tens nada a ver com isto...

A desilusão era já muito evidente no rosto de Cecília. Era como se já tivesse desistido de mim, mesmo sem ouvir a minha defesa. Num gesto instintivo, aproximei-me deles, que estavam junto à mesa. Assim que o fiz, Benjamin rapidamente agarrou numa das pistolas, apontando-a na minha direção.

— Benjamin, que estás a fazer? — perguntou um alarmado Baltazar.

— A acusar o traidor da casa — respondeu. — Se Ash Falls está a conspirar contra ti, como dizes, não vai fazer diferença explicares tudo aqui e agora.

Suspirei, sabendo que tinha razão. O problema é que eu não tinha a certeza de tudo o que Ash Falls sabia que eu descobrira. Além disso, temia o que poderia acontecer com Matias e Maya, se é que não havia já acontecido alguma coisa. Tinha de ser astuto, mas ter uma arma apontada na direção da minha cabeça não me ajudava a pensar com clareza.

— Muito bem. Mas preferia que baixasses a arma — após uma tensa hesitação, Benjamin assim fez. O seu olhar manteve-se fixo no meu, sem pestanejar. — Há umas semanas encontrei um bilhete por baixo da porta da sala das máquinas, de alguém dentro de Ash Falls que estava disposto a ajudar-nos. Esse bilhete evoluiu para um encontro, em que me foi entregue o mapa das câmaras na floresta. Mas essa pessoa está numa categoria inferior, na base, há muito de que não sabe e tem dificuldade em descobrir mais informações.

— Porque não nos contaste nada? — perguntou Lucas.

— Além de que todos os nossos gestos são vigiados, não sabia até que ponto podia confiar nesta pessoa. Não os quis pôr em perigo. Mas, ironia do destino ou não, ia contar tudo esta manhã. Parece que Ash Falls se antecipou.

— Ash Falls não justifica o teres uma compilação de informações e de juízos de valor sobre nós — disse Cecília, folheando o caderno.

— O caderno foi um erro e uma forma estúpida de antecipar quem ia encontrar na casa. Já devem ter percebido que não sou especialista em socialização. Foi a forma que encontrei para os conhecer melhor antes de realmente os conhecer. Em minha defesa, tudo o que está nesse caderno foi encontrado *online*.

— Estão a ver? O Gaspar não é digno de confiança! Só pode ser ele o traidor — insistiu Ophelia.

— Não tens moral para insinuares seja o que for, Ophelia. Todos nós vimos o teu segredo — as palavras de Lucas foram como facas espetadas no coração da outra, o seu rosto já um misto de raiva e vergonha. — Vão dizer-me que nunca fizeram *stalking* nas redes ou não investigaram alguém que estão prestes a conhecer? Nada do que está nesse caderno é segredo. Estou-me nas tintas se os *media* e o público acham que sou um bêbado que se enrola com todos e passa a vida em festas.

Benjamin e Ophelia estarem contra mim não era surpresa nenhuma. Perceber que Baltazar e Lucas me defendiam também não. Cecília ainda não estava convencida, presa nas palavras escritas por mim no caderno. Afinal a nossa relação não era tão forte como pensava.

— Muito bem — aceitou Benjamin. — Claramente, há uma divisão na casa. Se a ideia é convencermo-nos uns aos outros de que não somos o traidor, talvez o melhor seja estarmos em pé de igualdade. Todos nós tivemos um segredo revelado menos tu, Gaspar. Revela-nos o teu segredo e aí podemos decidir se és o traidor ou não.

— Não me esforcei nos jogos para simplesmente revelar o meu segredo sem mais nem menos.

Um disparo mesmo por cima da minha cabeça fez que todos estremecessem e recuassem instintivamente. Tinha o coração a mil, quando vi Ophelia de pistola apontada ao teto, ira no seu olhar. Todos olhámos assustados para ela, Benjamin incluído.

— Conta-nos o teu segredo ou não terei problemas em apontar a pistola mais para baixo.

— É o melhor para ti, Gaspar.

Foi com aquelas palavras e com aquela breve troca de olhares com Benjamin que percebi finalmente o que estava por trás da sua atitude hostil. Não tinha recuado na sua opinião sobre mim, não depois do que tínhamos passado juntos no Jogo do Isolamento. Estava a forçar-me a enfrentar os meus demónios. Ele tinha presenciado os efeitos nefastos que tinham sobre mim, sobre a minha alma. Não se tratava de acreditar que eu era um traidor, mesmo havendo todas aquelas provas contra mim. Acreditava, sim, que eu era um traidor para mim próprio.

Arrastei-me até uma das poltronas e deixei-me afundar com todos os olhares e a arma de Ophelia a seguir-me. Esfreguei as mãos suadas, olhando para o chão de madeira, enquanto evocava o passado, as trevas a subirem a escada da cave para me envolver. Suspirei pelo menos três vezes, tentando proferir as palavras certas. Mas não havia nada de certo naquilo, pelo que deixei que o meu segredo falasse por si.

— Anos antes, eu estava no auge da minha carreira. O meu livro de estreia tinha acabado de ser adaptado para série e isso catapultou-o para os *tops* de vendas de vários países. A minha vida não podia estar a correr melhor, o que até me assustava, como se estivesse a antecipar um ciclo de coisas más que se aproximava.

» Um dia, fui convidado para uma sessão de leitura na biblioteca da minha cidade. Havia meses que não estava em casa e aquele regresso às origens entusiasmou-me. Numa sala completamente cheia, houve um rosto no público que se destacou para mim, um rapaz atento, com um sorriso quase desdenhoso a cada frase minha. Estão a ver aquelas pessoas cuja energia atrai e intriga sem explicação? Foi isso que senti quando, no final da sessão, veio ter comigo para lhe autografar o livro. Ainda me lembro das palavras dele: «Sessão interessante, mas os botões da camisa estão trocados.» Típico meu, tinha-me apresentado na sessão com a camisa mal abotoada. Rimo-nos os dois, e foi o mote para algumas palavras brincadas e um café depois disso.

» A conversa com ele fluía tão facilmente. Era engraçado, inteligente e atento. As horas passaram e não demos por isso até o empregado praticamente nos expulsar. Até o conhecer, não tinha percebido quanto estava carente, tão concentrado na minha carreira, sempre com tantas pessoas, mas tão só. Trocámos contactos e redes sociais. Assim que cheguei a casa, trocámos mensagens e confidências até de madrugada. Depois disso, investiguei-lhe as redes e conheci uma triste verdade. Tinha dezasseis anos, um miúdo ainda na escola secundária. A maturidade com que falava comigo tinha-me iludido. Gostava de poder dizer que terminei tudo ali, consciente das implicações morais e até legais, se prosseguisse com aquilo. Mas fechei os olhos a tudo isso, pelo simples facto de ele me fazer sentir tão bem, como se conseguisse ver dentro do meu coração e me conhecesse há anos.

» Depois desse café, seguiram-se mais cafés, jantares e passeios até percebermos que estávamos a ficar apaixonados. Envolvemo-nos emocionalmente, o que levou à parte sexual. Durante semanas, fui muito feliz com ele, indolente à tempestade que se mantinha no horizonte da minha vida. Algumas das melhores memórias da minha vida foram passadas com ele, o meu precioso e querido segredo.

» Até que a tempestade chegou. Ele começou a ficar distante e esquivo. Pressionei-o para me dizer o que se passava, e acabou por confessar que, inocentemente, tinha contado sobre nós à família. Senti a bolha em que vivíamos até então ser perfurada. Foi a primeira vez que senti culpa por me envolver com ele. Nas semanas seguintes, foi ficando cada vez mais distante, demorando a responder às mensagens, não aparecendo em minha casa ou nos raros encontros que marcávamos. Preocupado, passei pela escola dele, mas não o vi. Depois passei por casa dele e vi tudo fechado. Foram dias de pânico e ansiedade, de mensagens não entregues, de silêncio, de redes sociais paradas, de mil e uma terríveis hipóteses que passaram pela minha cabeça. Sabia que a sua rígida família estava envolvida no súbito desaparecimento dele, mas também me passou pela cabeça que pudesse simplesmente ter perdido o interesse por mim.

» Semanas depois, recebo finalmente uma mensagem para nos encontrarmos num parque. Quando lá cheguei, quase não o reconheci. Estava muito mais magro, pálido e de olhos fundos, sem o brilho vivo que o caracterizava. Até o sorriso parecia vazio. Disse-me que aquele encontro era uma despedida. A família não aprovava a nossa relação proibida e tinham decidido mudar-se para outro país para que se concentrasse nos estudos. Foi como se o meu coração tivesse sido sugado por um buraco negro. Insisti para que pudéssemos arranjar uma solução, mas percebi que já tinha desistido. De nós. Dele próprio. Ainda penso naquele abraço de despedida, em como devia ter agarrado nele e fugido para longe dali. Para o salvar.

» No dia seguinte, enquanto deslizava o dedo pelas redes, apanhei terríveis publicações de amigos e familiares nos perfis dele, algo que simbolizava o pico máximo da destruição da tempestade que me atormentava. Enviei mensagem para uma amiga dele, que sabia ser de confiança, e confirmei o que mais temia: tinha-se suicidado. Pulsos cortados, aparentemente. Parte de mim morreu ao ler aquela mensagem. Nesse vazio deixado por ele, instalaram-se as trevas do sentimento de culpa e a dor que ainda hoje sinto, especialmente quando me deito à noite e me levanto de manhã.

» No dia do funeral, cometi o erro de comparecer, mantendo-me afastado o suficiente para não ser notado. Mas não fui bem-sucedido. A mãe, uma mulher impassível e majestosa, sabia quem eu era, e estava claro no seu duro olhar cheio de lágrimas que não estava contente com a minha presença.

» Nessa mesma tarde, eu ainda com os olhos inchados do choro, recebi uma visita. Era a mãe dele, ainda com o fato negro que usara no funeral. Entrou sem ser convidada e sem palavras, como se aquela visita fosse algo óbvio. Sabia que era uma mulher rígida, mas o seu rosto era severo e impunha um respeito que me fazia sentir como um animal encurralado. Só ela é que falou. Disse ter tomado conhecimento da nossa relação tarde de mais, numa altura em que o filho já estava demasiado envolvido nos seus sentimentos por um homem adulto, e que ela própria tinha falhado enquanto mãe. Referiu ainda que tentou afastar-me do filho, mas que fora confrontada com o fracasso ao encontrar o filho numa poça de sangue na casa de banho. As palavras seguintes acabaram com as ruínas que compunham a minha alma e ficarão para sempre gravadas na minha mente: «O sangue dele está nas mãos dos dois. Eu já perdi o meu filho, perdi o que tinha de mais precioso na vida. É justo que perca também o que tem de mais valioso.»

» Achei que se referia à liberdade, que aquilo era uma ameaça de me levar a tribunal pelo que tinha feito. Mas não. O seu tom não era de intimidação, antes um tom natural, como se aquilo fosse algo inevitável. Quando me envolvi com ele, não sabia que a família era tão influente e poderosa. A mulher saiu da minha casa sem sequer se despedir ou voltar a olhar para mim, e percebi que não tinha perdido só o meu amor. Tinha acabado de perder a minha carreira também.

» Começou com o meu agente, depois com todos os outros agentes que contactei. Passou para todas as editoras que conhecia, em qualquer canto do mundo. Até desistir de tentar, aceitando que o meu acesso ao mundo editorial tinha sido barrado, que a minha carreira enquanto escritor fora condenada no momento em que o rosto dele se destacara da multidão, naquela maldita biblioteca.

» Sozinho, sem trabalho nem projetos e com o dinheiro a esgotar-se, tive de aprender a viver outra vida. Isolei-me do mundo, deixei de saber socializar e entreguei-me à depressão e aos demónios da culpa e da saudade. Tornei-me num espectro.

» Até que surgiu a oportunidade de entrar no programa residencial Ash Falls. Foi como se uma luz tivesse finalmente surgido nas rachas da escuridão da minha vida, uma hipótese de recuperar a vida e de sarar a alma. O resto já vocês conhecem.

Quando terminei a história, os rostos dos cinco eram indecifráveis, como se o tempo tivesse parado. Era diferente assistir à revelação de um segredo num vídeo encenado por Ash Falls e ouvi-lo da boca do próprio, palavras e pormenores mais viscerais. Mais reais. Não sabia bem o que sentir, após relatar a minha história àquelas pessoas que conhecia há apenas algumas semanas. Aliás, ocorria-me agora que todo o mundo tinha acabado de me ouvir também. Não sabia as repercussões do que acabara de fazer, mas essa era a menor das minhas preocupações. Naquele momento, só tinha certeza de uma coisa. Em vez da ansiada libertação, sentia vazio e entorpecimento. As trevas e os demónios tinham-se dissipado. Mas ainda os sentia à espreita.

— Gaspar, não sei o que dizer... — o olhar de Baltazar era tão pesaroso, que me senti mal por lhes ter atirado com mais esse fardo para cima.

— Não precisas de dizer nada. Não procuro pena, julgamento ou palavras. É como o Benjamin diz, os nossos segredos e as nossas histórias são nossa responsabilidade. Agora estamos todos em pé de igualdade.

— Gaspar, na tua cela...

Benjamin foi interrompido pelo som de um relógio. O televisor exibia agora um relógio em contagem decrescente, Ash Falls a pressionar-nos para que não esquecêssemos que estava a decorrer um jogo. Só tínhamos meia hora. Imediatamente o clima de tensão e desconfiança regressou à casa.

— Como é que eles esperam que este jogo se desenvolva? — perguntou Cecília. — Eu não seria capaz de atirar em ninguém, mesmo que essa pessoa o merecesse.

— Talvez possamos atirar num pé ou outra parte do corpo mais inofensiva — sugeriu Lucas.

— A sério que estão a considerar alvejar alguém? — disse Baltazar, de sobrolho carregado.

— Pessoal, o mais fácil é que esse traidor se identifique e acabamos já com esta merda. Estou farto destes joguinhos — disse Lucas, exasperado.

— Podemos simplesmente deixar o tempo passar e não fazer nada — recomendou Cecília. — Todos nós já revelámos segredos. Que pode acontecer de pior?

— Podes garantir que Ash Falls não tem vídeos preparados com segredos ainda piores sobre nós? — inquiriu Benjamin. — És assim tão ingénua a ponto de achar que Ash Falls não tem sempre vantagem sobre nós?

Se eles soubessem que Ash Falls era, afinal, um *reality show* de grande sucesso em todo o mundo, o decorrer daquele jogo podia tomar proporções descontroladas e sangrentas. Perceberem que os seus segredos estavam a ser vistos pelo mundo inteiro, arriscando a integridade e reputação, iria fazê-los agir irracionalmente.

A revelação do meu segredo acabou por se tornar numa coisa boa, ao distrai-los de mais potenciais informações que eu tinha. Isso recordou-me o telemóvel de Eli, que mantinha no bolso do *hoodie*.

Contar-lhes que Ash Falls era um *reality show* também podia funcionar a nosso favor, pela exposição a que estávamos sujeitos. Todavia, não tinha certeza de que tudo o que se passava ali era transmitido ao mundo, pelo que a hipótese da denúncia pública só funcionaria numa ação-surpresa.

— Eu acho que o traidor é o Baltazar — berrou repentinamente Ophelia, apontando-lhe a arma. — Se é assim que vai funcionar o jogo, então voto nele. Vocês viram o segredo dele, é capaz de matar o próprio pai. Claramente não é de confiança.

Aquele repentino desvio da atenção dela de mim para Baltazar era tão inesperado quanto os seus humores. Baltazar não estava assustado, antes chateado. Ophelia tinha tocado num ponto muito sensível, capaz de evocar um lado dele possivelmente ainda adormecido.

— Baixa a arma imediatamente! — disse um ameaçador Lucas, posicionando-se entre ela e Baltazar e apontando-lhe uma das pistolas da mesa. — Tu própria tens mentido desde o primeiro dia nesta casa. Se há alguém sorrateiro aqui, és tu.

— Não lhe apontes a arma, Lucas — era a vez de Benjamin apontar a sua pistola, desta vez na direção de Lucas. — Uma pessoa perigosa e instável como tu pode muito bem ser o traidor também.

— Ou tu — disse Cecília, levantando uma mão trémula que segurava uma pistola na direção de Benjamin. — A forma fria e calculista com que tens tratado todos na tua vida e nesta casa e como tentas desviar as culpas para os outros pode muito bem demonstrar que estás a trabalhar com Ash Falls.

— Baixa a tua arma, idiota! — gritou Ophelia, desviando agora a sua pistola para a cabeça de Cecília. — Tu, com as tuas estratégias que causam discórdia. Odeio-te desde que entrei nesta casa, sempre com a mania de que és fixe e de que és o centro das atenções. Uma fraude e uma mentirosa, é o que és!

O meu olhar saltava de um aturdido Baltazar para aquele tenso quadrado de braços com pistolas, mesmo por cima da mesa onde partilhámos histórias e conversas durante semanas. Só imaginava o público a delirar em casa com aquela tensa reviravolta, e as pessoas à frente de Ash Falls a vangloriar-se com a forma como tinham instigado aquele clima de violência na casa. Um pequeno deslize e aquela experiência podia acabar em morte. Só havia uma forma de resolver aquilo e de evitar um banho de sangue.

— O traidor sou eu.

Os olhares dos cinco desviaram-se para mim novamente. Lucas e Cecília baixaram as armas, mas Benjamin e Ophelia mantinham-nas apontadas.

— O quê? Depois disto tudo, afinal admites? — berrou Ophelia.

— Estás a mentir, Gaspar — disse Baltazar, com olhar suplicante. — Não faças isso. Não te sacrifiques assim.

Apesar de tudo, porque estava eu ali naquela casa? Porque continuava eu a insistir em voltar a ter uma vida quando sabia que já tinha terminado anos antes? Entrara em Ash Falls em busca de salvação. Mas, ao expurgar os meus demónios, percebera que afinal o demónio era eu.

— Não é um sacrifício. Estou a trabalhar com Ash Falls desde o início, para os vigiar de perto e conhecer as suas fraquezas. Porque acham que entrei na casa à última hora?

— Não é verdade, Gaspy. Estás a fazer *bluff* — disse Lucas.

— Seres tu o traidor, depois de tudo o que aconteceu nesta manhã seria demasiado ridículo — explicou Benjamin.

— Que mais preciso de fazer ou dizer para os convencer...

O súbito disparo projetou-me para trás, fazendo-me bater nas estantes e cair atabalhoadamente com dezenas de livros a desabar-me em cima. O rosto arrependido de Ophelia e os gritos de Lucas e Baltazar, a correrem na minha direção, foram as últimas coisas de que me lembrei antes de cair.

Não sei se fora do choque do disparo, da violência do ato ou da dor que irradiava pelo meu abdómen, mas senti a mente oscilar como se estivesse a andar num violento baloiço, dentro de um túnel escuro. Os meus ouvidos zuniam e as vozes chegavam em ondas atordoantes. Aos poucos, fui ganhando a trágica consciência de que iria morrer no chão daquela casa.

Últimas coisas...

— Gaspar! Por favor! — implorava a voz de Baltazar.

— Que fiz eu? — ouvi Ophelia choramingar no fundo da sala.

Esperei que a morte me levasse e que fosse rápida. Teimava em chegar. Tinha dores, mas não tão intensas como as esperava do disparo fatal de uma pistola.

— Gaspy, meu! Acorda! — pediu Lucas. Era um tom de gozo e de alívio que ouvia? — Está tudo bem.

Pisquei os olhos e vi-o a sorrir para mim. Pegava no que restava do telemóvel de Eli, estilhaçado, com uma bala bem no meio dele.

— A sério que acabámos de assistir a uma pessoa ser salva graças a um telemóvel velho? Que cliché! — brincou ele. — Queres explicar o que é isto?

— A nossa vingança e acabou de se perder.

Estava feliz por ter sobrevivido àquele disparo de Ophelia, que sabia ter sido fruto do seu impulso descontrolado. Mas aquele telemóvel era demasiado precioso para não ficar desiludido com a sua destruição. O pequeno objeto, agora em cacos, podia ter sido a nossa chave para nos libertarmos de Ash Falls.

— Gaspar, por favor, perdoa-me! — implorou Ophelia, a sua arma agora nas mãos de Benjamin.

Todos os outros olhavam para mim, ainda pálidos, mas claramente aliviados. Baltazar e Lucas ajudaram-me a levantar. Levantei a camisola e o casaco esburacado e vi o meu estômago negro e dorido. Ao menos ainda estava vivo.

— Nem imaginas como estou contente, Gaspar — confessou Baltazar, praticamente abraçado a mim, sem perceber as dores que me causava.

Fomos interrompidos por um som na cave, algo a bater com força. Entreolhámo-nos os seis durante alguns segundos até o som abafado regressar. Concordando com umas tréguas temporárias, descemos cautelosamente a escada da cave. Lucas e Benjamin traziam as suas armas.

O som vinha do meu quarto. À medida que nos aproximávamos, o som tornava-se mais insistente. Tentei a maçaneta da porta, mas o quarto estava trancado. Quem teria lá entrado, naquele espaço de tempo em que discutíamos lá em cima? Um novo embate na porta fez-me recuar. Dado o meu estado, com um sinal silencioso, pedi a Lucas e a Baltazar que arrombassem a porta, enquanto Benjamin se mantinha a postos, de arma em punho.

Foram precisas três tentativas para conseguirmos abrir a porta. Assim que o fizemos, vimos o autor dos sons. Matias estava deitado no chão do meu quarto, amarrado, sujo e em muito mau estado. Tinha um olho negro e o lado direito da cara com sangue seco. Pelo visto, tinha estado a pontapear a porta. Apressei-me até ele, retirando-lhe a fita da boca.

— Eles sabem. Eles sabem que estamos a trabalhar juntos — disse Matias, ofegante.

— É este o gajo que trabalhou contigo? — perguntou Lucas.

— Sim. É o Matias. Ajuda-me a desamarrá-lo. Está ferido.

Assim que o tentei fazer, um disparo acertou no chão a escassos centímetros dos meus pés. Benjamin estava à porta, olhar determinado e feroz. Parecia outra pessoa.

— Parece que encontrámos o nosso traidor.

Tinha de fazer alguma coisa ou ele iria atirar em Matias ali mesmo. O seu rosto de terror despertou em mim um desejo avassalador de o proteger a todo o custo. Olhei para Lucas, o único que estava dentro do quarto, e fiz-lhe um subtil sinal, que felizmente percebeu. Com Benjamin totalmente concentrado em nós no chão do meu quarto, pontapeou a mão dele, fazendo cair a arma. Depois empurrou-o para o corredor, onde estavam os outros, e fechou a porta. Imediatamente saltei do sítio onde estava e empurrei uma cómoda e a cama para barricar a porta, sentindo dores lancinantes no local que o telemóvel protegera. No corredor, ouvi gritos, dois disparos e alguém a tentar arrombar a porta, já sem trinco, enquanto desamarrava Matias.

— Eles estão a mudar tudo, Gaspar — disse Matias apressadamente. — Quando descobriram que estiveste lá dentro, o Oscar foi suspenso e o Eli ganhou mais poder. Deram-lhe carta-branca para fazer tudo o que quiser.

— E a Maya? — segredei.

— Protegida — respondeu entredentes com um sorriso.

Depois de desamarrado, Matias tentou levantar-se, mas gemeu de dor, a ponto de cambalear e quase voltar a cair.

— O Erik e os outros deram cabo de mim. Que vou fazer agora, Gaspar?

A sua expressão era de uma total súplica e confiança, que me abalou. Havia anos que não olhavam para mim daquela forma. A diferença era que, nessa altura, eu falhara em protegê-lo. Não podia perder outra pessoa assim. Foi então que algo me ocorreu.

— Sabes tirar as balas disto? — questionei eu, pegando na arma que estava no chão.

Matias tirou-me a pistola das mãos e, após alguns gestos breves, seis balas caíram nas suas mãos. Peguei numa delas e apontei para o teto, sabendo que Ash Falls, e possivelmente o mundo inteiro, me estava a ver.

— Aqui está a marca da bala, Ash Falls! Seis balas para cada um dos escritores da casa que aprisionaram aqui. Seis balas que vou dar ao traidor.

Voltei a entregar as balas a Matias, peguei na cadeira, subi à minha secretária e parti os vidros da janela.

— Leva a arma contigo. Vai, Matias!

Ajudei-o a subir até à janela. Quando já estava lá fora, são e salvo por agora, vi-o desaparecer por entre as árvores num passo de corrida cambaleante. O seu rosto agradecido foi como um bálsamo para mim.

O corredor da cave estava silencioso. Deslizei para fora da secretária até me ajoelhar no chão do quarto, exausto. O meu computador estava escancarado no meio de vidros. O meu novo livro tinha-me levado até ali, numa última tentativa de dar sentido à minha vida. Mal sabia eu que afinal eram aquelas as pessoas que me iriam salvar.

27

Olhei para as cinco armas reunidas na mesa de café da sala. Depois da confusão daquele jogo, Lucas tinha esvaziado todas as pistolas para uma tigela da cozinha para evitar mais incidentes. Subi com eles até à sala, sem mais conversa, sentando-me no sofá de frente para o televisor, à espera de novidades de Ash Falls. Benjamin ainda tentou falar, mas Lucas silenciou-o com uma mão no ombro. Percebi pela sua expressão que tinha sido tomado pelos impulsos naquele jogo e estava arrependido. Afinal, até o mais *perfeito* dos homens podia quebrar sob pressão.

Lucas e Baltazar sentaram-se a meu lado, sorrindo para mim de forma tão afetuosa que me acalmou o cansaço deixado por dois jogos seguidos. Os meus bravos defensores. Cecília manteve-se longe de nós. Sabia que me estava a analisar, a tentar perceber se podia voltar a confiar em mim ou não. Não esperava outra coisa dela. Éramos mais parecidos do que ela queria admitir e por isso é que ainda não conseguia decidir-se sobre mim.

Ash Falls *falou* finalmente connosco pelo televisor.

Jogo do Apócrifo

Traidor: Matias Rivera

Classificações

Gaspar Jonas: 6 pontos

Cecília Celes: 6 pontos

Lucas Blackburn: 6 pontos

Baltazar Levi: 6 pontos

Ophelia Amin: 6 pontos

Benjamin Lee: 6 pontos

— Pelo visto a tua arriscada decisão funcionou, Gaspar — disse Baltazar — sem sangue derramado. Só podemos estar agradecidos.

— Só espero que o Matias esteja bem — disse eu, imaginando-o perdido e perseguido na floresta. Fiz o que pude para o ajudar. Espero que o seu talento para o «desenrascanço» sirva para se safar por agora.

— Já repararam que estas distribuições de pontos nunca fizeram sentido? — questionou Lucas, de repente. — Parece que as regras vão surgindo a bel-prazer destes gajos.

— E desde quando é que Ash Falls é para fazer sentido? — perguntou Cecília, de braços cruzados. — Eles têm-nos na mão, podem fazer o que quiserem. Não é que as regras tenham sido claras, ou justas, desde o início.

Classificações atuais

Gaspar Jonas: 25 pontos

Benjamin Lee: 20 pontos

Lucas Blackburn: 19 pontos

Ophelia Amin: 18 pontos

Cecília Celes: 17 pontos

Baltazar Levi: 15 pontos

Apesar de tudo o que passara naquela casa, tinha, de alguma forma, chegado ao primeiro lugar. Quando entrei na casa, aquela classificação teria significado o mundo, uma validação há muito ansiada. No entanto, já não era o mesmo Gaspar. Aquela pequena vitória era agora vazia e dolorosa.

Era inacreditável que, mesmo manipulando os jogos e sabendo claramente que me tinha infiltrado na base, Ash Falls tinha-se rendido ao meu grito de guerra no Jogo do Apócrifo e mantivera-me na dianteira das classificações finais. Encarava-o como uma provocação direta, uma forma de me fazer acreditar que havia paz entre nós. Quando eu menos esperasse, voltariam a atacar-me, tinha certeza disso.

Entretanto, começou um vídeo que me despertou das minhas divagações. Assistimos ao que pareciam ser imagens de vigilância de algumas incursões de Matias pela base de Ash Falls: a infiltração nas áreas proibidas pela conduta de ar do balneário, a visita ao escritório de Oscar, a pesquisa no computador da sala de operações, a nossa conversa numa das arrecadações, a presença no quarto de Eli comigo, a nossa fuga pelo corredor da base. A ingenuidade e inexperiência tinham-no levado a pensar que podia assumir aquela missão secreta sem que Ash Falls descobrisse. Afinal estavam a vigiá-lo desde o início, a observar até onde iria chegar e a usá-lo para me testar. Um segredo revelado que afinal era também o meu. Senti-me responsável pelo que lhe acontecera e desejei com todas as minhas forças que estivesse bem e livre do desespero de não saber o que fazer ou de como se esconder de Ash Falls naquele local remoto. Baltazar pôs a mão sobre a minha, percebendo a minha preocupação com Matias, um jovem que mal conhecia.

Parabéns a todos os escritores!
A grande final chegará com o término dos vossos livros.
Boa escrita e boa sorte!

— Terminamos os livros e termina o pesadelo — disse Benjamin, mais para si do que para os outros.

— Nem acredito que isto vai terminar! — exclamou Cecília. — Como é que está a correr a produção dos livros? Da minha parte, penso que mais uma semana e termino.

— Gaspy, queres explicar melhor o que significa o telemóvel que te salvou? — recordou Lucas. — Estiveste na base deles.

— Acho que não adianta adiar mais. Sim, o Matias arranjou forma de me levar para a base, depois do Jogo do Isolamento. Conseguimos entrar nos aposentos do Eli. Não encontrámos nada de mais a não ser esse telemóvel — contei eu, olhando para o que restava do telemóvel na mesa da sala. — Tinha somente uma mensagem de um número anónimo, o que me fez acreditar que estava a ser subornado por outro grupo e a sabotar este projeto.

— Descobriste mais alguma coisa enquanto estiveste lá? — perguntou Baltazar.

— Não tive oportunidade — menti eu. Tive receio do estado em que pudessem ficar, se soubessem que tudo aquilo era um *reality show*. Ainda estávamos todos muito sensíveis e cansados. — Estivemos lá pouco tempo até sermos apanhados.

— Nesse caso, sabes onde fica a base — disse uma entusiasmada Cecília.

— Era de noite, mas tenho uma noção de onde fica uma das entradas.

— Então, estamos à espera de quê? Vamos até lá! — sugeriu Lucas, levantando-se como se quisesse partir naquele preciso momento. Nenhum dos outros lhe seguiu o exemplo.

— Não adianta, Lucas — respondi eu. — Eles são muitos e já percebemos que são perigosos. Viram o que fizeram com o Matias.

— Por muito que me custe admiti-lo, temos de nos resignar — sugeriu Benjamin. — Estamos na reta final. Se cumprirem com a sua palavra, só precisamos de acabar os livros e terminar este terrível episódio.

— Gaspar? Gaspar, que se passa?

Ouvi Baltazar gritar e senti-o apertar-me o braço, mas parecia cada vez mais distante, como se estivesse a cair num buraco. Comecei a ver toda a sala a andar à roda. Antes de sucumbir ao cansaço e perder a consciência, ainda vi os cinco rostos deles em cima de mim. Naquele último segundo antes de desmaiar, todos me pareceram caveiras.

*

Ouvi o som reconfortante das teclas rápidas de um computador. Antes de abrir os olhos, podia jurar que estava de novo em minha casa. O mesmo cheiro, a mesma temperatura, a mesma sensação de proteção. No entanto, assim que os abri e vi o teto de madeira escura do meu quarto em Ash Falls, tudo se dissipou para dar lugar a uma valente dor de cabeça e a um estômago ruidosamente vazio.

Não estava sozinho. Ao meu lado, a escrever num computador portátil, no colo, estava a última pessoa que esperava encontrar ali — Ophelia.

— Finalmente acordaste. Ando aqui às voltas a tentar pensar numa palavra que substitua «sombrio». Está a dar cabo de mim. Um daqueles dias, sabes?

— Soturno — sugeri eu.

Ophelia aceitou a sugestão e continuou a escrever. Levantei-me um pouco e apoiei-me nos cotovelos, observando a janela partida, que agora estava tapada com uma placa de madeira. Também todas as mobílias do quarto estavam arrumadas como se nada de caótico se tivesse passado ali.

— Sabes que estás a dormir há quase vinte e quatro horas. O Lucas e o Baltazar carregaram-te até aqui, depois de o Benjamin arranjar a janela. Temos feito turnos para cuidar de ti. Estávamos com receio de que não acordasses mais.

— Obrigado, Ophelia. Aliás, obrigado a todos.

— Não agradeças. Tens muito trabalho pela frente. Temos estado a dar o litro para terminar os nossos livros. Já nem quero saber se vai ficar alguma coisa de jeito ou não. Só quero ir embora.

— Eu sei. Prometo não os desapontar — disse eu, voltando a repousar a cabeça na almofada. O rosto de Ophelia suavizou-se.

— Exigiste demasiado do teu corpo e da tua mente. Foram dois jogos seguidos e dois segredos revelados. Sei quanto isso nos pode abalar. Mas vais perceber que é um primeiro passo para melhorares.

— Há coisas na vida para as quais não há cura, Ophelia — respondi eu, sem olhar para ela.

— Tens de comer alguma coisa. Mas, antes, sinto-me na obrigação de dizer isto, especialmente depois do que te fiz — disse ela, olhando para a área do meu abdómen e pousando o computador na secretária, ao lado do meu. — A minha estada nesta casa tem sido marcada por uma raiva que não consigo controlar. Raiva da situação, que depois evoluiu para raiva de mim própria, que percebi que sempre existira em mim, coisas que nunca tive oportunidade de resolver. Infelizmente, esse ódio foi transferido para vocês. Agi como uma tresloucada no Jogo do Apócrifo. Nem me reconheci. Disparar uma pistola? A minha terapeuta até vai bater palmas quando souber disso.

» Não me interpretes mal, continuo sem gostar de alguns de vocês e provavelmente não vou querer falar com certas pessoas quando sairmos. Mas é inegável os laços que criámos com esta experiência. E, por esse motivo, nunca irei esquecer as pessoas desta casa. Se um dia precisarem de ajuda, serei a primeira a estender a mão, mesmo que percamos o contacto.

— Foi das coisas mais bonitas e mais genuínas que ouvi nesta casa, Ophelia. Obrigado por isso.

Ophelia acenou e esboçou um sorriso puro e tranquilo. O seu olhar deslocou-se para os meus pulsos descobertos, o seu olhar agora mais cauteloso.

— Enquanto dormias reparei nessas marcas — disse ela, apontando para eles.

— São cicatrizes de criança. Brincadeiras parvas — desvalorizei eu, escondendo os pulsos. — Que se passa com todos os crucifixos? Pensei que pertencesses a uma religião diferente — disse eu, apontando para uma cruz de ouro a espreitar no seu pescoço, numa clara estratégia para desviar sua atenção dos meus pulsos.

— Não tenho uma religião específica. Fui criada numa família fervorosamente hindu, mas nunca me identifiquei com nada disso. Sempre me senti uma estranha em todo o lado. Tenho as minhas próprias crenças, que nasceram de várias religiões. Encontro sempre paz nos crucifixos e nem sei explicar bem porquê. Acho que ainda estou a tentar encontrar o meu lugar no mundo e a entender a minha relação com Deus. Ou deuses.

— Todos nós estamos...

— Bem, chega de conversa fiada. Vou preparando o pequeno-almoço. Sobe quando te sentires melhor — pediu ela.

— Há algo que preciso de dizer. Podes reunir todas as pessoas?

Ophelia olhou para o relógio do seu portátil. Ainda nem tinha amanhecido, mas percebeu, pela minha expressão, que era importante. Anuiu e saiu do quarto, deixando-me sozinho com os meus pensamentos.

Levantei-me a custo e vesti-me lentamente, sentindo o corpo e a cabeça ainda moídos com tantas provações. Ia contar-lhes que Ash Falls era, afinal, um *reality show*. Depois de ver o vídeo do segredo de Matias, percebi que já não adiantava esconder nada de Ash Falls, já que sabiam tudo de mim e da minha colaboração com ele. Porém, não ia ser totalmente verdadeiro. Ia contar que Matias me tinha passado essa informação, quando fugiu do meu quarto, ou iria ser mais uma coisa para me acusarem de ser pouco confiável. Já sabiam o meu pior segredo, não queria sair ainda mais prejudicado, agora que voltara a ter boa relação com todos. Sentia-me finalmente apoiado e protegido por todos, embora, no fundo, soubesse que não merecia toda aquela atenção.

Antes de sair do quarto, olhei para o meu computador. Felizmente ainda estava intacto. Tinha de recuperar o tempo perdido e concentrar-me em terminar o livro. Só esperava ter inspiração suficiente para conseguir ao menos voltar a entrar na história. Ash Falls não iria interferir. Ainda não sabia qual o interesse deles em que terminássemos os nossos livros, mas só podia ter que ver com algum tipo de apoteose para o programa.

Imaginei Eli sentado à sua secretária, observando obsessivamente todas as palavras que eu ia escrevendo, a sua mente maquiavélica a fantasiar o final mais macabro possível para terminar aquele *reality show* em grande e obter as maiores audiências e o maior alcance possível. Ainda me custava crer que aquele programa estava a ter tamanho sucesso em todo o mundo. Um outro Gaspar entraria em pânico com esse facto e iria passar a calcular cada palavra e cada gesto, assombrado pelo que o público pensaria de mim. Era difícil conceber que tanta gente nos estava a ver e a ouvir. Depois de uma pandemia, de uma guerra e de mais uma crise económica, a sociedade deveria estar mesmo desesperada para ficar agarrada a um programa sobre seis escritores isolados numa casa, forçados a entrar em estranhos jogos. Dito dessa forma, confesso que, se estivesse do lado de fora, até era bem capaz de ser um dos fiéis espectadores.

Quando subi, já a mesa estava posta. Ophelia estava a servir ovos mexidos. Baltazar estava no alpendre a fumar, ainda de pijama, a conversar com Lucas, que acabara de chegar de uma corrida. Benjamin estava encostado à janela do outro lado da sala, compenetrado num livro e iluminado pela luz turquesa da alvorada. Cecília descia a escada, ainda ensonada e longe do seu habitual estado enérgico. Agarrou-se imediatamente a uma chávena de café e sentou-se sozinha e encolhida no sofá da sala.

— Bom dia, malta. Bem-dispostos? — perguntou Lucas, entrando em casa com Baltazar atrás de si. — Cheira maravilhosamente bem, Ophelia. Estou cheio de fome!

Ophelia revirou os olhos, continuando a servir uma série de coisas na mesa. Pouco depois, sentámo-nos os seis como há tempo não fazíamos. Dei-me conta de que estava a comer mais do que o normal, percebendo que ainda estava a recuperar de dois jogos, com um deles a envolver isolamento. Compreendia agora que a nossa estada na casa seguia uma estranha rotina, que alternava entre a escrita, os jogos, os conflitos e o período de tranquilidade e amizade. Como aquele pequeno-almoço. E eu estava prestes a estragar tudo.

— Pedi que Ophelia os reunisse, pois tenho algo para contar — consegui sentir no ar a tensão que se criara, quando todos pararam o que estavam a fazer e olharam para mim. — Antes de fugir, o Matias conseguiu contar-me o que descobriu sobre Ash Falls. É um *reality show*.

Os cinco ficaram de olhos fixos em mim, sem falar. O silêncio na mesa era penoso, a ponto de quase conseguir ouvir as engrenagens naquelas complexas mentes.

— Como assim? — perguntou finalmente Lucas, a sua boa disposição já dissipada.

— Um programa a passar na televisão e na Internet. Aparentemente, é um autêntico fenómeno em todo o mundo.

— Quer dizer que não estamos só a ser vigiados por Ash Falls, mas pelo mundo inteiro? — questionou Cecília, de olhar petrificado.

— Os nossos segredos... — sussurrou Ophelia.

— Segredos que podem destruir as nossas carreiras e as nossas vidas — reforçou Benjamin.

— Tudo isto só para a porcaria de um *reality show*? — berrou Cecília, levantando-se da cadeira. — Ao menos que fosse por algo com mais significado, mas um programa-lixo?

— Caramba, vim para cá para fugir à pressão do público e dos *media*, e agora isto? Não me lixem! — gritou Lucas, dando um murro na mesa que fez a loiça estremecer.

— Que mais te disse o Matias, Gaspar? — perguntou Benjamin. Era habitualmente o mais calmo de nós, mas sabia que por dentro devia estar a borbulhar.

— Não houve tempo para mais pormenores. Tive de o ajudar a fugir para não... vocês sabem.

— Não é só a nossa privacidade e os nossos segredos que estão em causa — afirmou Baltazar. — Também é o nosso trabalho. Eu assinei um contrato de confidencialidade, e agora o todo o mundo sabe o que estou a escrever e, consequentemente, para quem.

— E achas mesmo que a *celebridadezita* que te contratou não está metida nisto, Balty? — Lucas estava a ficar cada vez irritado. Impulsivo como era, tinha de me pôr a postos para agir caso se descontrolasse. — Isto é tudo uma conspiração contra nós. Aposto que os nossos agentes e editores estão metidos nisto. Tudo em prol da fama e das vendas. Cabrões de merda!

— Portanto, deixem-me resumir — pediu Ophelia, com tenebrosa calma e um inusitado sorriso jocoso em plena discussão, o seu dedo indicador a deslizar no ar na direção de cada um de nós. — Quer dizer que Ash Falls expôs ao mundo que eu sou uma *stalker*, tu um predador de adolescentes, tu um adúltero insensível, tu uma fraude, tu um patricida e tu um alcoólico fratricida? O mundo deve adorar-nos neste momento!

— Isto não tem piada, Ophelia — disse Cecília, ofendida com o súbito ataque de riso da outra. — Vai arruinar as carreiras pelas quais nos esforçámos tanto.

— Será que vai? Apesar de termos tentado abafar isso, alguns leitores descobriram o meu pequeno *episódio*. Mas então assistimos a um pico nas vendas como nunca tinha visto. E lembra-te de que o Lucas é o *bestseller* desta casa e é presença assídua nas notícias de celebridades pelos piores motivos. O público adora polémicas e pessoas com vidas e passados duvidosos. Há algo nessas pessoas que é magnético. Pessoas como nós, com defeitos e virtudes.

— Que estás a sugerir então?

— Que apliques as coisas que escreves. Que se lixe tudo! Aproveita os últimos momentos na casa, solta-te e dá aquilo que Ash Falls e o público querem: um olhar realista sobre a natureza humana.

Depois de a ouvir, atrevia-me a dizer que Ophelia era a pessoa mais transformada da casa. Tinha de admitir que tinha razão. Para quê continuar a lutar contra algo que não podíamos controlar? Talvez o melhor fosse mesmo desistir de nadar contra o remoinho e deixar-nos ir. Dessa forma, não íamos dar a Ash Falls o prazer de nos ver debater indolentemente como animais numa brutal experiência.

Quer aceitássemos aquela temporária derrota ou não, a verdade é que todos tínhamos de terminar os nossos livros ou o pesadelo não ia acabar.

*

Ao meio-dia de uma sexta-feira daquele final de verão, terminei o meu livro. Ainda tinha de fazer as habituais e fastidiosas revisões, mas, para todos os efeitos, a história estava terminada. Ainda não sabia ao certo o que sentia, a minha cabeça num turbilhão de emoções. Sabia que, depois da confusão, viria um breve estado de êxtase por ter terminado um projeto, seguido do luto, da dúvida e do vazio deixado por personagens que desapareciam da minha vida para viajar para o mundo e para os leitores.

Naquele momento, só precisava de me afastar do livro, de esvaziar a mente e ocupá-la com outra coisa. Tinham sido duas semanas intensas de escrita. Só queríamos acabar aquilo e, para tal, a clausura era necessária.

Sabendo que precisava urgentemente de um banho, subi a escada e abri a porta da casa de banho, completamente distraído.

Ao entrar, fiquei paralisado com a inesperada cena: Lucas e Cecília, nus, esfomeados beijos debaixo do chuveiro. Notando a minha presença, Cecília tapou a sua nudez com as mãos, envergonhada. Já Lucas, continuou a exibir-se, mostrando aquele sorriso malandro e confiante que o caracterizava, mas não só.

— Podes juntar-te a nós, se quiseres — convidou ele.

Imediatamente me desculpei e saí, fechando a porta atrás de mim.

Dei por mim a sorrir, encostado à porta e ouvindo os sussurros deles lá dentro, seguidos de uma gargalhada. Já tinha observado a cumplicidade dos dois, mas não previa aquele tipo de envolvimento. Quer fosse romântico ou puramente físico, estava contente por haver algo positivo e humano naquela casa. Era o tipo de normalidade de que desesperadamente necessitávamos para evitar a loucura, ainda que soubéssemos que o mundo inteiro nos estava a ver. Além disso, Lucas e Cecília eram das minhas pessoas favoritas lá dentro, mesmo que ela andasse estranha e distante comigo desde o Jogo do Apócrifo. Via-os, cada vez mais, como família, alguém que me iria acompanhar ao longo da vida, nem que fosse em pensamento.

Enquanto bebia um ansiado café na cozinha, saíram os dois. Ele subiu para o quarto, cabelo completamente despenteado e sorriso enorme. Cecília parecia mais contida, mas percebi que fora por ter sido apanhada por mim. Atou o cabelo num carrapito, tirou sumo do frigorífico e encheu um copo ao pé de mim.

— Então, os *sites* de fofocas tinham razão sobre o Lucas? — brinquei eu. Cecília deu-me um soco no braço, mas rapidamente a severidade do rosto deu lugar a um sorriso cúmplice.

— Não me posso queixar — confessou ela. — Se bem que, passadas tantas semanas, até as árvores me estavam a excitar.

— O que quer que isso seja entre vocês, quero que saibas que fico muito contente e que têm todo o meu apoio.

— Não sabemos bem o que é, na verdade. Com tudo o que temos passado na casa, o juízo já viu melhores dias. Não vou negar que há qualquer coisa entre nós. Mas talvez o melhor seja dissecá-lo no mundo real quando sairmos.

— Tenho saudades disto, de falarmos. Ultimamente tenho sentido afastamento entre nós. Acabei o meu livro há pouco e sei que também já terminaste o teu há dias. Queres ir ao lago? Preciso de desanuviar.

Cecília hesitou, mas acabou por aceitar o convite. Depois de nos prepararmos e de enchermos uma mochila com comida de conforto (porcarias), saímos.

— Não penses que não sei que não somos o único *casal* da casa — disse ela. — O Baltazar ultimamente tem desabafado comigo. Sei que há qualquer coisa entre vocês também, mas...

— Demónios.

— Isso. Além disso, eu bem vejo a forma como a Ophelia anda atrás do Benjamin como um cachorrinho. Se não fosse casado... Bem, depois de ver o segredo dele, talvez essa nem seja a questão. *Anyway*, julgo que tudo isto é fruto do nosso isolamento e confinamento. Naturalmente, o nosso juízo é toldado por uma extrema necessidade de afeto e de prazer.

— É uma teoria bastante cínica para quem escreve livros de autoajuda — disse eu, num tom factual para que não pensasse que era uma crítica.

— Não viste o meu segredo? Não acredito em quase nada do que escrevo. Quando sair daqui, terei de pensar numa mudança de carreira. Por esta altura, já devo ter perdido grande parte dos meus seguidores. Talvez seja melhor assim. Estou farta de escrever coisas nas quais não confio.

— Isso não é verdade. Eu vejo a forma apaixonada com que falas de alguns temas que escreves. Talvez precises apenas de te adaptar e ser mais fiel ao que acreditas e não tanto ao que os outros querem de ti. É como a Ophelia diz, perdes uns leitores, ganhas outros.

— Oh, por favor! — disse ela, revirando os olhos. — Citares a Ophelia a uma hora destas. Mas tenho de admitir que tem razão. Tenho de deixar de ser uma *bitch* comigo própria e aceitar a mudança. Aliás, foi o que tentei fazer com este novo livro, algo mais terra a terra.

— Estás a ver? Não conheço ninguém tão perspicaz como tu. É só encontrares o teu caminho.

Cecília pareceu aliviada com aquela conversa. Quando chegámos ao lago, descalçámo-nos e entrámos na água até aos joelhos. Deixámo-nos ficar ali durante alguns minutos, em silêncio, absorvendo aquele ar selvagem. Ia ter saudades daquele local. Ainda que as memórias dali fossem um misto de pesadelo e deleite, floresta, montanhas e lagos cujos nomes desconhecia por completo tinham sido gloriosas testemunhas da nossa transformação. Para o bem e para o mal, não eram só as cinco pessoas que iam ficar no meu coração, mas também aquele sítio.

— Eu sei que tenho estado distante, Gaspar. E não é só porque temos estado concentrados nos nossos livros.

— Compreendo que tenha sido por causa do meu segredo. Pelo que fiz...

Cecília aproximou-se de mim e pôs uma mão no meu rosto barbudo. A sua expressão era sofrida, mas solidária.

— Não, seu tonto. Não teve nada que ver com o teu segredo. Desde a nossa viagem de comboio que nos ligámos de forma intensa. Foi como se já te conhecesse há anos. Sei que pode parecer estúpido, mas, daí em diante, senti que iríamos confiar incondicionalmente um no outro. Quando nos contaste o teu segredo e vi a forma como te destruiu e continua a fazer sofrer, senti-me traída. Era como se não confiasses em mim para partilhares a tua dor.

— Não teve nada que ver com isso.

— Eu sei disso agora. Mas precisei de digerir. Vocês falam muito da minha inteligência emocional, mas sou humana. Precisei de espaço. Se, de alguma forma, te deixei triste pelo meu súbito afastamento, peço-te desculpa por isso, Gaspar.

Abracei Cecília, os meus braços a apertá-la fortemente contra mim para sentir o seu calor. Senti as lágrimas dela a molhar-me o pescoço. Estava tudo bem entre nós.

*

Baltazar foi o último a terminar o seu livro. Num final de tarde com o céu da cor de uma nódoa negra, desceu a escada com um cigarro pendurado nos lábios e os olhos vermelhos, anunciando o término da sua história quando estávamos os cinco a ver um filme na sala.

Era irónico que Baltazar fosse o último, tendo sido o elemento da casa a passar mais tempo enfiado no quarto a escrever. Sabia que era devido ao seu perfecionismo. Era de certa forma triste ver o empenho e dedicação a um livro que seria entregue a outra pessoa que não o merecia. Mas era o caminho que Baltazar tinha escolhido. A escrita pela escrita.

Naquele período de espera, aproveitámos para fazer revisões, tentando, dessa forma, evitar pressioná-lo. As minhas visões e traumas mantiveram-se adormecidos ao longo desses dias, mas ainda os sentia perto de cada vez que apagava as luzes para dormir.

Nessa noite, enquanto jantávamos, uma mensagem de Ash Falls surgiu no ecrã da televisão. Havia duas semanas e meia que não davam sinal, o que me fez imaginar se naquele espaço de tempo teriam conseguido manter as tão preciosas audiências daquele programa com tantos momentos aborrecidos e parados.

Parabéns a todos pelo término dos livros.
A grande final de Ash Falls terá lugar amanhã à noite.
O grande vencedor será anunciado.
Há pontos de bónus para as histórias mais votadas.
Aproveitem os últimos momentos na casa.

O final da mensagem deixou um sabor amargo que se aglutinou ao silêncio entre nós. Entre o tinir de talheres e os olhares nos pratos de comida, quase conseguia adivinhar o que os outros sentiam: receio, ansiedade e alívio. Aterrorizava-me a noção de final, especialmente porque era impossível prever o que Ash Falls tinha reservado para nós. Um simples final e regresso ao mundo *real* ou uma reviravolta? Em qualquer das hipóteses, o futuro era como uma porta fechada, como se realmente existisse marca física entre o final do programa Ash Falls e a realidade das nossas rotinas lá fora.

Nenhum de nós tinha reparado que, até então, o público estivera a ler a evolução das nossas histórias inacabadas e imperfeitas. Muito provavelmente até tinham sido os espectadores a votar nos trechos de história, de forma que nos dessem vantagens nos jogos. Isso fazia-me sentir desconectado do meu livro, como se estivesse manchado ou não fosse meu. Um livro seria realmente um livro, se, mesmo antes de o ser, já havia sido julgado pelo público?

Nessa noite, sabendo que não ia conseguir dormir, esperei que toda a casa ficasse escura e em silêncio e sentei-me no deque, observando as árvores banhadas pela ténue cor prata da Lua. As noites estavam a ficar mais frescas. Desde que descobrira que Ash Falls era, afinal, um *reality show*, deixara de ter medo da floresta noturna, como se toda ela fosse um cenário artificial.

Todos os dias pensava em Matias e em como estaria, desejando que pudesse emergir da linha de árvores, só para eu saber que estava bem. Sentia-me culpado pelo que lhe tinha acontecido, também ele uma vítima. Só desejava que estivesse a conspirar contra Ash Falls, de forma que pudesse sair dali. Caso contrário, eu teria de agir. Recusava-me a deixá-lo esquecido naquele sítio.

— Posso fazer-te companhia? — perguntou Baltazar, junto da porta de vidro. — Fui ter contigo ao quarto, mas imaginei que estivesses aqui, sem sono como eu.

— Claro que sim. Senta-te aqui — convidei eu, batendo com a mão no banco de madeira.

— Sinto-me uma criança. Assim que fecho os olhos, começo a imaginar coisas horríveis.

— Por favor, estás a falar com o *senhor paranoia*. De certeza que não imaginaste nada que eu não tivesse já imaginado mil vezes pior.

— Porque é que sinto que estamos dentro de uma história e que estamos perto do capítulo final? É sempre a fase da escrita que mais me aflige.

— Sinto exatamente o mesmo, Baltazar. Detesto a noção de final. É algo quase crónico. Mas temos de nos agarrar a que vamos sair daqui em breve e retomar as nossas vidas. Daqui a uns tempos, vamos estar a rir desta experiência, tal como aconteceu com a pandemia e com a guerra.

— Espero bem que sim. Não sei como irei lidar com isto durante uns tempos.

— Vais superar. Vamos todos. Não nos podemos dar ao luxo de ceder.

Baltazar tirou um cigarro do maço que tinha no bolso. Já havia reparado que andava a fumar mais, provavelmente associado ao *stress*. Era um hábito que odiava, mas sabia que era importante para o seu bem-estar emocional.

— De que sentes mais saudades do mundo lá fora? — perguntou ele, no meio de uma suave nuvem de fumo.

Ainda não tinha tido oportunidade de pensar nisso. Na realidade, não sentia saudades da minha vida, repleta de solidão, culpa, autocomiseração e incertezas. Fora para ali por isso mesmo, para recomeçar tudo. Se realmente tinha saudades, era de uma outra vida que perdera desde o dia em que *ele* entrara na minha vida.

— Internet, notícias, séries, filmes, uma saída para jantar com amigos. O normal na vida de um *millenial* — menti eu, sabendo, pela sua expressão, que não estava a acreditar em mim. — Sei que é clichê dizer isto, mas tomamos tudo como certo até nos vermos privados disso. E tu?

— Basicamente o mesmo. Mas também da minha gata.

— Não sabia que tinhas uma gata.

— Sim. A Cersei. Ficou com uma amiga minha. Mas tenho a certeza de que não se importa nada com a minha ausência, pois ela odeia-me. Não penses que o nome foi escolhido ao acaso — riu-se ele.

— Terei todo o gosto em conhecer a Cersei um dia. Tenho um jeito especial para cativar gente difícil.

— Não foi difícil conquistares-me a mim.

Fiquei sem palavras, não esperando aquele tipo de ousadia vinda dele. Mas Baltazar prosseguiu.

— Gaspar, preciso de te perguntar uma coisa que me tem incomodado desde que nos contaste o teu segredo. Quando olhas para mim, é ele que vês? Por isso é que dizes sentir algo por mim? Preciso de o saber.

— Nos últimos dias, tive oportunidade de pensar nisso. Quando te conheci, sim. Projetei em ti a minha mágoa e culpa pelo que se passou. Vocês são terrivelmente parecidos na personalidade, e, imediatamente, o meu inconsciente entrou em ação, ao ver uma oportunidade para me redimir, se te conseguisse *salvar*. Sei que isto não faz nenhum sentido para ti, mas era o que sentia — vi Baltazar entristecer-se com o que confessava, mas agarrei-lhe nas mãos de imediato para que *regressasse* a mim. — Depois, fiquei a conhecer-te melhor e percebi que, afinal, o que sentia por ti era totalmente diferente, por ti e não pela ideia que projetara em ti, inspirado noutra pessoa. Tal como tive oportunidade de to dizer antes, isso é algo que quero explorar lá fora. Se quiseres, claro. Só te peço tempo para conseguir que os demónios se dissipem.

— Tens todo o meu tempo, Gaspar.

Com essas palavras, Baltazar encostou a cabeça no meu ombro. Ficámos assim durante pelo menos uma hora, conversas e silêncios perdidos na noite, até adormecermos.

28

Arrependi-me de ter sido o primeiro a chegar à sala naquela noite ao ver os outros a descerem um a um. Tinham levado a ideia de «grande final» de *reality show* à letra quando surgiram com a melhor roupa que tinham trazido para Ash Falls. Fizeram-me sentir um sem-abrigo com a minha camisa xadrez e calças de ganga.

— Se é para acabar com isto, que seja em grande — disse Cecília.

Cada um de nós se sentou nos sofás à volta da televisão. Até Benjamin, que habitualmente parecia uma graciosa estátua, estava claramente nervoso.

Subitamente, a televisão ganhou vida. Não era texto que surgia, mas Eli Martin. Em vez do exuberante cenário que usara no Jogo do Coração, estava no seu escritório, sentado atrás da secretária. Parecia olhar diretamente para nós.

— Boa noite, caros escritores e, mais uma vez, parabéns por uma fabulosa primeira edição deste programa. Ash Falls estará eternamente grato pela vossa participação — disse ele, na sua voz presunçosa. Se o que Matias havia dito era verdade, tinha mais poder lá dentro, o que me assustava. — É, de facto, um enorme prazer contar com a presença de tão talentosos e bem-sucedidos escritores numa área que precisava de um empurrão para se modernizar e evoluir. Para *regressar* ao grande público.

— Este gajo está sempre cheio de tretas — disse um desdenhoso Lucas.

— Caro Lucas Blackburn, garanto-lhe que nada do que digo é *treta* — respondeu Eli. Todos ficámos surpreendidos. Aquilo não era uma apresentação, era uma conversa. — Sei que estão cansados e desejosos de regressar às suas vidas. Prometo ser breve — Eli pigarreou e ajeitou a gravata. Pelos rápidos desvios de olhar, percebi que estava a ter o apoio de um teleponto. — Por esta altura, graças às indiscrições do Gaspar, já têm conhecimento de que Ash Falls não é simplesmente um programa residencial para escritores. É também um programa de televisão e do mundo digital cuja popularidade nos deixou a todos bastante surpreendidos e agradados.

— Nada disto estava no nosso contrato, Eli — acusou Benjamin. — As consequências legais serão muito danosas para todos.

— Lá chegaremos, Benjamin. De facto, existem algumas, digamos, *condicionantes* contratuais que precisam de ser resolvidas. Mas certamente vão ser lenientes quando perceberem como esta experiência está a ser benéfica para as suas carreiras. Foi a melhor forma que encontrámos para que fossem mais naturais e genuínos dentro da casa. A espontaneidade e as emoções têm sido dos maiores trunfos neste programa.

— E porquê os jogos? — perguntou Cecília.

— E porque não os jogos? Ash Falls tinha de ter algum elemento diferenciador que se destacasse no meio das centenas de *reality shows* que são transmitidos diariamente. Jogos baseados nos vossos livros foi a melhor estratégia para promover o vosso trabalho e o nosso programa de igual forma. Os resultados estão à vista: milhões de telespectadores e seguidores em todo o mundo e milhões de livros vendidos. Caros escritores, o mundo inteiro só fala de vocês!

— Vocês puseram em causa a nossa segurança e as nossas vidas, Eli — apontou Ophelia. — Invadiram-nos a vida privada e expuseram-na contra a nossa vontade. Não há glória que justifique isso.

— Ash Falls em momento algum os pôs em risco. Todos os jogos estavam a ser vigiados por uma atenta e capaz equipa de segurança. Estão todos inteiros e a salvo, não estão? Quanto aos segredos, limitámo-nos a fazer perguntas sobre as suas vidas aqui e ali. Incrível o que as pessoas que nos são próximas são capazes de contar por um maço de notas. Mas tentem perceber, os segredos eram a chave para continuarem a jogar e para alcançar todo este sucesso junto do público. Quem não gosta de descobrir os pecaminosos segredos dos outros?

— Onde queres chegar com esta conversa, Eli? — questionou Lucas, já sem paciência.

— Antes de mais, temos de apresentar os resultados finais. Os novos livros têm sido avaliados pelo público, o que garantiu vantagens na maior parte dos jogos. Mas, para as classificações finais, foi determinante que os concluíssem para angariarem pontos. Eis que apresento o pódio de Ash Falls.

1.º lugar — Gaspar Jonas: 30 pontos
2.º lugar — Lucas Blackburn: 25 pontos
3.º lugar — Benjamin Lee: 21 pontos
4.º lugar — Ophelia Amin: 20 pontos
5.º lugar — Cecília Celes: 19 pontos
6.º lugar — Baltazar Levi: 18 pontos

— Muitos parabéns ao nosso vencedor, Gaspar Jonas! — anunciou Eli, regressando ao ecrã, com uma falsa excitação. — E parabéns a todos os outros escritores pela preciosa prestação.

Entreolhámo-nos os seis, sem saber ao certo como reagir. Houve ali um impulso entre todos para batermos palmas, mas tal nunca aconteceu.

— Que quer isso dizer afinal, Eli? — perguntei. — Nunca foi explicado qual era o prémio.

Assim que terminei de falar, começaram a voar várias notas de compartimentos secretos no teto e mobílias da casa. De repente, vimo-nos rodeados por uma chuva de dinheiro, que imediatamente cobriu todo o chão e mobiliário. Pelo visto, tínhamos vivido aqueles meses com o prémio à nossa volta.

Baixei-me para pegar numa das notas. Era falsa. À primeira vista, parecia uma nota normal, mas a sua ilustração tinha sido substituída pela casa de Ash Falls. Olhei confuso para Eli no ecrã.

— Que significa isto? — perguntei.

— Não é isso que todos procuramos? Não é isso que move o mundo? O prémio é dinheiro. Muito dinheiro — respondeu.

— Isto nem sequer é dinheiro verdadeiro, sacana — berrou Lucas, atirando com um maço de papel na direção do televisor.

O meu coração disparou quando Eli começou a rir condescendentemente.

— Vocês sabem que Ash Falls adora um bom *twist*. O dinheiro é apenas um gesto simbólico. O verdadeiro prémio é a *libertação*. Infelizmente, esta é uma reviravolta a que o público não terá acesso. Uma pena.

— Esta final não está a ser transmitida, pois não? — acusou Benjamin, como se há muito tivesse percebido.

Eli levantou-se da cadeira e veio para a frente da secretária, como que a preparar-se para explicar algo a um grupo de crianças.

— Estão a ver, trabalhei muito para chegar a esta posição. Ash Falls apostou em mim por saber que era criativo e firme o suficiente para tomar as melhores decisões e tornar esta experiência num sucesso. Um verdadeiro *Game Master*.

— Nós sabemos a verdade, Eli — disse eu. — Tudo isso é mentira. O que nos estás a fazer foi pedido por outro grupo que te está a pagar bem mais. És apenas mais um ganancioso.

Eli descuidou-se ao demonstrar algum choque no rosto, mas rapidamente se recompôs.

— Calúnias de quem me quis derrubar. A minha fé neste projeto prevalece.

— Eli, que nos vão fazer? — questionou Ophelia, o medo a apoderar-se da sua voz.

— Levei alguns dias a pensar: Como terminar Ash Falls em grande? Como fazer que este programa fique definitivamente na História? Com uma final *explosiva*!

— Eli... — comecei eu a dizer, mas ele estava tão deslumbrado com a sua voz que me ignorou.

— Porquê arriscar que os seis escritores contassem a verdade ao mundo, se podemos usar o seu sacrifício para intensificar ainda mais a popularidade de Ash Falls.

Lucas e Baltazar imediatamente se levantaram e começaram a perscrutar a sala como dois loucos. Cecília apontou para a janela que dava para o deque. Lá fora, estavam dois dos colegas de Matias, manto negro e máscara, com tochas e jerricãs nas mãos.

— Vão matar-nos? Mas porquê? — perguntei incrédulo.

— Não é óbvio? Para limpar tudo o que fizeram — delatou Benjamin.

— Querem tornar-nos mártires numa tragédia — continuou Ophelia. — O sucesso seria tremendo.

— Pessoal, as portas estão trancadas! — gritou Lucas, da entrada da casa. — Eles vão incendiar a casa connosco aqui presos. Comecem a tentar partir o que puderem.

No deque, as duas figuras começaram a espalhar gasolina e a pegar fogo às paredes exteriores. Sendo maioritariamente de madeira, num instante a casa seria consumida pelas chamas. Colado à janela, Baltazar começou a implorar que parassem. Lucas tentava arrombar a porta da rua com a ajuda de Benjamin, mas sem o conseguir. Eu e Cecília agarrámos em cadeiras da mesa de jantar para partir janelas, mas eram praticamente inquebráveis. Assim que a casa começou a encher-se de fumo e as labaredas do exterior começaram a pintar a casa de laranja-escuro, Eli voltou a falar connosco.

— Muito obrigado pela vossa participação, caros escritores. Ash Falls promete tudo fazer para popularizar ainda mais os vossos trabalhos e a vossa presença neste programa. Foi um prazer.

A televisão desligou-se. Lucas correu até ao quarto e regressou com uma das pistolas do Jogo do Apócrifo. Pediu que nos afastássemos e disparou três tiros contra a fechadura da porta da rua e sete nas janelas. Nada. Era como se Ash Falls tivesse como plano o nosso assassinato desde o início.

— A janela do meu quarto! O Matias fugiu por aí! — lembrei-me, desatando a correr para a escada da cave.

Assim que pus o pé num dos degraus, um violento estrondo algures na cave projetou-me para a frente, fazendo-me cair pela escada abaixo e bater com a cabeça na porta da despensa. Atordoado e com os ouvidos a zunir, senti-me completamente desorientado e com os olhos embaciados. Toquei em sangue quente no rosto, o que me motivou a levantar e a sair dali. Assim que o fiz, uma nova explosão fez-se sentir na cave, ao que parece na sala das máquinas. Antes de ser projetado para trás e cair atabalhoadamente em cima de caixas e latas tombadas na despensa, vi parte do teto à frente do meu quarto desmoronar e bloquear o acesso. Todo o meu corpo me doía, mas tinha de sair dali rapidamente ou iria ficar soterrado.

De repente, as luzes apagaram-se, ficando a casa apenas iluminada com o brilho infernal das chamas. Fumo e cinzas começaram a entrar na minha garganta, arranhando-a impiedosamente. Ouvi os gritos dos outros a chamarem por mim, mas não sabia como poderia lá chegar com a escada destruída e as chamas a alastrar.

— Gaspar, arrasta uma das estantes da despensa e sobe! — berrou Baltazar, da abertura que dava para o piso térreo.

Corri de volta à despensa e tirei tudo o que restava na primeira estante que encontrei. Não tinha a certeza se iria aguentar o meu peso, mas tinha de tentar. Empurrei a estante de metal com toda a força que tinha até chegar ao que restava da escada. Comecei a trepar, mas, à primeira tentativa, caí. Lucas e Baltazar estavam de mãos estendidas à minha espera. Sentia as chamas que se alastravam pela cave a queimar-me a pele. Com novo ímpeto, voltei a subir pela estante. Consegui agarrar nas mãos deles antes que a prateleira cedesse sob os meus pés. Sentia as mãos a escorregar com o meu próprio sangue e suor, mas os meus companheiros conseguiram puxar-me e resgatar-me. Repeti «obrigado» vezes sem fim.

Ajoelhado no chão, vi como a casa já estava cheia de fumo e de algumas fagulhas. Ophelia chorava. Benjamin estava todo sujo e suado. Cecília continuava insistentemente a tentar partir as janelas do deque com o varão dos cortinados, grunhidos desesperados em busca de salvação daquele inferno.

— Temos de subir... — sugeriu Baltazar numa voz já a ameaçar derrota.

Entre ataques de tosse e sustos com grandes pedaços de madeira que iam caindo, lá conseguimos chegar os seis ao quarto de Ophelia, o mais alto da casa. Com o auxílio da fraca luz que entrava pela janela impenetrável do quarto, mirei os rostos dos meus companheiros, tristeza e resignação a sobreporem-se a qualquer tipo de brilho de esperança. Ophelia foi à gaveta da sua mesa de cabeceira e trouxe-nos a pistola do Jogo do Apócrifo. Não foi preciso dizer nada para saber o que queria dizer. O crepitar das chamas ameaçava chegar a todo o momento. Se não morrêssemos asfixiados com o fumo, morreríamos queimados. Qualquer um dos casos era hediondo, só diferenciava na rapidez ou violência da morte.

Tanto esforço, tanta luta, tanta libertação para morrermos como animais, juntos, mas isolados. A nossa condenação tinha estado desde o início no próprio nome daquele programa: Ash Falls. Éramos corações de papel, prestes a ser reduzidos a cinzas, esquecidos num vento desconhecido.

— Não sou capaz de o fazer. Alguém que o faça por mim — pediu Ophelia, lágrimas a percorrer o seu rosto tisnado.

Benjamin aproximou-se e tomou-lhe a arma das mãos, levantando-a tremulamente até à sua cabeça. Cecília era já uma desgraça de lágrimas e lamentos. Lucas começou a pontapear as paredes como um louco, e Baltazar foi para um canto do quarto com os ouvidos tapados. Ophelia fechou os olhos e, por momentos, o seu rosto ficou sereno, como se tivesse viajado para bem longe dali.

Olhei do crucifixo por cima da cama para a cena. Não conseguia desviar o olhar, não por querer assistir ao ato horrível, mas porque estava com dificuldade em aceitar que tudo aquilo estava de facto a acontecer e tão depressa. Ali estavam elas, as *últimas coisas* que eu tanto odiava e me aterrorizavam, a tempestade que regressa sempre, impiedosa e destrutiva. Só um milagre podia salvar-nos. Não acreditava em milagres, mas naquele momento, por aquelas pessoas, desejei com todas as minhas forças que fossem reais.

De repente, pelo canto do olho, como que convocado pela minha vontade, vi um milagre do outro lado da janela de Ophelia. De expressão determinada, Matias estava agachado no telhado a fazer qualquer coisa à janela. Antes que pudesse perceber o quê, atirei-me para cima de Benjamin no preciso momento em que ia matar Ophelia. O tiro acabou por acertar no chão, seguindo-se os rostos confusos de todos os outros na minha direção. Apontei para o exterior, onde um atarefado Matias tentava a todo o custo abrir a janela com uma ferramenta. Seria possível que a nossa salvação fosse tão fácil como desaparafusar uma janela? Colei-me ao vidro, mas Matias estava demasiado concentrado no que estava a fazer para reconhecer a minha presença.

— Gaspar, as chamas estão quase aqui... — disse Baltazar, a espreitar para o corredor.

— Ele vai conseguir. Afastem-se da porta — pedi eu.

Lucas, Cecília, Baltazar, Benjamin e Ophelia juntaram-se a mim perto da janela, na esperança de que Matias se redimisse do seu trabalho com Ash Falls, salvando-nos. Não conseguia ver ao certo o que estava a utilizar para desaparafusar a moldura da janela, mas estava a demorar muito. Olhei para a porta do quarto, cada vez mais fumo a invadir por baixo da porta, luzes infernais a tentar entrar por cada fresta.

— Está quase! — proferiram os lábios de Matias, do outro lado do vidro.

Cecília e Benjamin estavam já a tossir com violência e até eu sentia a garganta em ruínas. O calor ameaçava atacar-nos mais rápido do que o fumo. Algures na casa ouviam-se estrondos violentos, coisas a cair e objetos a partir-se. *Por favor, Matias!*, implorei eu em pensamento, não querendo pressioná-lo.

Finalmente, ele sorriu e a moldura que suportava a janela cedeu. Com toda a força que tinha, arrancou-a dali. Sem aquele suporte, os vidros inquebráveis já podiam ser retirados e deixar-nos sair. Eu, Lucas e Baltazar começámos a pontapear os cantos da janela, enquanto Ophelia batia com a cruz que arrancara da parede por cima da cama. Subitamente, uma brisa fresca entrou e envolveu-nos como um anjo. Segundos depois, os blocos de vidro começaram a ceder, surgindo uma abertura grande o suficiente para que pudéssemos passar. As chamas já estavam no quarto, o solo demasiado quente para permanecermos ali. Matias ajudou Cecília e Ophelia a sair. Seguiram-se Baltazar, Benjamin, Lucas e, por fim, eu. Naquele telhado, todos nós tossimos e inspirámos sofregamente o ar fresco da noite para limpar os pulmões do fumo de Ash Falls.

Quando recuperei, olhei para a mão de Matias. Um corta-unhas. Salvos por um simples e mísero corta-unhas. Envolvi Matias num forte e agradecido abraço. Ele retribuiu, mas acabou por me afastar quase imediatamente.

— O telhado vai ceder a qualquer momento — disse ele. — Temos de sair daqui o mais rapidamente possível. Os outros ainda estão por perto. Temos de fugir antes que percebam que conseguiram escapar.

— Como subiste até aqui? — perguntei.

— Trepei pelas paredes. Com as chamas, isso já não é uma hipótese. Vamos ter de saltar.

Estávamos rodeados por agressivas e descontroladas labaredas de todos os lados. Seguimos Matias até um canto do telhado. Estávamos ao nível de um primeiro andar, pelo que saltar seria quase tão perigoso como continuar ali. Sem hesitar, Matias deu balanço e saltou, aterrando em arbustos que, de certa forma, ampararam a queda. Completamente ileso, olhou para os dois lados em busca dos nossos atacantes. Com a costa livre, fez-nos sinal para avançarmos.

— Vou saltar já para os ajudar lá em baixo — anunciou Lucas, saltando de imediato como se fosse um desportista profissional.

Cecília saltou de seguida, caindo com aparato, mas levantando-se, supostamente bem, com a ajuda de Lucas.

— Não sei se é o momento para dizer que tenho medo de alturas... — anunciou Ophelia.

— Ajuda se saltar contigo? — ofereci-me.

Após alguma hesitação, Ophelia aceitou. Corremos e saltámos de mãos dadas. Ao aterrar, achei que tinha partido qualquer coisa, tais foram as dores que senti após o embate. Mas, quando me levantei, percebi que estava ileso, apenas dorido. Fiquei aliviado por ver que Ophelia também estava bem.

Baltazar saltou de seguida, aterrando graciosamente ao nosso lado. Faltava Benjamin. Olhei para o seu rosto lá em cima. Pareceu-me mais aterrorizado do que alguma vez o vira. Desapareceu por momentos para dar balanço, mas, no preciso momento em que ia dar o salto, o telhado cedeu e ele caiu, aterrando com violência em cima de destroços e chamas. Arrancámos em seu auxílio. Eu e Lucas agarrámos nos braços dele e arrastámo-lo para segurança. Assim que o fizemos, vimos com horror que Benjamin tinha o pé direito partido e queimado, um ângulo nada normal, que me arrepiava só de olhar. Quando ele próprio notou o estado em que estava, começou a gritar, mas imediatamente lhe tapei a boca com as minhas mãos, sentindo lágrimas e baba a molhar-me e as vibrações do seu grito de dor abafado por mim.

— Temos de sair daqui. Já! — ordenou Matias.

Por serem os mais altos, Matias e Baltazar pegaram em Benjamin para que o seu pé, pendurado, não tocasse no chão. Todos nós mergulhámos na floresta, a sua terna escuridão a proteger-nos de Ash Falls.

Olhei uma última vez para trás. Ash Falls estava em ruínas, apenas um esqueleto queimado e cinzas a voar pela noite, carregando momentos, dramas, fantasmas e histórias. Parte de cada um de nós ardia naquela noite também.

29

Eli Martin vestiu o seu fato mais caro para aquela videochamada. Qualquer elemento diferenciador seria uma ajuda para se sentir menos insignificante. Ajeitou a gravata, estudou pela terceira vez os cartões que tinha por baixo da mesa e esperou que o presidente entrasse na reunião virtual, o que aconteceu minutos depois. Só com som, sem imagem.

— Eli. Que novidades tens para mim? — perguntou o homem, na sua voz grave e robótica sem sequer o cumprimentar.

— Boa noite. Como está, Sr. Presidente? A missão foi um sucesso. A casa está destruída.

— Não chames missão a isto, Eli — disse o homem, exasperado. — E os escritores?

— Um terrível acidente. Não conseguiram sair da casa.

O homem hesitou. Eli engoliu em seco, antevendo que tinha falhado redondamente no cumprimento das intenções do outro. Mas o presidente acabou por se mostrar agradado.

— Perfeito. Pelo visto, tomei a decisão acertada ao confiar em ti. Já sabes como utilizar isso?

— Sim, temos neste momento a equipa de comunicação preparada para lançar a notícia da trágica morte dos escritores. Temos vídeos de cada um deles, imagens do incêndio, biografias. E todos os livros escritos em Ash Falls, claro.

— E a responsabilidade pelas suas mortes?

— A nossa equipa jurídica está também em cima do assunto. Ash Falls ficará livre de qualquer tipo de responsabilidade. Tudo aconteceu devido a um infeliz acidente causado por um dos escritores. Gaspar Jonas, para ser mais preciso. O seu histórico de depressão vai reforçar a história.

— Muito bem. Estou muito satisfeito, Eli. Quando regressares, estás convidado para jantar em minha casa. Ainda não conheces a minha adega. Tenho um excelente *Domaine Leroy* de 2015 à espera de um momento especial. Até lá.

O homem desligou a chamada, deixando Eli a sorrir e com o coração a bater fortemente com orgulho e excitação. Reparou nas centenas de notificações que tinha numa janela, no canto inferior direito do computador, e não resistiu a clicar. As redes sociais associadas a Ash Falls continuavam ao rubro. Depois do anúncio da trágica morte dos escritores, foi como se uma explosão tivesse acontecido em todo o mundo, com Ash Falls a figurar em todos os noticiários, *feeds* de redes sociais e conversas de café. E Eli sugava tudo isso como ar essencial. Afinal, era o extenso *feedback* do público que o guiava naquela aventura e que o tinha levado a tomar decisões pouco ortodoxas para manipular o programa, como tornar Lucas o perdedor do Jogo da Apanhada ou aceitar a proposta de Benjamin em ter o segredo revelado no Jogo do Isolamento. Estava apenas a cumprir o que as audiências pediam. E o sucesso era a sua droga.

O momento de deleite foi prontamente interrompido por alguém a bater à porta. A cabeça de Walt Walters espreitou timidamente.

— Que queres, Walt? — perguntou Eli, desagradado com a interrupção daquele jubiloso momento. — Podia estar ainda a falar com o presidente.

— Desculpa, Eli. O Erik está aqui para falar contigo.

— Walt, tens de ser mais firme com eles. Não tenho de dar tempo de antena a operacionais como ele, nem tu deves ser menino de recados deles — disse um exasperado Eli.

— Foste tu que os promoveste depois do que aconteceu com o Matias. Sabias que este tipo de abuso podia acontecer — respondeu Walt secamente.

— Mas és tu quem está à frente dos recursos humanos. Cabe-te a ti gerir todos os que aqui estão.

— Cabe-me a mim gerir-te também. O Oscar também era minha responsabilidade. Eu devia ter sido consultado antes de falares com o presidente para o dispensar.

Eli aproximou-se de Walt e apontou um dedo na direção do seu rosto.

— Como teu superior, não tenho de te pedir satisfações pelas minhas decisões, Walt.

— Nunca foste meu superior. E não é pela tua ambição desmedida nos bastidores de Ash Falls que isso vai mudar para mim.

Eli sentiu o rosto a ferver e as narinas a dilatar. Não estava habituado a ser desrespeitado, muito menos por um homem asqueroso, habitualmente medroso como Walt. Mas, naquele confronto, Walt estava mais determinado que nunca. Eli voltou para a sua secretária, empilhando pastas de papéis.

— Tens de me desculpar — cedeu falsamente Eli. — Toda a pressão ao longo destes meses me deixou exausto. Sempre foste um bom aliado, não mereces este tratamento.

— Tudo bem. Também estou cansado — admitiu um passivo Walt. — Eli, achas que os escritores morreram mesmo?

— A intenção era mesmo essa. Aliás, recebi ordens diretas para isso.

— Achas que o Gaspar Jonas está mesmo morto?

Eli estranhou aquela insistência. Walt era habitualmente um homem nervoso, mas aquela ansiedade era diferente.

— Os operacionais garantiram que sim, que os seis escritores morreram nas chamas que consumiram a casa. Mas porquê a pergunta? E porquê o Gaspar em específico? — perguntou um desconfiado Eli.

— Nada de mais. Fiquei muito abalado com a infiltração do Gaspar na base. A minha análise da sua prestação em Ash Falls era muito negativa e confesso que estava com algum receio dele por ser tão perigoso. Só isso. Ainda me custa acreditar que morreram...

— Quem te ouve falar, pensa que estás com pena deles. O que vejo é alívio no teu rosto, Walt.

— É cansaço. Esta experiência roubou um bocado de todos nós.

— Manda lá o Erik entrar então. Vou acabar já com isto.

Tinha sido tão fácil manipular aqueles jovens idiotas. Bastou agitar um maço de notas à sua frente e a promessa de violência sem consequências e ganhara um pequeno exército pessoal. A traição de Matias com Gaspar fora, afinal, uma bênção, pois permitira derrubar Oscar e ganhar ainda mais poder e confiança em Ash Falls. Desde o início daquele projeto que o chefe de segurança era uma pedra no seu sapato, limitando-lhe a criatividade no programa e tudo o que imaginava para os seus jogos, assim como as suas movimentações menos ortodoxas, fora dos objetivos de Ash Falls. Mas o mundo pertencia aos resilientes e astutos, não aos justos e cumpridores. Depois daquele deslize, fora tão fácil convencer o presidente de que Oscar não era capaz de permanecer no projeto. E com o palerma do Walt a segui-lo como um cachorrinho, era como se Ash Falls fosse finalmente o seu reinado por inteiro.

— Como é que isso vai, chefe? — disse Erik, entrando no escritório com Walt atrás de si. O seu ar presunçoso de *amigalhaço* irritava Eli profundamente.

— Que queres, Erik?

— Vim saber o que precisa mais de nós, chefe — respondeu o rapaz, refastelando-se numa poltrona.

— Não sejas ridículo. Vocês são tudo menos prestáveis. Que queres realmente?

— Bem, já que estamos numa de frontalidade, tenho estado a pensar. Com o Oscar fora do baralho, há uma vaga na posição de chefe do Departamento de Segurança — Erik abriu os seus braços musculados e apontou para si.

— Os honorários receberam um reforço bastante generoso graças às mudanças em Ash Falls. Não estás em posição de exigir mais nada, Erik. Além disso, este projeto terminou. Com a casa destruída, não há mais nada a fazer a não ser esvaziar a base e partir.

Erik levantou-se e aproximou-se ameaçadoramente de Eli. O rapaz era bastante mais alto e entroncado. Agora que estava quase colado a si, Eli sentiu-se intimidado pela primeira vez. Era ultrajante que alguém de categoria inferior lhe fizesse frente, mas era o preço a pagar por confiar em escumalha para fazer o seu trabalho sujo.

— Tem mesmo a certeza de que não quer reconsiderar, chefe? Se falar com o presidente, talvez surja uma oportunidade.

Eli contornou a secretária, fingindo estar ocupado a arrumar papéis. Pelo canto do olho, viu um nervoso Walt especado perto da porta.

— Erik, tenho muita coisa para arrumar antes de partirmos. Peço que façam o mesmo. Podemos continuar esta conversa noutra altura.

— Sabe, chefe — continuou Erik. — Tenho-me perguntado há vários dias: que teria de tão importante aquele telemóvel que o Gaspar roubou de Ash Falls?

Eli estremeceu. Como é que era possível que alguém como Erik tivesse reparado naquele pormenor? E como é que tão rapidamente associara o telemóvel a si?

— Não sei do que falas, Erik. Não tenho tempo, nem paciência para as tuas invenções.

— A minha ex-namorada queixava-se de que era demasiado curioso. E muito teimoso também. Quando se juntam esses dois traços de personalidade... ui! — prosseguiu Erik, claramente a adorar a forma como estava a assustar o outro.

O telemóvel tinha sido um tremendo erro. Dois dias antes de partir para Ash Falls, Eli fora contactado por um homem misterioso que se apresentara apenas como sendo um representante de um grupo rival de Ash Falls, alguém que queria *salvar* os escritores. A proposta era simples e direta: sabotar Ash Falls em troca de dinheiro. Muito dinheiro mesmo. Eli decidiu manter o acordo por segurança. Se as coisas dessem para o torto em Ash Falls, tinha ali a sua saída e vingança. Mas era o poder que o seduzia e hipnotizava, não somente o dinheiro. Quando passou a dominar a residência de escritores por completo, nem quis acreditar na sua sorte por Ophelia destruir a única prova da sua traição. Até o irritante Erik voltar a falar sobre isso.

Erik permaneceu imóvel a fixar Eli, como um predador prestes a atacar. Tal como os outros operacionais, Erik tinha sido recrutado enquanto força bruta, influenciável e sem grande capacidade para tomar decisões. Um obreiro para obedecer sem reclamar ou pensar. No entanto, ao longo do programa, revelou ser alguém tão útil quanto perigoso. A forma como liderava os outros suscetíveis operacionais era algo com que Eli não contava, mas que usara para atingir os seus objetivos. Até àquele momento, quando sentiu verdadeiramente que Erik poderia ser um problema.

— Não vamos perder mais tempo. Os helicópteros começam a chegar amanhã e todos temos muito trabalho pela frente, especialmente vocês. Quero ter tudo pronto para partir. Estou farto deste local.

— Tudo bem. Como o chefe quiser — anunciou, sorrindo e saindo da sala com grandes passadas.

Eli esperou que Erik e Walt saíssem. Assim que se viu sozinho, começou a pontapear e a esmurrar a mesa com uma violência atroz. Só quando sentiu sangue e dor nos punhos é que parou. Ofegante, correu para a casa de banho para se limpar. Olhou humilhado para o espelho, cabelo desalinhado, fato enxovalhado, rosto suado e olhos vermelhos. Lavou a cara, respirou fundo e, para se acalmar, repetiu dezenas de vezes na sua cabeça: *Já acabou, Eli. Conseguiste!*

*

Uma das vantagens de se ser invisível é poder ouvir conversas alheias sem que deem conta da nossa presença. Durante toda a sua vida, Maya sofrera por nunca ser notada e por ser facilmente esquecida. Fora assim com a família, com amigos, na escola e nos trabalhos por onde passara. Ash Falls não era diferente. Mas se no início isso a transtornava, agora era uma estratégia útil. Só assim podia ouvir, sem problemas, a conversa que Erik estava a ter com o seu séquito, colegas operacionais e alguns funcionários de outros departamentos que se tinham juntado ao seu *clube* quando Eli o promovera.

Sentada sozinha numa mesa, depenicava uma fatia de pão, e Erik chegava triunfante ao refeitório. Os seus subalternos rodearam-no para ouvir as novidades que trazia, sem perceberem que ela conseguia ouvir tudo. Era como regressar ao secundário.

— O gajo acagaçou-se todo quando lhe fiz frente. Deviam ter visto a cara dele quando lhe falei do telemóvel. Mentiroso do caralho. Deve achar que andamos aqui a dormir — disse Erik, soltando uma rude gargalhada. — Com o Oscar fora daqui, já não há ninguém de jeito que controle esta merda. O que é ótimo para nós. Os gajos têm bué guita, temos de os conseguir convencer de que somos as pessoas indicadas para pôr estes programas na linha.

— Há mais programas destes? — perguntou alguém do grupo.

— Claro, só pode haver, atrasado! Isto tem sido um tremendo sucesso e tem dado muito dinheiro a Ash Falls, especialmente agora com a «morte trágica» dos escritores. Eles vão continuar com isto e será mais e melhor. E nós vamos entrar nisso. Basta derrubar mais umas *peças* do jogo.

— Achas mesmo que os escritores morreram? — perguntou uma das raparigas que estavam na mesa.

— A casa ficou completamente destruída. Da forma como estava construída, era impossível safarem-se. Eles irritavam-me para caraças. Boa viagem para o Além! Só tive pena da Cecília, a gaja era mesmo o meu estilo — Erik voltou a soltar uma gargalhada, à qual outros homens da mesa se juntaram.

— Não tens receio de que alguém tenha sobrevivido? Se contar a verdade, pode ser o nosso fim e o de Ash Falls...

— Se sobreviveu ao fogo, o que duvido, não vai durar muito tempo sozinho nesta floresta. Relaxa, eles estão todos mortos.

— Mas não devia haver alguém que verificasse se estão mesmo mortos? E se alguém de fora descobre os corpos, ou se as famílias exigirem os cadáveres?

— Eh, meu. Esta gaja hoje tirou o dia para me chatear! — berrou um impaciente Erik. — Nós vimos a casa ser reduzida a escombros. Se sobrou alguma coisa deles, os animais da floresta tratam disso. Além disso, as ordens foram para esvaziar a base e partir imediatamente. Já preenchi o relatório a informar que verificámos que os seis escritores estavam realmente mortos. Só quero bazar daqui e partir para outra. Isto já enjoa!

Erik levantou-se e os outros seguiram-no. Para surpresa de Maya, ele notou a sua presença na mesa ali perto.

— Senti a tua falta no incêndio, Mayazita! Ainda estás chateada com o que aconteceu com o teu namorado Matias? Não te preocupes, por esta altura já deve estar morto.

— Pedi ao Walt que não fosse com vocês e ficasse a fazer trabalhos de limpeza.

— Tão prestável que ela é. Vou fingir que acredito... por agora.

Erik passou os dedos grossos pelo rosto de Maya e saiu do refeitório. Enojada, esfregou um guardanapo na cara e empurrou o tabuleiro para longe. Instantes depois, vangloriou-se por perceber que continuava a ser subestimada. Sim, tinha, de facto, evitado participar naquela chacina. Todavia, enquanto Erik e os outros enchiam a casa de chamas, Maya tinha estado ocupada a roubar alimentos, ferramentas, roupa e medicamentos de Ash Falls para levar para o círculo de rochas onde Matias se encontrava com Gaspar, um dos pontos mortos sem vigilância na floresta.

A verdade é que, antecipando que a sua missão pudesse correr mal, Matias tinha combinado que podiam encontrar-se nesse local. No dia em que foi apanhado e usado no Jogo do Apócrifo, ficou de coração nas mãos com a possibilidade de se ferir ou até de morrer. Sempre que tinha uma oportunidade para se esgueirar, ia até à formação de rochas para esperar por ele. Foram dois dias de desespero sem sinal de Matias. Até que finalmente lá estava ele, ferido, faminto e a precisar dela.

Nessa mesma noite, quando recolhia secretamente mantimentos para o outro, as coisas explodiram na base. Eli traiu Oscar, fazendo-o ser dispensado. Nem teve tempo de se despedir daquele que outrora admirava e idolatrava. Eli deu mais poder a Erik e ao seu novo grupo, e a base ganhara nova dinâmica, mais perigosa e desoladora.

Mas a sua missão não tinha terminado. Matias ainda estava vivo, e o seu sentimento por ele evoluía a cada dia. Tinha de cuidar dele, tal como ele a protegera lá dentro — alguém que via uma mulher e não uma miúda insignificante. Durante vários dias, foi os olhos e os ouvidos de Matias na base, partilhando tudo o que conseguia descobrir. Até ao derradeiro dia em que anunciaram a destruição da casa e o assassinato dos escritores e a forma como fazer desse ato hediondo um «infeliz acidente».

A última vez que viu Matias e lhe contou isso, viu o seu rosto determinado. Iria salvá-los. Aquela bravura ingénua e imatura de Matias era uma das coisas pelas quais Maya se sentia cada vez mais apaixonada.

Naquele momento em que estava sozinha, sentada no agonizante refeitório, sabia que estava de mãos atadas. Para já, não conseguia fazer mais nada para ajudar Matias e os escritores. Aliás, nem sabia se realmente tinha sido bem-sucedido ao salvá-los ou se estavam mortos. Só sabia que não ia desistir de Matias.

Ia partir com todos os outros elementos daquela base. Porém, assim que regressasse à civilização, a primeira coisa que Maya iria fazer era lutar para denunciar os atos hediondos de Ash Falls e salvar os sobreviventes daquela repulsiva experiência.

Ia deixar de ser invisível, nem que fosse a última coisa que fizesse.

30

O pé insistente de Baltazar a bater no chão de madeira velha dizia-me que estava desesperadamente a precisar de um cigarro. Viu que eu o estava a observar e imediatamente parou, sorrindo como um miúdo asneirento. Se ao menos soubesse como era encantador e como era praticamente impossível não gostar dele...

— Finalmente adormeceu — anunciou Ophelia, juntando-se a nós. — A medicação está a ajudar para já, mas não durará muito tempo.

Ophelia estava com um ar cansado. Não saíra de perto de Benjamin desde que chegáramos à casa abandonada, havia dois dias. Carregá-lo até ali fora uma tarefa hercúlea, mas mais duro ainda tinha sido ver o estado em que estava o seu pé partido e queimado e o sofrimento por que estava a passar.

Matias estava escondido ali desde que fugira de Ash Falls. Em vez de destruir as câmaras de vigilância à sua volta, o que podia suscitar desconfiança por parte de Ash Falls, aprendera a movimentar-se por ângulos mortos.

A casa estava degradada, mas ao menos servia como abrigo. Ao longo daquelas semanas, Maya tinha surripiado alimentos, medicação e vestuário para ele, pelo que improvisara ali um lar temporário. Agora dava abrigo a mais seis pessoas, uma delas ferida e a ocupar a sua cama. Não havia palavras para descrever como estava agradecido a Matias por nos ter salvado. Não só cumprira com a sua palavra, como se mantivera vigilante e atento ao ataque de Ash Falls. Se estávamos os seis ali vivos, era graças à sua bravura.

— Gaspar, o Benjamin precisa de cuidados médicos — continuou Ophelia. — Tenho medo do que lhe possa acontecer se não for tratado.

— Eu sei. Assim que os outros chegarem, vamos tomar uma decisão em conjunto.

Desde que ali tínhamos chegado que todos começaram a agir como se eu fosse o líder natural daquele grupo de sobreviventes. Sentia-me desconfortável com o fardo dessa responsabilidade, mas, ao mesmo tempo, queria fazer tudo o que estivesse ao meu alcance para cuidar daquelas pessoas. O grande problema era que eu não tinha ideia do que fazer. Com provisões limitadas, sem um abrigo em condições, sem comunicações e com uma pessoa ferida, sentia que éramos as únicas pessoas que sobravam no mundo. Nenhum de nós fazia a mínima ideia de onde estava. Aquele local podia muito bem ser a nossa sepultura, prometida desde que tínhamos voado até ali de helicóptero. Estávamos apenas a adiar o inevitável. Tinha de fazer um esforço enorme para não transmitir aos outros aquele pessimismo todo. Iria destruí-los.

Matias entrou em casa com Lucas e Cecília no seu encalço, parecendo exaustos. Ainda me estava a adaptar à sua figura tão jovem e normal sem o manto negro que caracterizava os operacionais de Ash Falls.

— Ei, pessoal! Árvores e mais árvores. Não encontrámos nada — disse ele.

— Não só não encontrámos nada, como ainda perdi o respeito próprio — brincou Lucas, afundando-se numa das velhas cadeiras. — Este gajo é uma máquina. Estou exausto. E costumo correr!

— Não culpes a minha juventude, velhote!

Entre Lucas e Matias começava a nascer uma amizade típica de irmãos. Não me admirava isso vindo de Lucas e, na verdade, era um alívio para o clima tenso ali em casa.

— Que há para jantar? Meio amendoim? — perguntou Cecília, com a mesma boa disposição dos outros dois.

— Para compensar o excelente trabalho, o jantar será mais especial. Duas batatas de pacote para cada um! — disse Baltazar, sacando de um pacote em cima de uma das bancadas apodrecidas.

Não podia estar mais grato a todos eles pela forma como se estavam a esforçar para manter a boa disposição naquela situação extrema.

Matias fez-me sinal para o seguir até ao exterior. Lá fora, a sua expressão mudou para uma seriedade que não era habitual nele. Tornava-o mais velho. Agarrou-me no braço e levou-me para trás da casa decrépita.

— Temos de regressar à casa — anunciou ele. — Alguns mantimentos podem ter sobrevivido ao incêndio.

— É demasiado perigoso, Matias...

— Não estás a perceber a gravidade da cena. Não temos comida, nem água suficiente para sete pessoas. E tens um gajo ferido ali dentro que... ou fazemos alguma coisa ou vai perder o pé. Ou pior.

— E se Ash Falls descobre que ainda estamos vivos?

— Não tens muita escolha, Gaspar. Morrer na floresta ou arriscar e morrer às mãos deles.

— Não encontraram mesmo nada na área?

— Zero. Não quis preocupar muito o Lucas e a Cecília, mas cobrimos uma área muito vasta e nem sinal de civilização.

— Mesmo que consigamos encontrar alimentos ou medicamentos, e depois? — perguntei mais a mim do que a ele.

— Não faço ideia. Eu sou um gajo reativo. Conto contigo para pensares mais à frente e planeares as coisas.

— Obrigado pela tonelada de pressão que acabaste de me pôr em cima... — deixei-me arrastar pela parede até ficar sentado na terra molhada. Esfreguei as têmporas, sentindo o desespero a querer entrar. Matias olhava para mim expectante. — Por muito que a minha mente cobarde odeie essa ideia, temos de ser mais corajosos. Temos de arranjar uma forma de nos infiltrarmos na base novamente. Tem de haver maneira de contactarmos o exterior.

— Assim já gosto mais! — respondeu Matias, com um sorriso agradado. — Nunca mais tive sinal da Maya. Estou preocupado com ela.

— Vou chamar o Baltazar e o Lucas, e partimos quanto antes. Antes que digas que estou a ser sexista por deixar as mulheres em casa, estou apenas a levar as pessoas que fazem mais sentido para esta *missão*. Tu conheces a base e a rede de câmaras, o Baltazar sabe orientar-se na floresta e o Lucas é forte. A Cecília e a Ophelia serão mais úteis a ajudar o Benjamin.

— Vocês, escritores, são uma seca! Não precisas de estar sempre a explicar tudo detalhadamente. Não pensei em nada disso até o dizeres. Vá, vamos bazar então.

Explicámos o plano em casa e todos concordaram sem reclamar. Não tínhamos grande coisa para trazer connosco, pelo que a preparação foi rápida. Fui o último a sair de casa, mas, antes que o pudesse fazer, Ophelia interrompeu-me.

— Leva isto contigo — pediu ela, tirando do bolso do casaco de malha a pistola que teria sido usada na noite do incêndio, depositando-a na minha mão. A sua e a de Matias eram as únicas que tinham ficado connosco.

— Porque me estás a dar isto a mim? — perguntei, fitando os seus olhos angustiados.

— Porque sei que és o único que não hesitará em usá-la para proteger os outros.

Não sabia se Ophelia tinha razão em depositar aquela confiança em mim. Eu próprio desconhecia se realmente tinha essa força e coragem, a não ser que fosse confrontado com uma situação extrema. Esperava não chegar a esse ponto e que as balas da pistola se mantivessem intactas. Tal como nós.

A viagem até à casa foi longa e dura para os nossos corpos esfomeados e cada vez mais fracos. Para evitar as áreas com câmaras, tivemos de dar uma volta ainda maior. Por aquele andar, o caminho de regresso teria de ser feito de noite.

No caminho, muitas foram as brincadeiras e piadas entre nós, uma irmandade a formar-se como se estivéssemos numa excursão de amigos. Mas todos sabíamos que isso era um mecanismo de defesa para lidar com aquela terrível condenação. Por enquanto, ainda estava longe, mas a ameaça da morte espreitava por entre as árvores altas ou no meio das nuvens cada vez mais escuras e pesadas.

Vislumbrei o lago pelo canto do olho, imponente e tranquilo como no primeiro dia. Em poucos minutos, estávamos já espalhados, atrás de arbustos, a verificar se a área era segura. Olhei com um misto de tristeza e alívio para o que restava da casa, local onde se formara uma família, mas que fora responsável pela nossa pena. Apenas restava o esqueleto dela, um caos de ossos de madeira queimada, vidros partidos e pedras desmoronadas. O ar ainda cheirava fortemente a queimado, e admirava-me como era possível as chamas não se terem alastrado à floresta e causado uma desgraça ainda maior. Talvez assim houvesse a possibilidade de atrair a atenção de alguém que nos pudesse salvar. Ou então estávamos tão longe da civilização que morreríamos naquele inferno sem que o mundo sequer desconfiasse que havia ali uma floresta destruída.

— Acho que o caminho está livre. Parece-me tudo calmo — disse Baltazar a meu lado.

— Sinceramente, acho que se estivesse alguém a vigiar-nos, já estariam em cima de nós — respondi. — Vamos ver o que conseguimos encontrar.

Avançámos para os escombros da casa, tentando encontrar alguma coisa que se aproveitasse, mas as chamas tinham sido demasiado severas para aquela residência de escritores.

— Ei, deem-me uma ajuda — pediu Lucas, agarrado a uma viga de madeira, por cima de uma área que percebi ser a entrada para a cave. — Se conseguirmos abrir caminho, é bem possível que a cave e a despensa tenham sobrevivido.

Durante um longo período de suor, pequenos ferimentos, distensões musculares e muitos grunhidos, lá conseguimos os quatro carregar com madeira, pedra, ferro e betão, a ponto de descobrir que, afinal, a cave ainda estava de acessível. Era como se tivéssemos acabado de encontrar um tesouro, tal era a nossa felicidade. Uma vez que a escada tinha sido destruída pelas explosões, apenas eu e Matias descemos, com a ajuda dos outros.

Matias tinha trazido consigo uma lanterna e duas mochilas roubadas por Maya. Tivemos de arrastar mais destroços, mas lá conseguimos alcançar o que restava da despensa. Estava praticamente destruída, mas encontrámos latas de alimentos intactas, que prontamente enfiámos nas mochilas. Não era de todo religioso, mas agradeci a todas as divindades possíveis, quando, no meio do metal retorcido das estantes partidas, encontrei uma mala de primeiros socorros em perfeito estado.

Passei os mantimentos recuperados a Lucas e Baltazar. Quando me preparava para subir para fora da cave, Matias chamou por mim. Com a escuridão da cave, não tínhamos reparado, mas uma das paredes tinha um buraco que permitia entrar na sala das máquinas. Lá dentro, praticamente não havia sinal de geradores, tal era o grau de destruição causado pela explosão. Mas havia algo tão importante como perigoso: um buraco grande o suficiente para que se conseguisse entrar no túnel que dava para a base. Foi apenas necessária uma troca de olhares com Matias para sabermos o que precisava de ser feito. Regressei até Lucas e Baltazar.

— Levem as coisas aos outros. O Benjamin precisa disso.

— Estás parvo? Não os vamos deixar aqui! — disse Lucas, chateado.

— Descobrimos a entrada para o túnel que vai dar à base. Eu e o Matias vamos tentar a nossa sorte.

— Isso está fora de questão! — disse um exasperado Baltazar. — Isto não é uma história de heróis que se sacrificam, Gaspar. Isto é a vida real.

— Como é que esperam que consigamos sobreviver a isto? — gritei eu, também sobressaltado. — Ninguém sabe que aqui estamos. O mundo pensa que morremos. Se não fizermos nada, aí é que vamos mesmo morrer. Acham que quero fazer isto? Estou a borrar-me de medo a todo o instante! Mas não quero morrer. E não quero ver nenhum de vocês a morrer de forma estúpida e cruel.

Lucas ainda abriu a boca para responder, mas, quando viu a minha expressão zangada, arrependeu-se. Tanto ele como Baltazar se levantaram e, relutantemente, puseram as mochilas às costas.

— É bom que regressem o mais tardar até de manhã, ou darei a todos um enxerto de porrada, parvalhões — disse Lucas.

— Daremos os dois — concordou Baltazar.

Mantive o sorriso até os dois desaparecerem, deixando-me a olhar para o remoinho de nuvens por aquela abertura acima de mim. Apesar de ter Matias a meu lado, senti-me repentinamente sozinho e assoberbado pela abominável sensação de *últimas coisas*. Matias estava encostado a uma das paredes, à minha espera, abanando a cabeça e revirando os olhos.

— Escritores...

A quietude e a escuridão do corredor que ligava a casa à base eram sinistras. Munido da sua lanterna, Matias avançava sem medos, iluminando as estéreis paredes e portas de onde outrora fôramos atirados para os jogos. Apertei a pistola no bolso do meu casaco. Senti-la era um misto de medo e poder que desejava não ter de usar. Matias também levava a sua no bolso de trás das calças, sempre vigilante.

Quando chegámos ao fim, encostámos os ouvidos à porta, mas do outro lado só silêncio. Espreitando, vimos um corredor igualmente escuro e vazio. Mais parecia que estávamos a enveredar por um filme de terror. Habituado àquele labirinto, Matias seguiu cauteloso comigo atrás de si. Entrámos no refeitório, mas o amplo espaço estava completamente vazio. Fomos até à cozinha e abrimos todos os armários e arcas. Tudo vazio. Matias já não estava a conseguir esconder a surpresa e a frustração. Quase como se tivesse esquecido que estava com ele, correu por várias divisões da base, escancarando todas as portas e deparando com todos os espaços totalmente vazios, como se nunca tivesse estado ali nada nem ninguém. No balneário, testou as torneiras, mas nenhuma funcionava. Quase tive dificuldade em acompanhá-lo naquele ritmo frenético e caótico a percorrer a base e a testar tudo.

— Este é um dos corredores aos quais nunca tive acesso — disse ele, finalmente parando à frente de uma das portas com aspeto mais robusto.

Do outro lado, novo corredor escuro que se estendia até um infinito de escuridão. A desilusão crescia à medida que deparávamos com salas sem nada, uma repetição de paredes que já pareciam todas iguais, um borrão de desespero e incredulidade.

Terminámos os dois ofegantes naquele que, supostamente, fora o quarto de Eli. Matias deixou-se cair de joelhos no chão, a sua expressão num desalento tal, que apoiei a mão no seu ombro.

— Como é que é possível? — perguntou ele. — Como é que, em tão pouco tempo, conseguiram esvaziar completamente a base?

— Penso que já ultrapassámos a fase de ficar admirados com o poder que Ash Falls tem.

— Mas estamos num local remoto e a base não é pequena. Seriam necessários vários helicópteros de grande porte para conseguir levar tudo o que estava cá dentro. Não sobrou sequer um papel. É como se isto fosse um local fantasma.

Matias estava a perder a calma e isso deixou a minha ansiedade nos píncaros. Ver alguém tão enérgico e bravo como Matias desmoronar-se à minha frente era como aceitar que íamos mesmo morrer ali. Tinha de os manter à tona de água. Precisava dele. Baixei-me ao nível dos seus olhos e apertei-lhe as mãos.

— Não podemos desistir agora, Matias. Tem de haver alguma coisa que tenha ficado esquecida. Vamos procurar com mais cuidado.

Perdi a noção das horas que demorámos a perscrutar cada canto e recanto daquela base, Matias a apontar a lanterna, e eu a verificar todos os locais com uma expectativa que se dissipava a cada sala que abandonávamos. Nem sequer um grão de pó, nada que nos pudesse ajudar a sair dali, pedir ajuda ou sequer que nos mantivesse vivos durante mais algum tempo.

Terminámos a exaustiva ronda na porta que dava para o exterior, derrotados e aceitando que Ash Falls tinha mesmo abandonado aquele sítio, limpando todo e qualquer rasto ou pista.

— Espera — pediu Matias. — Pelos velhos tempos, vou usar a casa de banho. Se um dia eles voltarem para aqui, ao menos terão um *presente*.

Abri a enorme porta, enquanto Matias voltava a descer para regressar ao balneário. Já estava de noite cerrada. Inspirei aquele ar fresco, limpando os pulmões da atmosfera bafienta e opressiva da base. Enquanto esperava por ele, elaborei na minha cabeça várias formas de contar aos outros que Ash Falls se tinha esvanecido e que estávamos realmente sozinhos naquela floresta. Quase conseguia ver os rostos de desespero dos outros a ouvir-me dizer aquilo.

— Gaspar! — gritou Matias, surgindo da vegetação que ocultava a entrada para a base. — Estava no cubículo que usava para entrar na conduta e vi os parafusos soltos. Quando subi, estava lá isto!

Matias estendeu um saco de pano para mim. No seu interior estavam algumas latas de comida, outra lanterna, pilhas e uma carta.

Para aquele que viu a rapariga invisível,
espero que isto ajude durante alguns tempos.
Não vou desistir de ti.

— Maya? — perguntei.

— Sim! — gritou ele, com a felicidade a regressar ao seu rosto. — A Maya está bem e conseguiu deixar-nos isto.

— Matias, é uma ajuda, mas isto não vai resolver a situação.

— Olha melhor para o interior da mala.

E foi então que, no meio de latas e pacotes de alimentos, vi o brilho da Lua refletido no telemóvel de Cecília.

31

— Alguma coisa? — perguntei.

— Nada... — respondeu Cecília num sussurro de desilusão.

— Merda! — praguejou Lucas, dando um pontapé numa pedra que voou do cimo da montanha.

— Volta a desligar o telemóvel. Temos de conservar a bateria — sugeri eu.

Cecília assim fez, enquanto eu me baixava e desenhava uma cruz num mapa. Em sete dias, desde que Matias encontrara o telemóvel, já tínhamos assinalado mais de quatro dezenas de cruzes no mapa das câmaras de Matias. Estávamos agora no cimo de uma das montanhas que dava para o lago, o ar demasiado frio para a pouca roupa que tínhamos no corpo ao fugirmos do incêndio. Sujos, famintos e com cada vez menos esperança de que o telemóvel de Cecília conseguisse obter algum tipo de sinal de rede que nos permitisse pedir ajuda.

— Vamos embora — pediu Cecília. — Está quase a anoitecer e estou cheia de frio.

Felizmente, numa das incursões com o telemóvel, Baltazar tinha encontrado uma pequena nascente que nos fornecia a tão essencial água, mas a comida, apesar de rigorosamente racionada, não duraria muito mais tempo.

No entanto, nenhum de nós se atrevia a queixar-se, nem mesmo em tom de desabafo. Benjamin estava cada vez pior, o pé partido e queimado claramente infetado e a causar-lhe febres delirantes, que só acalmavam com a escassa medicação que tínhamos. Nem sequer havia a hipótese de lhe cortar o pé como se via em filmes e séries de sobrevivência, não tendo os meios, os conhecimentos ou a coragem para tal.

— Farto deste caralho de situação! — gritou Lucas, com tamanha força, que senti ecoar por toda a floresta.

Antes que pudesse aproximar-me para o tentar acalmar, já Cecília estava em cima dele, abraçando-o por trás. Apesar da situação extrema, a relação deles tinha evoluído, ainda que a tentassem esconder. Já os conhecia bem de mais para notar as trocas de olhares, os sorrisos escondidos e as escapadelas para fora da casa. Observando-os abraçados, de cabelos esvoaçantes naquela brisa de final de verão, não pude deixar de me sentir igualmente mais calmo. Eles não eram apenas bons um para o outro. Saber que duas das pessoas que já considerava família tinham encontrado uma faísca de felicidade naquela obscuridade era o suficiente para eu próprio manter uma centelha de esperança.

Regressámos a casa precisamente quando o Sol desapareceu. Baltazar e Matias estavam a rir, sentados à mesa, ao que parece a jogar a um estúpido jogo em que ponderavam duas hipóteses absurdas e escolhiam uma delas. Depois de passar pelos jogos de Ash Falls, esquecera-me do inocente e divertido que podia ser um jogo.

— Não comes nada, Gaspy? — perguntou Lucas, à mesa, já com o seu humor renovado.

— Não tenho fome. Vou substituir a Ophelia e mandá-la para baixo.

Não havia ninguém mais abalado com o estado de Benjamin do que Ophelia. Na nossa estada na casa, não havia dado conta da aproximação dos dois. Ou então tinha acontecido quando ele se ferira, finalmente alguém que precisava de toda a dedicação que ela acumulara em vários anos de solidão. A magreza dela já se conseguia notar.

— Vai para baixo e come alguma coisa, por favor. Eu fico com ele.

Ophelia hesitou, mas acabou por aceitar, libertando a cadeira ao lado da cama onde Benjamin dormia. Antes de descer, ainda olhou uma última vez para mim. Já não havia ali vestígio da mulher fria que conhecera na outra casa. Apenas alguém magoado.

Afastei o cobertor para ver o estado do pé de Benjamin. O próprio, com os seus básicos conhecimentos medicinais, tinha aplicado creme e ligaduras. Ainda assim, qualquer um conseguia ver que possivelmente já não havia salvação para o seu membro. Restava saber quanto tempo tinha até que a infeção ameaçasse a sua própria vida. Naquele momento, estava serenamente a dormir, o rosto sujo, cabelo desalinhado e barba por fazer, muito longe do seu habitual aspeto clássico que cheguei a invejar. Parecia-me mais humano agora.

Recostei-me na cadeira e fechei os olhos, sentindo a exaustão a dar sinal. Ainda que nos revezássemos nas excursões com o telemóvel, caminhava muito mais do que o meu corpo estava habituado, ainda mais com uma alimentação deficitária. Se havia algo positivo nisso era que o meu corpo já era tudo menos o de alguém sedentário.

— Achas que tudo isto é um castigo pelos pecados que cometemos? — perguntou Benjamin, numa voz fraca, arrancando-me das minhas divagações. Os seus olhos estavam mais lúcidos do que nos últimos dias.

— Se isso for verdade, então as divindades têm um sentido de humor muito peculiar, amigo — brinquei eu. Ele retribuiu com um sorriso, que rapidamente se tornou numa linha neutra.

— Tenho pensado muito na minha esposa e no sofrimento que lhe causei, se a notícia da minha morte lhe causou tristeza ou alívio.

Depois de ver o seu segredo, fiquei contente por perceber que a sua mulher ainda estava viva, mas não quis intrometer-me nesse assunto.

— Não conheço a tua mulher e até acho que a verdade do teu segredo foi deturpada naquele vídeo. Sei que já repetimos isto inúmeras vezes, mas todos nós cometemos erros na vida. É o que de mais humano há. Se a tua mulher te ama verdadeiramente, será capaz de te perdoar.

— É por isso que não te consegues perdoar? Porque ele já não está entre nós para o fazer primeiro?

Não tive resposta para aquela súbita menção. Com tudo o que estávamos a passar, ainda não tivera oportunidade de pensar *nele*. Mas ainda sentia a sua ténue presença. Aliás, naquele momento, conseguia sentir o demónio a olhar para mim da escuridão lá de fora. À espera.

— Gaspar, vocês têm de me deixar aqui e partir. Se há alguma remota hipótese de se salvarem, é partindo para o mais longe que puderem. Não vão conseguir sinal no telemóvel se continuarem nessas pequenas expedições.

— Isso está fora de questão. Não te vamos abandonar.

— Não é uma sugestão. É um pedido de alguém com medo de morrer. Não vou conseguir sair daqui e sei que é egoísta pedir que se arrisquem assim, mas não vejo outra hipótese.

Benjamin tinha os olhos aguados. Ao vê-los, eu próprio senti os meus a ficarem assim. Aquela conversa parecia uma despedida. Em tempos fôramos rivais na casa e agora aquele homem estava a fazer-me chorar ao perceber que aquela podia muito bem ser a nossa última conversa. Sentindo uma lágrima a escapar-se, aceitei aquele pedido e apertei-lhe a mão caída sobre a manta. Não houve palavras, mas sim o toque e o calor de duas pessoas determinadas a não desistir.

Antes que o estado de Benjamin pudesse piorar, reuni todos os outros no quarto para lhes comunicar o plano. As discussões, gritos e alternativas irrealistas foram quase imediatas, e ainda demorámos um longo tempo até chegarmos a um acordo sobre o próximo passo a seguir. Foi preciso Benjamin usar o seu tom de voz majestoso e imponente para que todos aceitassem aquela proposta. Bem vi o que lhe custara fazer isso, afundando-se depois na almofada, numa tentativa vã de esconder as dores.

— Não quero de todo que pensem que isto é uma ordem — disse eu, num tom mais apaziguador. — Sei que têm olhado para mim como uma espécie de líder, mas nunca me senti como tal. Eu vou partir, e peço-te, Cecília, que me deixes levar o teu telemóvel comigo. Todos os outros são livres de fazer o que quiserem.

Os outros cinco entreolharam-se, em silêncio. Por momentos, achei que iria mesmo ser o único mártir a fazer aquela expedição suicida. Porém, Lucas acabou por se levantar e veio até mim, despenteando-me o cabelo como se fosse uma criança.

— Achas mesmo que ia deixar-te ir sozinho, Gaspy? Quem te iria proteger? — disse ele, com aquele sorriso enviesado que me aquecia o coração.

— Eu também vou, obviamente — disse Cecília condescendentemente. — Alguém tem de manter estes parvalhões na linha. Além disso, o telemóvel é meu.

— Vocês não iam durar nem um dia nesta floresta sem mim. Contem comigo — anunciou Baltazar com o seu olhar e sorriso fixados em mim.

— Eu vou ficar com o Benjamin — disse Ophelia, algo que já se esperava. — Precisa de alguém que cuide dele. Além disso, só os iria atrasar. Não sou propriamente uma pessoa de aventuras.

Faltava apenas a resposta de Matias. Ali, no meio de todos nós, na fraca luz do candeeiro, a sua juventude era ainda mais evidente. Apesar do seu tamanho, parecia um miúdo confuso e indeciso.

— Matias, independentemente do que decidas, ninguém te vai julgar. Já fizeste mais por nós do que poderíamos exigir.

— Vou ficar. Sei que é estúpido, mas acredito que a Maya nos venha salvar como disse na carta. Se ficar, também posso proteger a Ophelia e o Benjamin, caso aconteça alguma coisa.

Matias era um rapaz franco e transparente, algo que nem o próprio reconhecia. Tinha vindo a conhecê-lo suficientemente bem para perceber que querer ficar também era uma forma de adiar o possível regresso à civilização. Matias, Maya e os outros operacionais não tinham sido recrutados por Ash Falls por acaso. Eram jovens com infâncias e adolescências dolorosas, ignorados pela sociedade. Se conseguíssemos ser salvos, iria regressar a uma vida vazia. Sabia disso, porque eu próprio tinha esse receio.

Tenho a certeza de que ninguém dormiu nessa madrugada, amedrontados com aquele ato arriscado, que nunca sonháramos ter de enfrentar nas nossas vidas protegidas e facilitadas. Aquele tipo de luta pela sobrevivência era algo que víamos nas histórias dos outros ou que hipocritamente escrevíamos nas nossas sem nunca ter passado por isso.

Mesmo antes de o Sol nascer, fizemos uma rigorosa seleção de mantimentos que pudessem ficar e que inevitavelmente tínhamos de levar connosco. Já com tudo pronto e reunido em cima da mesa, Baltazar explicou-nos o plano mais eficaz a seguir.

— Apesar de ser de noite, lembro-me vagamente da direção de que chegou o helicóptero e da sua aterragem — explicou ele, apontando para dois pontos no mapa. — Pode ser um tiro no escuro, mas, se seguirmos nesta direção, é provável que consigamos chegar a algum ponto com sinal de rede ou de civilização.

— Portanto, a sul do local de aterragem? — perguntei eu. — Podemos usar a aplicação de bússola do telemóvel.

— Sim, mas temos de ser inteligentes na sua utilização — respondeu. — A bateria já está a menos de metade.

Passámos às dolorosas despedidas. Benjamin tivera outra noite terrível com picos de febre alta, mas, felizmente, consegui despedir-me com um toque na sua mão. Ophelia apertou-me com força durante vários segundos, segredando-me ao ouvido para não me esquecer da pistola.

Quando chegou a vez de Matias, fui surpreendido por um forte abraço também. A nossa relação ainda era enevoada por muita indefinição. Amigo, mentor ou um irmão mais novo? Sentindo o seu cheiro e a sua cara colada à minha, percebi que era tudo isso.

— Por favor, não sejas melodramático como sempre — pediu ele. — Vão entrar numa aventura perigosa, têm de deixar as emoções de lado.

— Obrigado, Matias. Prometo tentar. Se não por mim, por vocês.

Saímos os quatro, assoberbados pela agonizante possibilidade de que aquela poderia ser a última vez que veríamos estas pessoas. Matias e Ophelia acenaram-me da porta, os seus rostos encorajadores. Recuperando a passada para alcançar os outros, senti que o meu coração tinha acabado de perder três pequenos pedaços.

*

Tínhamos deixado o local de aterragem do helicóptero de Ash Falls havia sete horas. Segundo Matias tinha contado, aquele não era o único local de aterragem, o que poderia explicar nunca termos ouvido barulho de helicópteros e a rapidez com que esvaziaram a base.

À medida que avançávamos para sul, com Baltazar na dianteira, a floresta parecia modificar-se à nossa volta, mais cerrada e mais selvagem. Até os próprios sons da natureza pareciam mais tenebrosos. O caminho estava a ser pontilhado por ocasionais conversas para nos distrairmos de que aquela viagem podia ser infrutífera.

Encontrámos um pequeno riacho e aproveitámos para fazer uma pausa. Sentia as pernas rígidas de tantas caminhadas por aqueles dias. Observei os meus ténis e ponderei quanto tempo mais durariam até se desfazerem.

— Acham que Ash Falls ficou mesmo com os nossos livros? — perguntou Baltazar, depois de beber um gole de água e passando a garrafa a Cecília.

— Claro que sim — respondeu Lucas. — Esse era o plano dos gajos desde o início. Não há nada que venda mais do que a morte de alguém. E se juntares a isso a popularidade do *reality show*...

— Que será que os nossos agentes e editores pensam disto tudo? — questionou Cecília, espreguiçando-se casualmente.

— Devem estar felizes, a nadar numa banheira de dinheiro — disse eu. — Tenho uma opinião muito negativa de agentes e editores depois do que me aconteceu.

— Confesso que estou curioso com o que sucedeu ao meu contratante — disse Baltazar, em tom de gozo. — Por esta altura, já toda a gente sabe que contratou alguém para lhe escrever o livro.

— Yah, pois é. Nunca nos chegaste a dizer quem era, Balty.

— Uma amiga uma vez disse-me que algo que fica por contar faz contrair o tempo até finalmente se lançar isso ao Universo. Por isso, prometo que conto quando tudo isto acabar.

— Bem, parece que tenho um rival na área da autoajuda — gracejou Cecília. — Também não me interessa. Quando sair daqui, vou abandonar a autoajuda.

— A sério? — perguntei eu, incrédulo.

— Até parece que não viram o meu segredo. Esta experiência fez-me repensar muitas coisas na minha vida, nomeadamente o trabalhar numa área na qual não acredito em pleno. Deixei-me seduzir pelo dinheiro e pela fama e esqueci a minha verdadeira identidade.

— E já pensaste no que queres fazer?

— Viajar, escrever ficção, ser atriz... não sei. Antes de me desligar do Universo, vou deixar que me dê um último sinal.

— Bem, já que estamos numa de conversas lamechas sobre projetos pós-Ash Falls, deixem-me que diga que nunca abandonarei o terror — declarou Lucas. — A escuridão foi algo que acolhi na minha vida e de que aprendi a gostar. Apenas preciso de aprender a controlá-la melhor, assim como à força que os traumas têm em mim. Por isso, assim que sair daqui, vou tentar, uma vez mais, reabilitar-me. Não sei se será a última vez, mas quero tentar.

— Eu também tomei uma decisão — anunciou Baltazar. — Vou finalmente tentar publicar um livro assinado por mim. O meu primeiro. Não digo que abandonarei a carreira de *ghostwriter*, mas quero deixar a minha marca no mundo e que o mundo saiba que fui eu, mesmo que corra mal.

— Fico muito feliz por nós e pelas nossas decisões — disse Cecília, antes de ela e dos outros dois olharem para mim, expectantes.

— Bem, não tenho tido muito tempo para pensar na vida lá fora. Mas penso que isso é porque entrei nesta experiência com um objetivo bem definido: fazer um *reset* na minha vida. Ainda tenho muito para superar e exorcizar, mas espero conseguir retomar a minha vida e a minha carreira.

— Se depender de nós, estaremos ao teu lado para te ajudar a levantar, Gaspar — disse Baltazar com o seu encantador sorriso.

— Eh pá, sinto-me revigorada depois disto! Já ganhei outro ânimo para esta aventura. Vamos conseguir, pessoal!

— Lembrei-me de uma coisa, Gaspy. Nunca nos chegaste a falar sobre o teu livro.

Abri a boca para finalmente lhes contar a verdade sobre a história do meu livro, mas fui interrompido por um ruído que se aproximava. Baltazar levou o dedo aos lábios para que ficássemos em silêncio e em alerta. O som estava cada vez mais perto. Até que, mesmo por cima de nós, passou um enorme monstro de metal negro.

— Um helicóptero! — berrou Lucas, enquanto o barulho se afastava. — Será de Ash Falls?

— Ou então a nossa salvação. A Maya disse que ia fazer o possível para nos salvar — relembrou Cecília.

— O helicóptero era da mesma cor daquele que nos trouxe para cá — disse eu.

— Mas pode ser alguém para nos salvar à mesma. Ou pode ser só uma coincidência — insistiu ela.

— Nada nos garante isso.

— Se for de Ash Falls, temo pelo que possa acontecer aos outros. Podem ter apanhado algum de nós nas câmaras e vêm terminar o serviço.

Preferia que aquele helicóptero nunca tivesse passado por nós. Agora ali estávamos nós, vários quilómetros de caminho percorrido e com um enorme dilema para resolver. Voltar para trás e ajudar os outros? Regressar, perante a possibilidade de ser uma equipa para nos salvar? Ou avançar pela floresta em busca de ajuda? Os outros tentavam disfarçar, mas sabia que esperavam uma decisão da minha parte.

— Avançamos — disse eu, firmemente.

— Tens a certeza, Gaspy?

— Não temos a certeza de quem é. Se for alguém para nos salvar, o Matias e os outros darão indicação de que caminho estamos a seguir. Se for de Ash Falls, temos de acreditar que os outros vão conseguir defender-se. Continuamos.

Os três concordaram, com um aceno. Com um medo inconsciente da identidade das pessoas que seguiam no helicóptero, levantámo-nos e continuámos a seguir para sul, mais céleres do que antes de chegarmos ali.

*

Na segunda noite desde que iniciámos aquela aventura, fui visitado por *ele* nos meus sonhos. Não sei se devido à exaustão física, mental e emocional, mas a verdade é que a minha vulnerabilidade deixou-o entrar novamente, ensanguentado e rosto de demónio vingativo, os pulsos a verter uma quantidade anormal de sangue, que inundava tudo até me afogar. Antes que me afogasse, as mãos dele estavam já agarradas ao meu pescoço como espinhos a apertar-me e a sugar a minha respiração e a minha alma.

Acordei sobressaltado com a mão de alguém a tapar-me a boca. Estava muito escuro, mas vi o rosto sério de Baltazar em cima de mim. Não estava simplesmente sério, estava assustado. Colou o dedo aos lábios antes de descolar a mão da minha boca. Olhei para a minha direita e Lucas e Cecília dormiam enroscados. Sentei-me no chão de terra húmida, enquanto Baltazar acordava os outros. Foi então que percebi. A dançar por entre as altas árvores da noite vi luzes de lanternas. Pelo menos uma dezena delas. Levantei-me num salto e arrumei rapidamente as minhas coisas, a adrenalina a comandar os movimentos dos meus membros doloridos.

— Não é salvação — sussurrou Baltazar, já com Lucas e Cecília confusos a arrumarem as suas coisas.

Em poucos segundos, já estávamos os quatro a avançar rapidamente pela floresta para fugir às luzes. Enquanto corria, lembrei-me das primeiras noites na floresta, um local estranho e bizarro para mim, uma desgraça de homem confuso e desligado do meio natural. E agora ali estava eu, ágil como se vivesse ali desde sempre.

— Vamos para oeste, para os desorientar, e depois retomamos rumo a sul — explicou Baltazar.

Corremos durante mais de uma hora até termos a certeza de que já não estávamos a ser seguidos. Ofegantes, deixámo-nos cair no chão de folhas.

— Ainda bem que estavas de vigia, Baltazar. Podíamos ter sido surpreendidos. Conseguiste ver quem era? — perguntei.

— Consegui ver máscaras brancas. Contei pelo menos doze focos de luz. Se realmente for Ash Falls, devem ter percebido que seguimos para sul.

— Acham que os outros estão bem? — perguntou Cecília, preocupada.

— O Matias é um osso duro de roer — disse eu, confiante. — Tenho a certeza de que estão bem.

— A Ophelia também não deve ser subestimada. Lembrem-se de que foi ela que me ajudou no Jogo da Apanhada — disse Baltazar, recordando a forma como ajudou a defendê-lo do ataque de Erik.

— Isto está a ficar mais perigoso. Temos de combinar uma coisa — anunciou Lucas de expressão austera. — Aconteça o que acontecer a qualquer um de nós, têm de prometer que vão continuar. O Benjamin e os outros dependem de nós.

— Lucas, não vamos ter esta conversa...

— Temos de ter esta conversa, sim! Já não somos meros escritores ou pessoas com dramas, fechadas numa casa, somos sobreviventes.

— O Lucas tem razão — concordou Baltazar. — Todo este risco será em vão, se pelo menos um de nós não encontrar ajuda.

— Por muito que me custe admitir, concordo com vocês — aceitou Cecília.

— Gaspy?

— O. K. — respondi fracamente, a minha mente já inundada de imagens de todos eles capturados e ensanguentados.

*

Ao quarto dia de caminhada, já não estávamos a render quase nada. O passo era lento, comida e água escasseavam, a exaustão e o sono pesavam sobre nós como uma das montanhas que faziam parte daquela paisagem remota. Felizmente, nada disso derrubara o nosso ânimo, cada um de nós a levantar o astral do outro quando ameaçava desmoronar-se. Naquele momento, brincávamos ao mesmo estúpido jogo que Baltazar e Matias jogavam na casa abandonada.

— Isso é horrível, Lucas! — disse Cecília, numa gargalhada.

— Tens de escolher, Cecy. Preferias ser a pessoa mais horrível do mundo ou a mais malcheirosa?

— Tendo em conta que neste momento já me sinto a mais malcheirosa, escolho essa opção.

— Não és nada, gosto do teu cheirinho à mesma — disse ele, abraçando-se a ela de forma cómica e a dar-lhe repetidos beijos no pescoço.

— Diria para arranjarem um quarto, mas, não havendo, arranjem um aglomerado de árvores, por favor — disse eu, fingindo arrogância.

— Podem juntar-se a nós, se quiserem. Onde cabem dois, cabem quatro.

— Dispenso aglomerados de malcheirosos, obrigado — respondi.

— É a minha vez — anunciou Cecília. — Tenho uma pergunta para o Gaspar. Onde levarias o Baltazar num primeiro encontro: a um dos restaurantes mais chiques do mundo ou à praia mais paradisíaca?

— À biblioteca mais bela — respondi. Baltazar estava envergonhado com a pergunta, mas era inegável o seu contentamento.

— Também tenho uma — disse ele. — Preferias...

A pergunta de Baltazar foi interrompida por um estrondo abafado, vindo algures da floresta. O seu olhar ficou envidraçado e caiu aos meus pés, inconsciente. Olhei com horror para o dardo nas suas costas. Baixei-me e abanei-o violentamente para o acordar, mas não tive sorte alguma. À nossa volta, a floresta parecia zangada, uma energia tóxica a rodear-nos. Senti os braços fortes de Lucas a puxar-me para longe de Baltazar.

— Não podemos deixá-lo aqui! — implorei.

— Não há nada que possamos fazer. Temos de fugir! — ordenou ele, puxando-me ainda com mais força.

Corri com Cecília e Lucas sem um rumo traçado. Olhei por cima do ombro e vi figuras de negro surgirem por entre as árvores e a engolir o local onde Baltazar estava caído. Nós seríamos as próximas vítimas, se não corrêssemos o mais rapidamente possível.

De repente, um novo estoiro ecoou pela floresta e vi um dardo acertar numa árvore mesmo ao meu lado. Outro e outro e outro. Parecíamos presas a fugir da morte certa.

Saquei da pistola de Ophelia, que guardara na mochila, e comecei a disparar indiscriminadamente na direção dos nossos perseguidores na esperança de que pudessem recuar. A raiva por ter de abandonar Baltazar era o que me motivava a disparar aquela arma, a primeira vez que o fazia na minha vida. Infelizmente, nada daquilo era como nos filmes e rapidamente fiquei sem balas. Acabei por descartar a pistola como se me queimasse a mão. Algures atrás de nós, as furiosas figuras de negro retomaram a perseguição e os disparos.

— Por este andar, vão...

Cecília caiu atabalhoadamente no chão numa confusão de folhas, terra e cabelo rosa-sujo, no seu braço direito um colorido dardo espetado. Eu e Lucas estacámos o passo, aturdidos com mais aquela baixa. Vi no rosto dele como se debatia com a necessidade de abandonar Cecília ali, à mercê de Ash Falls. Quando o vi correr até ela, ainda pensei que não fora capaz de resistir àquilo que me ordenara fazer em relação a Baltazar. No entanto, imediatamente regressou com o telemóvel dela na mão, empurrando-me para continuar a fugir. Pelo canto do olho, vi uma lágrima escapar-se dos seus olhos pretos.

Não sei se por terem esgotado as munições ou por terem ficado contentes com duas capturas, mas, ao fim de alguns minutos, deixámos de ouvir qualquer sinal dos nossos perseguidores. Procurámos abrigo num conjunto de rochas que formava uma pequena caverna. Deixei-me cair de joelhos no chão, lágrimas e suor precipitavam-se na terra em grandes gotas. Lucas estava encostado às pedras a olhar para o exterior, mais ofegante do que alguma vez o vira. Não era só cansaço. Estava em pânico, as suas emoções e o arrependimento a tentarem-no a voltar para o perigo. Percebi imediatamente o que estava prestes a acontecer. Antes que desatasse a correr de volta e estragar tudo, atirei-me para cima dele e caímos os dois no chão.

— Não podemos voltar! Foste tu mesmo que me disseste isso!

Lucas fixou o meu olhar, a sua mente a deambular entre mim e Baltazar e Cecília caídos na floresta, lágrimas a escorrer para o solo em abundância.

— Temos de continuar, Lucas.

*

Eu e Lucas ficámos naquela caverna até anoitecer. As nossas energias estavam praticamente esgotadas e até a bateria do telemóvel estava quase no fim, depois de tantas vãs tentativas. Entre nós não houve mais conversa. Éramos apenas restos de dois homens destruídos, sem esperança, sem força. Naquele momento, senti verdadeiramente o meu eu do passado abandonar-me. Era apenas um corpo em piloto automático para sobreviver.

Saímos cautelosamente dali, procurando novamente o sul na bússola do telemóvel. Caminhar de noite era mais custoso, mas serviria como técnica furtiva. Não estávamos a caminhar nem há quinze minutos, quando fomos alertados para um disparo algures na floresta e um foguete vermelho de sinalização a subir aos céus. Não era um pedido de ajuda. Era um convite.

— São eles. Estão a atrair-nos, porque têm a Cecy e o Balty — disse rapidamente Lucas.

— É uma armadilha, Lucas. Temos de seguir.

— Eu sei. Mas podemos ser mais espertos do que eles.

— Ah, sim? Como? — perguntei eu, desconfiado.

— Não sei, meu. Havemos de arranjar uma forma quando lá chegarmos.

— Lucas, foste tu que disseste que devíamos continuar, se algum de nós fosse capturado.

— Eu sei, mas talvez não tenha sido a melhor ideia. Desculpa se sou humano e se também erro!

— Estás a deixar que as emoções te dominem — suspirei.

— Por favor. Eles precisam de nós!

Lucas também era visitado por fantasmas do passado. Quase conseguia ver a imagem do seu pequeno irmão refletido no seu olhar negro e implorante. Aquela necessidade incontrolável de ser o herói e de salvar os outros não era só pelos outros, era também para a sua própria salvação. Acabei por ceder, e partimos em direção ao foguete que tingia a floresta de vermelho, sabendo, com toda a certeza, que era uma armadilha contra a qual não tínhamos nenhum tipo de defesa ou contra-ataque.

À medida que nos aproximámos, ouvimos vozes. Seguimos pelo mato, primeiro agachados e depois praticamente a rastejar pela terra. Fizemo-lo até vislumbrar uma clareira iluminada por sinalizadores. Estavam lá pelo menos doze pessoas vestidas de negro e com máscaras, tal como os operacionais que cuidavam de nós. No centro, Cecília e Baltazar estavam ajoelhados e amarrados, com ar abatido e derrotado. Atrás de si, a única pessoa que não estava mascarada, Eli Martin, a apontar uma pistola às cabeças deles.

— Lucas Blackburn e Gaspar Jonas — gritou ele. — Vou repetir uma vez mais. Entreguem-se ou terei de assassinar os seus companheiros. A minha paciência está a esgotar-se. Devia estar neste preciso momento a usufruir das minhas merecidas férias. Em vez disso, estou a perseguir escritores que já deviam estar mortos.

Eli já não usava o seu habitual tom ponderado e presunçoso. Parecia uma outra pessoa mais impaciente e desagradável. Uma das figuras de negro aproximou-se dele e tirou a máscara. Erik.

— Este teatro todo é ridículo — disse ele. — Vamos já matar estes e acabar com esta merda. Se os outros ainda estão em fuga, não vão durar muito mais neste sítio.

— É incrível a audácia que tens ao falar comigo dessa forma. Relembro-te de que estamos nesta confusão por vossa culpa. Era uma responsabilidade vossa certificarem-se de que os escritores estavam mortos!

— Vamos lá baixar a bolinha. Como nosso superior, a responsabilidade era tua. Caso contrário, não te tinham ordenado para vires limpar a merda connosco.

— Vocês são ridículos — disse de repente Cecília, numa gargalhada quase maníaca. — Ao menos que fossem vilões mais a sério em vez de dois homens imaturos.

Eli aproximou-se dela com passos pesados e deu-lhe um soco com tanta violência, que Cecília caiu no chão, ensanguentada e a tossir. Tanto eu como Lucas estremecemos com a cena, mas Cecília, mesmo ferida, continuou a rir de forma desafiadora. Felizmente, Eli não lhe bateu mais.

— Lucas e Gaspar... têm precisamente trinta segundos para se entregarem, ou juro que esvazio esta pistola na cabeça deles — gritou Eli.

— Toma — disse Lucas, pondo o telemóvel na minha mão. — Vou entregar-me e distraí-los. Vou fazer tudo o que estiver ao meu alcance para os proteger. Tu vais correr o máximo que possas. Acredito em ti, Gaspy.

— Lucas, não tens de te sacrificar...

— Tenho. Todos nós temos o nosso papel nesta história. Este é o meu.

Lucas não me deu hipótese de ripostar. Despediu-se com o seu característico sorriso malandro, deu a volta à clareira e emergiu do lado contrário ao nosso. Assim que entrou no círculo de luz, todas as figuras ficaram em alerta, algumas apontando pistolas na sua direção.

— Eli, meu sacana — disse um jocoso Lucas. — Ouvi dizer que andavas à minha procura. Bastava pedires com jeitinho e eu viria a correr, meu querido.

— Onde está o Gaspar? — perguntou Eli, imune ao tom de gozo do outro.

— Morto. Vocês tinham razão, era um traidor. Traidor e lento. Só me estava a atrasar.

— Estás a mentir. Estás a ganhar tempo para que ele consiga fugir.

— Não acreditam? Podem ir ver. Está caído numas rochas, naquela direção — disse, apontando para trás de si. — Matei-o como matei o meu irmão. Uma grande e redonda pedra a partir-lhe a cabeça como se fosse um ovo.

A forma leviana e sinistra com que Lucas dissera aquilo foi determinante para que Eli deixasse de hesitar e decidisse mandar alguns operacionais naquela direção. Eli era o mentor dos jogos e dos segredos de Ash Falls, e Lucas sabia-o bem, ou não teria usado o maior trauma da sua vida daquela forma.

— O Lucas, doido e tarado, fez das suas outra vez — gritou Lucas, rindo loucamente.

Se não o conhecesse, acharia que era, de facto, um psicopata, especialmente depois de agarrar numa enorme pedra para atacar Eli. Este ordenou aos operacionais que permaneceram na clareira, que atirassem Lucas ao chão e o amarrassem. Só então é que o cobarde se aproximou e lhe deu um pontapé na cabeça. Eu estava paralisado a assistir a toda a cena. Lucas, com a cara, o cabelo e os dentes cheios de sangue, olhou momentaneamente na direção de onde eu estava e esboçou um breve sorriso. Foi o ímpeto de que eu precisava. Arrastei-me dali para fora e comecei a correr, levando comigo todo o terrível peso da responsabilidade de ajudar aquelas pessoas.

Quando já estava a centenas de metros da clareira, ouvi vários tiros a ecoar pela floresta. Agarrei-me a uma árvore, impotente e ignorante. Sozinho. A tentação de desistir era avassaladora. Mas, na minha mente, surgiram os rostos sorridentes de Lucas, Cecília, Baltazar, Benjamin, Ophelia e Matias.

E sozinho continuei.

32

Observei a vegetação à minha volta mudar de negro para o azul do amanhecer e depois para verde-vivo. Estava escondido entre duas colossais árvores, as pernas demasiado doridas para continuar sem descansar umas horas. Dormir estava fora de questão, com o turbilhão de emoções que sentia. Mas também estava com medo. Assim que fechava os olhos, imaginava Eli e os outros com o cano de uma pistola colado à minha testa.

Sentia que a minha vida estava em contagem decrescente. Já só tinha uma lata de milho e meia garrafa de água comigo. As pilhas da lanterna ameaçavam falhar a qualquer momento e o telemóvel de Cecília tinha apenas 11 % de bateria. Se não morresse às mãos de Ash Falls, morreria sozinho naquela floresta. Quase conseguia sentir a Morte à espreita.

A paranoia chegou ao meio-dia, quando comecei a imaginar sons humanos a rodear-me. Qualquer ruído era motivo de sobressalto. Comigo ali tão vulnerável e fraco, seria uma derrota estúpida, principalmente depois de tudo o que passara e de todos os sacrifícios dos outros. Apoiei-me na árvore e forcei-me a continuar. Uma das solas dos ténis já estava solta, pedras a entrar lá dentro a ferir-me os pés. As minhas mãos estavam com uma insistente comichão, de toda a sujidade, sangue seco e suor. Se ao menos tivesse ali alguém comigo que me distraísse de toda a minha fraqueza...

Com o pôr do sol, veio o frio de um verão prestes a terminar. A roupa que trazia no corpo não era suficiente para me proteger, tinha de procurar abrigo. Não me podia dar ao luxo de parar muito tempo ou não iria sobrar nada para subsistir.

Acabei por encontrar um minúsculo lago na base de uma pequena montanha. Lavei a cara e as mãos naquela água gelada e sentei-me entre as raízes de uma árvore, na margem. A ideia de desistir e de ficar ali até morrer começou a seduzir-me. Sentia-me tão cansado, tão desencorajado. A última vez que me sentira assim fora com aquela notícia que tirou o brilho ao meu mundo e me lançara para o buraco negro de onde desesperadamente tentava escapar há anos. Sentia que o Universo me punha à prova constantemente, a tentar ver se era capaz de superar todas as adversidades que atirava no meu caminho. Não. Esse era um pensamento egoísta. Todas as pessoas tinham problemas na vida, e nenhum era mais grave do que o outro. Os escritores, e até os próprios funcionários de Ash Falls, eram exemplo disso. O que nos distinguia era a forma como nos levantávamos do chão. Recusava-me a ceder tão facilmente às sedutoras garras da Morte sem lutar. Recusava-me a desistir. Não era essa, afinal, a minha história em Ash Falls? O sobrevivente.

Acordei assombrado. Não notara que tinha adormecido. A floresta estava mais silenciosa do que o normal, mesmo sendo noite. E ali estava ela, a familiar sensação de estar a ser observado. Teria sido apanhado pelos operacionais de Ash Falls? Olhei para o lago, onde uma figura escura me observava com água até à cintura. Tirei a lanterna da mochila, mas não ligava. Arrisquei ligar o telemóvel, mas também não ligava. Percebi que me esquecera de o desligar na última vez que o usara para ver as direções. Foi como se me tivessem roubado a respiração. Sem o telemóvel, estava perdido. Condenado.

Olhei de novo para a imóvel figura na água. Era mesmo uma pessoa? Seria melhor fugir? Mas para onde? Subitamente, a figura começou a caminhar na minha direção, lenta e ameaçadora. Foi então que o vi, iluminado pela Lua. *Ele*. A minha reação imediata foi começar a chorar, confuso com aquela visão que me parecia tão real, mas que ao mesmo tempo sabia ser apenas o demónio que me visitava e observava todos os dias.

Continuou a seguir na minha direção, olhar de trevas e mãos de sangue. Estava ali para finalmente me castigar e levar consigo para o trágico inferno onde vivia. Estendeu as mãos cheias de sangue na minha direção, e eu soube que era para terminar o que tinha começado no Jogo do Isolamento. Fechei os olhos, aceitando aquela pena.

No entanto, vinda do caos, a voz de Matias soou na minha mente: *Por favor, não sejas melodramático como sempre*. Abri os olhos e, antes que me atacasse, levantei-me e comecei a correr na direção da montanha, do outro lado do lago, largando tudo. Não foi preciso olhar para trás para saber que me perseguia. Conseguia sentir toda a negatividade a aproximar-se.

A montanha era íngreme de mais, pelo que, praticamente, tive de trepar pelas pedras e arbustos, escorregando várias vezes no processo. Se chegasse ao cimo, talvez conseguisse ver a área circundante e ter uma noção de para onde podia fugir. Enquanto subia, pelo canto do olho, vi-o a andar depressa na minha direção, como se aquela montanha não fosse nada. Mudei imediatamente o rumo para o sentido contrário, tentando desviar-me das árvores que forravam aquela encosta.

Quando finalmente cheguei lá acima, os meus joelhos cederam e fiquei ali caído, indefeso e a arfar. Olhei a toda a minha volta, mas era praticamente impossível perceber alguma coisa naquele mar noturno, nuvens intermináveis de noite. *Ele* continuava a perseguir-me incessantemente. Busquei forças nem sei onde e levantei-me a custo para continuar a correr noutra direção, mas acabei por escorregar na terra solta e caí, rebolando praticamente montanha abaixo e levando comigo pedras, ramos e folhas. Logo que aterrei, a minha cabeça e visão eram um remoinho.

Deixei-me ficar ali deitado, sujo e ferido, à escuta e à espreita. Talvez não soubesse que eu estava ali. Percebi então que era uma estupidez esperar que um demónio fizesse qualquer som ou sinal. A minha própria cabeça não estava a discernir se aquela visão era fruto da minha imaginação ou algo mais que eu não conseguia explicar. Só sabia que não podia deixar que me tocasse. As lembranças das suas mãos no meu pescoço no Jogo do Isolamento ainda me queimavam a pele.

Até que surgiu novamente, a descer a montanha como um touro enraivecido e sedento de sangue. Levantei-me num ápice, percebendo que tinha torcido o pé. Mesmo assim, continuei a fugir o melhor que podia, apoiando-me em árvores e dando grandes passadas com o pé bom. *Ele* surgia agora do meu lado direito, obrigando-me a mudar novamente de direção. Estava completamente desorientado, sem saber que rumo estava a seguir. Agora aparecia da minha esquerda, parecendo multiplicar-se para me cercar como um animal.

Olhei por cima do ombro para ver se me perseguia, mas não havia ninguém. Quando voltei a olhar para a frente, dei de caras com o seu rosto pálido já em cima de mim. As suas mãos enrolaram-se no meu pescoço como correntes a ferver, o seu toque demasiado doloroso para não ser real. Com uma força colossal, levantou-me no ar, enquanto eu me debatia para me soltar, sentindo o ar a desaparecer dos pulmões e os olhos quase a saltar das órbitas.

Era o fim. Perdido e esquecido no fim do mundo. Fixei o seu olhar infernal, buscando algum sinal dele, um fragmento da luz que outrora tivera.

Perdoa-me, pensei eu num último rasgo de súplica.

Comigo ainda no ar, atirou o meu corpo como se fosse um boneco de trapos. Senti-me a voar vários metros, o que, naquele momento de quase inconsciência, me pareceu surreal. Aterrei no solo e imediatamente senti a pele esfolada e ferida. Tossindo violentamente, passei a mão pelo chão. Não era terra. Era alcatrão. Com a visão a regressar à normalidade, olhei com mais atenção à minha volta. Estava numa estrada. Um resquício de civilização!

Olhei para o local de onde *ele* me tinha atirado. Observava-me das profundezas da floresta, como se uma barreira nos separasse. Já não me pareceu ameaçador, apenas neutro, olhando atentamente para mim à espera do meu próximo comportamento.

Subitamente, ouvi um som que me pareceu estranho e distante na memória. Um carro. Ao fundo da estrada que atravessava a floresta, dois focos de luz aproximavam-se de mim. Quis levantar-me, mas não consegui. Tinha esgotado todas as minhas forças.

O carro parou a escassos metros de mim. Tive de proteger o rosto com a mão para que as luzes dos faróis não me cegassem. Percebi que duas pessoas tinham saído do carro. Enquanto se aproximavam cautelosamente, o meu coração retomou o ritmo acelerado, perante a possibilidade de ser ajuda ou Ash Falls. O condutor bloqueou as luzes e baixou-se ao nível do farrapo que era eu.

— É o Gaspar. Maya, encontrámo-lo — anunciou uma voz masculina, num claro tom de alívio. Era uma voz que reconhecia e que liguei imediatamente ao rosto que olhava para mim. Oscar.

— Graças a Deus! O Matias vai ficar tão aliviado — respondeu Maya, marcando de seguida um número num telemóvel e afastando-se para falar com alguém. Não havia palavras para descrever a felicidade que senti ao perceber que Matias estava vivo.

— Há dias que andamos à sua procura, Gaspar — contou Oscar, levantando-me do chão sem qualquer tipo de dificuldade e pondo o meu braço à volta do seu pescoço.

— Os outros? Estão todos bem? — balbuciei.

— Temos de o levar para um hospital, Gaspar. Está em estado de choque.

Oscar sentou-me no banco de trás do carro. Parecia que havia anos que não entrava num, sentindo todo aquele espaço como se fosse alienígena. Maya entrou no banco do pendura e Oscar arrancou a toda a velocidade.

Nem queria acreditar que conseguira. Tinha sobrevivido. Mas não era só isso. O meu demónio, aquele que me atormentara durante anos, não me perseguira para me atacar e levar com *ele*. Afinal, tinha-me guiado para a salvação.

Senti a inconsciência chegar, mas, antes de perder os sentidos, olhei pelo vidro de trás. Ali estava *ele*, no meio da estrada noturna, com o aspeto normal e radioso de que me recordava. Enquanto ficava cada vez mais pequeno, acenou-me em despedida.

Meu demónio. Meu salvador.

33

— Estás pronto? — perguntou-me Baltazar com um sorriso sereno. Vestia um fato azul e ténis brancos, o que lhe dava um ar jovem e encantador como eu adorava.

— Acho que nunca estarei pronto para este tipo de coisa — respondi.

— Vai correr bem. Vamos aprendendo a lidar com isto — disse ele, apertando-me a mão de forma carinhosa e encorajadora.

Algures do lado de fora dos bastidores, um homem anunciou o nome de Baltazar, seguindo-se um estrondoso alarido de palmas e gritos. Saiu, deixando-me sozinho. Naquele momento, apesar das centenas de pessoas lá fora, senti-me isolado e pequeno. A única coisa que me dava alento era o reencontro com os outros, algo que não era feito havia meses. Olhei para o meu reflexo no vidro da porta. Tinha momentos em que não me reconhecia, com ar tão saudável, *blazer*, cabelo e barba arranjados. Sentia-me bem e confiante, mas, ao mesmo tempo, tinha alturas em que não me sentia confortável dentro daquele renovado Gaspar.

— E finalmente, Gaspar Jonas! — anunciou o apresentador.

Praticamente flutuei no caminho dos bastidores até ao palco, dormente e cego com todas as luzes ofuscantes dirigidas a mim. Não era a primeira vez que participava num programa de televisão. Mas agora parecia estranho, como se não pertencesse ali.

Centenas de pessoas gritavam e batiam palmas na vasta plateia. Mas em casa o público era maior. Muito maior. Bem no centro de um reluzente e enorme palco, o célebre apresentador esperava por mim de pé, a bater palmas avidamente como se eu fosse um herói. Alinhados num comprido sofá vermelho, Baltazar, Lucas, Cecília, Ophelia e Benjamin olhavam para mim de sorriso amigável. Sentei-me na ponta, mãos suadas e coração irregular.

— Agora, sim. Temos a *troupe* de Ash Falls completa — disse o apresentador, sentando-se. — É um enorme privilégio estar aqui com vocês nesta tão aguardada reunião. Passaram-se sete meses desde o final da vertiginosa experiência. Para aquela única pessoa que tem vivido num buraco e não sabe do que estou a falar, estou na presença de Gaspar Jonas, Baltazar Levi, Lucas Blackburn, Cecília Celes, Ophelia Amin e Benjamin Lee, os seis escritores que protagonizaram um dos programas de maior sucesso da História recente, um autêntico fenómeno mundial que pôs toda a gente agarrada aos ecrãs de televisão, computadores e telemóveis e voltou a pôr a literatura na moda. Depois de uma pandemia e de uma guerra que pararam o planeta, esta foi a aventura de que todos precisavam! Jogos de cortar a respiração, dramas, segredos e uma suposta tragédia que chocou o mundo. Agora, estes célebres escritores e verdadeiras estrelas estão aqui para contar toda a verdade e, quem sabe, mais segredos! Baltazar, vou começar por si. Os rumores são verdadeiros? Sabiam que Ash Falls era mais do que uma residência para escritores?

— Honestamente, não — respondeu. Pareceu-me calmo, mas sabia que por dentro estaria a gritar. — Todos nós entrámos em Ash Falls confiantes de que iríamos passar os três meses apenas a escrever. Penso que esse foi o segredo do sucesso do programa, as nossas emoções genuínas e todas as provas a que fomos submetidos.

— E, Lucas, enquanto estavam na casa, foi evidente que temeram pela segurança. Quando finalmente regressaram, como reagiram em relação a Ash Falls?

— Bem, o meu primeiro pensamento foi desatar à pancada com todos aqueles gajos — brincou Lucas num claro à-vontade com as câmaras. — Mas, de forma civilizada, sentámo-nos com Ash Falls e com os nossos advogados e conseguimos acertar as coisas. Os meios para atingir este sucesso foram duvidosos, mas é inegável o contributo que este fenómeno teve nas nossas carreiras e nas nossas vidas.

— E por falar em carreiras, quando entraram na casa já eram escritores de sucesso, mas ter os livros no *top* dez de todo o mundo há vários meses deve ser um sonho tornado realidade. Os *media* também já falam em adaptações para cinema, televisão e até videojogos. Ophelia, com todo este sucesso, acha que valeu a pena ver a privacidade invadida com a revelação dos segredos?

— Todos ficámos em choque, ao compreender a quantidade de informação que Ash Falls sabia sobre nós. E, quando percebemos que todo o mundo também estava a ver os segredos, foi como se nos tivessem tirado o chão. Mas acabou por ser uma terapia. Todas as pessoas têm segredos, todas cometem erros. O que nos diferencia é como os aceitamos e crescemos desde então — repetiu ela, de forma quase mecânica, frases que ouvíramos vezes sem conta na casa e ao longo daqueles meses.

— Não tiveram receio das implicações dos segredos nas suas carreiras e vidas pessoais?

— Obviamente, sim. Mas felizmente temos recebido bastante carinho das pessoas, muitas que se identificam connosco e veem em nós um exemplo de como superar as adversidades da vida. Acabou por nos aproximar das pessoas que nos seguem. Ash Falls foi o abanão de que precisávamos para a nossa recuperação.

— E que tremendo abanão foi! Cecília, acha que toda esta experiência os mudou enquanto escritores e enquanto pessoas?

— Sem dúvida. Nenhum de nós saiu a mesma pessoa de Ash Falls. Enquanto lá estive, passei por todos os estados de alma e emoções. Descobri um lado meu que nem sabia existir e isso fez-me repensar a minha vida. Acho que, acima de tudo, cada um de nós reaprendeu o que significa ser humano naquela casa e naquela floresta.

— Fantástico! Certamente a audiência concorda (e eu também) com o que está a dizer. Nós próprios ficámos tocados com os dramas pessoais e a luta pela sobrevivência. O que me leva ao assunto de que todos lá em casa estão à espera. Como todos sabem, Eli Martin, Erik Wagner e Walt Walters foram os autores de uma conspiração no seio de Ash Falls, subvertendo as orientações da própria organização e produção do programa. Esta conspiração culminou na tentativa de homicídio dos seis escritores num incêndio que destruiu a casa. Benjamin, infelizmente o incêndio provocou um acidente que levou à amputação do seu pé e que pôs a sua vida em risco. Deram conta desta mudança no funcionamento de Ash Falls, nomeadamente das intenções cruéis de Eli Martin, o homem à frente deste programa?

— Nós só percebemos que Ash Falls era um *reality show* quando as regras já tinham sido alteradas e manipuladas por Eli. Pelo que pudemos descobrir no julgamento, Eli estava cego com o êxito de Ash Falls e com o poder que lhe fora garantido. Só não contava que descobríssemos, entretanto, quais as suas intenções. O incêndio acabou por ser a forma que encontrou para nos silenciar e terminar o programa com a tragédia que iria fazer perdurar o seu sucesso.

— Gaspar, o vencedor dos jogos de Ash Falls e o verdadeiro herói desta experiência — disse o apresentador, com os olhos a brilhar na minha direção, o que me fez engolir em seco. — O mundo inteiro ficou perdidamente apaixonado por si quando soube que caminhara dias a fio pela floresta para pedir ajuda. Que o levou a decidir arriscar a vida dessa forma?

Hesitei, nervoso. Toda a audiência esperava a minha resposta. Na minha cabeça, as palavras pairavam, soltas e sem significado.

— Entrei na casa determinado a retomar a minha carreira. Não esperava que o meu objetivo acabasse por ser transferido para estas cinco pessoas sentadas ao meu lado, as quais considero família. Depois do incêndio e de percebermos que Ash Falls tinha partido, não pensei duas vezes antes de me lançar à aventura. Um dos atrativos que me levou a candidatar-me a Ash Falls foi o estarmos isolados num local remoto e desconhecido. Mal sabia eu que esse seria o nosso maior desafio. Não tínhamos alternativa. Era um risco, mas tínhamos de sobreviver. Eli Martin tinha afastado de Ash Falls os elementos mais válidos e confiáveis, mas foi graças à sua rápida atuação, quando descobriram o que tinha acontecido, que pudemos ser resgatados. Penso que falo por todos neste sofá ao dizer que estaremos eternamente gratos a estes elementos de Ash Falls por estarmos vivos.

— Certamente é por isso que o livro que escreveu na casa se mantém no primeiro lugar dos *tops*. O público reparou e comentou que nunca contou aos seus colegas sobre o conteúdo do seu livro. Tinha receio do que os outros escritores pudessem pensar quando reconhecessem que o livro *Corações de Papel* era uma adaptação da experiência na casa?

— Não foi intencional — respondi, olhando para os outros cinco que se mantinham de sorriso afável na minha direção. — Iria falar com eles sobre isso, mas não tive oportunidade com todos os sucessivos jogos. Ao entrar na casa, tinha outros planos, mas a inspiração levou-me por esse caminho. Felizmente, mereci a bênção das cinco fantásticas pessoas deste sofá. Nunca seria capaz de publicar o livro sem falar com eles.

— Muito bem. Vou aproveitar as suas sinceras palavras para apresentar uma pequena surpresa para os escritores e para os milhões de pessoas que nos estão a ver: um vídeo com os melhores momentos de Ash Falls.

Atrás de nós, um enorme ecrã começou a passar uma montagem dos supostos «melhores momentos» passados em Ash Falls. Ao longo daqueles meses já tinha tido oportunidade de ver alguns episódios e vídeos, mas era quase uma tortura fazê-lo. O poder da edição, com os seus truques de montagem, som e narrativa, subvertera de tal forma a verdadeira experiência em Ash Falls, que praticamente nem reconhecia o que via. Acabava por explicar, de certa forma, como o programa conseguira manter as audiências mesmo naquelas semanas paradas em que nada se passava a não ser escrever. Quase tudo naquele *reality show* parecia uma aventura constante, repleta de ação, mistério, traições e dramas, sempre acompanhada pelos nossos trechos de texto, que eram impiedosamente devorados pelo público.

Quando aquele vídeo melodramático terminou, reparei que os outros mantinham as suas máscaras de simpatia, claramente a pensar o mesmo que eu. Já o apresentador parecia tão sensibilizado como as outras pessoas no estúdio.

— Comovente! Uma salva de palmas para estes seis sobreviventes e para Ash Falls! — pediu o apresentador, pondo-se de pé, tal como toda a audiência. — Meus caros, o mundo agora é vosso. Quais são os planos para daqui em diante? Baltazar, começamos por si.

— Bem, posso anunciar aqui, em primeira mão, que vou lançar o meu primeiro livro. Primeiro assinado por mim, claro.

— Que boas notícias! Será um sucesso de vendas, tenho a certeza. Cecília, o que está a rainha da autoajuda a preparar?

— A «rainha da autoajuda» vai fazer uma pausa. Tenho várias viagens em atraso para fazer, quem sabe até possa escrever sobre isso. Além disso, tenho em mãos um projeto ligado ao audiovisual e às redes sociais. Algo novo e diferente, de uma nova Cecília e que me está a dar bastante gozo.

— Meu Deus, tantas revelações bombásticas esta noite! Lucas, também tem surpresas?

— Bem, vou continuar no terror, já que é a *praia* que me dá mais prazer. Estou a preparar um livro novo e, sei que o meu publicista me vai dar na cabeça por revelar isto, fui convidado a escrever uma série de terror para um serviço de *streaming* bastante conhecido. E mais não posso dizer ou ainda irrompe pelo estúdio aos gritos — disse ele, com uma grande gargalhada.

— Maravilhoso! Logo dois projetos ligados ao audiovisual. Será que estão relacionados? Não digam a ninguém, mas, de vez em quando, espreito os *sites* de fofocas e constou-me que os dois andam em clima de romance desde a passagem pela casa.

— Desculpe, mas os nossos segredos foram revelados em Ash Falls. Precisamos de arranjar novos — respondeu Lucas alegremente, o que provocou o riso de toda a audiência.

— É justo, é justo. Ophelia, não me diga que também tem novidades para mim. O meu coração não suporta.

— Lamento, mas não — respondeu graciosamente. — Estou totalmente concentrada na minha carreira. Já tenho um livro preparado para lançar ainda este ano e já iniciei outro. Desde que possa escrever o que gosto, estou feliz.

— E o Benjamin?

— Neste momento, estou a fazer uma pausa na carreira. Foram anos de muita agitação e desgaste que culminaram com Ash Falls. Estou a descansar, a aprender a adaptar-me à minha nova condição física e a dedicar-me à minha família para que possa em breve regressar à literatura em pleno e de forma equilibrada.

— Benjamin, penso que falo por todos os que nos estão a ver lá em casa quando digo que tem todo o tempo do mundo. Quando regressar, terá uma legião de leitores ansiosamente à espera do seu próximo sucesso. Terminamos, então, com Gaspar. Que futuro para si?

— Nunca gostei de pensar a longo prazo. Creio que o novo livro ainda me vai tomar muito tempo. Durante um longo período, vou estar a viajar pelo mundo para o apresentar. Entretanto, já tenho ideia para um novo trabalho. E é isso — terminei secamente.

— Enigmático e espetacular! — o homem levantou-se e caminhou para o centro do palco, à nossa frente. — Senhoras e senhores, esta foi uma noite de emoções fortes. Os seis escritores de Ash Falls contaram toda a verdade sobre este autêntico fenómeno numa reunião há muito aguardada pelo público. Se são dos poucos que ainda não leram os livros destes seis espantosos sobreviventes, estão à espera de quê? Muito obrigado a Gaspar Jonas, Baltazar Levi, Lucas Blackburn, Cecília Celes, Ophelia Amin, Benjamin Lee e, claro, a Ash Falls. Boa noite a todos!

As luzes diminuíram de intensidade e o estúdio ganhou uma tonalidade menos fantasiosa. O apresentador veio ter connosco, apertando avidamente a mão de cada um de nós. A audiência continuava a bater palmas e a gritar, praticamente exigindo que fôssemos até eles para um autógrafo, uma *selfie* ou uma palavra, mas dois assistentes de produção já nos estavam a guiar de volta aos camarins.

Entrámos os seis. Tranquei a porta, abafando o barulho intenso no estúdio. Benjamin caminhou com uma muleta até ao sofá, sentando-se com Ophelia ao lado. Pude vislumbrar a prótese que substituía o pé, algo a que ainda não se habituara. Cada vez que o via, cortava-me o coração por me lembrar do que tinha passado. Ao menos estava vivo.

Baltazar encostou-se à parede com as mãos atrás das costas, enquanto Lucas e Cecília se sentavam numa mesa no canto daquele espaço. Foi como se todos tivéssemos tirado a máscara de sorrisos reluzentes para finalmente relaxar.

— Acho que correu bem. Nenhum de nós cometeu deslizes — disse Baltazar.

— Estás a ser leniente como sempre — respondeu Ophelia. — O apresentador estava claramente a tentar apanhar alguma incongruência nas nossas histórias. Quando o Gaspar começou a falar dos «elementos de Ash Falls» que nos salvaram, até tremi.

— Mas cingi-me à história, Ophelia — justifiquei.

— Não é «história» — interrompeu Cecília. — Não inventámos nada. Apenas ocultámos algumas coisas com base naquilo que passou cá para fora. O público não precisa de saber de tudo. Não foi isso que o Oscar nos pediu que fizéssemos?

— Quem te ouve falar pensa que o Oscar é um herói, mas não é muito diferente do Eli — continuou Ophelia, de forma arrogante.

— Ei, tem calma — disse Lucas. — Só porque andas amarga, não significa que possas falar assim com a Cecy.

— Tens muita lata em falar assim comigo! — ripostou Ophelia. — Só porque és o queridinho do público por andares com ela, não significa que sejam os reis de Ash Falls!

— Parem com isso! — berrei eu, o que os sobressaltou. — Não nos víamos pessoalmente há meses e é assim que se tratam? Depois de tudo o que passámos, o mínimo que devem fazer é respeitar-se.

— O Gaspar tem razão — concordou Benjamin. — Não precisamos de ser amigos, mas temos de aprender a lidar com o facto de ainda estarmos sujeitos a toda esta popularidade de Ash Falls durante uns tempos.

— Têm razão. Desculpem-me, Cecília e Lucas — disse Ophelia, envergonhada.

— Desculpa-nos também — pediram os outros em uníssono.

— Ash Falls deixou de ser o nosso inimigo no momento em que assinámos todos aqueles papéis, ao sermos resgatados — continuei eu. — Todos nós aceitámos os termos. Percebemos que a fama que isto nos trouxe supera tudo o que passámos naquela floresta. Não há aqui heróis nem vilões. Não estou a defendê-lo de todo, mas a verdade é que o Oscar tem sido justo e tem-nos guiado da melhor forma no pós-Ash Falls.

— O que o Gaspar está a querer dizer é que é uma questão de tempo até tudo se dissipar e retomarmos algum grau de normalidade nas nossas vidas — reforçou Baltazar.

— Têm razão — concordou Lucas. — Se bem que Ash Falls era muito mais divertido quando era uma entidade maléfica e misteriosa — galhofou ele.

— Continuo sem perceber porquê esconder tudo o que aconteceu depois do incêndio — insistiu Cecília. — O Eli, o Erik, o Walt e alguns outros foram acusados e condenados como dissidentes de Ash Falls. Quando estava naquela clareira, juro que achei que íamos morrer os três. Mas mal alguns dos operacionais infiltrados se viraram contra eles e os dominaram, percebi que, afinal, havia duas Ash Falls. Não seria benéfico que o público os visse como heróis?

— Achei o mesmo quando alguns operacionais irromperam pela casa abandonada — contou Ophelia. — O Matias ainda nos defendeu, mas felizmente tinha uma péssima pontaria. Afinal estavam lá para nos ajudar.

— Não adianta tentarmos encontrar explicações — sugeri eu. — Ash Falls sabe como trabalhar na obscuridade. Revelar demasiado significa mostrar as suas fraquezas. Se preferem que a história seja contada assim, que seja. Já temos o queríamos da parte deles. E eles também.

A conversa terminou naturalmente em silêncio. O elo mantinha-se, mas modificara-se para algo mais frio e distante. No mundo real, a dinâmica perdera-se, embora soubesse que cada um voltaria a sacrificar-se pelo grupo, caso surgisse alguma situação extrema. Com toda a honestidade, eu adorava aquelas pessoas como família. Mas até a família tinha de aceitar a distância.

— Bem, tenho avião para apanhar bem cedo. Vou regressar ao hotel — anunciou Ophelia.

— Penso que estás no mesmo hotel que eu. Partilhamos *uber*? — perguntou Benjamin.

— Claro que sim. Adeus a todos. Têm o meu contacto. Vou fazer o possível para não os ignorar — brincou ela.

— Até breve. Vou regressar à Coreia e ficarei lá por uns tempos. Se estiverem por perto, serão bem-vindos a minha casa.

— Nós também vamos — disse Cecília, de braço dado com Lucas.

— Presumo que estejam no mesmo quarto — assumi com um sorriso jocoso.

— Claro que não! — respondeu ela. — Quem está no mesmo quarto são o senhor e a senhora Torrance.

— Por incrível que pareça, foi ideia dela — contou Lucas a rir.

Eu e Baltazar abraçámos os dois. Estava consciente de que poderia ficar bastante tempo sem voltar a sentir o calor dos seus corpos.

— Por favor, não desapareçam. Vamos fazer um esforço por manter o contacto.

— O Matias tinha razão, és muito melodramático, Gaspy. Até parece que não falamos quase todas as semanas por chamadas e mensagens. Diz lá que não adoras os meus *gifs*?

— Portem-se bem mal! — gritou Cecília, saindo com Lucas.

— E ficaram dois — disse Baltazar atrás de mim.

— Pois é.

Desde o resgate de Ash Falls que eu e Baltazar falávamos quase todos os dias. Começara ainda eu estava no hospital a recuperar da incursão pela floresta. Tínhamos estado juntos pessoalmente pelo menos quatro vezes, duas delas numa viagem propositada para nos encontrarmos. No entanto, em momento algum retomámos o interesse amoroso demonstrado ainda em Ash Falls. Pelas entrelinhas das conversas dele, percebia que queria avançar para algo mais. Continuava a sentir-me atraído por ele, física e emocionalmente, mas ainda não me sentia preparado para avançar e isso era terrivelmente injusto para Baltazar e para a sua infinita paciência. Era altura de mudar isso.

— Quando tens a tua viagem de avião? — perguntei.

— Daqui a dois dias. Decidi ficar mais tempo para espairecer.

— *Espairecer?* Até parece que não sabes que também regresso daqui a dois dias — disse eu a rir.

— Talvez tenhas tido alguma influência no meu planeamento de viagens.

— Já me tinham dito que era péssima influência para os outros — brinquei, agarrando na mão quente de Baltazar. — Vamos almoçar amanhã. Passamos o dia juntos. Retomamos a conversa de Ash Falls e vemos no que dá.

— Tens a certeza? — perguntou Baltazar, num misto de preocupação e entusiasmo.

— Sim. Depois disto tudo, também temos direito à felicidade.

— Está combinado então. Vou preparar um dia espetacular para nós, conheço uns locais ótimos na cidade. Apareço no teu hotel ao meio-dia.

— *It's a date*.

Saímos dos camarins para o exterior do estúdio, onde uma viatura discreta nos esperava. Estava já tudo praticamente vazio de pessoas, pelo que pudemos escapulir-nos sorrateiramente. O hotel de Baltazar ficava perto do estúdio do programa, pelo que foi o primeiro a ser deixado. Despediu-se de mim com um suave toque na mão e aquele enternecedor sorriso que me derretia.

O condutor levou-me em silêncio pela cidade, em direção ao meu hotel. Encostei a cabeça ao vidro, observando os prédios e as luzes a passar a grande velocidade. Se semicerrasse os olhos, quase podia ver novamente a floresta que nos aprisionara e acolhera durante aqueles meses. Os seus sons, cheiros e texturas regressavam e envolviam-me como memórias frias. Mas também os traumas.

Atravessei o *lobby* do hotel, sentindo que os funcionários falavam sobre mim com excitação. Subi no elevador e percorri o longo corredor, desejoso de me deitar na cama e apagar-me do mundo durante algumas horas. Assim que entrei no quarto escuro, percebi imediatamente que não estava sozinho. Liguei o interruptor e a primeira pessoa que vi foi Matias. Depois vi Maya ao seu lado e, sentado numa poltrona, o homem gigante que vira no quarto de Eli na base de operações. O presidente de Ash Falls.

— Matias? Que significa isto? — perguntei, olhando para ele.

Desde a minha saída do hospital, onde esteve praticamente todo o tempo comigo, que nunca mais o vira. Tínhamos trocado breves e vagas mensagens ao longo daqueles meses, mas, na verdade, não fazia ideia do que se passava na sua vida. Estava com um ar mais maduro, ponderado e bem arranjado. Maya também.

— Olá, Gaspar. Há quanto tempo. Pareces bem — cumprimentou ele, com um sorriso sincero.

— Tudo bem, Gaspar? — acenou jovialmente Maya, aquela que outrora me salvara de uma estrada a sul de uma floresta do Canadá.

O possante homem observava cada movimento e gesto meu como se me estivesse a analisar. De queixo apoiado na mão e vestido com camisa e fato pretos, o seu olhar era tão penetrante, que não o podia fixar mais de dois segundos.

— Boa noite, Gaspar Jonas — cumprimentou o homem com uma profunda voz grave. — Pedimos desculpa por esta intromissão, mas quisemos aproveitar a reunião desta noite para conversarmos. Parabéns pela vossa prestação, já agora.

Despi o *blazer* e pendurei-o numa cruzeta do armário, num gesto rotineiro cujo único objetivo era mostrar que não me deixava intimidar por ele. Depois sentei-me na ponta da cama, de frente para os três.

— Quer dizer que continuam a trabalhar para Ash Falls? — perguntei, olhando para Matias e Maya.

— Permitam-me responder — pediu o presidente. — O Matias e a Maya revelaram ser muito mais do que procuro nos meus colaboradores mais próximos. Resilientes, astutos e fiéis, não pensei duas vezes antes de lhes apresentar a proposta de trabalhar diretamente comigo.

— O dinheiro é ótimo, Gaspar. Tu entendes — explicou-se Matias, encolhendo os ombros e esboçando um sorriso matreiro.

— Tenho estado à sua espera. Demorou tempo de mais — disse eu, com ar aborrecido, o que provocou uma breve expressão de surpresa no rosto do homem.

— Ah, sim? Como tinha tanta certeza de que nos iríamos encontrar?

— A forma como abafaram aspetos importantes de Ash Falls e usaram o Eli, o Erik, o Walt e os outros como bodes expiatórios para explicar as ações. E porque sou considerado uma pessoa perigosa para a sua integridade.

O presidente pareceu agradado com a minha resposta. Descruzou as pernas e apoiou os cotovelos nos joelhos, unindo as mãos e fixando-me intensamente.

— Não diria que o Gaspar seja uma pessoa perigosa para nós. Antes pelo contrário. É um dos elementos mais valiosos que tivemos o prazer de acolher. Foi por isso mesmo que o quis conhecer pessoalmente para, finalmente, contar toda a verdade sobre Ash Falls.

— Toda a verdade?

— O Gaspar é um homem inteligente e sagaz. Certamente percebeu que Ash Falls era bem mais do que julgou descobrir. O *reality show* era apenas uma fachada para o verdadeiro propósito de Ash Falls. A seleção dos seis foi bastante rigorosa e com exigências muito específicas. Quisemos selecionar seis escritores relativamente jovens, saudáveis, criativos e com um nome de peso no mercado literário mundial. Essa foi a fase um. A fase dois veio com a estada na casa. Por meio de uma série de testes, a que o Eli chamou de *jogos,* foram analisadas as capacidades de força, relações humanas, perspicácia, agilidade, perceção e sobrevivência. Por esta altura, já devem ter percebido que o incêndio e a incursão pela floresta faziam igualmente parte dos nossos testes ou, como vocês conhecem, jogos.

— E onde entram o Eli e a tentativa de homicídio no meio disso tudo? — perguntei.

— O Eli era um mero peão, ignorante, ambicioso e insurgente. Soube desde o primeiro minuto da sua traição. Há muito que vários grupos em todo o mundo tentam sabotar a nossa missão, alegando que nós somos vilões e eles os bons da fita. Deveras ridículo, e é por isso que não costumam durar muito.

» Acontece que a perigosa criatividade de Eli se revelou bastante útil e acabou por ir ao encontro dos nossos objetivos. Foi por isso que o deixei acreditar que estava no bom caminho e lhe dei alguma liberdade... até certo ponto. Quando deixou de ter utilidade, deixei que o processo seguisse o seu curso natural até à sua merecida condenação.

» Não me interprete mal, Gaspar. Em momento algum os seis estiveram em perigo de vida. Durante todos os testes tinha agentes infiltrados para controlar possíveis incidentes. Quando o Baltazar, a Cecília e o Lucas foram capturados, o Oscar e outros da minha confiança estavam infiltrados para entrar em ação, se necessário, o que aconteceu. Tente perceber, o teatro teve de continuar para levar o teste de sobrevivência até ao fim. Teste que o Gaspar passou com mestria.

— E todos esses testes para quê? Que é afinal Ash Falls?

— Ash Falls é apenas um de muitos programas que a nossa organização tem em curso. Deixe-me pôr as coisas desta forma: a humanidade tem sido constantemente posta à prova nas últimas décadas — a constante ameaça das guerras, a fragilidade da economia mundial, a corrida nuclear, o aquecimento global, o terrorismo e, mais recentemente, uma pandemia que abalou tudo e todos. É só uma questão de tempo até surgirem adversidades ainda maiores e mais nefastas. Eu pertenço a um ramo da organização que pretende preservar as artes e a cultura para um possível cataclismo que poderá pôr em causa a existência da humanidade. O programa Ash Falls foi dedicado à literatura. Neste preciso momento, o Oscar está a transportar seis pintores para a fase dois dos seus testes.

Levantei-me da cama e dirigi-me para a janela. Encostei-me ao vidro, observando as pessoas, tão indolentes nas suas vidas mundanas e rotineiras.

— Mas porquê um *reality show*? Não têm medo da exposição?

— A ideia do *reality show* não foi minha, admito. Mas apresentou-se como uma excelente ideia para os tornar ainda mais famosos aos olhos do público. Pode considerá-lo outro teste. Foi um risco, mas, ironicamente, toda a sua popularidade acabou por ser o disfarce ideal para o verdadeiro propósito deste programa. Além disso, a população estava a precisar de uma lição sobre criatividade e imaginação, depois de todo o entorpecimento provocado pela pandemia, guerra e crise.

— Porque me está a contar tudo isso? Não é do seu interesse manter tudo secreto?

— Ainda não percebeu? Quer queiram ou não, vocês são e sempre serão Ash Falls. Já não podem voltar atrás. Agora trata-se de um dever para com a humanidade e para com a preservação das artes e da obra humana. Neste momento, os outros cinco escritores estão a ouvir o mesmo que lhe estou a contar. Foi considerado que vocês os seis cumprem os requisitos para a fase três, sendo que o Gaspar os superou grandemente.

— E qual é a fase três?

— A fase em que realmente a humanidade enfrentará a possibilidade da sua extinção. Até lá, podem continuar com as suas vidas e as suas carreiras. Quando o momento chegar, nós trataremos de tudo.

— Isto é demasiado para digerir. Basicamente está a dizer que vem aí um apocalipse e a humanidade está condenada. Como podemos viver em paz ao saber isso?

— Não afirmei que isso acontecerá, nem quando acontecerá. É apenas uma precaução perante as constantes ameaças.

— Quem raio são vocês, afinal? Alguma organização secreta?

O homem riu como se eu fosse a criança mais ingénua do mundo.

— A identidade da nossa organização não é relevante. Basta que saiba que temos olhos e ouvidos em todo o mundo e que estamos sempre alerta. Posso dizer-lhe, por exemplo, que sei de tudo o que se passou em Ash Falls.

— Isso quase parece uma ameaça.

— Antes pelo contrário. É uma garantia de proteção. Como eu disse no início da nossa conversa, o Gaspar é agora um membro muito valioso para nós.

— É a segunda vez que diz isso. Que quer dizer com *valioso*?

O presidente tirou uma *pen drive* do bolso do casaco e pousou-a em cima da secretária ao lado da poltrona. Parecia minúscula perto da sua enormidade. O homem suspirou, preparando-se para contar outra história.

— Como é que vocês, escritores, chamam ao despejar de informação concentrada num só capítulo? *Infodump*, certo? Bem, a verdade é que, por diversas vezes, o Gaspar esteve prestes a ser expulso de Ash Falls. A sua entrada no programa teve contornos duvidosos e a própria estada na casa teve momentos que nos fizeram duvidar da sua integridade. Mas então surgiam atitudes que nos faziam mudar de ideias e provavam que merecia lá estar. Foi só quando revelou o seu segredo verbalmente aos colegas que percebi que o Gaspar era algo mais. Os segredos que Ash Falls tinha sobre si produziam poucos efeitos e eram pouco reveladores do seu carácter. Foi então que ordenei que o investigassem mais a fundo, o que deu origem ao conteúdo desta *pen drive*. Não sou facilmente surpreendido, mas confesso que fiquei fascinado com toda a sua prestação.

— Mas eu revelei o meu segredo na casa...

— Gaspar, não adianta mentir mais. Nós sabemos que não houve nenhum amor proibido com um adolescente ou uma mãe vingativa. Inventou essa história para se igualar às histórias dramáticas dos seus colegas e esconder o verdadeiro motivo para a morte da sua carreira: um simples bloqueio criativo, que durou anos, e a depressão que adveio daí.

— Isso não é verdade! Vocês estão a tentar difundir uma explicação que não é real — disse eu, de forma agressiva.

— Tudo bem — respondeu o homem, suspirando desapontadamente. — Para provar o valor que lhe reconhecemos por toda a astúcia, sagacidade e resistência, deixo-lhe aqui a única cópia do seu segredo. Pode ser que a sua memória seja *reavivada*.

O presidente levantou-se da poltrona e caminhou até à porta do quarto com Matias e Maya atrás de si como discípulos. A cabeça dele quase tocava no teto. Virou-se para mim, abandonado perto da janela com uma expressão incrédula.

— Foi um prazer conhecê-lo finalmente, Gaspar. Espero não o voltar a ver, pois isso significa que o mundo continuará a persistir.

— Adeus, Gaspar. Até um dia destes, amigo — despediu-se Matias, com um aceno jovial, que Maya replicou.

Quando os três desapareceram e a porta se fechou com um suave clique, ainda fiquei ali especado durante alguns minutos a processar toda a conversa. Olhei uma vez mais pela janela, a estrada serena com um ou outro carro a passar na madrugada. Aproximei-me da *pen drive* como se fosse um animal raro. Inseri-a na parte de trás da televisão do quarto e voltei a sentar-me na ponta da cama.

O vídeo começou a seco, sem o habitual logótipo ou melodia de Ash Falls. Era a minha entrevista de seleção com Walt Walters, algo que me parecia ter acontecido havia séculos. Eu estava muito nervoso, praticamente a desempenhar um papel que não correspondia à minha personalidade. No final da entrevista, saí, mas a câmara ainda continuou a gravar. Walt ligou para alguém e disse que eu não era, de todo, a pessoa indicada para Ash Falls. Depois percebeu que a câmara ainda estava ligada, e o ecrã ficou bloqueado na sua mão rechonchuda com a aliança de casado.

De seguida, surgiu a imagem de vigilância de um bar. Walt estava ao balcão com um copo à frente. Segundos depois, surgi eu, sentando-me ao seu lado, encantador e sedutor, depois de ter passado dias à espera de que Walt saísse do escritório para o seguir e conhecer as suas rotinas. A imagem mudou para o *lobby* de um hotel, onde entrámos os dois, ele embriagado, eu a fingir estar embriagado. Depois seguimos para o elevador que nos levaria para o quarto onde me envolvi sexualmente com ele, gravando em segredo tudo com o telemóvel, e esperei que adormecesse para vasculhar o conteúdo da sua pasta e computador pessoal, momento em que descobri quem iria entrar em Ash Falls e que não era somente um programa residencial para escritores, mas um *reality show* com orçamento suficiente para se tornar num fenómeno global.

Nova imagem de câmara de vigilância, desta vez na cafetaria de um ginásio onde meti conversa com um homem, o suposto sexto escritor a entrar na casa. Uma simples distração foi o suficiente para deitar no seu batido o veneno indetetável encomendado na *dark web*.

Walt Walters surgia agora, gravado pela *webcam* do computador sem o saber. Pela sua súbita palidez e gotas de suor, percebi que fora o momento em que recebera a minha mensagem de chantagem com o vídeo sexual, o preciso momento em que, por motivos de saúde, o sexto escritor desistira de Ash Falls e eu era integrado como adição de última hora.

A próxima imagem era a da casa de Ash Falls, captada por uma das câmaras exteriores. Um dos operacionais vestidos de negro espreitava para o interior da casa onde Baltazar e Cecília conversavam na cozinha. Bem atrás dele, sem que o soubesse, estava eu, observando o observador.

A casa abandonada da floresta apareceu no ecrã e, pouco depois, eu, munido de um pedaço de papel a dizer «Não estão sozinhos», que iria esconder no decrépito quarto do primeiro andar.

O vídeo ficou completo com uma sequência de imagens minhas nos vários jogos, com Matias no círculo de pedras, a infiltrar-me na base de Ash Falls e a caminhar como um *zombie* pela floresta em busca de salvação. A última imagem era de mim deitado no meio da estrada a olhar para a orla da floresta. Para o vazio.

Quando o vídeo terminou, fiquei vários minutos imóvel, sentado a observar o meu reflexo desfocado na televisão. Levantei-me, retirei a *pen drive* e atirei-a para o chão, pisando-a com o sapato, incessantemente, até não sobrar mais do que minúsculos pedaços. De respiração descontrolada e mente num turbilhão de pensamentos, abri a janela para me acalmar. Fechei os olhos e tentei controlar-me até um ritmo suave de respiração. Quando os voltei a abrir, olhei indiscriminadamente para o terraço de um dos prédios mais baixos e foi aí que *o* vi.

De sorriso retorcido e olhar de trevas, *ele* observava-me atento, no meio da escuridão, o meu próprio rosto a olhar de volta para mim como um reflexo. Fez-me um breve aceno. Pela primeira vez na minha vida, retribuí o gesto.

O meu demónio. Controlado. Mas sempre presente.